Tudo Se Ilumina

Jonathan Safran Foer

Tudo Se Ilumina

Tradução de
PAULO REIS e
SERGIO MORAES REGO

Rocco

Título original
EVERYTHING IS ILLUMINATED

Copyright © 2002 *by* Jonathan Safran Foer

Esta é uma obra de ficção. Nomes, personagens e incidentes são produtos da imaginação do autor, exceto no caso de personagens e acontecimentos históricos, que são usados de forma fictícia, como é o caso do próprio JSF.

Direitos para a língua portuguesa reservados
com exclusividade para o Brasil, à
EDITORA ROCCO LTDA.
Rua Evaristo da Veiga, 65 – 11º andar
Passeio Corporate – Torre 1
20031-040 – Rio de Janeiro, RJ
Tel.: (21) 3525-2000 – Fax: (21) 3525-2001
rocco@rocco.com.br | www.rocco.com.br

Printed in Brazil/Impresso no Brasil

preparação de originais: AMANDA ORLANDO

CIP-BRASIL. CATALOGAÇÃO NA PUBLICAÇÃO
SINDICATO NACIONAL DOS EDITORES DE LIVROS, RJ

F68t

    Foer, Jonathan Safran
        Tudo se ilumina / Jonathan Safran Foer ; tradução Paulo Reis, Sergio Moraes Rego. - 1. ed. - Rio de Janeiro : Rocco, 2024.

    "Edição revista"
    Tradução de: Everything is illuminated
    ISBN 978-65-5532-416-7
    ISBN 978-65-5595-104-2 (recurso eletrônico)

    1. Ficção americana. I. Reis, Paulo. II. Rego, Sergio Moraes. III. Título.

24-88067   CDD: 813
                                CDU: 82-3(73)

Gabriela Faray Ferreira Lopes - Bibliotecária - CRB-7/6643

Uma parte deste livro foi publicada anteriormente em *The New Yorker*.

O texto deste livro obedece às normas do Acordo Ortográfico da Língua Portuguesa.

Simples e impossivelmente:
Para minha família

ABERTURA PARA O ENCERRAMENTO
DE UMA JORNADA MUITO RÍGIDA

MEU NOME DE REGISTRO É ALEXANDER PERCHOV. Mas todos os meus muitos amigos me apelidam de Alex, pois essa é uma versão mais solta de pronunciar meu nome oficial. Mamãe me apelida de Alexi-pare-de-me-enfezar!, pois está sempre enfezada comigo. Se você quer saber por que eu vivo enfezando minha mãe, é porque eu estou sempre em outros lugares com amigos, disseminando moeda corrente demais e executando ações que podem enfezar uma mãe. Papai costumava me apelidar de Chapa, por causa do chapéu de pele que eu usava até no verão. Parou de me apelidar assim porque eu ordenei que ele parasse de me apelidar assim. Aquilo me parecia infantil, e sempre pensei em mim mesmo como muito potente e gerador. Tenho muitas, muitas garotas, podem acreditar, e cada uma tem um nome diferente para mim. Uma me apelida de Bebê, não porque eu seja um bebê, mas porque ela cuida de mim. Outra me apelida de Noite Toda. Querem saber por quê? Uma terceira me apelida de Moeda Corrente, pois dissemino muita moeda corrente à sua volta. Ela lambe os meus beiços por causa disso. Também tenho um irmão-miniatura que me apelida de Alli. Não curto muito esse nome, mas curto muito meu irmão; por isso, tudo bem, permito que ele me chame de Alli. O nome dele é Pequeno Igor, mas Papai só o apelida de Sem-Jeito, porque ele vive abalroando as coisas. Há quatro dias prévios, por exemplo, ele deixou roxo o próprio olho ao cometer um equívoco com um muro de tijolos. E se você quer saber qual é o nome da minha cadela, ela se chama Sammy Davis, Junior, Junior. Ela tem esse nome porque Sammy Davis, Junior era o cantor preferido do meu avô, e a cadela é dele, não minha, pois não sou eu que penso que sou cego. Quanto a mim, fui gerado em 1977, o mesmo ano do herói desta história. Na verdade, minha vida sempre foi muito ordinária. Como já mencionei, faço muitas coisas boas comigo e com outros, mas são coisas ordinárias. Eu curto filmes americanos. Curto negros, principalmente Michael Jackson. Curto disseminar muita moeda corrente nas boates famosas de Odessa. Os Lamborghini Countaches são excelentes, bem como os cappuccinos. Muitas garotas querem ter relações carnais comigo de muitas maneiras boas, como o Canguru Inebriado, a Cócega Gorky e o Tratador Inflexível. Se você quer saber por que tantas garotas querem ficar comigo, é porque eu sou uma pessoa muito excepcional para se ficar. Sou caseiro e também severamente engraçado, e essas coisas são fascinantes. Mas também conheço muita gente que curte carros velozes e discotecas famosas. Há tanta gente que executa o Folguedo do Busto Sputnik – sempre encerrado com subprodutos pegajosos – que não consigo contar todo mundo nos dedos das mãos. Há até muita gente chamada Alex. (Três só na minha casa!) É por isso que eu estava tão efervescente para ir a Lutsk e traduzir Jonathan Safran Foer. Seria algo inordinário.

    Eu tivera um desempenho destemidamente bom no meu segundo ano de Inglês na universidade. Isso foi uma coisa muito majestosa que fiz, porque o meu instrutor estava tendo merda entre os miolos. Mamãe ficou tão orgulhosa de mim que disse:

    – Alexi-pare-de-me-enfezar!, você me deixou orgulhosa.

    Eu solicitei que ela me comprasse calças de couro, mas ela disse que não.

– E shorts?
– Não.
Papai também ficou muito orgulhoso, e disse:
– Chapa...
– Não me chame de Chapa.
– Alex, você deixou sua mãe orgulhosa – disse ele.
Mamãe é uma mulher muito humilde. Muito, muito humilde. Ela labuta num pequeno café que fica a uma hora de distância da nossa casa. Lá apresenta comida e bebida para os fregueses, e diz para mim:
– Eu faço uma jornada de uma hora de ônibus para trabalhar o dia todo fazendo coisas que odeio. Quer saber por quê? É para você, Alexi-pare-de-me-enfezar! Um dia você também vai fazer coisas para mim que odeia. É isso que significa ser uma família.
O que ela não apreende é que eu já faço coisas para ela que odeio. Fico escutando quando ela fala comigo. Resisto a reclamar da minha mesada pigmeia. E já mencionei que não enfezo minha mãe tanto quanto desejo? Mas não faço essas coisas porque somos uma família. Faço por serem atitudes decentes. Essa é uma expressão idiomática que o herói me ensinou. Faço porque não sou uma porra dum babaca. Essa é outra expressão idiomática que o herói me ensinou.
Papai labuta numa agência de viagens denominada Herança Turismo. É uma agência para judeus, feito o herói, que têm ânsias de deixar a América, aquele país enobrecido, e visitar aldeias humildes na Polônia e na Ucrânia. A agência de papai conta com um tradutor, um guia e um motorista para esses judeus, que tentam descobrir os lugares onde suas famílias viviam outrora. Tá, eu nunca tinha conhecido um judeu antes da viagem. Mas isso era culpa deles, e não minha, pois eu sempre estivera disposto, e até de forma desinteressada, a conhecer um deles. Vou ser honesto novamente e mencionar que antes da viagem eu era de opinião que os judeus estavam

tendo merda entre os miolos. Pois a única coisa que eu sabia dos judeus era que eles pagavam muita moeda corrente a papai a fim de viajar de férias *da* América *para* a Ucrânia. Mas então conheci Jonathan Safran Foer, e posso dizer que ele não está tendo merda entre os miolos. Ele é um judeu criativo.

Quanto ao Sem-Jeito, que eu nunca chamo de Sem-Jeito, e sim de Pequeno Igor, ele é um menino de primeira. Já ficou evidente para mim que ele se tornará um homem muito potente e gerador, e que seu cérebro terá muitos músculos. Nós não conversamos em alto volume, pois ele é uma pessoa silenciosa, mas tenho certeza de que somos amigos, e acho que não estaria mentindo se dissesse que somos amigos supremos. Venho lecionando Pequeno Igor a ser um cidadão do mundo. Exibi para ele, por exemplo, uma revista pornô três dias previamente, para que ele tomasse conhecimento das muitas posições em que tenho relações carnais.

– Essa é a sessenta-e-nove – disse eu, mostrando-lhe a revista e colocando dois dedos na imagem para que ele entendesse bem.

– Por que se intitula sessenta-e-nove? – perguntou ele, pois é uma pessoa que arde no fogo da curiosidade.

– Foi inventada em 1969. Meu amigo Gregory conhece um amigo do sobrinho do inventor.

– O que as pessoas faziam antes de 1969?

– Meros boquetes e caixas mastigadas, mas nunca ao mesmo tempo – respondi. Se depender de mim, ele ainda se tornará um VIP.

Aqui começa a história.

Mas primeiro vejo-me compelido a recitar minha boa aparência. Sou inequivocamente alto. Não conheço nenhuma mulher mais alta do que eu. As únicas mulheres mais altas do que eu que conheço são lésbicas, para quem 1969 foi um ano muito marcante. Tenho cabelos bonitos, repartidos no meio. Isso acontece porque Mamãe costumava reparti-los para o lado quando eu era menino. Só para enfezar minha mãe, comecei a reparti-los no meio, e ela disse:

– Alexi-pare-de-me-enfezar!, você parece mentalmente desequilibrado com os cabelos repartidos desse jeito.

Ela não falou por mal, eu sei. Frequentemente Mamãe pronuncia coisas que eu sei que não são proferidas por mal. Eu tenho um sorriso aristocrático e gosto de socar as pessoas. Meu abdome é muito forte, embora atualmente careça de músculos. Papai é um homem gordo, e Mamãe também. Isso não me perturba, pois meu abdome é muito forte, mesmo que pareça gordo. Vou descrever os meus olhos e depois começar a história. Meus olhos são azuis e resplandecentes. Agora vou começar a história.

Papai obteve um telefonema do escritório americano da Herança Turismo. Eles queriam um motorista, um guia e um tradutor para um rapaz que chegaria a Lutsk na alvorada do mês de julho. Tratava-se de uma súplica incômoda, pois ao alvorecer de julho a Ucrânia comemoraria o primeiro aniversário da sua constituição ultramoderna, que fazia com que nos sentíssemos muito nacionalistas, e assim muita gente estaria de férias fora do país. Tratava-se de uma situação impossível, feito as Olimpíadas de 1984. Mas Papai é um homem temível, que sempre obtém o que deseja.

Eu estava em casa, assistindo ao maior de todos os documentários, *The Making of Thriller*, quando ele me telefonou e disse:

– Chapa...

– Não me chame de Chapa – reclamei.

– Alex, que idioma você estudou na escola esse ano? – perguntou ele.

– O idioma inglês – respondi.

– E você fala bem esse idioma? – perguntou ele.

– Sou fluido – disse eu, na esperança de deixá-lo orgulhoso a ponto de comprar para mim as capas de assento de pele de zebra com que eu sonhava.

– Excelente, Chapa – disse eu.

– Não me chame de Chapa – repeti.
– Excelente, Alex. Excelente. Você deve anular qualquer plano que possua para a primeira semana do mês de julho.
– Não possuo plano algum – disse eu.
– Possui, sim – retrucou ele.
Agora é uma hora adequada para eu mencionar Vovô, que também é gordo, mas ainda mais gordo do que meus pais. Tá, vou mencioná-lo. Ele tem dentes dourados e cultiva amplos pelos no rosto que penteia à hora do crepúsculo todo dia. Labutou durante cinquenta anos em muitos empregos, principalmente na agricultura, e mais tarde na manipulação de máquinas. Seu último emprego foi na Herança Turismo, onde principiou na década de 1950 e persistiu até recentemente. Mas hoje ele é apoquentado e mora na nossa rua. Minha avó morreu dois anos antes, de câncer no cérebro, e Vovô ficou muito melancólico, além de cego, segundo ele. Papai não acredita, mas mesmo assim adquiriu Sammy Davis, Junior, Junior para ele, pois uma cadela-guia não serve só para gente cega, serve também para gente que anseia pelo negativo da solidão. (Eu não deveria ter usado "adquirido", pois na verdade Papai não adquiriu Sammy Davis, Junior, Junior, apenas recebeu-a do lar dos cachorros abandonados. Devido a isso, ela não é uma verdadeira cadela-guia, e é mentalmente desequilibrada.) Vovô dispersa a maior parte do dia lá em casa, vendo televisão. Frequentemente berra comigo:
– Sasha! Não seja tão preguiçoso! Não seja tão inútil! Faça alguma coisa! Faça alguma coisa digna!
Eu nunca rebato o que ele diz, nunca enfezo Vovô com intenções, e nunca entendo o que "digna" significa. Ele não tinha esse hábito pouco apetitoso de berrar comigo e com Pequeno Igor antes de Vovó morrer. É por isso que temos certeza de que ele não fala por mal, e é por isso que conseguimos perdoá-lo. Uma vez eu descobri Vovô chorando na frente da televisão. (Jonathan, esta parte precisa ficar só entre nós dois,

está bem?) A previsão do tempo estava transmitindo, e por isso tive certeza de que ele não estava chorando por causa de algo melancólico na televisão. Nunca falei nada, pois era decente não mencionar aquilo.

O nome do Vovô também é Alexander. Suplementarmente, o de Papai também é. Todos nós somos filhos primogênitos nas nossas famílias, coisa que nos acarreta uma honra tremenda, tanto quanto o esporte do beisebol, que foi inventado na Ucrânia. Eu vou designar o meu primeiro filho de Alexander. Se você quer saber o que ocorrerá se meu primeiro filho for menina, posso dizer. Ele não será menina. Vovô foi gerado em Odessa, em 1918. Nunca saiu da Ucrânia. Kiev é o lugar mais distante a que ele já foi, e isso aconteceu quando meu tio se casou com a Vaca. Quando eu era menino, Vovô lecionava que Odessa é a cidade mais bela do mundo, porque lá a vodca é barata, assim como as mulheres. Antes de Vovó morrer, ele manufaturava graças com ela, dizendo que estava apaixonado por outras mulheres. Ela sabia que eram graças, pois ria em alto volume.

– Anna, vou desencalhar aquela moça do chapéu cor-de-rosa – dizia ele.

– Vai desencalhar a moça com quem? – dizia ela.

– Comigo – afirmava ele.

Eu ria muito no banco traseiro, e ela dizia:

– Mas você não é padre.

– Hoje sou – dizia ele.

– Hoje você acredita em Deus? – questionava ela.

– Hoje eu acredito no amor.

Papai ordenou que eu jamais mencionasse Vovó a Vovô, dizendo:

– Isso vai deixar Vovô melancólico, Chapa...

– Não me chame de Chapa.

– Vai deixar Vovô melancólico, Alex, e fazer com que ele pense que está mais cego ainda. Vamos deixar ele se esquecer de tudo.

E por isso eu nunca menciono Vovó, pois sempre faço o que Papai me manda fazer, a não ser que não queira. Além disso, ele tem um soco de primeira.

Depois de me telefonar, Papai telefonou para Vovô a fim de informá-lo de que ele seria o motorista da nossa viagem. Se você quer saber quem seria o guia, a resposta é que não haveria guia. Papai disse que o guia não era uma coisa indispensável, pois Vovô sabia muita coisa devido aos anos que passara na Herança Turismo. Papai chamou Vovô de perito. (Quando ele disse isso, achei que era uma coisa sensata. Mas como isso faz com que você se sinta, Jonathan, na luminescência de tudo que ocorreu?)

À noite, nós três, os três homens chamados Alex, fomos até a casa de Papai para conversar sobre a jornada, e Vovô disse:

— Não quero fazer isso. Sou apoquentado, e não virei uma pessoa apoquentada para ter de executar merdas como essa. Estou farto.

– Pouco me importa o que você quer – disse Papai.

Vovô socou a mesa com muita violência e gritou:

– Não se esqueça de quem é quem!

Achei que esse seria o fim da conversa. Mas Papai disse uma coisa esquisita:

– Por favor. – E depois disse uma coisa ainda mais esquisita: – Papai.

Preciso confessar que há muitas coisas que eu não entendo. Vovô voltou à cadeira e disse:

– Vai ser a última vez. Nunca mais vou fazer isso.

Portanto, montamos esquemas para recolher o herói na estação ferroviária de Lvov às três da tarde de 2 de julho. Depois passaríamos dois dias na área de Lutsk. Vovô indagou:

– Lutsk? Você não disse que seria em Lutsk.

– É em Lutsk – disse Papai. Vovô fez uma expressão de pensamento, e Papai acrescentou: – Ele está procurando a aldeia natal do avô dele, e alguém, que ele chama de Augustine, que salvou o avô dele na guerra. Deseja escrever um livro sobre a aldeia do avô.

– Ah, então ele é inteligente? – disse eu.
– Não – corrigiu Papai. – Ele tem miolos de baixa qualidade. O escritório americano me informou que ele telefona para lá todo dia, manufaturando numerosas indagações bestas a respeito de onde encontrar boa alimentação.
– Certamente conseguiremos encontrar salsichas – disse eu.
– É claro – disse Papai. – Ele é apenas semi-idiota. Quero repetir aqui que o herói é um judeu muito criativo.
– Onde fica a aldeia? – perguntei.
– O nome da aldeia é Trachimbrod.
– Trachimbrod? – perguntou Vovô.
– Fica a cerca de cinquenta quilômetros de Lutsk – disse Papai. – Ele possui um mapa, e está seguro quanto às coordenadas. Deve ser simples.

Vovô e eu ficamos avistando televisão por várias horas depois que Papai repousou. Nós dois somos pessoas que permanecem conscientes com bastante atraso. (Por pouco escrevi que ambos nos comprazemos em permanecer conscientes com atraso, mas isso não seria fiel.) Avistamos um programa americano que tinha as palavras em russo ao pé da tela. Era sobre um chinês que tinha habilidade com uma bazuca. Também avistamos a previsão meteorológica. O apresentador disse que o tempo estaria muito anormal no dia seguinte, mas que um dia depois voltaria ao normal. Entre mim e Vovô pairava um silêncio que dava para cortar com uma cimitarra. A única vez em que alguém falou foi quando ele rotacionou para mim, durante um comercial dos hambúrgueres de porco do McDonald's, e disse:
– Não quero passar dez horas dirigindo até uma cidade feia para cuidar de um judeu muito mimado.

O COMEÇO DO MUNDO FREQUENTEMENTE CHEGA

ERA 18 DE MARÇO DE 1791 quando a carroça de eixo duplo de Trachim B o prendeu, ou não, no fundo do rio Brod. As jovens gêmeas W foram as primeiras a ver os objetos curiosos que subiam à superfície: cobras serpenteantes de barbante branco, uma luva de veludo com os dedos esticados, carretéis vazios, um pincenê, amoras variadas, fezes, babados e rendinhas, os fragmentos de um pulverizador estilhaçado e uma folha de resoluções escrita em tinta vermelha que sangrava: *Eu vou... Eu vou...*

Hannah começou a gritar. Chana ergueu acima dos joelhos os laçarotes de lã que amarravam as pontas dos seus culotes e entrou na água fria. Foi recolhendo com os braços os detritos de vida que se erguiam à medida que avançava. *O que você está fazendo aí dentro?*, exclamou o agiota desonrado Yankel D, revolvendo a lama da margem com os pés ao se aproximar, mancando, das meninas. Estendeu uma das mãos para Chana, e colocou a outra, como sempre, sobre a incriminadora conta de ábaco que era obrigado, por proclamação do shtetl, a usar num cordão em torno do pescoço. *Saia da água! Você vai se machucar!*

Bitzl Bitzl R, o bom peixeiro especializado em gefiltefish, ficou vendo aquela comoção do bote a remo que amarrara numa das suas armadilhas. *O que está havendo aí?*, gritou ele para a margem. *É você, Yankel? Há algum problema?*

São as gêmeas do Rabino Bem-Considerado, gritou de volta Yankel. *Estão brincando na água, e fiquei com medo de alguém se machucar.*

Estão aparecendo as coisas mais estranhas!, disse Chana rindo e espirrando água no mundo de objetos que crescia feito um jardim à sua volta. Pegou as mãos de uma boneca bebê e os ponteiros de um relógio de parede antigo. Varetas de guarda-chuvas. Uma chave-mestra. As peças iam se elevando, coroadas por bolhas que estouravam ao chegar à superfície. Um pouco mais jovem e menos cautelosa que a irmã gêmea, ela passava os dedos pela água e a cada vez apanhava uma coisa nova: um cata-vento amarelo, um espelho de mão lamacento, as pétalas de um miosótis afundado, areia, grãos de pimenta-preta rachados, um pacote de sementes...

Mas a irmã levemente mais velha e mais cautelosa, Hannah (que era idêntica a ela sob todos os aspectos, com exceção dos pelos que ligavam suas sobrancelhas), olhava da praia e chorava. O agiota desonrado Yankel D tomou-a nos braços, encostou-lhe a cabeça no peito e murmurou: *Pronto... pronto...* Depois exclamou para Bitzl Bitzl: *Reme até a casa delas e traga o Rabino Bem-Considerado aqui. Traga também Menasha, o médico, e Isaac, o homem das leis. Depressa!*

O cavalheiro louco Sofiowka N, cujo nome o shtetl mais tarde assumiria como seu nos mapas e nos censos mórmons, surgiu de trás de uma árvore, dizendo histericamente: *Eu vi tudo que aconteceu. Presenciei tudo. A carroça estava indo depressa demais para esta estrada de terra – a única coisa pior que chegar atrasado no seu próprio casamento é chegar atrasado no casamento da garota que deveria ser sua mulher – e subitamente capotou, e, se isso não é a verdade exata, então a carroça não capotou, mas foi capotada por um vento de Kiev, Odessa ou qualquer outro lugar; e se isso não parece muito correto, então o que aconteceu foi – e eu juraria pelo meu nome, alvo feito um lírio, quanto a isso – que um anjo com asas de penas feitas de lápides desceu dos céus para levar Trachim embora, pois Trachim era bom demais para este mundo. É claro, quem não é? Somos todos bons demais uns para os outros.*

Trachim?, perguntou Yankel, deixando que Hannah apalpasse a incriminadora conta do ábaco. *Trachim não era o sapateiro de Lutsk que morreu de pneumonia seis meses atrás?*

Olhem para isto!, exclamou Chana, rindo e erguendo acima da cabeça o valete de cunilíngua de um baralho pornográfico.

Não, disse Sofiowka. *O nome daquele homem era Trachum, com u. O deste aqui é com i. E aquele Trachum morreu na noite da mais longa noite. Não, espere. Não, espere. Ele morreu por ser artista.*

E isto!, guinchou Chana alegremente, erguendo um mapa desbotado do universo.

Saia da água!, berrou Yankel para ela, erguendo a voz mais alto do que gostaria de fazer com a filha do Rabino Bem-Considerado ou com qualquer garota. *Você vai se machucar!*

Chana correu para a margem. A água verde-escura obscureceu o zodíaco quando o mapa estelar baixou em direção ao fundo do rio, pousando feito um véu sobre o rosto do cavalo.

As persianas das janelas do shtetl estavam se abrindo diante da comoção (sendo a curiosidade a única coisa que os cidadãos compartilhavam). O acidente ocorrera perto da cachoeira pequena – a parte da margem que demarcava a atual divisão do shtetl em suas duas seções: a Quadra Judaica e as Três-Quadras Humanas. Todas as chamadas atividades sagradas – estudos religiosos, abate de animais à moda kosher, barganhas e pechinchas etc. – aconteciam dentro da Quadra Judaica. As atividades ligadas ao ramerrão da existência cotidiana – estudos laicos, justiça comunitária, compra e venda etc. – aconteciam nas Três-Quadras Humanas. Na fronteira entre as duas regiões assomava a Sinagoga Correta. (A arca propriamente dita erguia-se ao longo da linha divisória, de forma que cada um dos dois manuscritos da Torá ficasse numa zona diferente.) À medida que a proporção entre sagrado e secular se alterava (geralmente apenas por um fio de cabelo nesta ou naquela direção, exceto por uma ocasião excepcional em 1764, logo depois do Progrom dos Peitos Socados, quando o shtetl tornara-se completamente secular), a linha divisória, traçada em giz da floresta de Radziwell até o rio, também se mexia. E assim a sinagoga era erguida e deslocada. Em 1783, o prédio ganhara rodas, tornando mais fáceis as negociações sempre cambiantes entre o Judaísmo e o Humanismo.

Ouvi dizer que houve um acidente, arquejou Shloim W, o humilde antiquário que sobrevivia de caridade, incapaz de se separar dos seus candelabros, bonecas ou ampulhetas desde a morte prematura da esposa.

Como você soube?, perguntou Yankel.

Bitzl Bitzl berrou a notícia para mim do bote, a caminho da casa do Rabino Bem-Considerado. Bati em todas as portas que pude no caminho para cá.

Ótimo, disse Yankel. *Vamos precisar de uma proclamação do shtetl.*

Temos certeza de que ele está morto?, perguntou alguém.

Mortíssimo, garantiu Sofiowka. *Tão morto quanto estava antes de seus pais se conhecerem. Ou até mais, pois então ao menos era um projétil no pau do pai e um vazio na barriga da mãe.*

Você tentou salvá-lo?, perguntou Yankel.

Não.

Cubra os olhos delas, disse Shloim para Yankel, indicando as meninas com um gesto. Despiu-se rapidamente, revelando uma barriga maior do que média e um dorso coberto por tufos de grossos pelos pretos, e mergulhou na água. Penas içaram-se sobre ele nas asas das marolas. Pérolas sem cordões e dentes sem gengivas. Gotas de sangue, garrafas de Merlot e estilhaços de candelabros de cristal. Os detritos que se erguiam acumulavam-se cada vez mais, e ele não conseguia mais enxergar as próprias mãos diante de si. *Onde? Onde?*

Encontrou o homem?, perguntou Isaac M, o homem das leis, quando Shloim finalmente emergiu. *Está claro há quanto tempo ele caiu?*

Ele estava sozinho ou com a esposa?, perguntou a enlutada Shanda T, viúva do falecido filósofo Pinchas T, que em seu único artigo notável – "Ao pó: do homem vieste e ao homem voltarás" – argumentava que seria possível, em teoria, inverter os papéis da vida e da arte.

Uma ventania passou silvando pelo shtetl. Nos aposentos mal-iluminados, os estudiosos de textos obscuros ergueram o olhar. Sucumbiram ao silêncio os amantes que se reconciliavam e faziam promessas, que se consolavam e pediam desculpas. O solitário moldador de velas, Mordechai C, mergulhou as mãos numa tina de cera azul quente.

Ele tinha uma esposa, disse Sofiowka, enfiando a mão esquerda no fundo do bolso da calça. *Eu me lembro bem dela, que tinha peitos voluptuosos. Deus ela tinha uns peitos maravilhosos. Quem poderia esquecer? Aqueles peitos eram, ah, Deus, maravilhosos. Eu trocaria todas as palavras que aprendi pela chance de ser jovem novamente, ah, sim, sim, só para dar uma boa chupada naqueles peitões. Daria, sim! Daria, sim!*

Como você sabe essas coisas?, perguntou alguém.

Eu fui a Rovno uma vez, ainda criança, fazer uma tarefa para o meu pai. Fui à casa desse tal Trachim. O sobrenome dele me escapa à língua, mas lembro muito bem que ele era Trachim com i, que tinha uma esposa jovem com peitos maravilhosos, um apartamento pequeno com muitas bugigangas e uma cicatriz do olho à boca, ou da boca ao olho. Ou uma coisa ou outra.

VOCÊ CONSEGUIU VER O ROSTO DELE QUANDO A CARROÇA PASSOU?, berrou o Rabino Bem-Considerado, abrigando as filhas sob as duas pontas do xale de orações. A CICATRIZ?

E depois, ai, ai, ai, vi o mesmo homem quando eu já era um rapaz esforçado em Lvov. Trachim estava entregando uma carga de pêssegos, se me lembro bem, ou talvez de ameixas, numa casa de meninas em idade escolar do outro lado da rua. Ou será que ele era carteiro? É, eram cartas de amor.

É claro que ele não pode mais estar vivo, disse Menasha, o médico, abrindo a maleta. Tirou várias páginas de certificados de óbito, que o vento ergueu e espalhou pelas árvores. Algumas delas cairiam, com as folhas, em setembro. Outras cairiam com as árvores, gerações mais tarde.

E mesmo que ele estivesse vivo, não conseguiríamos soltá-lo, disse Shloim, secando-se atrás de um rochedo. *Só conseguiremos içar a carroça depois que todo o conteúdo vier à superfície.*

TEMOS DE FAZER UMA PROCLAMAÇÃO DO SHTETL, proclamou o Rabino Bem-Considerado, conseguindo erguer a voz com mais autoridade.

Qual era o nome dele, exatamente?, perguntou Menasha, encostando a pena na língua.

Podemos dizer com certeza que ele tinha uma esposa?, disse a enlutada Shanda, encostando a mão no coração.

As meninas viram alguma coisa?, perguntou Avrum R, o lapidador, que não usava aliança (embora o Rabino Bem-Considerado já houvesse jurado que conhecia uma moça em Lvov que poderia fazê-lo feliz [para sempre]).

As meninas não viram nada, disse Sofiowka. *Eu vi que elas não viram nada.*

E as gêmeas, desta vez ambas, começaram a chorar.

Mas não podemos deixar a questão se basear inteiramente na palavra dele, disse Shloim gesticulando em direção a Sofiowka, que devolveu o favor com outro gesto.

Não pergunte a elas, disse Yankel. *Deixe as meninas em paz. Elas já passaram pelo suficiente.*

Aquela altura, quase todos os trezentos e poucos cidadãos do shtetl estavam reunidos ali, debatendo algo sobre o qual nada sabiam. Quanto menos um cidadão ou cidadã sabia, mais veementemente argumentava. Isso não era surpreendente. Um mês antes surgira a questão de tapar ou não, finalmente, aquele buraco nos bagels, para passar uma mensagem mais correta às crianças. Dois meses antes surgira o debate cômico e cruel envolvendo composições tipográficas e, antes disso, a questão da identidade polonesa, que levara muitos às lágrimas, muitos às gargalhadas, e todos a mais questões. E ainda surgiriam outras questões a debater, e outras depois disso. Questões desde o começo dos tempos – fosse lá quando houvesse sido isso – até o fim dos mesmos, fosse lá quando fosse isso. Das *cinzas?* Para as *cinzas?*

TALVEZ, disse o Rabino Bem-Considerado, erguendo mais ainda as mãos e a voz, NÃO TENHAMOS DE RESOLVER ASSUNTO ALGUM. E SE NÃO PREENCHERMOS QUALQUER CERTIFICADO DE ÓBITO? E SE DERMOS AO CORPO UM ENTERRO DECENTE, QUEIMARMOS TUDO QUE VIER À MARGEM E PERMITIRMOS QUE A VIDA PROSSIGA APESAR DESTA MORTE?

Mas precisamos de uma proclamação, disse Froida Y, a doceira.

A não ser que o shtetl proclame o contrário, corrigiu Isaac.

Talvez devamos tentar contatar a esposa dele, disse a enlutada Shanda.

Talvez devamos começar a reunir os despojos, disse Eliezar Z, o dentista.

No meio da argumentação, quase passou despercebida a voz da jovem Hannah, que espiava embaixo da franja do xale de orações do pai.

Estou vendo uma coisa.

O QUÊ?, perguntou seu pai, silenciando os outros. ESTÁ VENDO O QUÊ?

Ali, disse ela, apontando para a água que espumava.

No meio dos barbantes e penas, cercada por velas e fósforos encharcados, camarões, peões de xadrez e borlas de seda que faziam reverências como águas-vivas, via-se uma menininha, uma bebê ainda coberta de muco, rosada como a polpa de uma ameixa.

As gêmeas se esconderam sob o talit do pai, feito fantasmas. O cavalo no fundo do rio, envolto pelo céu noturno afundado, fechou os olhos pesadamente. A formiga pré-histórica no anel de Yankel, que jazia imóvel no âmbar cor de mel muito antes de Noé martelar a primeira prancha, escondeu a cabeça entre as muitas patas, envergonhada.

A LOTERIA, 1791

BITZL BITZL R conseguiu recuperar a carroça alguns dias depois, com a ajuda de um grupo de homens fortes de Kolki, e suas armadilhas nunca haviam visto tanto movimento. Mas, ao vasculhar os despojos, eles não encontraram corpo algum. Durante os cento e cinquenta anos seguintes, organizou-se um concurso anual para "achar" Trachim, embora em 1793 uma proclamação do shtetl tenha cancelado a recompensa – pois, segundo Menasha, qualquer corpo comum começaria a se desintegrar após dois anos na água, de modo que a busca não só tornara-se desprovida de sentido, como poderia resultar em achados bastante ofensivos ou em recompensas múltiplas, coisa que seria até pior – e o concurso transformou-se numa série de festivais, para os quais uma linhagem de padeiros rabugentos criava folheados especiais, e as moças do shtetl se vestiam como as gêmeas naquele dia fatídico: culotes de lã amarrados com laçarotes e blusas de lonita com golas-borboleta franjadas de azul. Homens percorriam grandes distâncias para mergulhar em busca dos sacos de algodão que a Rainha do Desfile lançava no rio Brod, todos cheios de terra, menos um, o saco dourado.

Havia quem pensasse que Trachim jamais seria achado, que a corrente o cobrira com uma grande quantidade de sedimentos e já enterrara adequadamente o corpo. Essas pessoas colocavam pedras na margem ao fazer suas rondas mensais no cemitério, e diziam coisas como:

Pobre Trachim, que eu não conhecia direito, mas bem poderia ter conhecido.
Ou:
Sinto saudade, Trachim. Mesmo sem ter conhecido você, sinto saudade.
Ou:
Descanse, Trachim, descanse. E guarde bem nosso moinho de farinha.

Havia quem suspeitasse de que ele não ficara preso sob a carroça, mas fora arrastado para o mar, com os segredos de sua vida trancados para sempre dentro de si, feito um bilhete de amor numa garrafa a ser encontrada certa manhã por um casal inocente num passeio romântico pela praia. É possível que ele, ou alguma parte dele, tenha dado nas areias do mar Negro, ou no Rio de Janeiro, ou até, quem sabe, ele tenha conseguido chegar à ilha Ellis.

Ou talvez uma viúva tenha achado Trachim e lhe dado abrigo, comprando uma espreguiçadeira para ele, trocando seu suéter toda manhã, raspando seu rosto até os pelos pararem de crescer, levando-o fielmente para a cama consigo toda noite, sussurrando palavras doces no que sobrara da orelha dele, rindo com ele ao tomar café preto, chorando com ele ao examinar retratos amarelados, falando ingenuamente de ter filhos, começando a sentir falta dele ao ficar doente, deixando-lhe todas as suas posses no testamento, pensando somente nele ao morrer, sempre sabendo que ele era uma peça de ficção, mas acreditando nele mesmo assim.

Havia quem argumentasse que jamais houvera corpo algum. Trachim quisera estar morto sem morrer, o impostor. Enchera a carroça com todos os seus pertences e entrara naquele shtetl comum e sem nome – e que pouco depois se tornaria conhecido em toda a Polônia Oriental por seu festival, o Dia de Trachim, passando a adotar seu nome feito um pequeno órfão (exceto nos mapas e nos censos mórmons, em que aparecia como Sofiowka). Lá, dera a última palmada no seu cavalo sem nome e o fizera mergulhar no rio. Estaria ele fugindo dos credores? De um casamento de conveniência desfavorável? De mentiras que finalmente haviam-no alcançado? Seria a morte um estágio essencial na continuação da sua vida?

É claro que havia quem apontasse a loucura de Sofiowka, lembrando que ele costumava ficar sentado, nu, na fonte da sereia prostrada, acariciando-lhe as nádegas escamadas como se fossem a moleira de um recém-nascido, e acariciando o próprio membro como se nada houvesse de errado em bater punheta em qualquer lugar ou ocasião. Ou lembrando que, certa vez, ele fora encontrado no gramado do Rabino Bem-Considerado, todo amarrado com barbante branco. Ele explicou que amarrara um barbante em torno do dedo indicador para se lembrar de algo terrivelmente importante, mas que, temendo esquecer do dedo indicador, amarrara outro barbante em torno do mindinho. Depois amarrara mais um da cintura até o pescoço, e temendo esquecer desse também, amarrara outro da orelha ao dente e mais um do escroto ao calcanhar. Usara o corpo para se lembrar do corpo, mas no final lembrava-se apenas do barbante. Podia-se confiar numa história contada por alguém assim?

E a bebê? A mãe da mãe da mãe da minha tataravó? Esse é um problema mais difícil, pois é relativamente fácil descobrir como uma vida poderia se perder num rio, mas como poderia uma vida surgir de um rio?

Harry V, o maior lógico e mais pervertido residente do shtetl, vinha trabalhando – havia muitos anos e com proporcional parcimônia de sucesso – em sua obra magna, "O Exército das Alturas". Jurava que aquele trabalho continha as provas lógicas mais cabais de que Deus ama indiscriminadamente o amante indiscriminado, e desenvolveu uma longa tese relativa à presença de outra pessoa na carroça desafortunada: a esposa de Trachim. Argumentava ele que talvez a bolsa da mulher houvesse se rompido enquanto os dois mastigavam ovos condimentados num prado entre dois shtetls e que talvez Trachim estivesse conduzindo a carroça a uma velocidade perigosa a fim de chegar a um médico antes que o bebê saísse esperneando feito um peixe se contorcendo nas mãos de um pescador. Enquanto a mulher era tomada pelas contrações, Trachim teria se voltado para ela – talvez pondo a mão calejada naquele rosto macio, tirando os olhos da estrada esburacada – e caído no rio. Talvez a carroça houvesse capotado, com os corpos impedidos de se movimentar devido ao peso, e – em algum momento entre o último suspiro da mãe e a última tentativa do pai de se salvar – o bebê houvesse nascido. Talvez. Mas nem mesmo Harry conseguia explicar a ausência do cordão umbilical.

Os Fumeiros de Ardisht – aquele clã de fumantes-artesãos de Rovno, que fumavam tanto que fumavam até quando não estavam fumando, e que haviam sido condenados, por proclamação do shtetl, a passar a vida nos telhados como instaladores de telhas e limpadores de chaminés – acreditavam que a mãe da mãe da mãe da minha tataravó era Trachim renascido. No momento de julgamento no outro mundo, quando seu corpo amolecido se apresentara diante do Guardião daqueles gloriosos Portões pontiagudos, algo dera errado. Havia assuntos pendentes. A alma não estava pronta para transcender e fora enviada de volta, recebendo a chance de corrigir o mal causado por uma geração anterior. Isto, é claro, não faz sentido algum. No entanto, o que será que faz?

Mais preocupado com o futuro do bebê do que com o passado, o Rabino Bem-Considerado não ofereceu qualquer interpretação oficial para as origens da menina, fosse para o shtetl, fosse para o *Livro de Antecedentes*. Mas tomou-a sob sua responsabilidade até que um lar definitivo fosse encontrado para ela. Levou-a à Sinagoga dos Corretos – pois nem um bebê, jurou, deveria pôr os pés na Sinagoga dos Desleixados (estivesse esta onde estivesse naquele dia específico) – e enfiou o berço improvisado na Arca, enquanto homens de compridas vestes pretas berravam preces a plenos pulmões. *SANTO, SANTO, SANTO É O SENHOR DOS EXÉRCITOS! O MUNDO INTEIRO ESTÁ CHEIO DA SUA GLÓRIA!*

Os frequentadores da Sinagoga dos Corretos vinham urrando havia mais de duzentos anos, desde que o Rabino Venerável esclarecera que estamos sempre nos afogando e que nossas preces não passam de pedidos de socorro feitos nas profundezas das águas espirituais. *E SE NOSSA PROVAÇÃO É TÃO DESESPERADA*, dissera ele (sempre começando as frases com "e", como se tudo que verbalizasse fosse uma continuação lógica dos seus pensamentos mais íntimos), *NÃO DEVERÍAMOS AGIR DE ACORDO? NÃO DEVERÍAMOS PARECER PESSOAS DESESPERADAS?* Assim, eles haviam começado a urrar, e vinham urrando havia duzentos anos.

E continuavam urrando, sem dar ao bebê um instante de descanso, pendurados – com uma das mãos no livro de preces e outra na corda – pelas polias que pendiam-lhes dos cintos, evitando que as copas dos chapéus pretos roçassem no teto. *E SE ASPIRAMOS FICAR MAIS PRÓXIMOS DE DEUS*, esclarecera o Rabino Venerável, *NÃO DEVERÍAMOS AGIR DE ACORDO? E NÃO DEVERÍAMOS NOS APROXIMAR DELE?* O que parecia fazer bastante sentido. Fora na véspera do Yom Kippur, o mais santo dos dias santos, que uma mosca passara voando por baixo da porta da sinagoga e começara a perseguir os congregados pendurados. Voava de rosto em rosto, zumbindo, pousando nos narizes compridos, entrando e saindo das orelhas peludas. *E SE ISTO É UM TESTE*, esclarecera o Rabino Venerável, tentando manter a congregação unida, *NÃO DEVERÍAMOS ENFRENTAR O DESAFIO?*

E ASSIM, INSISTO QUE ANTES TOMBEIS AO CHÃO DO QUE LARGUEIS O GRANDE LIVRO! Mas aquela mosca era irritante, fazendo cócegas nos lugares mais sensíveis. *E ASSIM COMO DEUS PEDIU A ABRAÃO QUE MOSTRASSE A ISAAC A PONTA DA FACA, ESTÁ AGORA NOS PEDINDO QUE NÃO COCEMOS O RABO! E, SE TIVERMOS DE FAZER ISSO, QUE SEJA COM A MÃO ESQUERDA!* Metade da congregação seguira a conclamação do Rabino Venerável e soltara a corda antes de soltar o Grande Livro. Eram os antepassados dos congregados da Sinagoga dos Corretos, que por duzentos anos haviam continuado a mancar afetadamente para se lembrar – ou, o que era mais importante, lembrar aos outros – de sua resistência ao Teste: a Palavra Santa prevalecera. *(COM LICENÇA, RABINO, MAS QUE PALAVRA É ESSA, EXATAMENTE?* O Rabino Venerável batera no discípulo com a ponta mais grossa da ponteira usada para a Torá e dissera *E SE TENS DE PERGUNTAR!...)* Alguns dos Corretos chegavam até a se recusar a andar, pura e simplesmente, representando uma queda ainda mais dramática. O que significava que não podiam ir à sinagoga, é claro. *ORAMOS AO NÃO ORAR,* diziam. *OBEDECEMOS À LEI COM NOSSA TRANSGRESSÃO.*

Aqueles que haviam largado o livro de preces em vez de cair eram os antepassados dos congregados da Sinagoga dos Desleixados, assim chamados pelos Corretos. Viviam mexendo nas franjas costuradas nas mangas das camisas, que punham ali para se lembrar – ou, o que era mais importante, para lembrar aos outros – de sua reação ao Teste: os cordões eram carregados com você para toda parte, o *espírito* da Palavra Santa devia sempre prevalecer. (*Com licença, mas alguém sabe o que significa esse negócio de Palavra Santa?* Os outros davam de ombros e voltavam a discutir a melhor forma de dividir treze knishes entre quarenta e três pessoas.) Só que os costumes dos Desleixados haviam mudado: as polias haviam sido substituídas por almofadas, o livro de preces em hebraico por uma versão mais compreensível em iídiche e o rabino por uma cerimônia conduzida em grupo, seguida – porém mais frequentemente interrompida – por comida, bebida e fofocagem. A congregação dos Corretos desprezava os Desleixados, que pareciam dispostos a sacrificar qualquer lei judaica em prol do que denominavam, sem entusiasmo, *a grande e necessária reconciliação da religião com a vida*. Os Corretos os xingavam e prometiam-lhes uma eternidade de agonia no outro mundo, devido à avidez por conforto neste. Mas como Shmul S, o leiteiro de intestino solto, os Desleixados estavam cagando. A não ser pelas raras ocasiões em que Desleixados e Corretos puxavam a sinagoga em direções opostas, tentando tornar o shtetl mais sagrado ou mais secular, os dois grupos haviam aprendido a se ignorar mutuamente.

Por seis dias os cidadãos do shtetl, tanto Corretos quanto Desleixados, fizeram filas diante da Sinagoga dos Corretos para ter uma chance de ver a mãe da mãe da mãe da minha tataravó. Muitos voltavam várias vezes. Os homens podiam examinar a menina, tocá-la, falar com ela, até segurá-la. As mulheres não tinham acesso ao interior da Sinagoga dos Corretos, é claro, pois como o Rabino Venerável esclarecera tanto tempo antes: *E COMO SE PODE ESPERAR QUE MANTENHAMOS NOSSAS MENTES E CORAÇÕES COM DEUS, QUANDO AQUELA OUTRA PARTE FICA NOS IMPELINDO EM DIREÇÃO A PENSAMENTOS IMPUROS SOBRE VOCÊS SABEM O QUÊ?*

Um acordo razoável parecera ter sido alcançado em 1763, quando as mulheres receberam permissão para rezar num aposento úmido e acanhado sob um assoalho de vidro especialmente instalado. Mas logo os homens pendurados haviam começado a tirar os olhos do Grande Livro para participar do coro de decotes lá embaixo. As calças pretas haviam se tornado justas, e os encontrões e oscilações aumentado mais do que nunca, à medida que aquelas *outras partes* se projetavam em fantasias de *vocês sabem o quê*, e um adendo fora inadvertidamente inserido na mais santa das preces: SANTO, SANTO, SANTO, SACANA É O SENHOR DOS EXÉRCITOS! O MUNDO INTEIRO ESTÁ CHEIO DA SUA GLÓRIA! O Rabino Venerável abordara o desconcertante assunto num de seus muitos sermões vespertinos. E DEVEMOS TODOS NOS FAMILIARIZAR COM A MAIS PORTENTOSA DAS PARÁBOLAS BÍBLICAS, A PERFEIÇÃO DE CÉU E INFERNO. E ASSIM COMO TODOS SABEMOS, OU DEVERÍAMOS SABER, FOI NO SEGUNDO DIA QUE O SENHOR NOSSO DEUS CRIOU AS REGIÕES OPOSTAS DE CÉU E INFERNO, ÀS QUAIS NÓS E OS DESLEIXADOS, QUE A ELES SEJA DADO LEVAR PARA LÁ APENAS SEUS SUÉTERES, SEREMOS ENVIADOS RESPECTIVAMENTE. MAS NÃO PODEMOS ESQUECER AQUELE DIA SEGUINTE, O TERCEIRO, QUANDO DEUS VIU QUE O CÉU NÃO ERA TÃO PARECIDO COM O CÉU QUANTO ELE GOSTARIA, E QUE O INFERNO NÃO ERA MUITO PARECIDO COM O INFERNO. E ASSIM ESTÁ ESCRITO NOS TEXTOS MENORES E MAIS DIFÍCEIS DE ENCONTRAR, ELE, PAI DOS PAIS DOS PAIS, ERGUEU A PERSIANA ENTRE AS REGIÕES OPOSTAS, PERMITINDO QUE OS ABENÇOADOS E OS CONDENADOS SE VISSEM MUTUAMENTE. E COMO ELE ESPERAVA, OS ABENÇOADOS SE REJUBILARAM COM O SOFRIMENTO DOS CONDENADOS, E QUANTO MAIS TRISTEZA VIAM MAIS SE ALEGRAVAM. E OS CONDENADOS VIRAM OS ABENÇOADOS, VIRAM SUAS LAGOSTAS E SEUS PRESUNTOS, VIRAM O QUE ELES PUNHAM NAS BUNDAS DAS GAROTAS NÃO JUDIAS MENSTRUADAS E PASSARAM A SOFRER MAIS AINDA. E DEUS VIU QUE ISSO ERA MUITO BOM. MAS O APELO DA JANELA SE TORNOU FORTE DEMAIS. E EM VEZ DE GOZAR O REINO DO CÉU, OS ABENÇOADOS FICARAM FASCINADOS PELAS CRUELDADES DO INFERNO. E EM VEZ DE

SOFRER TAIS CRUELDADES, OS CONDENADOS FICARAM GOZANDO POR TABELA OS PRAZERES DO CÉU. E, AO LONGO DO TEMPO, OS DOIS GRUPOS CHEGARAM A UM EQUILÍBRIO, FITANDO UM AO OUTRO, FITANDO-SE MUTUAMENTE. E A JANELA TORNOU-SE UM ESPELHO, DE ONDE NEM OS ABENÇOADOS NEM OS CONDENADOS CONSEGUIAM OU QUERIAM SE AFASTAR. E ASSIM DEUS BAIXOU A PERSIANA, FECHANDO PARA SEMPRE O PORTAL ENTRE OS REINOS, E ASSIM DEVEMOS NÓS, DIANTE DA NOSSA JANELA POR DEMAIS TENTADORA, BAIXAR A PERSIANA ENTRE OS REINOS DE HOMEM E MULHER.

O porão fora inundado com a água do rio Brod, e um buraco do tamanho de um ovo fora aberto na parede dos fundos da sinagoga, por onde uma mulher de cada vez podia ver apenas a arca e os pés dos homens pendurados, alguns dos quais, para piorar as coisas, estavam cobertos de merda.

Era por esse buraco que as mulheres do shtetl se revezavam para ver a mãe da mãe da mãe da minha tataravó. Muitas estavam convencidas, talvez devido aos traços perfeitamente adultos da menina, de que ela era de natureza malévola – um sinal do próprio diabo. Mas era mais provável que seus sentimentos confusos fossem inspirados pelo buraco. Daquela distância, com as palmas das mãos encostadas na divisória e um olho enfiado no ovo ausente, elas não conseguiam satisfazer seus instintos maternais. O buraco não permitia sequer que o bebê fosse visto por inteiro, e elas tinham de construir colagens mentais da menina a partir dos diversos fragmentos de imagens – os dedos ligados à palma, que estava ligada ao pulso, que ficava na ponta de um braço, que se encaixava no ombro... Elas aprenderam a odiar aquela desconhecibilidade, aquela intocabilidade, aquela colagem.

No sétimo dia, o Rabino Bem-Considerado pagou quatro galinhas esquartejadas e um punhado de bolas de gude azuis, do tipo olho de gato, para que o seguinte anúncio fosse publicado no jornalzinho semanal de Shimon T: que, sem conhecimento preciso da causa, uma bebê fora entregue ao shtetl, uma menina bastante bonita, bem-comportada e nada fedorenta, e que ele estava decidido, por consideração a ela e a ele próprio, a dá-la a qualquer homem virtuoso que estivesse disposto a chamá-la de filha.

Na manhã seguinte, encontrou cinquenta e dois bilhetes espalhados feito a plumagem de um pavão sob a porta da Sinagoga dos Corretos.

De Peshel S, um fabricante de bugigangas de fio de cobre que perdera a esposa depois de apenas dois meses de casados no Pogrom dos Trajes Rasgados: *Se não pela menina, então por mim. Sou uma pessoa virtuosa, e há coisas que eu mereço.*

De Mordechai C, o solitário moldador de velas, cujas mãos viviam envoltas em luvas de cera que jamais conseguiam ser lavadas: *Passo o dia todo sozinho na minha oficina. Não haverá mais moldadores de velas depois de mim. Isso não faz sentido?*

De Lumpl W, um Desleixado desempregado que deitava-se durante a Páscoa, não porque isso fosse um costume religioso, mas por que deveria aquela noite ser diferente das outras?: *Não sou a melhor pessoa que já viveu, mas eu seria um bom pai, e você sabe disso.*

De Pinchas T, o falecido filósofo que fora golpeado na cabeça por uma viga que caíra no moinho de trigo: *Coloque a menina de volta na água e deixe que ela fique comigo.*

O Rabino Bem-Considerado tinha um vasto conhecimento dos assuntos grandes, maiores e imensos da fé judaica, e era capaz de citar os textos mais obscuros e indecifráveis para elucubrar sobre dilemas religiosos aparentemente impossíveis, mas conhecia muito pouco da vida em si. Foi por essa razão – somada à falta de precedentes textuais do nascimento do bebê e à sua própria incapacidade de pedir conselhos a alguém, pois o que todos pensariam se a fonte de todos os conselhos saísse pedindo conselhos? – que ele se viu embananado, pois o bebê era parte da vida, era a própria vida. *TODOS ELES SÃO HOMENS*

DECENTES, pensou. *TODOS UM POUCO ABAIXO DA MÉDIA, TALVEZ, MAS NO FUNDO TOLERÁVEIS. QUEM É O MENOS MERECEDOR?*

A MELHOR DECISÃO É NÃO DECIDIR, decidiu, pondo as cartas no berço da menina e jurando dar a mãe da mãe da mãe da minha tataravó – e, por extensão, também me dar – ao autor do primeiro bilhete que ela agarrasse. Mas ela não agarrou bilhete algum. Não deu a menor atenção a eles. Ficou dois dias sem mover um só músculo, sem chorar ou abrir a boca para comer. Os homens de chapéu preto continuaram berrando suas preces nas polias (*SANTO, SANTO, SANTO...*), continuaram balançando acima do Brod transplantado, continuaram segurando o Grande Livro com mais força do que a corda, rezando para que alguém estivesse escutando as suas preces, até que, no meio de um serviço religioso noturno, o bom peixeiro especializado em gefiltefish, Bitzl Bitzl R, berrou o que todos os homens da congregação estavam pensando: *O CHEIRO ESTÁ INSUPORTÁVEL! COMO POSSO AGIR PERTO DE DEUS SE ME SINTO TÃO PERTO DO BOSTEIRO!*

O Rabino Bem-Considerado, que não tinha por hábito não discordar, interrompeu as orações. Foi baixando até chegar ao chão e abriu a arca. Um fedor terrível saiu dali, uma coisa que abarcava tudo e não podia ser ignorada, um fedor desumano e indesculpável de suprema repugnância. O cheiro foi jorrando da arca, inundando a sinagoga, fluindo por todas as ruas e vielas do shtetl, infiltrando-se sob todos os travesseiros – penetrando nas narinas de quem dormia com rapidez suficiente para desviar-lhes os sonhos antes de sair com o ronco seguinte – e finalmente desaguou no rio Brod.

O bebê continuou perfeitamente imóvel e em silêncio. O Rabino Bem-Considerado colocou o berço no chão, tirou um único pedaço de papel encharcado e berrou: *PARECE QUE O BEBÊ ESCOLHEU YANKEL COMO SEU PAI!*

Estaríamos em boas mãos.

20 de julho de 1997

Querido Jonathan,
 Anseio que esta carta seja boa. Como você sabe, não sou de primeiro nível em inglês. Em russo minhas ideias são afirmadas anormalmente bem, mas minha segunda língua não é tão premiada. Empreendi o exame das coisas que você me aconselhou e – também como você me aconselhou a fazer – fatiguei o dicionário com que você me presenteou, quando minhas palavras pareciam fracas demais ou inadequadas. Se você não ficar feliz com o que desempenhei, ordeno que me devolva isto. Perseverarei na minha labuta até você se apaziguar.
 Embrulhei no envelope os itens que você solicitou, sem esquecer os cartões-postais de Lutsk, os catálogos dos censos pré-guerra das seis aldeias e as fotografias que você me deu para guardar com finalidades cautelosas. Foi uma coisa muito, muito boa, não? Devo calçar as sandálias da humildade pelo que aconteceu com você no trem. Sei o quanto a caixa era relevante para você, para nós dois, e o quanto seus ingredientes não eram intercambiáveis. Roubar é uma coisa ignominiosa, mas é uma coisa que ocorre muito repetidamente com as pessoas no trem da Ucrânia. Como você não tem na ponta dos dedos o nome do guarda que roubou a caixa, será impossível recuperá-la, e você terá de confessar que a perdeu para sempre. Mas não deixe, por favor, que a sua experiência na Ucrânia danifique a sua percepção da Ucrânia, que deve ser a de uma ex-república soviética incrivelmente maneira.
 Esta é a minha ocasião de pronunciar obrigado por você ter sido resignado e estoico comigo no nosso périplo. Talvez você estivesse contando com um tradutor dotado de mais faculdades, mas tenho certeza de que fiz um trabalho medíocre. Devo humilhar-me por não ter

encontrado Augustine, mas você apreende como aquilo era intrincado. Se tivéssemos mais dias, talvez conseguíssemos encontrá-la. Poderíamos ter investigado as seis aldeias e interrogado muita gente. Poderíamos ter erguido cada pedra. Mas já pronunciamos todas essas coisas muitas vezes.

Obrigado pela reprodução da fotografia de Augustine com sua família. Já pensei vezes sem conta no que você disse sobre se apaixonar por ela. Na verdade, não percebi a coisa quando você a pronunciou na Ucrânia. Mas tenho certeza de que percebo agora. Examino a fotografia uma vez pela manhã e uma vez antes de roncar Zês, notando sempre alguma coisa nova, alguma sombra produzida pelos cabelos dela ou algum ângulo resumido pelos lábios dela.

Estou muito, muito feliz por você ter ficado apaziguado pela primeira seção que lhe enviei. Você deve saber que desempenhei as correções que você exigiu. Peço desculpas pela última linha, sobre você ser um judeu muito mimado. A frase foi mudada, e agora está escrito: "Não quero passar dez horas dirigindo até uma cidade feia para cuidar de um judeu mimado." Tornei mais duradoura a primeira parte sobre mim, e expulsei a palavra "negros", como você ordenou, embora seja verdade que eu goste muito deles. Fiquei feliz por você ter se deliciado com a frase: "Um dia você também vai fazer coisas para mim que odeia. É isso que significa ser uma família." Mas devo indagar a você: o que é um truísmo?

Ruminei sobre o que você disse a respeito de tornar a parte acerca da minha avó mais prolongada. Como os seus sentimentos sobre isso são muito graves, achei legal incluir as partes que você me enviou. Não posso dizer que pari coisas daquele grau, mas posso dizer que cobiçaria ser a variedade de pessoa que pare coisas daquele grau. Ficaram lindas, Jonathan, e senti que eram verdadeiras.

E sinto-me endividado a pronunciar obrigado por não mencionar aquela não verdade sobre a minha altura. Achei que ficaria superior se eu fosse alto.

Lutei para desempenhar a próxima seção de acordo com as suas ordens, colocando em primeiro plano na minha mente tudo que você *lecionou. Também tentei ser não óbvio, ou indevidamente sutil, como você demonstrou. Relativo à moeda corrente que você enviou, devo informar que escreveria isso, mesmo na ausência dela. Para mim é uma honra mastodôntica escrever para um escritor, principalmente um escritor americano, como Ernest Hemingway ou você.*

E por falar nos seus escritos, "O começo do mundo frequentemente chega" foi um começo muito exaltado. Não entendi algumas partes, mas conjeturo que isto tenha acontecido porque eles eram muito judeus, e só uma pessoa judaica poderia entender algo tão judaico. É por isso que vocês pensam que são os eleitos de Deus, porque só vocês conseguem entender as graças que fabricam sobre vocês mesmos? Tenho uma pequena indagação acerca desta seção, que é: você sabe que muitos dos nomes que você explora não são nomes verdadeiros na Ucrânia? Yankel é um nome que eu já ouvi, assim como Hannah, mas o resto é muito estranho. Você inventou todos eles? Notei muitos percalços como este, preciso lhe informar. Você está sendo um escritor humorístico ou um escritor desinformado?

Não tenho qualquer comentário luminoso adicional, porque preciso possuir mais partes do romance a fim de me iluminar. Por enquanto, fique consciente de que estou deslumbrado. Quero advertir que, depois de você me apresentar outras partes, talvez eu não tenha muitas coisas inteligentes a dizer, mas mesmo assim posso ser de alguma utilidade. Talvez eu pense em alguma coisa desmiolada e lhe conte, para que você ponha miolos na coisa. Você me informou tanto sobre o romance que tenho certeza que adorarei ler as sobras e obter uma opinião ainda mais altaneira de você, se é que isso é possível. Ah, sim, o que é cunilíngua?

E agora uma pequena questão particular. (Você pode resolver não ler esta parte, se isso o tornar uma pessoa entediante. Eu compreenderia, mas não me informe, por favor.) Vovô não anda saudável. Ele se deslocou para a nossa residência permanentemente. Repousa na cama de Pequeno Igor com Sammy Davis, Junior, Junior, e Pequeno Igor repousa no sofá. Isto não enfezou Pequeno Igor, porque ele é um bom menino, que compreende muito mais coisas do que acham que ele compreende. Eu tenho a opinião que a melancolia é que torna Vovô mazelado, e que o torna cego, embora ele não seja verdadeiramente cego, é claro. Isso se tornou tremendamente pior desde que voltamos de Lutsk. Como você sabe, ele se sentiu muito derrotado acerca de Augustine, até mais do que você ou eu nos sentimos. É rígido não falar da melancolia de Vovô com Papai, porque nós dois já o encontramos chorando. Ontem à noite estávamos aboletados à mesa da cozinha, comendo pão preto e conversando sobre atletismos. Ouvimos um barulho acima de nós. O quarto do Pequeno Igor fica acima de nós. Eu tive certeza que era Vovô chorando, e Papai também teve certeza disso. Também ouvimos umas batidas ritmadas no teto. (Normalmente, batidas ritmadas são excelentes, como as dos membros da Dnipropetrovsk Crew, que são totalmente surdos, mas não me enamorei dessas que ouvi.) Tentamos rigidamente ignorar aquilo. O barulho fez Pequeno Igor interromper seu repouso, e ele entrou na cozinha. "Olá, Sem-Jeito", disse Papai, porque Pequeno Igor caíra novamente e roxeara seu olho novamente, dessa vez o olho esquerdo. "Eu também gostaria de comer pão preto", disse Pequeno Igor, sem olhar para Papai. Embora só tenha treze, quase catorze, anos, ele é muito esperto. (Você é a única pessoa com quem já comentei isto. Por favor, não comente com qualquer outra pessoa.)

Espero que você esteja feliz, e que sua família esteja saudável e próspera. Nós ficamos amigos quando você veio à Ucrânia, sim? Num mundo diferente, poderíamos ter ficado amigos verdadeiros. Continuarei em suspense até a sua próxima carta chegar, e também estarei em suspense pela seção seguinte do seu romance. Sinto-me oblongado a novamente calçar as sandálias da humildade (meus pés estão com calos) pela nova seção que estou lhe outorgando, mas compreenda que eu me esforcei extremamente e fiz o melhor que pude, que foi o melhor que eu podia fazer. É muito intrincado para mim. Por favor, seja sincero, mas também, por favor, seja benevolente, por favor.

*Candidamente,
Alexander.*

PRELÚDIO AO ENCONTRO COM O HERÓI, E DEPOIS O ENCONTRO COM O HERÓI

COMO EU JÁ PREVIA, minhas garotas ficaram muito tristes ao saber que eu não estaria com elas na comemoração do primeiro aniversário da nova constituição.

– Noite Toda, como eu vou poder me comprazer no seu vazio? – disse uma delas. Eu tinha uma noção.

– Bebê, isso não é bom – disse outra.

– Se possível, eu ficaria aqui, só com você, para sempre. Mas sou um homem que labuta, e devo ir aonde devo ir. Nós precisamos de moeda corrente para as boates famosas, sim? Estou fazendo algo que odeio por você. É isso que significa estar apaixonado. Portanto, não me enfeze – foi o que eu disse a todas elas.

Mas para falar a verdade, eu não estava nem uma pequena porção triste por ir a Lutsk traduzir para Jonathan Safran Foer. Como mencionei antes, minha vida é ordinária. Mas eu jamais fora a Lutsk, ou a qualquer multitudinárias aldeias diminutas que sobreviveram à guerra. Desejava ver coisas novas. Desejava um grande volume de vivências. E estava elétrico para conhecer um americano.

– Você precisará levar comida na viagem, Chapa – disse Papai.

– Não me apelide assim – disse eu.

– Além de bebida e mapas – continuou ele. – São quase dez horas até Lvov, onde vocês apanharão o judeu na estação de trem.

— Quanta moeda corrente eu receberei pelas minhas labutas? — indaguei, porque aquela arguição tinha muita gravidade para mim.

— Menos do que você acha que merece — disse ele — e mais do que merece de verdade.

Isso me enfezou muito, e eu disse a Papai:

— Então talvez eu não queira fazer isso.

— Não me importa o que você quer — disse ele, e esticou-se para colocar a mão no meu ombro. Na nossa família, Papai é o campeão mundial de encerramento de conversas.

Foi combinado que Vovô e eu partiríamos à meia-noite de primeiro de julho. Isto nos presentearia com quinze horas. Foi combinado por todos, menos Vovô e eu, que deveríamos rumar para a estação ferroviária de Lvov assim que entrássemos na cidade de Lvov. Foi combinado por Papai que Vovô deveria ficar ocioso com paciência dentro do carro, enquanto eu ficava ocioso nos trilhos esperando pelo trem do herói. Eu não sabia qual seria a aparência dele, e ele não sabia quão alto e aristocrático eu era. Isto foi algo sobre o qual entabulamos muitos diálogos depois. Ele contou que estava muito nervoso. Contou que ficou puto da vida. Eu contei a ele que também fiquei puto da vida, mas se você quer saber por quê, não foi porque eu não o reconheceria. Um americano na Ucrânia é fácil de reconhecer. Fiquei puto da vida porque ele era americano, e eu desejava mostrar-lhe que também podia ser americano.

Há um tempo anormal venho pensando em alterar residências para a América quando ficar mais velho. Sei que lá existem muitas escolas superiores de Contabilidade. Sei disso porque um amigo meu, Gregory, que é sociável com um amigo do sobrinho da pessoa que inventou o sessenta-e-nove, disse que na América existem muitas escolas superiores de Contabilidade, e ele sabe tudo. Meus amigos ficam apaziguados por permanecerem na Ucrânia a vida toda. Ficam apaziguados por envelhecerem como os pais e se tornarem pais como os pais. Não desejam nada além do que já conhecem. Tudo bem, mas isso não é para mim, e não será para Pequeno Igor.

Alguns dias antes da chegada do herói, indaguei a Papai se podia partir para a América quando obtivesse minha formatura na universidade.

– Não – disse ele.
– Mas eu quero fazer isso – informei a ele.
– Não me importa o que você quer – disse ele. Geralmente a conversa termina assim, mas dessa vez isso não aconteceu.
– Por quê? – perguntei.
– Porque o que você quer não é importante para mim, Chapa.
– Não é isso – disse eu. – Por que eu não posso partir para a América depois de me formar?
– Quer saber por que você não pode partir para a América? – disse ele, desabrindo a geladeira e investigando se havia comida. – Porque seu bisavô era de Odessa, seu avô é de Odessa, eu, seu pai, sou de Odessa, e os seus filhos vão ser de Odessa. Além disso, você vai labutar na Herança Turismo quando se formar. É um emprego necessário, de qualidade suficiente para o Vovô, de qualidade suficiente para mim, e de qualidade suficiente para você.
– Mas e se eu não desejar isso? – disse eu. – E se eu não quiser labutar na Herança Turismo e em vez disso quiser labutar num lugar onde possa fazer algo inordinário, ganhando muita moeda corrente em vez de uma quantidade diminuta? E se eu não quiser que meus filhos sejam criados aqui, e sim num lugar superior, com coisas superiores e maior quantidade de coisas? E se eu tiver filhas?

Papai pegou três pedras de gelo, fechou a geladeira e me deu um soco. Depois me entregou o gelo e disse:

– Ponha isto no seu rosto para não ficar com uma aparência terrível e fabricar um desastre em Lvov.

Foi o fim da conversa. Eu deveria ter sido mais esperto.

E ainda não mencionei que Vovô exigiu levar Sammy Davis, Junior, Junior na viagem. Isso foi outra coisa.

– Você está sendo burro – Papai informou a ele.

– Preciso dela para me ajudar a enxergar a estrada – disse Vovô, apontando para os olhos. – Sou cego.

– Você não é cego, e não vai levar a cadela.

– Sou cego, e a cadela vai conosco.

– Não – disse Papai. – Não é profissional a cadela ir junto.

Eu teria pronunciado algo em favor de Vovô, mas não queria ser burro outra vez.

– Ou eu vou com a cadela, ou não vou.

Papai parecia estar entre o fogo e a fritadeira. Havia tempestades entre os dois. Eu já vira aquilo antes, e nada no mundo me assustava mais. Por fim meu pai cedeu, embora ficasse combinado que Sammy Davis, Junior, Junior teria de usar uma camisa especial que Papai fabricaria, dizendo: CADELA-GUIA OFICIOSA DA HERANÇA TURISMO. Era para que ela parecesse profissional.

Além de termos no carro uma cadela doida, que tinha tendência a atirar o corpo contra as janelas, a viagem também foi dificultada pelo fato de o carro ser tão merda que nunca passava da velocidade a que eu conseguia correr, ou seja, sessenta quilômetros por hora. Muitos carros nos ultrapassavam, coisa que fazia com que eu me sentisse de segunda categoria, principalmente quando via que os carros estavam cheios de famílias, ou eram bicicletas. Vovô e eu não pronunciamos palavras durante a viagem, coisa que não é anormal, pois nunca pronunciamos palavras multitudinárias. Fiz esforços para não enfezá-lo, mas não consegui. Por exemplo, esqueci de examinar o mapa, e erramos a entrada da supervia.

– Por favor, não me dê um soco, mas eu cometi um erro miniatura com o mapa – disse eu.

Vovô chutou o pedal de parar, e meu rosto foi cumprimentar o vidro da frente. Ele ficou calado pela maior parte de um minuto, e depois disse:

– Eu pedi que você dirigisse o carro?
– Eu não tenho carteira de motorista – disse eu. (Mantenha isto em segredo, Jonathan.)
– Pedi que você fizesse o meu café da manhã enquanto está aboletado aí? – perguntou ele.
– Não – disse eu.
– Pedi que você inventasse um novo tipo de roda? – perguntou ele.
– Não, eu não saberia fazer isso muito bem – disse eu.
– Quantas coisas eu pedi que você fizesse? – perguntou ele.
– Só uma – disse eu, sabendo que ele estava ficando puto da vida e ficaria berrando comigo por um tempo alongado, e talvez até me violenciasse, coisa que eu merecia, não era novidade. Mas ele não fez nada. (Portanto, Jonathan, saiba que ele jamais me violenciou, nem violenciou Pequeno Igor.) O que ele fez foi girar o carro ao contrário, e nós voltamos ao ponto onde eu formulara o erro. Isso capturou vinte minutos. Quando chegamos ao local, informei a ele que estávamos lá.
– Você está seguro? – perguntou ele.
Eu disse que estava infalível, e ele desviou o carro para o acostamento, dizendo:
– Vamos parar aqui e tomar o café da manhã.
– Aqui? – perguntei, pois tratava-se de um local pouco impressionante, com apenas alguns metros de terra e um muro de concreto que separava a estrada das plantações.
– Acho que é um local de qualidade – disse ele, e percebi que seria decente não argumentar. Nós nos aboletamos na grama e comemos, enquanto Sammy Davis, Junior, Junior tentava apagar com a língua as linhas amarelas da supervia. Mastigando uma salsicha, Vovô disse: – Se você fizer outra besteira, vou parar o carro, e você vai saltar com um pé no lombo. Será o meu pé. Será o seu lombo. Isto é uma coisa que você consegue entender?
Chegamos a Lvov em apenas onze horas, mas mesmo assim rumamos imediatamente para a estação ferroviária, como

Papai ordenara. Foi intrincado achar o lugar, e nós nos perdemos muitas vezes. Isto encheu de raiva Vovô, que disse:
— Odeio Lvov!
Estávamos ali havia dez minutos. Lvov é grande e imponente, mas não é como Odessa, que é linda, com muitas praias famosas onde as garotas se deitam de costas e exibem seus bustos de primeira categoria. Lvov é uma cidade como Nova York na América. Na verdade, Nova York foi projetada seguindo o modelo de Lvov. Tem prédios muito altos (com até seis níveis), ruas abrangentes (com espaço para até três carros) e muitos telefones celulares. Há muitas estátuas em Lvov, e muitos lugares onde costumava haver estátuas. Nunca presenciei um lugar construído com tanto concreto. Tudo era de concreto, por toda parte, e posso dizer que até o céu, que estava acinzentado, parecia de concreto. Isto é algo sobre o qual o herói e eu falaríamos mais tarde, quando estivéssemos tendo uma crise de ausência de palavras.
— Você se lembra daquele concreto todo em Lvov? — perguntou ele.
— Lembro — disse eu.
— Eu também — disse ele.
Lvov é uma cidade muito importante na história da Ucrânia. Se você quer saber por quê, eu não sei por quê, mas tenho certeza que meu amigo Gregory sabe. Não é uma cidade muito impressionante vista de dentro da estação ferroviária. Foi lá que eu fiquei esperando ocioso pelo herói durante mais de quatro horas. O seu trem estava retardatário, de modo que foram cinco horas. Fiquei enfezado por ter de vadiar lá sem nada para fazer, mas também fiquei muito bem-humorado por não ter de permanecer dentro do carro com Vovô, que provavelmente estava se tornando uma pessoa louca, e ainda por cima com Sammy Davis, Junior, Junior, que já era louca. A estação não estava ordinária, pois havia papéis azuis e amarelos pendurados no teto. Estavam ali por causa do primeiro ani-

versário da nova constituição. Isso não me deixava muito orgulhoso, mas fiquei apaziguado porque o herói os veria ao desembarcar do trem de Praga. Ele obteria uma imagem excelente do nosso país. Talvez pensasse que os papéis azuis e amarelos fossem para ele, pois sei que são essas as cores judaicas.

Quando o trem finalmente chegou, ambas as minhas pernas pareciam cheias de formigas por eu ter ficado uma pessoa ereta durante tanto tempo. Eu teria me aboletado, mas o chão estava muito sujo, e eu vestira minha calça jeans inigualável a fim de arrasar o herói. Eu sabia de qual vagão ele desembarcaria, pois Papai me contara, e tentei ir até lá quando o trem chegou, mas era muito difícil fazer isso com as pernas cheias de formigas. Fiquei segurando um cartaz com o nome dele à minha frente, caindo muitas vezes sobre as pernas e olhando nos olhos de todas as pessoas que passavam por mim.

Quando nos encontramos, fiquei atônito com a aparência dele. É isto um americano?, pensei. E também, é isto um judeu? Ele era severamente baixo. Usava óculos e tinha cabelos diminutos que não eram repartidos em lugar algum, mas jaziam sobre a sua cabeça feito um chapéu. (Se eu fosse como Papai, poderia até tê-lo apelidado de Chapa.) Não se parecia com os americanos que eu presenciava em revistas, com cabelos amarelos e músculos, nem com os judeus dos livros de história, sem cabelos e com ossos proeminentes. Não usava calça jeans nem uniforme. Na verdade, ele não parecia nem um pouco especial. Fiquei subimpressionado ao máximo.

Ele deve ter testemunhado a placa que eu estava segurando, pois me deu um soco no ombro e disse:

– Alex?

Eu disse que sim.

– Você é o meu tradutor, certo?

Pedi que ele fosse lento, pois não conseguia entendê-lo. Na verdade, eu estava ficando puto da vida e tentei ser sereno, dizendo:

– Lição um. Olá. Como você está hoje?
– O quê?
– Lição dois. Legal, o tempo não está um agrado?
– Você é o meu tradutor, não é? – disse ele, fabricando movimentos.
– Sim – disse eu, apresentando minha mão a ele. – Sou Alexander Perchov. Sou seu humilde tradutor.
– Prazer em não te bater – disse ele.
– O quê? – perguntei.
– Eu disse: prazer em não te bater – disse ele.
– Ah, sim – afirmei, rindo. – É um prazer também não bater em você. Imploro que você perdoe meu domínio do inglês. Não é de muita qualidade.
– Jonathan Safran Foer – disse ele, apresentando a mão.
– O quê?
– Sou Jonathan Safran Foer.
– Jon-fen?
– Safran Foer.
– Sou Alex – disse eu.
– Eu sei – disse ele. Depois indagou, ao ver o meu olho direito: – Alguém bateu em você?
– Foi um prazer ao Papai me bater – disse eu, já pegando as malas dele. Enquanto íamos para o carro, perguntei: – A viagem de trem apaziguou você?
– Ah, meu Deus, foram vinte e seis horas de foda – disse ele.
Pensei que a mulher com quem ele viajara devia ser muito majestosa e perguntei:
– Você conseguiu Z Z Z Z Z?
– O quê?
– Você roncou Zês?
– Não entendi.
– Repouso.
– O quê?

– Você repousou?
– Ah – disse ele. – Não, não repousei nem um pouco.
– O quê?
– Eu... não... repousei... nem... um... pouco.
– E os guardas na fronteira?
– Não fizeram nada – disse ele. – Eu tinha ouvido tanta coisa sobre eles, entende, que eles iriam me encher o saco e tal. Mas eles entraram, conferiram o meu passaporte e não me incomodaram.
– O quê?
– Eu tinha ouvido dizer que eles poderiam criar problema, mas não criaram problema algum.
– Você já tinha ouvido falar deles?
– Ah, é, ouvi dizer que eles eram uns babacas da porra.

Babacas da porra. Anotei isso no meu cérebro.

Na verdade, eu fiquei atônito ao saber que o herói não tivera audiências e atribulações legais com os guardas da fronteira. Eles têm o hábito desagradável de tirar coisas das pessoas do trem sem pedir licença. Uma vez Papai foi a Praga, como parte de suas labutas na Herança Turismo, e, enquanto repousava, os guardas removeram muitas coisas de qualidade da mala dele, o que é terrível, pois ele não tem muitas coisas de qualidade. (É tão esquisito pensar em alguém machucando Papai. Com mais frequência, penso nos papéis como irreversíveis.) Também já fui informado de histórias de viajantes obrigados a presentear os guardas com moeda corrente para receber seus documentos de volta. Para os americanos, a situação pode ser melhor ou pior. É melhor quando o guarda é apaixonado pela América e quer atordoar o americano portando-se feito um guarda de qualidade. Esse tipo de guarda acha que vai reencontrar o americano na América um dia e que o americano se oferecerá para levá-lo a um jogo do Chicago Bulls, além de lhe comprar calças jeans, pão branco e papel higiênico delicado. Esse guarda tem o sonho de falar inglês sem sotaque e obter uma esposa com busto inflexível. Esse guarda confessará que não ama o lugar em que vive.

O outro tipo de guarda também é apaixonado pela América, mas odiará o americano por ser americano. Esse é pior. Ele sabe que jamais irá à América e sabe que jamais reencontrará o americano. Roubará o americano e aterrorizará o americano, só para ensinar que pode. Essa é a única ocasião em sua vida em que a Ucrânia poderá ser mais do que a América, e em que ele poderá ser mais do que o americano. Papai me contou isso, e tenho certeza de que ele tem certeza de que isso é fiel.

Quando chegamos ao carro, Vovô estava pacientemente ocioso, tal como Papai ordenara que ele ficasse. Ele estava com muita paciência. Estava roncando. Roncava com tal volume que o herói e eu conseguíamos ouvi-lo, mesmo com as janelas elevadas, e parecia que o carro estava funcionando.

– Este é o nosso motorista – disse eu. – Ele é perito em dirigir.

Observei certa angústia no sorriso do nosso herói. Já era a segunda vez em apenas quatro minutos.

– Ele está legal? – perguntou.

– O quê? – disse eu. – Eu não pude entender. Fale mais devagar, por favor.

Provavelmente dei a impressão de incompetência para o herói, que disse:

– O... motorista... está... bem... de... saúde?

– Seguramente – respondi. – Mas preciso lhe dizer que tenho grande familiaridade com este motorista. Ele é meu avô.

Neste momento, Sammy Davis, Junior, Junior se tornou evidente, pois deu um pulo no banco traseiro e latiu em alto volume.

– Meu Jesus Cristo! – disse o herói aterrorizado, movendo-se para longe do carro. Sammy Davis, Junior, Junior ficou batendo com a cabeça na janela.

– Não se angustie. É apenas a cadela-guia do motorista. Ela é doida, mas brincalhona – informei a ele, apontando para a camisa que ela estava vestindo. Mas Sammy Davis, Junior, Junior mastigara o principal dela, e agora a vestimenta dizia apenas: CADELA OFICIOSA. Depois mexi no braço de Vovô para acordá-lo e disse: – Vovô, ele está aqui.

Vovô orbitou a cabeça de um lado para o outro, e eu acrescentei para o herói, na esperança de torná-lo menos angustiado:

– Ele está sempre repousando.
– Isso deve virar calha – disse ele.
– O quê? – perguntei eu.
– Eu disse que isso deve virar calha.
– O que significa virar calha?
– Ser útil. Você sabe, ser de utilidade. Mas e esse cachorro aí?

Uso essa expressão idiomática americana com muita frequência hoje em dia. Já disse para uma garota numa boate famosa: "Meus olhos viram calhas quando observo o seu busto inigualável."

Deu para perceber que ela logo notou que eu era uma pessoa de qualidade. Mais tarde nos tornamos muito carnais; ela cheirou os joelhos dela e também os meus joelhos.

Consegui afastar Vovô do repouso. Se você quer saber como, prendi seu nariz com os dedos para que ele não pudesse respirar. Ele não sabia onde estava, e perguntou:

– Anna?

Era o nome da minha avó, que morrera dois anos outrora, e eu respondi:

– Não, Vovô. Sou eu, Sasha.

Ele ficou muito envergonhado. Percebi isso porque ele girou o rosto para longe de mim.

– Adquiri Jon-fen – acrescentei depois.
– Ei, é Jon-a-than – corrigiu o herói, observando Sammy Davis, Junior, Junior lamber as janelas.
– Adquiri a pessoa dele. O trem chegou.

– Ah – disse Vovô.
Percebi que ele ainda estava saindo de um sonho, e sugeri:
– Devemos partir para Lutsk, como Papai ordenou.
– O quê? – indagou o herói.
– Eu disse a ele que devemos partir para Lutsk.
– Sim, Lutsk. Foi para lá que me disseram que nós iríamos. E de lá para Trachimbrod.
– O quê? – indaguei.
– Lutsk, e depois Trachimbrod.
– Correto – disse eu.
Vovô pôs as mãos no volante. Ficou olhando para a frente por um tempo extenso. Respirava fundo, e suas mãos estavam tremendo.
– Sim? – indaguei.
– Cale a boca – informou-me ele.
– Onde o cachorro vai ficar? – quis saber o herói.
– O quê?
– Onde... o... cachorro... vai... ficar?
– Não entendi.
– Tenho medo de cachorros – disse ele. – Já passei por experiências bem ruins com eles.
Contei isso a Vovô, que ainda estava meio sonhando, e disse:
– Ninguém tem medo de cachorros.
– Vovô me informa que ninguém tem medo de cachorros.
O herói ergueu a camisa para me exibir os vestígios de uma ferida e disse:
– Isso foi uma mordida de cachorro.
– Isso o quê?
– Isso.
– O quê?
– Esse negócio.
– Que negócio?

– Aqui. Parece duas linhas que se cruzam.
– Não estou vendo nada.
– Aqui – disse ele.
– Onde?
– Bem aqui – insistiu.
– Ah, sim – disse eu, embora na verdade ainda não conseguisse testemunhar coisa alguma.
– Minha mãe tem medo de cachorros.
– E daí?
– E daí que eu tenho medo de cachorros. Não posso fazer nada.

Percebi a situação e disse a Vovô:
– Sammy Davis, Junior, Junior deve se aboletar na frente conosco.
– Entre na porra do carro – disse ele, tendo perdido toda a paciência de quando roncava. – A cadela e o judeu vão dividir o banco traseiro, que é vasto o suficiente para os dois.

Não mencionei que o banco traseiro não era vasto o suficiente nem para um só deles.

– O que nós vamos fazer? – perguntou o herói, com medo de se aproximar do carro, enquanto no banco traseiro Sammy Davis, Junior, Junior ensanguentava a boca toda ao mastigar o próprio rabo.

O LIVRO DE SONHOS RECORRENTES, 1791

YANKEL D RECEBEU A NOTÍCIA da sua boa sorte enquanto os Desleixados concluíam o serviço religioso semanal. *É da maior importância que lembremos,* dizia o cultivador de batatas narcoléptico Didl S aos membros da congregação, que estavam recostados em almofadas em volta da sala da casa dele. (A congregação dos Desleixados era um grupo ambulante, que a cada semana chamava de lar a casa de um congregado diferente.) *Lembrar o quê?,* perguntou o mestre-escola Tzadik P, expelindo giz amarelo a cada sílaba. *O quê,* disse Didl, *não é tão importante quanto o fato de lembrarmos. É o ato de lembrar, o processo da lembrança, o reconhecimento do nosso passado... As lembranças são pequenas preces a Deus, para quem acredita nesse tipo de coisa... Pois aqui diz, em algum lugar, algo sobre exatamente isso ou algo exatamente assim... Pus meu dedo sobre ela há poucos minutos... Juro, estava bem aqui. Alguém viu O Livro de Antecedentes por aí? Eu tinha um volume antigo aqui há dois segundos... Bosta!... Alguém pode me dizer onde eu estava? Agora já estou totalmente confuso, e constrangido, e sempre faço cagada quando a coisa é na minha casa...*
    Lembrança, contribuiu a enlutada Shanda, mas Didl adormecera incontrolavelmente. Ela o acordou e sussurrou, *Lembrança.*
    ... Lá vamos nós, disse ele, emendando direto enquanto folheava uma pilha de papéis sobre o púlpito, que na verdade

era um pequeno galinheiro. *Lembrança. Lembrança e reprodução. E sonhos, é claro. O que é estar acordado, senão interpretar nossos sonhos, ou sonhar, senão interpretar nossa vigília? Círculo de círculos! Sonhos, sim? Não? Sim. Sim, é o primeiro Shabat. O primeiro do mês. E por ser o primeiro Shabat do mês, temos de fazer nossos acréscimos ao* Livro de Sonhos Recorrentes. *Sim? Alguém me diga se eu estou fazendo cagada aqui.*

Venho tendo um sonho muito interessante há duas semanas, disse Lilla F, descendente do primeiro Desleixado a largar o Grande Livro.

Excelente, disse Didl, tirando o volume IV do *Livro de Sonhos Recorrentes* da arca improvisada, que na verdade era o seu forno a lenha.

Tal como eu, acrescentou Shloim. *Vários deles.*

Eu também tive um sonho recorrente, disse Yankel.

Excelente, disse Didl. *Excelente ao extremo. Em breve mais um volume estará completo.*

Mas primeiro, sussurrou Shanda, *temos de revisar os registros do mês passado.*

Mas primeiro, disse Didl, assumindo a autoridade de um rabino, *temos de revisar os registros do mês passado. Temos de recuar a fim de avançar.*

Mas não demore muito, disse Shloim, *ou vou esquecer tudo. É incrível que eu ainda consiga lembrar de alguma coisa.*

Ele vai demorar exatamente o tempo que demorar, disse Lilla.

Vou demorar exatamente o tempo que demorar, afirmou Didl, sujando a mão com as cinzas que haviam se juntado na capa do pesado volume encadernado de couro. Depois abriu o livro numa página já perto do fim, pegou a ponteira de prata, que na verdade era uma faca de estanho, e começou a entoar, seguindo o corte da lâmina pelo coração da vida onírica dos Desleixados:

4:512 – *O sonho de sexo sem dor.* Sonhei há quatro noites com ponteiros de relógio que desciam do universo feito chuva, com a lua sob a forma de um olho verde, com espelhos e insetos, com um amor que jamais se recolhia. Não era a sensação de completude de que eu tanto precisava, mas a sensação de não estar vazia. O sonho terminou quando senti meu marido penetrar em mim. **4:513** – *O sonho de anjos sonhando com homens.* Foi durante um cochilo à tarde que eu sonhei com uma escada. Anjos subiam e desciam os degraus feito sonâmbulos, de olhos fechados, com a respiração pesada e abafada, e as asas caídas, inertes, ao lado do corpo. Esbarrei num anjo velho ao passar por ele, despertando-o e assustando-o. Ele era parecido com meu avô antes de falecer, quando rezava toda noite para morrer durante o sono. Ah, disse o anjo para mim, eu estava sonhando com você. **4:514** – *O sonho de, por mais tolo que isso pareça, voar.* **4:515** – *O sonho da valsa de banquete, fome, e banquete.* **4:516** – *O sonho de pássaros desencarnados (46).* Não tenho certeza de que vocês considerariam isto um sonho ou uma lembrança, pois chegou a acontecer realmente, mas quando adormeço vejo o quarto em que chorei a morte do meu filho. Aqueles entre vocês que estavam lá lembrarão que ficamos sentados sem falar, comendo apenas o necessário. Lembrarão que um pássaro entrou, quebrando a janela e caindo ao chão. Aqueles entre vocês que estavam lá lembrarão que o pássaro bateu as asas antes de morrer e deixou uma mancha de sangue no chão depois de ser removido. Mas quem, entre vocês, foi o primeiro a notar o pássaro negativo que foi deixado na janela? Quem primeiro viu a sombra que o pássaro deixou atrás de si, a sombra que tirava sangue de qualquer dedo que tentasse delineá-la, a sombra que era uma prova melhor da existência do pássaro do que o pássaro jamais fora? Quem estava comigo quando eu chorei a morte do meu filho, quando pedi licença para enterrar aquele pássaro com minhas próprias mãos? **4:517** – *O sonho de se apaixonar, casar, morrer, amar.* Este sonho parece que dura horas, embora sempre ocorra nos cinco minutos entre a minha volta dos campos e o despertar para o jantar. Sonho com a ocasião em que conheci minha esposa, há cinquenta anos, e é exatamente como aconteceu. Sonho com nosso casamento, e até vejo as lágrimas de orgulho do meu pai. Está tudo lá, exatamente como foi. Mas então sonho com a minha própria morte, coisa que já ouvi dizer ser impossível, mas vocês têm de acreditar em mim. Sonho com minha mulher dizendo, no meu leito de morte, que me ama, e embora ela ache que eu não consigo ouvi-la, eu consigo, e ela diz que não teria mudado nada. Parece um momento que eu já vivi milhares de vezes antes, como se tudo fosse familiar, até o momento da minha morte, e que acontecerá de novo um número infinito de vezes, que nós nos conheceremos, casaremos, teremos nossos filhos, obteremos êxito no que obtivemos, fracassaremos no que fracassamos, sempre incapazes de mudar qualquer coisa. Estou novamente na parte baixa de uma roda que não pode ser detida, e, quando sinto meus olhos se fecharem para a morte, acordo. **4:518** – *O sonho do movimento perpétuo.* **4:519** – *O sonho das janelas baixas.* **4:520** – *O sonho de segurança e paz.* Sonhei que nascia do corpo de uma estranha. Ela me paria numa morada secreta, longe de tudo que eu viria a conhecer.

Imediatamente após o meu nascimento, para manter as aparências, ela entregou-me à minha mãe, que disse: obrigada. Você me deu um filho, o dom da vida. E por esta razão, por ser fruto do corpo de uma estranha, eu não temia o corpo da minha mãe, e podia abraçá-lo sem vergonha, somente com amor. Como eu não era fruto do corpo da minha mãe, meu desejo de voltar para casa jamais me reconduzia a ela, e eu podia dizer Mãe livremente, querendo apenas dizer Mãe. **4:521** – *O sonho de pássaros desencarnados (47)*. É a hora do pôr do sol neste sonho que tenho diariamente, e estou fazendo amor com minha esposa, minha esposa verdadeira, quero dizer, com quem estou casado há trinta anos, e todos vocês sabem como eu a amo, como sou apaixonado por ela. Massageio as coxas dela, e depois deslizo as mãos até a cintura e toco-lhe os seios. Minha esposa é uma mulher tão linda, todos vocês sabem disso, e no sonho ela está igual, tão linda quanto sempre. Baixo o olhar para as minhas mãos nos seios dela – mãos calejadas e gastas, mãos de homem, trêmulas e cheias de veias – e lembro, não sei por quê, mas é assim toda noite, lembro de dois pássaros brancos que minha mãe trouxe para mim de Varsóvia quando eu era criança. Deixávamos que eles voassem pela casa e pousassem onde quisessem. Lembro-me de ver as costas da minha mãe cozinhando ovos para mim, e lembro-me dos pássaros pousados nos ombros dela, com os bicos perto das orelhas, como se estivessem prestes a contar-lhe um segredo. Ela enfiava a mão direita no armário sem olhar, procurando algum tempero numa prateleira alta, agarrando algo fugidio e esvoaçante, sem deixar minha comida queimar. **4:522** – *O sonho de* encontrar *nosso jovem eu*. **4:523** – *O sonho de animais, dois a dois*. **4:524** – *O sonho de que não terei vergonha*. **4:525** – *O sonho de que somos nossos pais*. Eu ia andando até o rio Brod, sem saber por quê, e olhava para o meu reflexo na água. Não conseguia mais desviar os olhos. Qual era a imagem que me fazia querer mergulhar ali dentro? O que eu amava ali? E então reconheci o que era. Tão simples. Vi o rosto do meu pai na água, e aquele rosto via o rosto do seu pai, e assim por diante, refletindo de volta até o começo dos tempos, até o rosto de Deus, a cuja imagem fomos criados. Ardíamos de amor por nós mesmos, todos nós, que acendíamos o fogo que sofríamos – nosso amor era a moléstia que somente nosso amor podia curar...

O cântico foi interrompido por batidas na porta. Dois homens de chapéu preto entraram mancando, antes que qualquer membro da congregação tivesse tempo de se levantar.

ESTAMOS AQUI A MANDO DA CONGREGAÇÃO DOS CORRETOS!, berrou o mais alto dos dois.

A CONGREGAÇÃO DOS CORRETOS!, fez coro o baixinho atarracado.

Shshshsh!, disse Shanda.

YANKEL ESTÁ PRESENTE?, berrou o mais alto, como que respondendo ao pedido dela.

POIS É, YANKEL ESTÁ PRESENTE?, fez coro o baixinho atarracado.

Aqui. Estou aqui, disse Yankel, erguendo-se da almofada. Presumiu que o Rabino Bem-Considerado estivesse solicitando os seus serviços financeiros, como acontecera tantas vezes no passado, sendo a beatitude tão cara quanto era naqueles dias. *O que posso fazer por vocês?*

VOCÊ SERÁ O PAI DO BEBÊ DO RIO!, berrou o mais alto.

VOCÊ SERÁ O PAI!, fez coro o baixinho atarracado.

Excelente!, disse Didl, fechando o volume IV do *Livro de Sonhos Recorrentes*. Uma nuvem de poeira se elevou quando as capas bateram nas páginas. *Isto é excelente ao extremo! Yankel será o pai!*

Mazel tov!, começaram a cantar os membros da congregação. *Mazel tov!*

Subitamente, Yankel viu-se dominado pelo medo de morrer, um medo mais forte do que aquele que sentira quando seus pais haviam morrido de causas naturais, mais forte do que aquele que sentira quando seu único irmão morrera no moinho de trigo ou quando seus filhos haviam morrido, mais forte até do que aquele que sentira quando era criança, e lhe ocorreu pela primeira vez que precisava tentar entender o que podia significar não estar vivo (estar não na escuridão, não na insensibilidade), ser não sendo, não ser.

Os Desleixados foram parabenizá-lo com tapinhas nas costas, sem notar que ele estava chorando. *Obrigado*, dizia ele repetidamente, sem sequer se perguntar a quem estava agradecendo. *Muito obrigado*. Ele ganhara um bebê, e eu ganhara o pai do pai do pai do pai do meu tataravô.

COMEÇANDO A AMAR, 1791-1796

O AGIOTA DESONRADO Yankel D levou a menininha para casa naquela noite. *Agora*, disse ele, *vamos subir o primeiro degrau. Aqui estamos. Esta é a sua porta. E esta é a sua maçaneta que eu estou abrindo. E aqui é o lugar onde pomos os sapatos quando entramos. E aqui é o lugar onde penduramos os casacos.* Ele falava como se ela conseguisse entendê-lo, nunca em tom agudo ou em monossílabos, e nunca com palavras sem sentido. *Isto que eu estou lhe dando é leite. Vem de Mordechai, o leiteiro, que você vai conhecer um dia. Ele tira o leite de uma vaca, o que pensando bem é uma coisa muito estranha e perturbadora, de modo que não pense nisso... Esta é a minha mão, alisando o seu rosto. Algumas pessoas são canhotas e outras são destras. Ainda não sabemos o que você é, porque você só fica sentada aí e deixa que eu faça tudo... Isto é um beijo. É o que acontece quando os lábios são comprimidos e encostados em alguma coisa, às vezes outros lábios, às vezes uma bochecha, às vezes outra coisa. Depende... Isto é o meu coração. Você está tocando nele com a mão esquerda, não porque seja canhota, embora talvez seja, mas porque eu estou segurando a sua mão junto ao meu coração. O que você está sentindo é o batimento do meu coração. É isso que me mantém vivo.*

Ele fez uma cama com jornais amassados numa assadeira funda e colocou-a delicadamente dentro do forno, para que ela não fosse perturbada pelo ruído da pequena cachoeira lá fora. Deixava a porta do forno aberta e ficava sentado durante horas olhando para ela, como alguém poderia ficar vendo um pão crescer. Via o peito dela subir e descer rapidamente; os dedos formavam punhos e se abriam, enquanto os olhos se estreitavam sem razão aparente. *Será que ela está sonhando?*, perguntava-se ele. *E caso esteja, com o que sonham os bebês? Ela só pode estar sonhando com a vida antes do nascimento, assim como eu sonho com a vida após a morte.* Quando ele a tirava do forno, para alimentá-la ou simplesmente segurá-la, o corpo dela estava coberto de letras. O TEMPO DE MÃOS TINGIDAS FINALMENTE ACABOU! CAMUNDONGO SERÁ ENFORCADO! Ou: SOFIOWKA ACUSADO DE ESTUPRO, ALEGA POSSESSÃO POR PERSUASÃO DO PÊNIS, TORNOU-SE "FORA DE MÃO". Ou: AVRUM R MORTO EM ACIDENTE NO MOINHO DE TRIGO, DEIXA UM GATO SIAMÊS PERDIDO DE QUARENTA E OITO ANOS, AMARELADO, GORDUCHO, MAS NÃO GORDO, APRESENTÁVEL, TALVEZ UM POUCO GORDO, ATENDE POR "MATUSALÉM", TÁ LEGAL, GORDO PRA CARALHO. QUEM O ENCONTRAR PODE FICAR COM ELE. Às vezes ele a ninava nos braços até ela adormecer, lendo o que estava escrito no corpo dela, e ficava sabendo de tudo que precisava saber sobre o mundo. Se não estivesse escrito nela, não era importante para ele.

 Yankel perdera dois filhos, um devido à febre e o outro ao moinho industrial de trigo, que todo ano, desde que fora inaugurado, tirava a vida de um membro do shtetl. Também perdera uma esposa, não para a morte, mas para outro homem. Ao voltar de uma tarde na biblioteca, encontrara um bilhete cobrindo o SHALOM! do capacho da porta da sua casa: *Precisava fazer isso por mim.*

 Lilla F remexia o solo perto de uma das suas margaridas. Bitzl Bitzl estava parado à janela da cozinha, fingindo esfregar a bancada. Shloim W espiava através do bulbo superior de uma das ampulhetas de que já não conseguia mais se separar.

Ninguém dissera nada enquanto Yankel lia o bilhete, e ninguém dissera nada depois, como se o desaparecimento da esposa dele fosse uma coisa absolutamente comum, ou como se jamais houvessem notado que ele fora casado. *Por que ela não enfiara aquilo embaixo da porta?*, perguntara-se ele. *Por que não dobrara o bilhete?* Aquilo parecia um bilhete qualquer que ela lhe deixara, do tipo: *Você pode tentar consertar a aldrava quebrada?* ou *Volto logo, não se preocupe.* Era muito estranho que um tipo tão diferente de bilhete – *Precisava fazer isso por mim* – pudesse ter a mesma aparência: trivial, mundana, nada. Ele poderia tê-la odiado por ter deixado o bilhete ali à vista de todos, poderia tê-la odiado pelo conteúdo da mensagem, prosaica e sem adornos, sem qualquer pista que indicasse, sim, isto é importante, este é o bilhete mais doloroso que já escrevi, sim, preferiria morrer a ter de escrever isto novamente. Onde estavam as lágrimas secas? Onde estava o tremor na caligrafia?

Mas a esposa fora o seu primeiro e único amor, e era da natureza dos habitantes daquele shtetl diminuto perdoar seus primeiros e únicos amores; de modo que ele se forçara a compreender, ou a fingir compreender. Yankel jamais culpara a esposa por fugir para Kiev com o itinerante burocrata de bigode que fora convocado a ajudar nos confusos trabalhos do vergonhoso julgamento do próprio Yankel; o burocrata podia prometer cuidar dela no futuro, tirá-la daquilo tudo, levá-la para um lugar mais calmo, sem pensamentos, sem confissões, sem acordos com a justiça. Não, não era isso. O problema era Yankel. Ela queria ficar sem Yankel.

Ele passara as semanas seguintes bloqueando imagens do burocrata fodendo sua esposa. No chão, com ingredientes culinários. Em pé, ainda de meias. Na grama do quintal da imensa casa nova deles. Imaginava a esposa fazendo barulhos que jamais fizera para ele e sentindo prazeres que ele jamais lhe pudera proporcionar, pois o burocrata era um homem, e ele não era um homem. *Será que ela chupa o pênis dele?*, perguntava-se. *Sei que é bobagem pensar nisso, que esse pensamento só pode me causar dor, mas não consigo me livrar disso. E enquanto ela chupa o pênis dele, pois deve chupar, o que ele faz? Fica puxando o cabelo dela para trás para assistir? Fica tocando no peito dela? Fica pensando em outra pessoa? Se for isso, vou matar o sujeito.*

Com o shtetl ainda observando – Lilla ainda remexendo o solo, Bitzl Bitzl ainda esfregando a bancada e Shloim ainda fingindo medir o tempo com areia –, ele dobrara o bilhete em forma de lágrima, enfiara-o na lapela e entrara. *Não sei o que fazer*, pensara. *Provavelmente deveria me matar.*

Não suportava mais viver, mas não suportava morrer. Não suportava pensar que ela estivesse fazendo amor com outra pessoa, mas também não suportava deixar de pensar nela. E, quanto ao bilhete, não suportava a ideia de guardá-lo, porém também não suportava a ideia de destruí-lo. Por isso, tentara perdê-lo. Deixara-o ao lado dos castiçais que gotejavam cera, colocara-o entre pães ázimos a cada Páscoa, largara-o sem cerimônia entre os papéis amassados na escrivaninha atulhada, na esperança de que o bilhete não estivesse mais ali quando voltasse. Mas o bilhete continuava sempre ali. Ele tentava massageá-lo para fora do bolso ao sentar-se no banco diante do chafariz da sereia prostrada, mas, quando enfiava a mão no bolso em busca do lenço, o bilhete estava lá. Escondia-o feito um marcador de página num dos romances que mais detestava, mas o bilhete aparecia vários dias mais tarde entre as páginas de um dos livros ocidentais que só ele lia na aldeia, um dos livros que para ele o bilhete estragara para sempre. Tal como não conseguia perder a própria vida, não conseguia perder o bilhete, que teimava em voltar para ele, ficando com ele como se fosse parte dele. O bilhete era um sinal de nascença ou um membro do seu corpo, estava dentro dele, era ele próprio, o seu hino: *Precisava fazer isso por mim.*

Ele perdera tantos pedaços de papel ao longo do tempo, além de chaves, canetas, camisas, óculos, relógios e talheres.

Perdera um par de sapatos, suas abotoaduras de opala prediletas (nas suas mangas, as franjas emblemáticas dos Desleixados eriçavam-se com rebeldia), perdera três anos longe de Trachimbrod, milhões de ideias que tencionava anotar (algumas totalmente originais, algumas profundamente significativas), seu cabelo, sua postura, pai e mãe, dois bebês, uma esposa, uma fortuna em trocados e incontáveis oportunidades. Perdera até um nome: ele chamava-se Safran antes de fugir do shtetl, Safran do nascimento até sua primeira morte. Não parecia haver nada que ele não fosse capaz de perder. Mas aquele pedaço de papel não desaparecia jamais, como tampouco desaparecia a imagem de sua esposa prostrada, ou o pensamento de que se ele conseguisse, seria de imenso proveito acabar com a vida.

Antes do julgamento, Yankel-então-Safran era admirado incondicionalmente. Era o presidente (além de secretário, tesoureiro e único membro) do Comitê de Artes Belas e Boas e o fundador, diretor-geral com vários mandatos, e único professor da Escola de Aprendizado Mais Elevado, que se reunia na sua casa e cujas aulas eram frequentadas por ele mesmo. Não era incomum que uma família desse um jantar de vários pratos em homenagem a ele (ainda que não em sua presença) ou que um dos membros mais abastados da comunidade encomendasse um retrato dele a um artista itinerante. E os retratos eram sempre lisonjeiros. Ele era uma pessoa que todos admiravam e de quem todos gostavam, mas que ninguém conhecia. Era como um livro que você se sente bem ao segurar, sobre o qual pode falar sem ter lido a obra, e que pode até recomendar a outros.

A conselho de seu advogado, Isaac M, que desenhava aspas no ar a cada sílaba que pronunciava, Yankel se declarara culpado de todas as acusações de procedimento fraudulento, na esperança de que isso reduzisse a sua pena. Acabara perdendo a licença de agiota. E além da licença, perdera seu bom nome, que é, como se diz, a única coisa pior do que perder a saúde. Os transeuntes debochavam dele ou resmungavam por entre os dentes nomes como patife, trapaceiro, cachorro, puto. Ele não teria sido tão odiado se não houvesse sido tão amado antes. Mas junto com o Rabino Variedade-de-Jardim e Sofiowka, era um dos vértices da comunidade – o vértice invisível –, e com a vergonha sobreveio-lhe uma sensação de desequilíbrio, um vazio.

Safran começara a percorrer as aldeias vizinhas, encontrando trabalho como professor de teoria e execução do cravo, consultor de perfumes (fingindo ser surdo e cego para alcançar alguma legitimidade face à falta de referências), e até um malsucedido empreendimento como o pior cartomante do mundo – *Não vou mentir para você e dizer que seu futuro é cheio de promessas...* Acordava toda manhã com o desejo de agir corretamente, de ser uma pessoa boa e significativa, de ser, por mais simples que isso pudesse parecer e impossível que fosse na realidade, feliz. E ao longo de cada dia o seu coração afundava, do peito para o estômago. No começo da tarde ele tinha a sensação de que nada estava certo, ou de que nada era certo para ele, e sentia o desejo de ficar sozinho. À noite ele se sentia realizado: sozinho na magnitude do seu pesar, sozinho com sua culpa difusa, sozinho até na sua solidão. *Não estou triste,* repetia ele sem parar, *Não estou triste.* Como se um dia pudesse se convencer disso. Ou se enganar. Ou convencer os outros – a única coisa pior do que ficar triste é deixar os outros saberem que você está triste. *Não estou triste. Não estou triste.* Pois sua vida tinha um potencial ilimitado para a felicidade, exatamente por ser um aposento branco e vazio. Ele adormecia com o coração ao pé da cama, feito um animal domesticado que não fazia parte dele. E a cada manhã acordava com o coração engaiolado novamente nas costelas, um pouco mais pesado, um pouco mais fraco, mas ainda batendo. E lá pelo meio da tarde sentia novamente o desejo de estar em outro lugar, de ser outra pessoa, de ser outra pessoa que estivesse em outro lugar. *Não estou triste.*

Depois de três anos ele voltara ao shtetl – sou a prova definitiva de que todos os cidadãos que partem acabam voltando – e passara a viver discretamente, feito uma franja dos Desleixados costurada à manga de Trachimbrod, obrigado a usar aquela horrível conta em torno do pescoço como marca de sua vergonha. Mudara seu nome para Yankel, o nome do burocrata que fugira com sua esposa, e pedira que ninguém jamais voltasse a chamá-lo de Safran (embora achasse que ouvia aquele nome de vez em quando, resmungado às suas costas). Muitos dos antigos clientes haviam voltado, e embora se recusassem a pagar as taxas do seu período de apogeu, ele conseguira se restabelecer no shtetl onde nascera – como todos os exilados acabam por tentar fazer.

Quando os homens de chapéu preto lhe deram o bebê, Yankel sentiu que ele também era apenas um bebê. Com a chance de viver sem desonra, sem necessidade de consolo por uma vida vivida de forma errada, a chance de ser mais uma vez inocente, simples e impossivelmente feliz. Deu à menina o nome de Brod, em homenagem ao rio onde ela curiosamente nascera, e um pequeno cordão com uma diminuta conta de ábaco, para que ela jamais se sentisse deslocada no que seria a sua família.

A mãe da mãe da mãe da minha tataravó foi crescendo, sem se lembrar de nada, é claro, e nada lhe foi dito. Yankel inventou uma história acerca da morte prematura da mãe dela – *indolor, durante o parto* – e respondia às muitas perguntas que surgiam do jeito que achava que causaria menos sofrimento à menina. Fora a mãe que lhe dera aquelas belas orelhas grandes. Era o senso de humor da mãe que todos os meninos admiravam tanto nela. Yankel falava das férias que ele e a esposa haviam passado (quando ela arrancara uma farpa do seu calcanhar em Veneza, quando ele fizera um desenho dela em lápis vermelho diante de um chafariz em Paris), mostrava-lhe cartas amorosas que os dois haviam trocado (escrevendo com

a mão esquerda as da mãe de Brod) e a punha na cama com histórias do romance deles.
Foi amor à primeira vista, Yankel?
Eu me apaixonei pela sua mãe até antes disso – só pelo cheiro!
Conte novamente como ela era.
Ela se parecia com você. Era linda, com esses olhos que não combinam, feito você. Um azul e um castanho, feito os seus. Ela tinha os mesmos traços e a mesma pele macia.
Qual era o livro predileto dela?
O Gênese, é claro.
Ela acreditava em Deus?
Nunca quis me dizer.
De que tamanho eram os dedos dela?
Deste tamanho.
E as pernas?
Assim.
Conte novamente como ela soprava no seu rosto antes de beijar você.
Bom, é isso mesmo, ela soprava nos meus lábios antes de me beijar, como se eu fosse uma comida muito quente e ela fosse me comer!
Ela era engraçada? Mais engraçada do que eu?
Ela era a pessoa mais engraçada do mundo. Exatamente como você.
Era bonita?

Era inevitável: Yankel se apaixonou pela esposa inexistente. Acordava de manhã e sentia falta do peso que jamais afundara a cama ao seu lado, lembrava-se detalhadamente do peso de gestos que ela jamais fizera, e ansiava pelo peso inexistente do braço inexistente dela no seu peito demasiadamente real, assim tornando suas lembranças de viúvo muito mais convincentes e sua dor muito mais real. Sentia que a perdera. E *realmente* a perdera. À noite, relia as cartas que ela jamais lhe escrevera.

Queridíssimo Yankel,
    Logo voltarei ao nosso lar, e portanto você não precisa ter tantas saudades de mim, por mais doce que isso possa ser. Você

é tão bobo. Sabe disso? Sabe o quanto você é bobo? Talvez seja por isso que eu amo você tanto, porque também sou boba.

Aqui é maravilhoso. É muito bonito, como você prometeu que seria. As pessoas me tratam bem, e eu estou comendo bastante, coisa que só menciono porque você vive querendo saber se eu estou me cuidando. Bom, estou, de modo que não precisa se preocupar.

Sinto muita saudade de você. É quase insuportável. Penso na sua ausência quase todos os minutos de todos os dias, e isso quase me mata. Mas é claro que logo voltarei a você, e não terei mais de sentir a sua falta, e você não terá de saber que algo, tudo, está faltando, que aquilo que está aqui é apenas o que não está aqui. Beijo meu travesseiro antes de ir dormir e imagino que é você. Isso parece algo que você poderia fazer, eu sei. Provavelmente é por isso que ajo assim.

A coisa quase funcionou. Ele já repetira os detalhes tantas vezes que era quase impossível distingui-los dos fatos. Mas o bilhete real teimava em reaparecer, e ele tinha certeza de que era isso que o afastava daquela coisa simples e impossível: a felicidade. *Precisava fazer isso por mim.* Brod descobriu o bilhete um dia, quando tinha apenas alguns anos de idade. O troço se enfiara no bolso direito dela, como se tivesse uma mente própria, como se aquelas cinco palavras rabiscadas fossem capazes de querer infligir a realidade. *Precisava fazer isso por mim.* Ou ela percebeu a imensa importância daquilo, ou não lhe deu importância alguma, pois jamais tocou no assunto com Yankel. Mas colocou o bilhete na mesa de cabeceira dele, onde ele o acharia à noite, após reler outra carta que não era da mãe dela, nem da sua esposa. *Precisava fazer isso por mim.*

Não estou triste.

OUTRA LOTERIA, 1791

O RABINO BEM-CONSIDERADO pagou meia dúzia de ovos e um punhado de amoras para que o seguinte anúncio fosse publicado no jornalzinho semanal de Shimon T: um magistrado irascível de Lvov exigira que um nome fosse dado àquele shtetl sem nome; o nome seria usado nos novos mapas e censos, e não poderia ofender a sensibilidade refinada da aristocracia ucraniana ou polonesa, nem ter pronúncia difícil demais; e a questão teria de estar decidida até o final da semana.

VOTAÇÃO!, proclamou o Rabino Bem-Considerado. *VAMOS FAZER UMA VOTAÇÃO.* Pois como o Rabino Venerável esclarecera outrora: *E SE ACREDITAMOS QUE TODO JUDEU SAUDÁVEL, ESTRITAMENTE MORALISTA, ACIMA DA MÉDIA, DETENTOR DE PROPRIEDADES, RELIGIOSO E ADULTO NASCE COM UMA VOZ QUE PRECISA SER OUVIDA, NÃO DEVERÍAMOS OUVI-LAS TODAS?*

Na manhã seguinte uma urna foi colocada diante da Sinagoga dos Corretos, e os cidadãos qualificados enfileiraram-se ao longo da linha divisória judaico/humana. Bitzl Bitzl votou em "Gefiltópolis"; o falecido filósofo Pinchas T em "Cápsula Temporal de Poeira e Barbante". O Rabino Bem-Considerado votou em "*SHTETL DOS PIEDOSOS CORRETOS E DOS INDIZÍVEIS DESLEIXADOS COM QUEM NENHUM JUDEU RESPEITÁVEL DEVE TER RELAÇÃO ALGUMA, A NÃO SER QUE ACHE O INFERNO UM LOCAL IDEAL PARA TIRAR FÉRIAS.*"

O cavalheiro louco Sofiowka, tendo tanto tempo livre e tão pouco para fazer, incumbiu-se de vigiar a urna a tarde toda e depois entregá-la no escritório do magistrado em Lvov à noite. Na manhã seguinte já era oficial: localizado a vinte e três quilômetros a sudeste de Lvov, quatro ao norte de Kolki, e fincado na fronteira entre a Polônia e a Ucrânia feito um graveto espetado numa cerca, ficava o shtetl de Sofiowka. O novo nome era, para tristeza daqueles que deveriam carregá-lo, oficial e irrevogável. Acompanharia o shtetl até a morte.

É claro que ninguém em Sofiowka chamava o shtetl de Sofiowka. Antes do surgimento daquele desagradável nome oficial, ninguém sentia necessidade de usar qualquer nome. Mas agora que houvera um insulto – dar ao shtetl o nome daquele merda –, os cidadãos tinham um nome para *não* adotar. Alguns até chamavam o shtetl de Não Sofiowka, e continuariam a fazê-lo mesmo depois da escolha de um novo nome.

O Rabino Bem-Considerado convocou outra votação. *O NOME OFICIAL NÃO PODE SER MUDADO*, disse ele, *MAS PRECISAMOS TER UM NOME SENSATO PARA NOSSOS PRÓPRIOS OBJETIVOS*. Embora ninguém soubesse claramente o que significavam esses objetivos (*Nós tínhamos objetivos antes? Qual é exatamente o meu objetivo entre os nossos objetivos?*), a segunda votação parecia inquestionavelmente necessária. A urna foi colocada diante da Sinagoga dos Corretos, e desta vez foram as gêmeas do Rabino Bem-Considerado que ficaram de vigia.

O chaveiro artrítico Yitzhak W votou em "Fronteilândia". O homem da lei Isaac M em "Shtetlprudência". Lilla F, descendente do primeiro Desleixado a largar o livro, convenceu as gêmeas a deixá-la enfiar escondido uma cédula onde estava escrito "Pinchas". (As irmãs também votaram: Hannah em "Chana", e Chana em "Hannah.")

O Rabino Bem-Considerado contou as cédulas à noite. Deu empate, pois cada nome ganhara um voto: Lutsk Menor, *CORRETOLÂNDIA*, Nova Promessa, Linha Divisória, Joshua, Trancas-e-Chaves... Concluindo que o fiasco já durara o suficiente, o rabino decidiu – raciocinando que era isso que Deus faria numa situação assim – sortear um papel qualquer na urna e dar o nome ali escrito ao shtetl.

Balançou a cabeça ao ler o que já se tornara uma caligrafia familiar e disse: *YANKEL GANHOU NOVAMENTE. ELE NOS DEU O NOME DE TRACHIMBROD.*

23 de setembro de 1997

Querido Jonathan,
 Fiquei como um pinto no lixo ao receber sua carta, e ao saber que você voltou à faculdade para fazer o ano conclusivo. Quanto a mim, ainda tenho dois anos de estudo entre as cadeiras remanescentes. Não sei o que desempenharei depois disso. Muitas das coisas que você me informou em julho continuam importantes para mim, como aquilo que você pronunciou sobre a busca por sonhos, e que, se você tem um sonho bom e significativo, fica oblongado a buscar por ele. Isso deve ser mais moleza para você, devo dizer.
 Não ansiava por mencionar isto, mas mencionarei. Logo possuirei suficiente moeda corrente para comprar um bilhete aéreo para a América. Papai não sabe disso. Ele acha que eu dissemino tudo que possuo em discotecas famosas, mas em substituição a isso eu frequentemente vou à praia e fico aboletado lá por muitas horas, de modo que não preciso disseminar moeda corrente. Quando me aboleto na praia, eu penso na sorte que você tem.
 Ontem foi aniversário de Pequeno Igor. Ele tornou seu braço quebrado no dia prévio, porque caiu novamente, desta vez de uma cerca onde estava marchando, você acredita? Todos nós tentamos inflexivelmente fazer dele uma pessoa feliz, e Mamãe preparou um bolo de qualidade que tinha muitos platôs, e tivemos até um pequeno festival. Vovô estava presente, é claro. Indagou como você estava, e eu disse que você estaria revertendo à universidade em setembro, que é agora. Não informei a ele que o guarda roubou a caixa de Augustine, pois sabia que ele ficaria envergonhado, e ele ficou feliz por ouvir notícias suas, e normalmente nunca está feliz. Ele queria que eu perguntasse se seria uma coisa possível você enviar outra reprodução da

fotografia de Augustine. Disse que presentearia você com moeda corrente para qualquer despesa. Estou muito angustiado por causa dele, como informei na última carta. A saúde dele está sendo derrotada. Ele não possui mais energia para se enfezar frequentemente, e em geral fica em silêncio. Na verdade, eu favoreceria se ele berrasse comigo, e até se me socasse.

Papai comprou uma bicicleta nova para dar a Pequeno Igor de aniversário, o que é um presente superior, pois sei que Papai não possui suficiente moeda corrente para presentes como bicicletas. "O Pobre Sem-Jeito", disse ele, estendendo a mão para o ombro de Pequeno Igor, "ele deve ficar feliz no dia do seu aniversário." Eu abarquei um retrato da bicicleta no envelope. Diga se é maneira. Por favor, seja verdadeiro. Não vou ficar com raiva se você disser que não é maneira.

Resolvi não ir a nenhum lugar famoso ontem à noite. Em vez disso, aboletei-me na praia. Mas não estava na minha solidão normal, pois levei uma fotografia de Augustine comigo. Devo confessar a você que examino aquela fotografia recorrentemente, e persevero pensando no que você disse sobre me apaixonar por ela. Ela é linda. Você está correto.

Chega de conversa furada. Estou tornando você uma pessoa muito entediada. Agora vou falar do negócio da história. Percebi que você não ficou tão apaziguado com a segunda seção. Vou calçar as sandálias novamente por causa disso. Mas as suas correções foram tão fáceis. Obrigado por me informar que o certo é "ficar puto da vida" e "vir a calhar". Para mim é muito útil saber as expressões idiomáticas corretas. É necessário. Sei que você pediu que eu não alterasse os erros, porque eles soam humorísticos, e só se pode contar uma história triste de forma humorística, mas acho que vou alterá-los. Por favor, não me odeie.

Modelei todas as outras correções que você recomendou. Inseri o que você ordenou na parte sobre nosso primeiro encontro. (Você acha, na verdade, que nós somos comparáveis?) Como você mandou que eu fizesse, removi a frase "Ele era severamente baixo", e no lugar inseri: "Como eu, ele não era alto." E depois da frase "Percebi que ele ainda estava saindo de um sonho", acrescentei, *como você ordenou: "com Vovó."*

Com estas mudanças, fiquei confiante de que a segunda parte da história está perfeita. Não consegui ignorar a observação de que mais uma vez você me enviou moeda corrente. Agradeço novamente por isto. Mas papagueio o que pronunciei antes: se você não ficar apaziguado com o que eu lhe enviar, e quiser que eu envie a moeda corrente de volta, enviarei imediatamente. Não posso sentir orgulho de qualquer outra forma.

Labutei muito nesta próxima seção. Foi a mais rígida até agora. Tentei adivinhar algumas das coisas que você gostaria que eu alterasse, e eu mesmo fiz as alterações. Por exemplo, não utilizei a palavra "enfezar" com habitualidade, pois percebi que isso deixava você nervoso pela frase da carta em que você dizia: "Pare de usar a palavra 'enfezar'. Isso está me deixando nervoso." Também inventei coisas que achei que apaziguariam você, coisas engraçadas e coisas tristes. Tenho certeza de que você me informará quando eu viajar para longe demais.

Em relação aos seus escritos, você me enviou muitas páginas, mas devo dizer que li cada uma delas. O Livro de Sonhos Recorrentes *foi uma coisa muito bonita, e devo dizer que o sonho sobre sermos nossos pais me deixou melancólico. Era essa a sua intenção, não? É claro que eu não sou meu pai, de modo que talvez seja o pássaro raro na sua história. Quando olho na reflexão, o que avisto não é Papai, mas o negativo de Papai.*

Yankel. Ele é um homem bom, não? Por que você acha que ele buscou trapacear para aquele homem há tanto tempo? Talvez ele precisasse da moeda corrente com muita severidade. Eu sei o que é isso, embora jamais trapaceasse alguém. Achei estimulante você criar outra loteria, desta vez para apelidar o shtetl. Isso me fez pensar no apelido que eu daria a Odessa, se recebesse poder para isso. Acho que a apelidaria de Alex, pois então todo mundo saberia que eu sou Alex, e que o nome da cidade é Alex, de modo que eu devo ser uma pessoa de qualidade. Também poderia chamá-la de Pequeno Igor, pois o povo pensaria que meu irmão é uma pessoa de qualidade, coisa que ele é, mas seria bom que o povo pensasse assim. *(É esquisito que eu deseje para o meu irmão tudo que desejo para mim mesmo, só que com mais rigidez.)* Talvez eu a chamasse de Trachimbrod, pois então Trachimbrod poderia existir, e além disso todo mundo aqui compraria o seu livro, e você ficaria famoso.

Estou lamentoso por terminar esta carta. É a coisa mais aproximada que temos de uma conversa. Espero que você fique apaziguado com a terceira seção e, como sempre, peço o seu perdão. Tentei ser verdadeiro e belo, como você me ordenou.

Ah, sim. Há um item adicional. Não amputei Sammy Davis, Junior, Junior da história, embora você houvesse me aconselhado a fazer isso. Você pronunciou que a história ficaria mais "refinada" com a ausência dela, e eu sei que refinado é igual a culto, polido e bem-educado, mas informo a você que Sammy Davis, Junior, Junior é uma personagem muito distinta, com variados apetites e objetos de paixão. Vamos observar a evolução dela, e resolvemos depois.

Candidamente,
Alexander

PARTINDO PARA LUTSK

SAMMY DAVIS, JUNIOR, JUNIOR estava mastigando a própria cauda, mas converteu sua atenção para limpar com lambidas os óculos do herói, que estavam mesmo precisando de limpeza. Escrevo que ela tentou porque o herói não se mostrou sociável.
– Afaste este cachorro de mim – disse ele, encolhendo o corpo feito uma bola. – Por favor. Eu não gosto de cachorros.
– Ela só está brincando com você – retruquei, enquanto ela punha o corpo em cima dele e chutava-o com as patas traseiras.
– Isso significa que ela gosta de você.
– Por favor – disse ele, tentando afastar a cadela, que pulava para cima e para baixo no rosto dele. – Eu não gosto dela. Não estou com vontade de brincar. E ela vai quebrar os meus óculos.
Agora vou mencionar que Sammy Davis, Junior, Junior é frequentemente muito sociável com amigos novos, mas eu jamais testemunhara algo como aquilo. Cheguei à conclusão de que ela se apaixonara pelo herói, e perguntei:
– Você está trajando água-de-colônia?
– O quê?
– Você está trajando alguma água-de-colônia?
Ele girou o corpo para que seu rosto se enfiasse no assento, longe de Sammy Davis, Junior, Junior. Defendendo a nuca com as mãos, disse:
– Talvez um pouco.

– Porque ela adora água-de-colônia. Fica sexualmente estimulada.
– Meu Jesus Cristo.
– Ela está tentando realizar sexo com você. Isto é um bom sinal. Significa que ela não vai morder você.
– Socorro! – disse ele, quando Sammy Davis, Junior, Junior fez uma rotação para fazer um sessenta-e-nove. Durante toda a ocorrência, Vovô ainda estava voltando do seu repouso.
– Ele não gosta dela – informei a ele.
– Gosta, sim – disse Vovô. Depois se calou.
– Sammy Davis, Junior, Junior! Sente aí! – exclamei. E sabe o que aconteceu? Ela se sentou. Em cima do herói. Na posição sessenta-e-nove. – Sammy Davis, Junior, Junior! Sente-se no seu lado do banco traseiro! Saia de cima do herói!
Acho que ela me entendeu, pois se afastou do herói e voltou a golpear o rosto contra a janela do outro lado. Ou talvez já houvesse lambido toda a água-de-colônia do herói e não estivesse mais interessada nele sexualmente, apenas como amigo.
– Você está sentindo um fedor horrível? – indagou o herói, removendo a umidade para fora da sua nuca.
– Não – disse eu. Era uma não verdade conveniente.
– Alguma coisa está fedendo horrivelmente. Parece que alguém morreu dentro deste carro. O que é isso?
– Não sei – disse eu, embora fizesse uma ideia.
Não cogito que alguém dentro daquele carro tenha ficado surpreso quando nos perdemos entre a estação ferroviária de Lvov e a supervia para Lutsk. Vovô voltou-se e disse ao herói:
– Odeio Lvov.
– O que ele está dizendo? – perguntou o herói.
– Ele disse que não vai demorar muito – respondi. Outra não verdade conveniente.
– O que não vai demorar? – perguntou o herói.

– Você não precisa ser bondoso comigo, mas não faça besteira com o judeu – eu disse para Vovô.

– Posso dizer o que eu quiser para ele. Ele não vai entender – disse ele.

Girei minha cabeça verticalmente para benefício do herói e disse:

– Ele diz que não vai demorar muito até chegarmos à supervia para Lutsk.

– E de lá até Lutsk? – perguntou o herói, fixando sua atenção em Sammy Davis, Junior, Junior, que continuava socando a cabeça contra a janela. (Mas devo mencionar que ela estava sendo uma boa cadela, pois só socava a cabeça contra a sua janela, e quando você está dentro de um carro, sendo cachorro ou não, você pode fazer qualquer coisa que deseje, desde que fique do seu lado. Além disso, ela não estava peidando muito.)

– Diga para ele calar a boca – disse Vovô. – Não consigo dirigir com ele falando.

– Nosso motorista diz que há muitos prédios em Lutsk – informei ao herói. Depois acrescentei para Vovô: – Estamos sendo tremendamente bem pagos para ouvir a conversa dele.

– Eu não estou – respondeu Vovô.

– Eu também não – disse eu. – Mas alguém está.

– O quê?

– Ele diz que da supervia não são mais de duas horas até Lutsk, onde encontraremos um hotel terrível para passar a noite.

– O que você quer dizer quando fala em terrível?

– O quê?

– Eu perguntei o que... você... quer... dizer... quando... fala... em... terrível?

– Diga a ele para calar a boca.

– Vovô está dizendo para você olhar pela janela se quiser ver alguma coisa.

– E o tal hotel terrível?

– Ah, imploro que você esqueça que eu disse isso.
– Odeio Lvov. Odeio Lutsk. Odeio o judeu no banco traseiro deste carro que odeio.
– Você não está tornando isto mais moleza.
– Sou cego. Supostamente, sou apoquentado.
– O que você está dizendo aí na frente? E que diabo de cheiro é esse?
– O quê?
– Diga para ele calar a boca, senão vou jogar o carro para fora da estrada.
– O que... você... está... dizendo... aí... na... frente?
– O judeu tem de ser silenciado. Vou nos matar.
– Estávamos dizendo que a jornada pode levar mais tempo do que estávamos desejando.
 A viagem capturou cinco horas muito longas. Se você quer saber por quê, foi porque Vovô é em primeiro lugar Vovô, e só em segundo lugar motorista. Ele nos perdia frequentemente, e ficava nervoso. Eu tinha de traduzir a raiva dele em informações úteis para o herói.
– Caralho – disse Vovô.
– Ele diz que, se você olhar para essas estátuas, verá que algumas já não resistem. Eram os lugares onde ficavam as antigas estátuas comunistas.
– Puta que pariu! – gritou Vovô.
– Ah, ele quer que você saiba que aquele prédio, aquele prédio e aquele prédio são todos importantes – disse eu.
– Por quê? – indagou o herói.
– Porra! – disse Vovô.
– Ele não lembra – disse eu.
– Dá para ligar o ar-condicionado? – pediu o herói.
Fiquei humilhado ao máximo e disse:
– Este carro não tem ar-condicionado. Calço minhas sandálias da humildade.

— Bom, podemos abaixar as janelas? Está muito quente aqui dentro, e parece que alguma coisa morreu.
— Sammy Davis, Junior, Junior vai pular para fora.
— Quem?
— A cadela. O nome dela é Sammy Davis, Junior, Junior.
— Isso é uma piada?
— Não, ela verdadeiramente partirá do carro.
— Estou falando do nome dele.
— O nome *dela* — retifiquei-o, pois sou de primeira categoria com pronomes.
— Diga a ele para passar velcro nos beiços — disse Vovô.
— Ele diz que a cadela tem esse nome por causa do cantor favorito dele, que era Sammy Davis, Junior.
— Um judeu — disse o herói.
— O quê?
— Sammy Davis, Junior era judeu.
— Isso não é possível — disse eu.
— Convertido. Ele encontrou o Deus judaico. Engraçado. Contei isso a Vovô, que berrou:
— Sammy Davis, Junior não era judeu! Era o negro do conjunto Rat Pack!
— O judeu tem certeza disso.
— O Homem da Música? Isso não é uma coisa possível!
— Foi o que ele me informou.
— Dean Martin, Junior! — berrou ele para o banco traseiro. — Suba aqui! Vamos lá, garota!
— Por favor, podemos abaixar a janela? — disse o herói. — Não aguento mais esse cheiro.
Ao ouvir isto, me rendi à humildade, e disse:
— É só Sammy Davis, Junior, Junior. Ela produz peidos terríveis aqui dentro, porque o carro não tem amortecedores nem longarinas, mas vai pular para fora se abaixarmos a janela. E precisamos dela, que é a cadela-guia do nosso motorista cego, que é também meu avô. O que você não compreende?

Foi durante as cinco horas de viagem entre a estação ferroviária de Lvov e a cidade de Lutsk que o herói me explicou por que viera à Ucrânia. Ele escavou vários itens de uma bolsa lateral. Primeiro mostrou-me uma fotografia amarelada. Estava dobrada e colada por muitos pedaços de fixador.

– Está vendo isto? Este aqui é o meu avô Safran – disse, apontando para um rapaz que era muito parecido com ele, e poderia até ter sido ele próprio. – Isto foi tirado durante a guerra.

– De quem?

– Não, não foi tirado de ninguém. A fotografia foi tirada.

– Entendi.

– Estas pessoas aqui são da família que salvou meu avô dos nazistas.

– O quê?

– Elas... salvaram... meu... avô... dos... nazistas.

– Em Trachimbrod?

– Não, em algum lugar fora de Trachimbrod. Ele fugiu do ataque dos nazistas a Trachimbrod. Todos os outros morreram. Ele perdeu a mulher e uma criança.

– Perdeu?

– Elas foram mortas pelos nazistas.

– Mas se isso não foi em Trachimbrod, por que estamos indo para Trachimbrod? E como encontraremos essa família?

Ele explicou que não estávamos procurando a família, mas aquela garota. Ela era a única que ainda poderia estar viva. E passou o dedo ao longo do rosto da garota ao mencioná-la. Na fotografia, ela estava de pé à direita do avô dele. Um homem que tenho certeza de que era pai dela estava à esquerda, e uma mulher que tenho certeza de que era a mãe estava atrás. Os pais pareciam muito russos, mas ela não. Parecia ser americana. Era uma garota nova, de uns quinze anos. Mas é possível que fosse mais velha. Talvez tivesse a mesma idade que o herói e eu, e o avô do herói na fotografia. Fiquei olhando para a garota por muitos minutos. Ela era tão linda. Tinha cabelos castanhos, que lhe batiam nos ombros. Seus olhos pareciam tristes e cheios de inteligência.

– Quero ver Trachimbrod – disse o herói. – Quero ver como é o lugar, como meu avô foi criado e onde eu estaria agora se não fosse a guerra.

– Você seria ucraniano.
– Isso mesmo.
– Como eu.
– Acho que sim.

– Só que não seria como eu, pois você seria um fazendeiro numa aldeia obscura, e eu moro em Odessa, que é muito parecida com Miami.

– E quero ver como o lugar está agora. Acho que não tem mais judeus lá, mas talvez tenha. E os shtetls não eram compostos só por judeus, de modo que deve haver gente com quem conversar.

– Os o quê?
– Os shtetls. Um shtetl é uma espécie de aldeia.
– Por que você não apelida meramente de aldeia?
– É uma palavra judaica.
– Uma palavra judaica?
– Em iídiche. Feito schmuck.
– O que significa schmuck?
– Alguém que faz algo com o que você não concorda é um schmuck.
– Ensine outra para mim.
– Putz.
– O que isso significa?
– É igual a schmuck.
– Ensine outra.
– Schmendrik.
– O que isso significa?
– Também é igual a schmuck.

– Você conhece alguma palavra que não seja igual a schmuck?

Ele pensou por alguns instantes e disse:

– Shalom, que na verdade é composta por três palavras, mas isso é hebraico, e não iídiche. Só consigo pensar em coisas que são basicamente iguais a schmuck. Os esquimós têm quatrocentas palavras para neve, e os judeus têm quatrocentas para schmuck.

Fiquei pensando no que seria um esquimó e perguntei:

– Então vamos fazer turismo no shtetl?

– Achei que seria um bom lugar para começar a nossa busca.

– Busca?

– Por Augustine.

– Quem é Augustine?

– A garota da fotografia. Ela é a única que ainda pode estar viva.

– Ah. Vamos procurar Augustine, que você acha que salvou seu avô dos nazistas.

– É.

Fez-se silêncio por um instante.

– Eu gostaria de encontrar essa garota – disse eu. Percebi que isso deixou o herói apaziguado, mas eu não dissera aquilo para apaziguá-lo, e sim porque era verdade. Depois acrescentei: – E o que acontecerá se nós encontrarmos a garota?

O herói tornou-se uma pessoa pensativa e depois disse:

– Não sei o que acontecerá. Acho que vou agradecer a ela.

– Por salvar o seu avô.

– É.

– Isso seria muito esquisito, não?

– O quê?

– Quando nós encontrarmos a garota.

– Se nós encontrarmos a garota.

– Nós vamos encontrar a garota.

— Provavelmente não – disse ele.

— Então por que vamos procurar? – questionei, mas antes que ele pudesse responder, eu mesmo me interrompi com outra questão: – E como você sabe que o nome dela é Augustine?

— Acho que não sei, na verdade. Aqui atrás da fotografia, está vendo, há umas palavras escritas, na caligrafia do meu avô, acho eu. Talvez não. Uma frase em iídiche. "Aqui estou eu com Augustine, 21 de fevereiro de 1943."

— É muito difícil de ler.

— Pois é.

— Por que você acha que ele só comenta sobre Augustine, e não sobre as duas outras pessoas na fotografia?

— Não sei.

— É esquisito, não? É esquisito que ele só comente sobre ela. Você acha que ele amava essa garota?

— O quê?

— Pois ele só comenta sobre ela.

— E daí?

— E daí que talvez ele amasse a garota.

— É engraçado que você pense isso. Provavelmente nós pensamos da mesma forma. – (Obrigado, Jonathan.) – Já pensei muito sobre isso, sem nenhum bom motivo. Ele tinha dezoito anos, e ela tinha, o quê, cerca de quinze? Ele acabara de perder esposa e filha no ataque dos nazistas ao shtetl.

— Trachimbrod?

— Isso. Pelo que sei, a frase talvez não tenha relação alguma com a fotografia. Ele pode ter usado isto como papel de rascunho.

— Rascunho?

— Papéis que não têm importância. Um papel qualquer, só para anotar coisas.

— Ah.

— Portanto, na verdade eu não faço ideia. Parece muito improvável que ele estivesse apaixonado por ela. Mas não há algo estranho na imagem? A proximidade entre eles, embora não estejam olhando um para o outro. TAlvez até o próprio *fato* de não estarem olhando um para o outro. A distância. É muito forte, você não acha? E as palavras escritas atrás.

– Pois é.

– E também é estranho que nós dois tenhamos pensado na possibilidade de que ele estivesse apaixonado por ela.

– Pois é – disse eu.

– Um lado meu quer que ele estivesse apaixonado por ela, e um lado meu detesta pensar nisso.

– Qual lado seu detesta pensar que ele amava a garota?

– Bom, eu gosto de pensar que certas coisas são insubstituíveis.

– Não entendo. Ele se casou com a sua atual avó, de modo que algo deve ter sido substituído.

– Mas isso é diferente.

– Por quê?

– Porque ela é minha avó.

– Augustine poderia ter sido sua avó.

– Não, ela poderia ter sido avó de outra pessoa. Pelo que sei, talvez seja. Ele pode ter tido filhos com ela.

– Não diga isso sobre o seu avô.

– Bom, eu sei que ele teve outros filhos antes, então por que isso seria tão diferente?

– E se nós descobrirmos um irmão seu?

– Isso não vai acontecer.

– E como você obteve esta fotografia? – perguntei, aproximando-a da janela.

– Minha avó deu isso à minha mãe há dois anos, dizendo que essa era a família que salvara meu avô dos nazistas.

– Por que meramente há dois anos?

– Como assim?

– Por que ela só deu a fotografia à sua mãe tão recentemente?

— Ah, entendi o que você está perguntando. Ela tinha as razões dela.
— Quais são essas razões?
— Não sei.
— Você indagou sobre o que está escrito atrás?
— Não. Não podíamos perguntar a ela nada sobre isso.
— Por que não?
— Ela guardou a fotografia por cinquenta anos. Se quisesse nos contar algo sobre isso, teria falado.
— Agora entendi o que você está dizendo.
— Não pude nem contar a ela que estava vindo à Ucrânia. Ela acha que eu ainda estou em Praga.
— Por que isso?
— As lembranças que ela tem da Ucrânia não são boas. O shtetl dela, Kolki, fica a poucos quilômetros de Trachimbrod. Achei que nós iríamos até lá também. Mas toda a família dela foi morta, todo mundo, mãe, pai, irmãs, avós.
— Ela não foi salva por um ucraniano?
— Não, ela fugiu antes da guerra. Era jovem, e deixou a família para trás.
Ela deixou a família para trás. Escrevi aquela frase no meu cérebro e disse:
— Fico surpreso que ninguém tenha salvo a família dela.
— Isso não é de surpreender. Na época, os ucranianos eram terríveis com os judeus. Eram quase tão maus quanto os nazistas. Era um mundo diferente. No começo da guerra, muitos judeus queriam se aproximar dos nazistas para se defender dos ucranianos.
— Isso não é verdade.
— É.
— Não posso acreditar no que você está dizendo.
— Consulte os livros de história.
— Os livros de história não dizem isso.
— Bom, mas foi o que aconteceu. Os ucranianos eram famosos pela maneira terrível com que tratavam os judeus.

Assim como os poloneses. Escute, eu não quero ofender você, que não tem nada a ver com isso. Estamos falando de coisas que aconteceram há cinquenta anos.

– Acho que você está enganado – afirmei ao herói.
– Não sei o que dizer.
– Diga que está enganado.
– Não posso.
– É preciso.

Ele escavou da bolsa alguns pedaços de papel e disse:
– Aqui estão os meus mapas. – Apontou para um que Sammy Davis, Junior, Junior molhara. Com a língua, esperava eu. E acrescentou: – Aqui está Trachimbrod. Em certos mapas se chama Sofiowka. Aqui está Lutsk, e aqui Kolki. Este mapa é velho. A maioria dos lugares que estamos procurando não está nos mapas novos.

Então pegou o mapa e apresentou-o a mim, dizendo:
– Tome. Por aí você pode ver onde precisamos ir. Isso é tudo que eu tenho. Esses mapas e a fotografia. Não é muito.
– Posso prometer a você que vamos encontrar essa tal de Augustine – disse eu, percebendo que isso deixou o herói apaziguado. Também me deixou apaziguado. Orbitando para a frente novamente, acrescentei: – Vovô.

Expliquei tudo que o herói acabara de pronunciar para mim. Falei dos mapas, de Augustine e da avó do herói.
– Kolki? – perguntou.
– Kolki – disse eu. Garanti que estava incluindo cada detalhe, e também inventei vários detalhes novos, para que Vovô entendesse a história melhor. Percebi que a história deixara Vovô muito melancólico.
– Augustine – disse ele, empurrando Sammy Davis, Junior, Junior para cima de mim. Depois ficou esquadrinhando a fotografia, enquanto eu segurava o volante. Encostou-a no rosto, como se quisesse cheirá-la ou tocá-la com os olhos. – Augustine.
– É ela que estamos procurando – disse eu.

Ele mexeu a cabeça de um lado para o outro e disse:

– Nós vamos encontrar Augustine.

– Eu sei – disse eu. Mas não sabia, nem Vovô sabia.

Quando chegamos ao hotel, já estava se iniciando a escuridão. Como o dono do hotel saberia que o herói era americano, e Papai me dissera que eles cobram mais dos americanos, eu disse ao herói:

– Você precisa permanecer dentro do carro.

– Por quê? – perguntou ele. Eu contei por quê, e ele disse:

– Mas como eles saberão que sou americano?

– Diga a ele para permanecer no carro – disse Vovô. – Senão vão cobrar em dobro dele.

– Estou fazendo esforços – disse eu.

– Prefiro entrar junto com você para dar uma geral no lugar – disse o herói.

– Por quê?

– Só para dar uma geral no lugar. Ver como é.

– Você pode ver como é depois que eu pegar os quartos.

– Prefiro fazer isso agora – disse ele. Devo confessar que ele estava começando a me ficar nos nervos.

– Que porra é essa que ele ainda está falando? – perguntou Vovô.

– Ele quer entrar comigo.

– Por quê?

– Porque ele é americano.

– Tudo bem se eu entrar? – perguntou ele novamente.

Vovô virou-se para ele e disse para mim:

– Ele está pagando. Se quer pagar a mais, deixe que ele pague a mais.

Portanto, levei-o comigo quando entrei no hotel para pagar por dois quartos. Se você quer saber por que dois quartos, um era para Vovô e para mim, e um era para o herói. Papai dissera que deveria ser assim.

– Não fale – ordenei ao herói quando entrei no hotel.

– Por quê? – perguntou ele.

– Não fale – disse eu, sem grande volume.
– Por quê? – perguntou ele.
– Lecionarei mais tarde. Shshsh.
  Mas ele continuou indagando por que não deveria falar, e como eu tinha certeza que aconteceria, foi ouvido pelo dono do hotel, que disse:
– Vou precisar avistar os seus documentos.
– Ele precisa avistar os seus documentos – informei ao herói.
– Por quê?
– Passe os seus documentos para mim.
– Por quê?
– Se nós vamos pegar um quarto, ele precisa avistar os seus documentos.
– Não entendo.
– Não há nada para entender.
– Há algum problema? – indagou o dono do hotel a mim.
– Porque este é o único hotel em Lutsk que ainda está possuindo quartos a esta hora da noite. Vocês desejam tentar a sorte nas ruas?
  Finalmente consegui obrigar o herói a fornecer seus documentos. Ele os guardava numa coisa no cinto. Mais tarde me disse que aquilo se chama uma pochete, e que as pochetes não são maneiras na América. Ele só estava trajando uma pochete porque lera em um folheto turístico que deveria trajar uma pochete para manter os documentos perto do meio do corpo. Como eu tinha certeza que aconteceria, o dono do hotel cobrou dele uma tarifa especial para estrangeiros. Não esclareci o herói sobre isso, pois sabia que ele ficaria manufaturando questões até termos de pagar quatro vezes mais, e não duas, ou até ficarmos sem quarto algum para passar a noite e termos de repousar no carro, como Vovô já estava viciado em fazer.
  Quando voltamos ao carro, Sammy Davis, Junior, Junior estava mastigando a cauda no banco traseiro, e Vovô recomeçara a roncar Zês.

— Vovô, obtivemos um quarto — disse eu, ajustando o braço dele. Tive de movê-lo com muita violência a fim de acordá-lo. Quando ele abriu os olhos, não sabia onde estava.

— Anna? — disse.

— Não, Vovô. Sou eu, Sasha — disse eu. Ele ficou muito envergonhado e escondeu o rosto de mim. — Nós obtivemos um quarto.

— Ele está se sentindo bem? — perguntou o herói.

— Sim, está fatigado.

— Ele vai estar bem amanhã?

— É claro.

Mas, na verdade, Vovô não estava em seu estado normal. Ou talvez aquele fosse o seu estado normal. Eu não sabia qual era o seu estado normal. Lembrei-me de uma coisa que Papai me contara. Quando eu era garoto, Vovô dizia que eu parecia uma combinação de Papai, Mamãe, Brejnev e eu mesmo. Eu sempre achara aquela história muito engraçada, até aquele momento no carro, diante do hotel em Lutsk.

Falei para o herói não deixar mala alguma no carro. É um hábito ruim e popular do povo ucraniano tomar coisas sem pedir. Já li que a cidade de Nova York é muito perigosa, mas preciso admitir que a Ucrânia é mais. Se você quer saber quem protege você do pessoal que toma coisas sem pedir, é a polícia. Se você quer saber quem protege você da polícia, é o pessoal que toma coisas sem pedir. E com muita frequência essas pessoas são as mesmas.

— Vamos comer — disse Vovô, arrancando com o carro.

— Você está com fome? — perguntei ao herói, que voltara a ser o objeto sexual de Sammy Davis, Junior, Junior.

— Tire o cachorro de cima de mim — disse ele.

— Você está com fome? — repeti.

— Por favor! — implorou ele.

Chamei a cadela e, quando ela não respondeu, dei-lhe um soco no rosto. Ela foi para o seu lado do banco traseiro, pois já

compreendera o que significava ser burra com a pessoa errada, e começou a chorar. Será que eu me tornara maléfico?
— Estou faminto — disse o herói, erguendo a cabeça dos joelhos.
— O quê?
— Sim, estou com fome.
— Você está com fome, então.
— Sim.
— Que bom. O nosso motorista...
— Você pode chamar o motorista de Vovô. Isso não me molesta.
— Ele não tem nenhuma moléstia.
— *Molesta*. Eu disse molesta.
— O que significa molestar?
— Maçar.
— O que significa maçar?
— Perturbar.
— Eu sei o que é perturbar.
— Então você pode chamar o motorista de Vovô, é isso que eu estou dizendo.
Ficamos muito ocupados conversando. Quando orbitei de volta para Vovô, vi que ele estava examinando Augustine novamente. Havia uma tristeza entre ele e a fotografia, e nada no mundo poderia me assustar mais do que aquilo. Eu disse a ele:
— Vamos comer.
— Que bom — respondeu ele, segurando a fotografia bem perto do rosto. Sammy Davis, Junior, Junior persistia em chorar.
— Só uma coisa — disse o herói.
— O quê?
— Vocês precisam saber...
— Sim?
— Eu sou... como posso dizer isso...
— O quê?
— Eu sou...

– Você é muito faminto, não?
– Eu sou vegetariano.
– Não entendi.
– Eu não como carne.
– Por que não?
– Porque não como, só isso.
– Como você pode não comer carne?
– Simplesmente não como.
– Ele não come carne – disse eu a Vovô.
– Come, sim – informou-me ele.
– Você come, sim – informei da mesma forma ao herói.
– Não, não como.
– Por que não? – indaguei novamente.
– Simplesmente não como. Carne nenhuma.
– Nem de porco?
– Não.
– Nem de boi?
– Nada de carne de boi.
– Nem filé?
– Neca.
– E de galinha?
– Não.
– Você come vitela?
– Ah, meu Deus. Vitela de jeito nenhum.
– E salsichas?
– Nada de salsichas, também.

Falei isso para Vovô, que me presenteou com um olhar muito molestado, e perguntou:

– Qual é o problema dele?
– Qual é o seu problema? – perguntei ao herói.
– É o meu jeito, só isso.
– E hambúrguer?
– Não.
– Língua?

— O que ele disse que é o problema dele? — perguntou Vovô.
— É o jeito dele, só isso.
— Ele come salsichas?
— Não.
— Nada de salsichas!
— Não. Ele diz que não come salsichas.
— Verdade?
— É o que ele diz.
— Mas as salsichas...
— Eu sei.
— É verdade que você não come salsichas?
— Nada de salsichas.
— Nada de salsichas — disse eu a Vovô. Ele fechou os olhos e tentou abraçar o estômago, mas não havia espaço para isso por causa do volante. Parecia que ele estava ficando enjoado porque o herói não queria comer salsichas.
— Bom, ele que deduza o que vai comer. Vamos para o restaurante mais aproximado.
— Você é um schmuck — informei ao herói.
— Você não está usando a palavra corretamente — disse ele.
— Estou, sim — disse eu.
— Como assim, ele não come carne? — perguntou a garçonete, e Vovô enfiou a cabeça nas mãos. — O que há de errado com ele?
— Com quem? O que não come carne, o que está com a cabeça nas mãos ou a cadela que está mastigando a cauda?
— O que não come carne.
— É o jeito dele, só isso.
O herói perguntou sobre o que nós estávamos falando, e eu lhe informei:
— Eles não têm nada sem carne.
— Ele não come carne alguma? — indagou a garçonete novamente.
— É simplesmente o jeito dele — disse eu.

– Nem salsichas?
– Nada de salsichas – respondeu Vovô, orbitando a cabeça de um lado para o outro.
– Talvez você possa comer um pouco de carne, porque eles não têm nada que não seja carne – sugeri ao herói.
– Eles não têm batatas ou alguma coisa assim? – perguntou ele.
– Vocês têm batatas? – perguntei à garçonete. – Ou alguma coisa assim?
– Você só recebe uma batata com a carne – disse ela.
Expliquei isso ao herói, que disse:
– Eu não posso pedir só um prato de batatas?
– O quê?
– Não posso pedir duas ou três batatas, sem carne? – perguntei à garçonete, que disse que iria indagar ao cozinheiro.
– Pergunte se ele come fígado – disse Vovô.
A garçonete voltou e disse:
– O que eu tenho a dizer é o seguinte: podemos fazer concessões para dar a ele duas batatas, mas elas são servidas com um pedaço de carne no prato. O cozinheiro disse que isso não pode ser negociado. Ele terá de comer tudo.
– Duas batatas servem? – perguntei ao herói.
– Ah, isso seria ótimo.
Vovô e eu pedimos filés de porco, e pedimos um também para Sammy Davis, Junior, Junior, que estava tornando-se sociável com a perna do herói.
Quando a comida chegou, o herói pediu que eu removesse a carne do seu prato, dizendo:
– Prefiro não tocar nisso.
Aquilo me atingiu nos meus nervos ao máximo. Se você quer saber por quê, é porque eu percebi que o herói percebia que era bom demais para a nossa comida. Tirei a carne do prato dele, pois sabia que Papai desejaria que eu fizesse isso, e não pronunciei coisa alguma.

– Diga a ele que principiaremos muito cedo amanhã de manhã – disse Vovô.

– Cedo?

– Para podermos aproveitar a maior parte do dia na busca. Vai ser intrincado à noite.

– Principiaremos muito cedo amanhã de manhã – disse eu ao herói.

– Que bom – disse ele, dando um pontapé com a perna.

Eu fiquei atônito que Vovô desejasse partir de manhã cedo. Ele odiava não repousar mesmo atrasado. Odiava não repousar sempre. Também odiava Lutsk, o carro, o herói, e – ultimamente – seu neto, eu. Partir de manhã cedo lhe forneceria uma maior parte de dia acordado, conosco.

– Quero inspecionar os mapas dele – disse Vovô.

Pedi os mapas ao herói. Quando ele estendeu o braço para a pochete, deu outro pontapé com a perna, coisa que fez Sammy Davis, Junior, Junior tornar-se sociável com a mesa, e também fez os pratos se mexerem. Uma das batatas do herói baixou ao chão. Quando bateu no assoalho, fez um som: PLOFT. Rolou e ficou inerte. Vovô e eu nos examinamos. Eu não sabia o que fazer.

– Uma coisa terrível ocorreu – disse Vovô. O herói continuou avistando a batata no chão. Era um chão sujo. Era uma das suas duas batatas. Vovô afastou o prato para o lado e disse silenciosamente: – Isto é péssimo. Péssimo.

Ele estava correto, pois a garçonete voltou à nossa mesa com os refrigerantes que havíamos pedido e começou a dizer:

– Aqui estão...

Nesse instante, testemunhou a batata no chão e afastou-se com uma velocidade superior à da luz. O herói continuou testemunhando a batata no chão. Não tenho certeza, mas imagino que ele estivesse imaginando que poderia pegá-la, colocá-la de volta no prato e comê-la, ou que poderia deixá-la no chão, delirar que o percalço jamais acontecera, comer a sua única batata e falsificar que estava feliz, ou que poderia empurrá-la com o pé para Sammy Davis, Junior, Junior, que era aristocrática o suficiente para não comê-la ali em cima daquele chão sujo, ou que poderia pedir outra à garçonete, o que significaria que teria de me pedir para remover outro pedaço de carne do seu prato, já que ele achava carne repugnante, ou então que poderia simplesmente comer o pedaço de carne que eu removera do seu prato antes, como eu tinha esperança que fizesse. Mas ele não fez nada disso. Se você quer saber o que ele fez, ele não fez nada. Continuamos em silêncio, testemunhando a batata. Vovô inseriu o garfo na batata, ergueu-a do chão e colocou-a no seu prato. Cortou-a em quatro pedaços, dando um a Sammy Davis, Junior, Junior embaixo da mesa, um a mim e um ao herói. Cortou um pedaço do seu próprio pedaço, e comeu-o. Depois olhou para mim. Eu não queria fazer aquilo, mas sabia que precisava. Dizer que não estava delicioso seria um pleonasmo. Depois olhamos para o herói. Ele olhou para o chão, e depois para o prato. Cortou um pedaço do seu pedaço e ficou olhando para aquilo.

– Bem-vindo à Ucrânia – disse Vovô para ele, dando-me um soco nas costas, coisa que adorei. E depois começou a rir.

– Bem-vindo à Ucrânia – traduzi. Depois comecei a rir. O herói também começou a rir. Ficamos rindo com muita violência por um longo tempo. Obtivemos a atenção de todas as pessoas no restaurante. Rimos com violência, e depois com mais violência. Testemunhei que todos nós estávamos manufaturando lágrimas nos olhos. Só bem posteriormente compreendi que cada um de nós estava rindo por uma razão diferente, por uma razão própria, e que nenhuma daquelas razões tinha coisa alguma a ver com a batata.

Há algo que não mencionei antes, e que seria conveniente mencionar agora. (Por favor, Jonathan, imploro que você jamais exiba isto a vivalma. Nem sei por que estou escrevendo isto aqui.) Certa noite voltei para casa de uma boate famosa desejando avistar televisão. Fiquei surpreso ao ouvir que a televisão já estava ligada, pois já estava muito atardado. Cogitei que fosse Vovô. Como já iluminei antes, ele frequentemente vinha à nossa casa quando não conseguia repousar. Isso foi antes de ele vir morar conosco. O que ocorria era que ele começava a repousar enquanto avistava televisão, mas levantava-se algumas horas depois e voltava para casa. A não ser quando eu não conseguia repousar, e por não conseguir repousar ouvia Vovô avistando televisão, eu nunca sabia se ele estivera ali em casa na noite prévia. Ele podia ficar lá toda noite. Como eu nunca sabia, pensava nele como um fantasma.

Eu nunca dizia oi para Vovô quando ele estava avistando televisão, pois não queria me meter com ele. Portanto, naquela noite fui andando lentamente, sem fazer barulho. Já estava na no degrau quatro quando ouvi uma coisa esquisita. Não era exatamente um choro. Era um pouco menos que um choro. Desci escondido pela escada com lentidão. Caminhei nos dedos dos pés pela cozinha e observei em torno do canto, entre a cozinha e a sala da televisão. Primeiro testemunhei a televisão, que exibia uma partida de futebol. (Não lembro quem estava competindo, mas estou confiante que estávamos ganhando.) Testemunhei uma mão na cadeira em que Vovô gosta de avistar televisão. Mas não era a mão de Vovô. Tentei ver mais alguma coisa e quase caí. Sei que deveria ter reconhecido o som que era um pouco menos que choro. Era Pequeno Igor. (Sou um idiota completo.)

Aquilo me tornou uma pessoa sofredora. Vou lhe dizer por quê. Eu sabia por que ele estava um pouco menos que chorando. Sabia muito bem, e queria ir até ele e dizer que eu também já um pouco menos que chorara, que nem ele, e que embora parecesse que ele jamais cresceria e se tornaria uma pessoa de qualidade como eu, com muitas garotas e tantos lugares famosos para ir, isso aconteceria. Ele seria exatamente como eu. E olhe para mim, Pequeno Igor, os machucados desaparecem, assim como os ódios, e assim como a sensação de que tudo que você recebe na vida é só o que você conquistou.

Mas não consegui dizer a ele nada disso. Aboletei-me no chão da cozinha, a poucos metros de distância dele, e principiei a rir. Não sabia por que estava rindo, mas não conseguia parar. Tapei a boca com a mão para não manufaturar qualquer barulho. Meu riso foi aumentando, até meu estômago começar a doer. Tentei me levantar, a fim de ir para o meu quarto, mas fiquei com medo de ser difícil demais controlar o meu riso. Permaneci ali por muitos, muitos minutos. Meu irmão perseverava em um pouco menos que chorar, coisa que me fazia rir silenciosamente mais ainda. Hoje sou capaz de compreender que se tratava do mesmo riso que tive naquele restaurante em Lutsk, um riso que tinha a mesma escuridão que o riso de Vovô e o riso do herói. (Peço leniência por escrever isto. Talvez remova tudo antes de enviar esta parte a você. Desculpe.) Quanto a Sammy Davis, Junior, Junior, ela não comeu o pedaço de batata.

O herói e eu conversamos muito durante o jantar, principalmente sobre a América, e eu disse:

– Fale das coisas que vocês têm na América.

– O que você quer saber?

– Meu amigo Gregory me informa que há muitas escolas boas de Contabilidade na América. É verdade?

– Acho que sim. Na verdade, não sei. Posso descobrir para você quando eu voltar.

– Obrigado – disse eu, pois já tinha um conhecido na América, e não estava mais sozinho. – O que você quer fazer?

– O que eu quero fazer?

– É. Você vai se tornar o quê?

– Não sei.

– Claro que você sabe.

– Isso ou aquilo.
– O que significa isso ou aquilo?
– Que simplesmente ainda não tenho certeza.
– Papai me informa que você está escrevendo um livro sobre esta viagem.
– Eu gosto de escrever.
Dei um soco nas costas dele e disse:
– Você é um escritor!
– Shshshsh.
– Mas é uma boa carreira, não?
– O quê?
– Escrever. É muito nobre.
– Nobre? Não sei.
– Você já tem livros publicados?
– Não, mas ainda sou muito jovem.
– Você tem contos publicados?
– Não. Bom, um ou dois.
– Como se apelidam?
– Esqueça isso.
– Esse é um título de primeira categoria.
– Não, estou falando para você esquecer isso.
– Eu adoraria ler os seus contos.
– Provavelmente não vai gostar deles.
– Por que você diz isso?
– Nem *eu* gosto deles.
– Ah.
– São tentativas de aprendiz.
– O que significa tentativas de aprendiz?
– Não são contos de verdade. Eu só estava aprendendo a escrever.
– Mas um dia você já terá aprendido a escrever.
– A esperança é essa.
– É como se tornar um contador.
– Talvez.

– Por que você quer escrever?
– Não sei. Antigamente eu pensava que nascera para fazer isso. Não, nunca pensei isso de verdade. É só uma coisa que as pessoas dizem.
– Não, não é. Eu sinto verdadeiramente que nasci para ser contador.
– Você tem sorte.
– Talvez você tenha nascido para escrever, não?
– Talvez. Parece uma coisa terrível dizer isso. Vulgar.
– Não parece nem terrível, nem vulgar.
– É tão difícil se expressar.
– Eu entendo isso.
– Eu quero me expressar.
– O mesmo é verdadeiro para mim.
– Estou procurando a minha voz.
– Está na sua boca.
– Quero fazer algo do qual eu não me envergonhe.
– Algo do qual você se orgulhe, então?
– Nem tanto. Só não quero me envergonhar.
– Há muitos escritores russos de qualidade, não?
– Ah, é claro. Toneladas deles.
– Tolstói, não? Ele escreveu *Guerra*, e também *Paz*, que são livros de qualidade, e também ganhou o Prêmio Nobel de escrita, se não estou errado.
– Tolstói. Bely. Turguenev.
– Uma pergunta.
– Sim?
– Você escreve porque tem algo a dizer?
– Não.
– E agora, abrindo um tema diferente: quanta moeda corrente um contador receberia na América?
– Não tenho certeza. Muita, acho eu, se ele ou ela forem bons.
– Ela!

– Ou ele.
– Há contadores pretos?
– Há contadores afro-americanos. Não é bom usar essa palavra, Alex.
– E contadores homossexuais?
– Há homossexuais para tudo. Até lixeiros homossexuais.
– Quanta moeda corrente um contador homossexual preto receberia?
– Você não deve usar essa palavra.
– Qual palavra?
– A que veio depois de homossexual.
– Preto?
– Shshshsh.
– Eu curto pretos.
– Você realmente não deve dizer isso.
– Mas eu curto às pampas os pretos. Eles são pessoas de qualidade.
– O problema é a palavra. Não é uma coisa boa de se dizer.
– Preto?
– Por favor.
– Qual é o problema dos pretos?
– Shshshsh.
– Quanto custa um cafezinho na América?
– Ah, depende. Talvez um dólar.
– Um dólar! Isso é de graça. Na Ucrânia um cafezinho custa cinco dólares.
– Bom, não falei dos cappuccinos. Eles podem custar cinco ou seis dólares.
– Cappuccinos! – disse eu, erguendo as mãos acima da cabeça. – Não há valor máximo!
– Vocês têm lattes aqui na Ucrânia?
– O que é um latte?
– Ah, porque eles estão na moda na América. Na verdade, estão por toda parte.

– Vocês têm mochas na América?
– É claro, mas só são bebidos pelas crianças. Não estão na moda na América.
– Aqui também é assim. E também temos os mochaccinos.
– Ah, é claro. Eles também existem na América. Podem custar até sete dólares.
– São coisas muito amadas?
– Os mochaccinos?
– É.
– Acho que eles são para as pessoas que querem beber café, mas na verdade gostam mesmo de chocolate quente.
– Entendo isso. E as garotas da América?
– O que têm elas?
– Elas são muito informais com as caixas delas, não?
– Você ouve falar dessas garotas, mas ninguém que eu conheço já foi apresentado a uma delas.
– Você é carnal com muita frequência?
– Você é?
– Eu indaguei a você. É?
– Você é?
– Eu indaguei na dianteira. É?
– Não muito.
– O que você tenciona por não muito?
– Não sou padre, mas também não sou John Holmes.
– Conheço esse tal de John Holmes – disse eu, erguendo as mãos ao lado do corpo. – O que tem o pênis de qualidade.
– É esse mesmo – disse ele, rindo.
Minha graça manufaturou que ele risse, e afirmei:
– Na Ucrânia todo mundo tem um pênis assim.
Ele riu novamente e disse:
– Até as mulheres?
– Isso foi uma graça que você manufaturou? – perguntei.
– Foi – disse ele.
Portanto, eu ri, e depois perguntei ao herói:
– Você já teve alguma namorada?

— Você já teve?
— Estou indagando a você.
— Eu meio que tenho — disse ele.
— O que você significa com meio quê?
— Não é nada formal, na verdade. Não é uma namorada *namorada*. Já saímos uma ou duas vezes, acho. Não quero formalizar nada.
— É o mesmo estado de coisas comigo — disse eu. — Também não quero formalizar nada. Não quero ficar algemado a apenas uma garota.
— Exatamente — disse ele. — Quer dizer, já fiquei de sacanagem com algumas garotas.
— É claro.
— Boquetes.
— Sim, é claro.
— Mas quando você arruma uma namorada, bom, você sabe como é.
— Sei muito bem. Mas tenho uma pergunta: você acha que as mulheres ucranianas são de primeira categoria?
— Não vi muitas desde que cheguei aqui.
— Vocês têm mulheres assim na América?
— Há pelo menos um exemplar de cada coisa na América.
— Já ouvi falar nisso. Vocês têm muitas motocicletas na América?
— É claro.
— E aparelhos de fax?
— Por toda parte.
— Você tem um aparelho de fax?
— Não. Eles são muito *passé*.
— O que significa *passé*?
— Eles estão ultrapassados. Papel é uma coisa tão entediante.
— Entediante?
— Cansativa.
— Entendo o que você está me dizendo, e harmonizo. Eu jamais usaria papel. Faria de mim uma pessoa adormecida.

– É uma coisa tão suja.
– É, é verdade, cria muita sujeira, e deixa você adormecido. Outra pergunta. A maioria dos jovens na América tem carros impressionantes feito o Lotus Esprit V8 com Turbinação Geminada?
– Na verdade, não. Eu não tenho. Tenho um Toyota que é uma bosta.
– É marrom?
– Não, isso é uma expressão.
– Como o seu carro pode ser uma expressão?
– Eu tenho um carro que é uma bosta, entende? Fede feito uma bosta e tem cara de bosta.
– E se você fosse um bom contador, poderia comprar um carro impressionante?
– É claro. Provavelmente poderia comprar qualquer coisa que quisesse.
– Que tipo de esposa um contador teria?
– Quem sabe?
– Ela teria peitos rígidos?
– Eu não saberia dizer com certeza.
– Mas é provável?
– Acho que sim.
– Eu curto isso. Curto peitos rígidos.
– Mas também existem contadores, até muito bons, que têm esposas feias. É assim que a coisa funciona.
– Se John Holmes fosse um contador de primeira categoria, poderia ter qualquer mulher que quisesse como esposa, não?
– É provável.
– O meu pênis é muito grande.
– Legal.
Depois de jantar no restaurante, pegamos o carro e voltamos ao hotel. Como eu já sabia, era um hotel muito pouco impressionante. Não havia lugar para nadar, nem discoteca famosa. Quando abrimos a porta do quarto do herói, vi que ele ficou perturbado.

– É simpático – disse, pois percebeu que nós havíamos percebido que ele ficara perturbado. – Sério, é só para dormir.
– Vocês não têm hotéis assim na América! – disse eu, manufaturando uma graça.
– Não – disse ele, rindo.
Éramos como amigos. Pela primeira vez na vida, eu me senti inteiramente bem, e disse:
– Não esqueça de fechar bem a porta depois que nós formos para o nosso quarto. Não quero tornar você uma pessoa petrificada, mas existem muitas pessoas que querem tomar coisas sem pedir de americanos, e também raptar os que puderem. Boa noite.
O herói riu novamente, mas riu porque não sabia que eu não estava manufaturando uma graça.
– Vamos, Sammy Davis, Junior, Junior – exclamou Vovô para a cadela, que parecia não querer se afastar da porta. – Vamos!
Nada.
– Vamos! – urrou Vovô, mas ela nem se mexeu.
Tentei cantar para ela, pois isso é uma coisa que ela adora, principalmente quando eu canto "Billie Jean", de Michael Jackson.
"She's just a girl who claims that I am the one."
Mas nada. Ela só ficava empurrando a porta do quarto do herói com a cabeça. Vovô tentou removê-la à força, mas ela começou a chorar. Bati à porta, e vi que o herói tinha uma escova de dentes na boca.
– Sammy Davis, Junior, Junior manufaturará Zês com você esta noite – falei, embora já soubesse que não teria êxito.
– Não – disse ele simplesmente.
– Ela não quer partir da sua porta – disse eu.
– Pode dormir no corredor, então.
– Seria benevolente da sua parte.
– Não estou interessado.

– Só por uma noite.
– Seria excesso. Ela me mataria.
– Isso é improvável.
– Ela é maluca.
– Sim, concordo que ela é maluca. Mas também é compassiva – disse eu, sabendo que não triunfaria.
– Escute, se ela quer dormir no quarto, posso tranquilamente dormir no corredor. Mas se eu ficar dentro do quarto, fico sozinho no quarto – disse o herói.
– Talvez vocês dois possam dormir no corredor – sugeri.

Depois de deixarmos o herói e a cadela repousando (herói no quarto, cadela no corredor), Vovô e eu descemos até o bar do hotel para beber vodca. Foi ideia dele. Na verdade, eu estava com um diminuto terror de ficar sozinho com ele.

– Ele é um bom rapaz – disse Vovô.

Não consegui perceber se ele estava me indagando ou me lecionando e disse:

– Ele parece ser bom.

Vovô passou a mão pelo rosto, que ficara coberto de pelos ao longo do dia. Só então notei que as mãos dele ainda estavam tremendo, e que haviam passado o dia todo tremendo.

– Devemos tentar muito inflexivelmente ajudar esse rapaz.
– Devemos, sim – disse eu.
– Eu gostaria muito de encontrar Augustine – afirmou.
– Eu também.

Foi o fim da conversa da noite. Cada um de nós tomou três vodcas, e ficamos assistindo à previsão meteorológica que estava passando na televisão atrás do balcão. Dizia que o tempo no dia seguinte seria normal. Isso tornaria a nossa busca mais moleza ainda. Depois da vodca subimos para o nosso quarto, que flanqueava o quarto do herói.

– Eu repousarei na cama, e você repousará no chão – afirmou Vovô.
– É claro – disse eu.

– Vou botar meu alarme para as seis da manhã.
– Seis? – indaguei. Se você quer saber por que eu indaguei isso, é porque para mim seis não é muito cedo de manhã, é atrasado da noite.
– Seis – disse ele, e percebi que era o final da conversa.
Enquanto Vovô lavava os dentes, fui verificar se tudo estava aceitável no quarto do herói. Fiquei escutando junto à porta para detectar se ele era capaz de roncar Zês, e não ouvi nada de anormal, apenas o vento penetrando as janelas e o som de insetos. Que bom, informei eu ao meu cérebro, ele repousa bem. Não estará fatigado pela manhã. Tentei abrir a porta, para verificar se estava trancada. A porta se abriu uma porcentagem, e Sammy Davis, Junior, Junior, que ainda estava consciente, entrou no quarto. Via-a deitar junto à cama, onde o herói repousava em paz. Isto é aceitável, pensei, e fechei a porta com silêncio. Voltei ao quarto meu e de Vovô. As luzes já estavam apagadas, mas percebi que ele ainda não estava repousando. Seu corpo girava de um lado para o outro. Os lençóis se mexiam, e o travesseiro fazia barulhos enquanto ele orbitava para lá, para cá e para lá novamente. Eu ouvia sua forte respiração, e seu corpo se mexer. Foi assim a noite toda. Eu sabia por que ele não conseguia repousar. A razão era a mesma pela qual eu não conseguiria repousar. Nós dois contemplávamos a mesma questão: o que ele fizera durante a guerra?

COMEÇANDO A AMAR, 1791-1803

TRACHIMBROD DIFERIA, de alguma forma, do shtetl sem nome que costumava existir no mesmo lugar. Os negócios prosseguiam como de costume. Os Corretos ainda berravam, penduravam-se e mancavam, e ainda olhavam com desdém para os Desleixados, que ainda ficavam mexendo nas franjas dos punhos das camisas e ainda comiam biscoitos e knishes após – mas com mais frequência durante – os serviços religiosos. A enlutada Shanda ainda punha luto pelo seu falecido marido filósofo, Pinchas, que ainda desempenhava um papel ativo na política do shtetl. Yankel ainda tentava agir direito, ainda dizia para si mesmo repetidamente que não estava triste, e ainda terminava sempre triste. A sinagoga ainda rolava, ainda tentava se fixar na ambulante linha divisória judaico/humana do shtetl. Sofiowka estava mais louco do que nunca, ainda masturbava-se à mão cheia, ainda amarrando-se com barbante, usando o corpo para lembrar-se do corpo, e ainda lembrando-se apenas do barbante. Mas com o nome veio uma nova autoconsciência, que frequentemente se revelava de formas vergonhosas.

As mulheres do shtetl empinavam os narizes imponentes diante da mãe da mãe da mãe da minha tataravó. Entre os dentes, chamavam-na de *rapariga imunda do rio* e de *bebê da água*. Embora fossem supersticiosas demais para revelar a verdadeira história dela, faziam de tudo para que ela não tivesse amigos da sua idade (dizendo aos filhos que ela não era tão divertida quanto as diversões que inventava, nem tão boa quanto as suas boas ações) e que só pudesse se associar a Yankel ou a qualquer homem do shtetl corajoso o suficiente para se arriscar a ser visto pela mulher. Entre esses havia um bom punhado. Até o cavalheiro mais bem-aprumado tropeçava na presença dela. Após apenas dez anos de vida, ela já era a criatura mais desejada do shtetl, e sua reputação espalhara-se feito um estuário pelas aldeias vizinhas.

Já a imaginei muitas vezes. Ela é um pouco baixa, até para a sua idade – não de uma maneira infantil e graciosa, mas como uma criança subnutrida. O mesmo vale para a sua magreza. Toda noite, antes de colocá-la para dormir, Yankel conta-lhe as costelas, como se alguma pudesse ter desaparecido ao longo do dia e se tornado a semente e o solo de um novo companheiro destinado a roubá-la dele. Ela come bem e é saudável, pois jamais fica doente, mas seu corpo parece o de uma garota cronicamente doente, uma garota espremida em algum torno biológico, ou uma garota esfaimada, uma garota pele e osso, uma garota que não é inteiramente livre. Tem os cabelos grossos e pretos, e lábios finos, brilhantes e pálidos. Que outra aparência ela poderia ter?

Para grande tristeza de Yankel, Brod insistia em cortar, ela própria, aqueles cabelos grossos e pretos.

Isso não fica bem para uma dama, dizia ele. *Você parece um garotinho com o cabelo curto assim.*

Deixe de ser bobo, dizia-lhe ela.

Mas isso não incomoda você?

É claro que as suas bobagens me incomodam.

O seu cabelo, dizia ele.

Acho que fica muito bonito assim.

Pode ser bonito se ninguém acha bonito?

Eu acho que é bonito.

E se você for a única?

Isso é muito, muito bonito.

E os garotos? Não quer que eles achem você bonita?

Eu jamais ia querer que um garoto me achasse bonita, a não ser que ele fosse o tipo do garoto que me achasse bonita.

Eu acho que é bonito, dizia ele. *Acho que é muito lindo. Diga isso novamente e eu deixo o cabelo crescer até ficar comprido. Eu sei*, ria ele, beijando-lhe a testa e beliscando suas orelhas.

Ela aprendeu a costurar (a partir de um livro que Yankel trouxe de Lvov), e isso coincidiu com sua recusa em usar qualquer roupa que ela mesma não houvesse feito. Quando ele lhe trouxe um livro sobre fisiologia animal, ela levou as figuras ao rosto dele e disse: *Você não acha estranho, Yankel, nós comermos isso?*

Eu nunca comi uma figura.

Os animais. Você não acha isso estranho? Nem acredito que eu jamais tenha estranhado isso antes. É como o nome que a gente tem. Passamos muito tempo sem notar que temos um nome, mas quando finalmente notamos, ficamos repetindo o nome sem parar, tentando imaginar por que nunca estranhamos ter aquele nome, nem que todos tenham passado nossa vida inteira nos chamando por aquele nome.

Yankel. Yankel. Yankel. Não me parece muito estranho.

Não vou comer mais os animais, pelo menos enquanto isso me parecer estranho.

Brod resistia a tudo, não cedia a ninguém, não se deixava desafiar ou não desafiar.

Eu não acho você teimosa, disse Yankel certa tarde, quando ela se recusou a comer a comida salgada antes da sobremesa.

Bom, eu sou!

E ela era adorada por isso. Adorada por todos, até aqueles que a detestavam. As circunstâncias curiosas da sua criação despertavam curiosidade entre os homens, mas eram as suas espertas manipulações, os gestos faceiros e frases inesperadas, sua recusa em reconhecer ou ignorar a existência deles que os faziam segui-la pelas ruas, fitá-la das janelas, sonhar com ela – e não com as esposas ou consigo mesmos – à noite.

Sim, Yoske. Os homens do moinho são fortes e corajosos.

Sim, Feivel. Sim, eu sou uma boa menina.

Sim, Saul. Sim, sim, eu adoro doces.

Sim, ah, sim, Itzik. Ah, sim.

Yankel não tinha coragem de lhe contar que não era pai dela, que ela era a Rainha do Desfile do Dia de Trachim não só por ser, sem dúvida alguma, a menina mais amada do shtetl, mas porque era o verdadeiro pai dela que estava no fundo do rio que lhe dera nome, era em homenagem ao pai dela que os homens fortes mergulhavam. E assim, ele criava mais histórias – histórias loucas, com imagens selvagens e personagens exóticos. Inventava histórias tão fantásticas que ela era obrigada a acreditar nelas. É claro que ela era apenas uma criança, ainda removendo a poeira de sua primeira morte. O que mais poderia fazer? E ele já estava acumulando a poeira da sua segunda morte. O que mais *ele* poderia fazer?

Com a ajuda dos homens desejosos e das mulheres odiosas do shtetl, a mãe da mãe da mãe da minha tataravó foi crescendo, tornando-se ela mesma, e cultivando interesses particulares: tecia, fazia jardinagem e lia tudo que lhe caía nas mãos – o que significava qualquer coisa na prodigiosa biblioteca de Yankel, uma sala coberta de livros do assoalho ao teto, e que um dia viraria a primeira biblioteca pública de Trachimbrod. Não só era ela a cidadã mais esperta do local, convocada a resolver complicados problemas de matemática e lógica (*A PALAVRA SANTA*, perguntou-lhe certa vez o Rabino Bem-Considerado no escuro, *QUAL É, BROD?*), como também a mais solitária e triste. Ela era um gênio da tristeza e vivia imersa nela, separando seus numerosos fios e apreciando suas nuances sutis. Era um prisma através do qual a tristeza podia ser dividida no seu espectro infinito.

Você está triste, Yankel?, perguntou ela certa vez durante o café da manhã.

É claro, disse ele, enfiando fatias de melão em sua boca com uma colher trêmula.

Por quê?

Porque você está falando em vez de tomar o café da manhã.

Você estava triste antes disso?

É claro.

Por quê?

Porque você estava comendo em vez de falar, e eu fico triste quando não ouço a sua voz.

Você fica triste quando vê gente dançando?

É claro.

Isso também me deixa triste. Por que você acha que isso acontece?

Ele a beijou na testa e pôs a mão sob o queixo dela. *Você realmente tem de comer*, disse. *Está ficando tarde.*

Você acha que Bitzl Bitzl é uma pessoa particularmente triste?

Não sei.

E Shanda, a enlutada?

Ah, sim, ela é particularmente triste.

Essa é óbvia, não? Shloim é triste?

Quem sabe?

E as gêmeas?

Talvez. Isso não é da nossa conta.

Deus é triste?

Ele teria de existir para ser triste, não?

Eu sei, disse ela, dando uma palmadinha no ombro dele. *É por isso que eu estava perguntando, para saber se você acreditava.*

Bom, vamos colocar a coisa assim: se Deus realmente existe, deve ter muitos motivos para ficar triste. E se não existe, também deve ficar muito triste com isso, imagino eu. Portanto, para responder à sua pergunta, Deus só pode ser triste.

Yankel!, disse ela, enrolando os braços em torno do pescoço dele, como que tentando se enfiar dentro dele, ou enfiá-lo dentro de si.

Brod descobriu 613 tristezas, todas perfeitamente únicas, todas emoções singulares, tão diferentes umas das outras quanto da raiva, do êxtase, da culpa ou da frustração. A Tristeza do Espelho. A Tristeza de Pássaros Domesticados. A Tristeza de Ficar Triste na Frente dos Pais. A Tristeza do Humor. A Tristeza do Amor sem Libertação.

Ela parecia uma pessoa que estava se afogando, debatendo-se e tentando alcançar qualquer coisa que pudesse salvá-la. Sua vida era uma luta urgente e desesperada para justificar sua vida. Ela aprendia canções impossivelmente difíceis no violino, canções que superavam o que achava que podia saber, e toda vez ia para Yankel chorando: *aprendi a tocar esta também! É terrível! Tenho de compor algo que nem eu mesma consiga tocar!* Passava noites com os livros de arte que Yankel lhe comprara em Lutsk e ficava ruminando durante o café da manhã. *Eram muito bons, mas não eram lindos. Não, não se eu for sincera comigo mesma. São apenas os melhores entre os que existem.* Passou uma tarde olhando fixamente para a porta de entrada da casa deles.

Esperando alguém?, perguntou Yankel.

Que cor é essa?

Ele postou-se bem perto da porta, deixando a ponta do nariz encostar na vigia. Lambeu a madeira e brincou: *Certamente tem gosto de vermelho.*

É, é vermelho, não é?

Parece.

Ela enterrou a cabeça nas mãos. *Mas por que não podia ser só um pouquinho mais vermelho?*

A vida de Brod era uma lenta percepção de que o mundo não era para ela, e de que – fosse por que razão fosse – ela jamais seria feliz e sincera ao mesmo tempo. Ela sentia-se transbordar, sempre produzindo e guardando mais amor dentro de si. Mas não havia libertação. Mesa, bibelô de marfim em forma de elefante, arco-íris, cebola, penteado, molusco, Shabats, violência, cutícula, melodrama, vala, mel, paninho ornamental... Nada daquilo a comovia. Ela abordava o mundo com sinceridade, buscando algo merecedor do enorme amor que sabia ter dentro de si, mas para cada coisa teria de dizer *eu não te amo*. Mourão de cerca cor de casca de árvore: *eu não te amo*. Poema longo demais: *eu não te amo*. Almoço na tigela: *eu não te amo*.

Física, tua ideia, tuas leis: *eu não te amo*. Nada dava a sensação de ser mais do que na realidade era. Tudo era apenas coisa, completamente atolada em sua coisice.

Se abríssemos ao acaso uma página no diário dela (que ela devia manter, e mantinha consigo o tempo todo, não por temer que fosse perdido ou descoberto e lido, mas sim por temer esbarrar um dia com algo finalmente merecedor de registro e lembrança, e não ter onde registrá-lo), encontraríamos algumas descrições do seguinte sentimento: *Eu não estou apaixonada.*

E assim ela tinha de se satisfazer com a *ideia* de amor – amando o amor de coisas com cuja existência ela pouco se importava. O próprio amor se tornou objeto do amor dela. Ela se amava no amor, amava amar o amor, tal como o amor ama amar, e assim conseguia se reconciliar com um mundo que estava muito aquém do que se poderia esperar. Não era o mundo que era a grande mentira salvadora, mas a vontade dela de torná-lo belo, de viver uma vida em segundo grau, num mundo aparentado em segundo grau com aquele no qual todos os outros pareciam existir.

Os meninos, rapazes e anciãos do shtetl ficavam sentados em vigília diante da janela dela o dia todo e a noite toda, perguntando se podiam ajudá-la nos estudos (para os quais ela não precisava de ajuda, e nos quais eles não poderiam ajudá-la mesmo que ela os deixasse tentar), ou no jardim (que crescia como que por encanto, e onde brotavam tulipas e rosas vermelhas, inquietas balsâminas laranja), ou então se Brod gostaria de dar um passeio até o rio (ao qual ela era perfeitamente capaz de ir sozinha, obrigada). Ela jamais dizia não e jamais dizia sim, mas puxava, afrouxava, e puxava os seus cordões de controle.

Puxando: *O melhor de tudo*, dizia ela, *seria se eu tivesse um copo grande de chá gelado.* O que acontecia a seguir: os homens disputavam corrida a fim de pegar um para ela. Os primeiros a voltar talvez ganhassem um beijinho na testa (afrouxando) ou (puxando) a promessa de um passeio (a ser dado numa data posterior) ou (afrouxando) um simples *Obrigada e adeus*. Ela mantinha um equilíbrio cuidadoso junto à janela, jamais permitindo que os homens se aproximassem demais e jamais permitindo que se distanciassem demais. Precisava deles desesperadamente, não apenas pelos favores, e não apenas pelas coisas que eles podiam trazer para Yankel e ela, que Yankel não podia comprar, mas porque eles eram alguns dedos a mais para bloquear o dique que detinha o que ela sabia ser verdade: ela não amava a vida. Não havia razão convincente para viver.

Yankel já tinha setenta e dois anos quando a carroça caíra no rio, e sua casa estava mais pronta para um enterro do que para um nascimento. Brod lia à luz amarelo-canário de lampiões a óleo cobertos por xales de renda e banhava-se numa banheira forrada com lixas para não escorregar. Ele lhe deu noções de literatura e matemática simples até que ela ultrapassou-o em conhecimento, ria com ela mesmo quando nada havia de engraçado, lia para ela antes de vê-la adormecer, e era a única pessoa que ela podia considerar um amigo. Ela assumiu o andar irregular dele, falava com as inflexões de velho dele e até esfregava uma barba inexistente que jamais aparecia, a qualquer hora de qualquer dia da sua vida.

Comprei uns livros para você em Lutsk, disse ele, fechando a porta sobre o início da noite e o resto do mundo.

Não podemos ter esses livros, disse ela, pegando o saco pesado. *Terei de devolver tudo amanhã*.

Mas não podemos não ter esses livros. O que é pior, não ter os livros ou nos endividarmos por causa deles? Na minha visão, perdemos dos dois jeitos. Do meu jeito, perdemos com os livros.

Você é ridículo, Yankel.

Eu sei, disse ele, *porque também comprei para você um compasso do meu amigo arquiteto e vários livros de poesia francesa*.

Mas eu não falo francês.
Pode haver ocasião melhor para aprender?
Só se eu tivesse um livro-texto de francês.
Ah, sim, eu sabia que havia uma razão para eu ter comprado isto!, disse ele, tirando um grosso livro marrom do fundo do saco.
Você é impossível, Yankel!
Sou possivelmente possível.

Obrigada, disse ela, beijando-o na testa, que era o único lugar que ela já beijara ou em que já fora beijada, e que teria sido, não fosse por todos os romances que ela já lera, o único lugar que ela julgaria que as pessoas beijavam.

Ela precisava devolver secretamente muitas das coisas que Yankel lhe comprava. Ele nunca notava, pois jamais se lembrava de que comprara. Fora ideia de Brod transformar a biblioteca particular deles numa biblioteca pública e cobrar uma pequena taxa para emprestar livros. Era com esse dinheiro, juntamente com aquilo que ela ganhava dos homens que a amavam, que eles conseguiam sobreviver.

Yankel esforçava-se ao máximo para impedir que Brod se sentisse uma estranha, ou tomasse consciência da diferença de idade e de gênero entre eles. Deixava a porta aberta ao urinar (sempre sentado, sempre limpando-se depois), e às vezes derramava água nas calças e dizia: *Olhe, isso também acontece comigo,* sem perceber que era Brod que derramava água nas próprias calças para confortá-lo. Quando Brod caía do balanço no parque, Yankel arranhava os próprios joelhos no fundo de lixa da banheira e dizia: *Eu também caí.* Quando os seios dela começaram a nascer, ele ergueu a camisa para mostrar o velho peito afundado e disse: *Não é só você.*

Era esse o mundo em que ela crescia e ele envelhecia. Os dois criaram para si mesmos um santuário longe de Trachimbrod, um hábitat completamente diferente do resto do mundo. Nenhuma palavra de ódio era jamais pronunciada, e nenhuma mão erguida. Além disso, nenhuma palavra raivosa era jamais pronunciada, e nada era negado. Mas além disso, nenhuma palavra sem amor era jamais pronunciada, e tudo era revelado como uma pequena prova de que pode ser deste jeito, não tem de ser daquele jeito; se não há amor no mundo, faremos um novo mundo, dando-lhe paredes fortes e macios interiores vermelhos, de dentro para fora, e uma aldrava que ressoe como um diamante caindo no feltro de um joalheiro, para que jamais seja ouvida. Dê-me amor, pois o amor não existe, e eu já experimentei tudo que existe.

Mas a mãe da mãe da mãe da minha tataravó não amava Yankel, não no sentido simples e impossível da palavra. Na realidade, ela mal o conhecia. E ele mal a conhecia. Eles conheciam intimamente os aspectos de si mesmos no outro, mas nunca o outro. Poderia Yankel adivinhar com o que Brod sonhava? Poderia Brod ter adivinhado, poderia ela ter tido vontade de adivinhar, para onde Yankel viajava à noite? Eles eram estranhos, feito minha avó e eu.

Mas...

Mas cada um era a coisa mais próxima de algo merecedor de amor que o outro encontraria. E, portanto, os dois davam ao outro todo seu amor. Ele arranhava o joelho e dizia: *Eu também caí.* Ela derramava água nas calças para que ele não se sentisse sozinho. Ele lhe dera aquela conta. Ela a usava. E quando Yankel dizia que morreria por Brod, certamente estava falando sério, mas aquilo pelo qual ele morreria não era Brod, exatamente, e sim seu amor por ela. E quando ela dizia: *pai, eu te amo,* não estava sendo ingênua ou desonesta, mas o oposto: estava sendo sábia e verdadeira o suficiente para mentir. Eles permutavam a grande mentira salvadora – a de que nosso amor pelas coisas é maior que nosso amor pelo amor pelas coisas –, deliberadamente desempenhando os papéis que escreviam para si mesmos, deliberadamente criando ficções necessárias para viver, e acreditando nelas.

Ela tinha doze anos, e ele tinha pelo menos oitenta e quatro. Mesmo que vivesse até os noventa, ele raciocinava, ela teria apenas dezoito. E ele sabia que não viveria até os noventa. Era sigilosamente fraco e tinha dores secretas. Quem cuidaria dela quando ele morresse? Quem cantaria para ela e lhe faria cócegas nas costas, daquele jeito específico que ela gostava, muito tempo depois que ela adormecia? Como ela ficaria sabendo a história do seu pai verdadeiro? Como ele poderia ter certeza de que ela estaria a salvo da violência diária, violência intencional e aleatória? Como poderia ter certeza de que ela jamais mudaria?

Ele fazia tudo que podia para impedir sua rápida deterioração. Tentava comer uma boa refeição mesmo quando não estava com fome, e beber um pouco de vodca entre as refeições mesmo quando sentia que aquilo lhe daria um nó no estômago. Dava longas caminhadas todas as tardes, sabendo que a dor nas suas pernas era uma dor boa, e cortava lenha toda manhã, sabendo que não era por doença que seus braços doíam, e sim por saúde.

Temendo suas frequentes falhas de memória, começou a escrever fragmentos da história da sua vida no teto do quarto, com um dos batons de Brod que achou enrolado numa meia na gaveta dela. Assim, sua vida seria a primeira coisa que ele veria ao acordar pela manhã, e a última antes de ir dormir à noite. *Você era casado, mas foi abandonado por ela*, acima da cômoda. *Você detesta verduras*, na ponta mais distante do teto. *Você é um Desleixado*, onde o teto encontrava a porta. *Você não acredita na vida após a morte*, escrito num círculo em torno da lâmpada que pendia do teto. Ele não queria que Brod soubesse que sua memória já se tornara uma lâmina de vidro, enevoada de confusão, onde os pensamentos deslizavam; nem que ele já não entendia muitas das coisas que ela lhe contava, esquecendo o próprio nome e, como se fosse uma pequena parte sua a morrer, até o nome dela.

4:812 – *O sonho de viver para sempre com Brod.* Tenho este sonho toda noite. Mesmo quando não consigo lembrar dele na manhã seguinte, sei que o sonho estava ali, feito a depressão que a cabeça de amante deixa no travesseiro ao nosso lado depois que vai embora. Não sonho que estou envelhecendo com ela, e sim que nenhum de nós dois jamais envelhece. Ela nunca me deixa, e eu nunca a deixo. É verdade, tenho medo de morrer. Tenho medo que o mundo avance sem mim, que minha ausência não seja notada, ou pior, que haja alguma força natural impelindo a vida para a frente. Isso é egoísmo? Será que sou uma má pessoa por sonhar com um mundo que termine junto comigo? Às vezes meu sonho de viver para sempre com Brod é o sonho de morrer junto com ela. Sei que não há vida após a morte. Não sou bobo. E sei que Deus não existe. Não é da companhia dela que eu preciso, e sim de saber que ela não vai precisar da minha, ou que ela não vai prescindir dela. Imagino cenas dela nas quais não estou, e fico com muito ciúme. Ela se casará e terá filhos, tocando aquilo de que eu nunca pude me aproximar – tudo que deveria me deixar feliz. Não posso lhe contar este sonho, é claro, mas quero desesperadamente fazê-lo. Ela é a única coisa que importa.

Lia para ela uma história na hora de dormir e escutava as interpretações dela, sem jamais interrompê-la, nem mesmo para dizer como se sentia orgulhoso, ou para falar da inteligência e da beleza dela. Depois de dar-lhe um beijo de boa-noite e abençoá-la, ia para a cozinha, bebia os poucos goles de vodca que seu estômago tolerava e apagava o lampião. Percorria o corredor escuro, seguindo o reflexo caloroso que saía por baixo da porta do seu quarto. Tropeçava uma vez numa pilha de livros de Brod diante do quarto dela, e outra vez na bolsa dela. Ao entrar no seu quarto, imaginava que morreria na cama naquela noite. Imaginava que Brod o encontraria pela manhã. Imaginava a posição em que ele estaria, a expressão no seu rosto. Imaginava o que ele sentiria, ou não sentiria. *Está tarde*, pensava, *e devo acordar cedo pela manhã a fim de cozinhar para Brod antes das aulas dela*. Prostrava-se no chão, fazia as três flexões de braço que ainda aguentava fazer e erguia-se novamente. *Está tarde*, pensava, *e devo agradecer por tudo que eu tenho, e me reconciliar com tudo que perdi e não perdi. Tentei ao máximo ser uma pessoa boa hoje, fazer as coisas como Deus gostaria, caso Ele existisse. Obrigado pelas dádivas da vida e de Brod*, pensava ele, *e obrigado, Brod, por me dar uma razão para viver. Eu não estou triste.* Enfiava-se embaixo dos lençóis de lã vermelha e olhava diretamente para um ponto acima da sua cabeça: *Você é Yankel. Você ama Brod.*

SEGREDOS RECORRENTES, 1791-1943

Foi em segredo que Yankel cobriu o relógio com um pano preto. Foi em segredo que o Rabino Bem-Considerado acordou certa manhã com estas palavras na língua: *MAS E SE?* E também quando a mais falante das Desleixadas, Rachel F, acordou se perguntando: *Mas e se?* Não foi em segredo que Brod não pensou em contar a Yankel que encontrara manchas vermelhas nas suas calcinhas, e que tinha certeza de que estava morrendo, e que era poético morrer daquela forma. Mas foi em segredo que ela pensou em lhe contar e depois não contou. Era em segredo que Sofiowka se masturbava ao menos algumas vezes, coisa que o tornava o maior guardião de segredos em Trachimbrod, e talvez do mundo em todos os tempos. Era em segredo que a enlutada Shanda não guardava luto. E foi em segredo que as gêmeas do Rabino insinuaram que nada haviam visto e nada sabiam do que acontecera naquele dia, 18 de março de 1791, em que a carroça de Trachim ou o fixara ou não fixara contra o fundo do rio Brod.

Yankel percorre a casa com lençóis pretos. Cobre o grande relógio com um pano preto e enrola o seu relógio de bolso prateado num trapo de linho preto. Para de observar o Shabat, sem vontade de marcar o final de mais uma semana, e evita o sol, pois as sombras também são relógios. *De vez em quando fico tentado a bater em Brod*, pensa consigo mesmo, *não porque ela faça algo de errado, mas porque tenho muito amor por ela.* Coisa que também é segredo. Ele cobre a janela do seu quarto com um pano preto. Embrulha o calendário em papel preto, como se fosse um presente. Lê o diário de Brod enquanto ela toma banho, coisa que é segredo, coisa que é algo terrível, ele sabe, mas há coisas terríveis que qualquer pai tem o direito de fazer, até um pai falsificado.

18 de março de 1803
... Estou me sentindo sobrecarregada. Antes de amanhã preciso terminar de ler o primeiro volume da biografia de Copérnico, já que o livro tem de ser devolvido ao homem de quem foi comprado por Yankel. Depois há os heróis gregos e romanos para serem conhecidos, e as histórias bíblicas para serem interpretadas, e ainda – como se houvesse horas suficientes no dia – há a matemática. Eu fico me obrigando a...

20 de junho de 1803
..."No fundo, os jovens são mais solitários do que os velhos." Li isso num livro em algum lugar e a frase ficou na minha cabeça. Talvez seja verdade. Talvez não seja verdade. O mais provável é que os jovens e os velhos sejam solitários de formas diferentes, de formas próprias...

23 de setembro de 1803
... Hoje à tarde me ocorreu que no mundo não há nada de que eu goste mais do que escrever no meu diário. Ele nunca me interpreta erradamente, e nunca é interpretado erradamente por mim. Somos amantes perfeitos, como uma só pessoa. Às vezes vou para a cama com ele e durmo abraçada a ele. Às vezes beijo as suas páginas, uma após a outra. Por enquanto, ao menos, isso terá de servir...

Coisa que também é segredo, é claro, pois a vida de Brod é segredo para ela própria. Tal como Yankel, ela repete as coisas até elas virarem verdade, ou até não saber mais se elas são verdadeiras ou não. Ela tornou-se perita em confundir *o que é* com *o que era* com *o que deveria ser* e com *o que poderia ser*. Ela evita os espelhos e ergue um poderoso telescópio para se encontrar. Aponta o telescópio para o céu e é capaz de enxergar, ou pelo menos acha que consegue, além do azul, além do negro, além até das estrelas, de volta a um negro diferente, e a um azul diferente – um arco que começa no seu olho e termina numa casa estreita. Ela examina a fachada, nota os pontos onde a madeira da porta empenou e desbotou, onde o vazamento das calhas deixou marcas brancas, e depois lança o olhar pelas janelas, uma de cada vez. Através da janela inferior esquerda, consegue ver uma mulher esfregando um prato com um trapo. Parece que a mulher está cantando para si mesma, e Brod imagina que aquela canção é a mesma canção com que sua mãe a poria para dormir caso não houvesse morrido, sem dor, durante o parto, como Yankel jurou. A mulher procura o seu reflexo no prato e depois coloca-o em cima de uma pilha. Escova o cabelo, afastando-o do rosto para que Brod a veja, ou pelo menos é isso que Brod pensa. A mulher tem pele demais para os seus ossos, e rugas demais para sua idade, como se aquele rosto fosse um animal com vontade própria, descendo lentamente do crânio a cada dia, até um dia pender-lhe do queixo, e depois cair completamente, pousando nas mãos da mulher para que ela olhe e diga: *Este é o rosto que eu usei a minha vida toda.* Não há coisa alguma na janela inferior direita, exceto uma cômoda larga atulhada de livros, papéis e retratos – retratos de um rapaz e uma moça, dos filhos e dos filhos dos filhos. *Que retratos maravilhosos*, pensa ela, *tão pequenos, tão precisos!* Ela se concentra numa fotografia em particular. É de uma menina segurando a mão da mãe. Elas estão numa praia, ou pelo menos é isso que parece a uma distância tão grande. A menina, aquela menininha perfeita, está olhando para outra direção, como se alguém estivesse fazendo caretas para conseguir que ela risse, e a mãe – presumindo-se que ela seja mãe da menina – está olhando para a menina. Brod se concentra mais ainda, desta vez nos olhos da mãe. São verdes, presume ela, e profundos, algo semelhante ao rio que tem o seu nome. *Estará ela chorando?*, pergunta-se Brod, pousando o queixo sobre o parapeito. *Ou o artista estava apenas tentando torná-la mais bela?* Pois ela parecia bela para Brod. Parecia ser exatamente o que Brod imaginara ser sua mãe.

Em cima... em cima...

Ela verifica o quarto no andar de cima e vê uma cama vazia. O travesseiro é um perfeito retângulo. Os lençóis estão lisos como água. *Talvez ninguém tenha dormido nesta cama*, pensa Brod. *Ou talvez aquilo fosse o cenário de algo impróprio; e, na pressa de se livrar das evidências, novas evidências haviam sido criadas. Mesmo que Lady Macbeth houvesse conseguido remover aquela maldita mancha, suas mãos não ficariam vermelhas com tanta esfregação?* Há uma xícara com água em cima da mesinha de cabeceira, e Brod acha que vê uma leve agitação no líquido.

À esquerda... à esquerda...

Ela olha para outro quarto. Um escritório? Um quarto de brinquedos? Impossível dizer. Ela se afasta e se vira, como se pudesse assim adquirir uma nova perspectiva, mas o quarto continua a ser um quebra-cabeça. Ela tenta juntar as peças do enigma. Um cigarro pela metade equilibrado na borda de um cinzeiro. Uma toalha de rosto úmida no parapeito da janela. Um pedaço de papel sobre a escrivaninha, com uma caligrafia que parece a sua: *Eu com Augustine, 21 de fevereiro, 1943.*

Em cima... em cima...

Mas não há nenhuma janela no sótão. Então ela olha através da janela, coisa que não é extremamente difícil porque as paredes são finas e o seu telescópio é poderoso. Um menino e uma menina estão deitados no chão olhando para o teto inclinado. Ela focaliza o menino, que parece, a distância, ter a sua idade. E até daquela distância ela pode ver que é um exemplar do *Livro de Antecedentes* que o menino está lendo para a menina.

Ah, pensa ela. *É Trachimbrod que estou vendo!*

Sua boca, suas orelhas. Seus olhos, sua boca, suas orelhas. A mão do escriba, os olhos do menino, a boca dele, as orelhas da menina. Ela acompanha a corrente causal no sentido inverso, até o rosto da inspiração do escriba, e os lábios da amante e as palmas dos pais da inspiração do escriba, e os lábios de seus amantes e palmas dos pais, e os joelhos dos vizinhos, e os inimigos, e os amantes de seus amantes, pais dos pais, vizinhos dos seus vizinhos, inimigos de seus inimigos, até que se convence de que não é apenas o menino que está lendo para a menina no sótão, mas sim todo o mundo que está lendo para ela, todo mundo que jamais viveu. Ela lê junto com eles:

O Primeiro Estupro de Brod D
    O primeiro estupro de Brod D aconteceu por ocasião das celebrações que se seguiram ao décimo terceiro festival do Dia de Trachim, em 18 de março de 1804. Brod estava voltando para casa vindo do carro alegórico de flores azuis – no qual ela desfilara com a beleza austera durante horas a fio, balançando a cauda de sereia apenas em momentos apropriados, lançando no fundo do rio de mesmo nome aqueles pesados sacos apenas quando o rabino lhe fazia o meneio necessário – quando foi abordada pelo cavalheiro louco Sofiowka N, cujo nome nosso shtetl usa agora para mapas e censos

    O menino adormece, e a menina repousa a cabeça no peito dele. Brod quer ler mais – quer gritar, *LEIA PARA MIM! PRECISO SABER!* –, mas eles não podem ouvi-la dali, e ela não pode virar a página de onde está. De onde ela está, a página – seu futuro fino como papel – é infinitamente pesada.

UMA PARADA, UMA MORTE, UMA PROPOSTA, 1804-1969

POR OCASIÃO DE SEU DÉCIMO SEGUNDO ANIVERSÁRIO, a mãe da mãe da mãe da minha tataravó já recebera pelo menos uma proposta de casamento de cada habitante de Trachimbrod: de homens que já tinham esposas, de velhos alquebrados que discutiam com mesuras sobre coisas que podiam ou não ter acontecido havia décadas, de meninos sem pelos nos sovacos, de mulheres com pelos nos sovacos, e do falecido filósofo Pinchas T, o qual, no seu único trabalho de importância, "Para o Pó: Do Homem Vieste e ao Homem Voltarás", discutia ser teoricamente possível que a vida e a arte tivessem papéis invertidos. Ela se forçava a ficar ruborizada, pestanejava os longos cílios, e dizia a cada um: *Talvez não. Yankel diz que ainda sou muito moça. Mas a oferta é tentadora.*

Eles são muito bobos, e se virava para Yankel.

Espere até que eu morra, e fechava o livro. *Aí você poderá escolher entre eles. Mas não enquanto eu estiver vivo.*

Eu não gostaria de ter nenhum deles, e beijava a testa dele. *Eles não me servem. E, além disso*, rindo, *eu já tenho o homem mais bonito de toda Trachimbrod.*

Quem é ele?, e a puxava para seu colo. *Vou matar esse sujeito.*

Dando um peteleco no nariz dele com o dedo mínimo: *É você, seu bobo.*

Ah, não, você está me dizendo que tenho de me matar?

Acho que sim.

Será que eu não poderia ser um pouco menos bonito, só para não precisar tirar minha vida com minhas próprias mãos? Será que eu não poderia ser um pouco feio?

Tá legal, rindo, *acho que seu nariz é um pouco torto. E, examinando mais de perto, esse seu sorriso não é tão bonito assim.*

Agora você está me matando, rindo.

É melhor do que você se matar.

Acho que você tem razão. Dessa forma eu não preciso me sentir culpado depois.

Estou prestando um grande serviço a você.

Então, obrigado, meu amor. Como eu poderei pagar um dia?

Você está morto. Não pode fazer nada.

Mas posso voltar para prestar a você esse único favor. Basta dizer qual é.

Bom, então eu acho que eu tenho de pedir que você me mate. Para me poupar do sentimento de culpa.

Considere a coisa feita.

Nós não temos uma sorte incrível de termos um ao outro?

Foi depois da proposta do filho do filho de Bitzl Bitzl – *Sinto muito, mas Yankel acha melhor eu esperar* – que ela pôs sua fantasia de Rainha do Desfile para o décimo terceiro festival anual do Dia de Trachim. Yankel já ouvira as mulheres falarem de sua filha (ele não era surdo), e já vira os homens tenteando em volta dela (ele não era cego), mas ajudá-la a vestir o traje de sereia, tendo que amarrar as tiras em torno daqueles ombros ossudos, fazia todo o resto parecer fácil (ele apenas era humano).

Você não precisa se fantasiar se não quiser, disse ele, enfiando os esbeltos braços dela nas compridas mangas do traje de sereia, que ela reformara anualmente nos últimos oito anos. *Você não precisa ser a Rainha do Desfile, você sabe.*

Mas é claro que quero, disse ela. *Sou a moça mais bonita de Trachimbrod.*

Eu achava que você não queria ser bonita.

Não quero, disse ela, puxando o colar de contas para cima do decote do traje. *Isso é um fardo. Mas o que posso fazer a respeito? Sou amaldiçoada.*

Mas você não precisa fazer isso, disse ele, pondo o colar de volta sob a roupa. *Eles poderiam escolher outra moça este ano. Você poderia dar chance a outra pessoa.*

Isso não combina comigo.

Mas você poderia fazer isso, de qualquer modo.

Negativo.

Mas nós concordamos que a cerimônia e o ritual são tolices.

Mas também concordamos que são tolices apenas para quem está de fora. Eu sou o centro disso.

Eu ordeno que você não vá, disse ele, sabendo que aquilo nunca funcionaria.

Eu ordeno que você não me dê ordens, disse ela.

Minha ordem tem poder.

Por quê?

Porque eu sou mais velho.

Isso é coisa de bobo.

Então porque eu dei a ordem primeiro.

É o mesmo bobo falando.

Mas você nem gosta disso, disse ele. *Sempre reclama depois.*

Eu sei, disse ela, ajeitando a cauda forrada de lantejoulas azuis.

Então, por quê?

Você gosta de pensar em Mamãe?

Não.

Dói depois?

Sim.

Então por que continua a fazer isso?, perguntou ela. E por que, ficou ela a imaginar, lembrando-se da descrição do seu estupro, insistimos nisso?

Yankel ficou absorto em seus pensamentos, tentando muitas vezes iniciar uma frase.

Quando você achar uma razão aceitável, eu renuncio a meu trono. Ela beijou-o na testa e saiu de casa em direção ao rio que tinha seu nome.

Ele ficou parado à janela, esperando.

Canópias de cordões brancos enfeitavam as ruas estreitas e sem calçamento de Trachimbrod naquela tarde primaveril de 1804, como acontecia sempre no Dia de Trachim havia treze anos. Aquela fora uma ideia de Bitzl Bitzl, para comemorar os primeiros restos da carroça a vir à superfície. Uma extremidade de cordão branco estava amarrada na garrafa meio vazia de um velho vermute no chão do barraco do bêbado Omeler S; a outra prendia-se num castiçal de prata manchado, na mesa da sala de jantar da casa de tijolos do Rabino Tolerável com seus quatro dormitórios, do outro lado da lamacenta rua Shelister. Um cordão branco, fino como um varal de roupa, esticava-se do poste esquerdo da cabeceira da cama de uma prostituta, no terceiro andar, até a fria maçaneta de cobre da porta da geladeira no porão da casa de embalsamamento do Gentio Kerman K. Um cordão branco ligava o açougueiro ao fabricante de fósforos, por cima da tranquila (e imóvel, na expectativa) largura do rio Brod. Um cordão branco ia do carpinteiro até a parteira, passando pelo moldador de velas, num triângulo escaleno sobre a fonte com a sereia prostrada, no meio da praça do shtetl.

Os homens bonitos dispunham-se ao longo da margem, enquanto o desfile de carros alegóricos partia das pequenas cachoeiras até os estandes de brinquedos e pastéis montados junto à placa que assinalava o local onde a carroça tinha – ou não tinha – virado e afundado:

ESTA PLACA MARCA O LOCAL
(OU UM LOCAL PERTO DO LOCAL)
ONDE A CARROÇA DE UM CERTO

TRACHIM B
(ACHAMOS NÓS)
AFUNDOU.

Proclamação do shtetl, 1791

O primeiro a passar pela janela do Rabino Tolerável, do lugar onde ele fazia o meneio necessário, foi o carro alegórico vindo de Kolki. Era enfeitado com milhares de borboletas alaranjadas e vermelhas, atraídas para o carro devido a uma combinação específica de carcaças de animais amarradas à parte inferior do veículo. Um menino ruivo, de calça alaranjada e camisa social, vinha de pé, rígido como uma estátua, sobre o pódio de madeira. Acima dele havia um letreiro que dizia: O POVO DE KOLKI COMEMORA COM SEUS VIZINHOS DE TRACHIMBROD! Um dia ele serviria de tema para muitos quadros, quando as crianças que então o observavam envelhecessem e ficassem pintando aquarelas nos seus alpendres em ruínas. Mas, na ocasião, ele não sabia disso, e elas também não, assim como ninguém ali sabia que um dia eu escreveria isso.

Em seguida veio o carro alegórico de Rovno, coberto de ponta a ponta por borboletas verdes. Depois os carros de Lutsk, Sarny, Kivertsy, Sokeretchy e Kovel. Cada um era coberto de borboletas coloridas, milhares delas atraídas pelas carcaças sangrentas: borboletas marrons, borboletas roxas, borboletas amarelas, borboletas cor-de-rosa, brancas. A multidão ao longo do trajeto do desfile bramia com tal entusiasmo e tão pouca humanidade que uma muralha impenetrável de barulho elevou-se, um gemido coral tão difuso e constante que poderia ser confundido com o silêncio comum.

O carro de Trachimbrod era coberto por borboletas azuis. Brod vinha sentada na alta plataforma do meio, cercada pelas jovens princesas do shtetl, vestidas de renda azul, agitando os braços como se fossem ondas. Um quarteto de violinistas executava canções nacionais polonesas numa plataforma na frente do carro, enquanto um outro quarteto, na retaguarda, tocava músicas tradicionais da Ucrânia; a interferência entre os dois produzia uma terceira música, dissonante, ouvida apenas pelas princesas do carro e por Brod. Yankel observava da janela, manuseando a conta do colar que parecia ter ganhado todo o peso que ele perdera nos últimos sessenta anos.

Quando o carro de Trachimbrod chegou à altura dos estandes de brinquedos e de pastéis, Brod recebeu o sinal do Rabino Tolerável para lançar os sacos na água. *Para cima, para cima...* O arco do olhar coletivo – da palma da mão de Brod para o rio – era a única coisa existente no universo naquele momento: um único arco-íris indelével. *Para baixo, para baixo...* Somente depois que o Rabino Tolerável ficou relativamente certo de que os sacos haviam alcançado o fundo do rio é que os homens receberam permissão – com outro meneio dramático – para mergulhar à procura deles.

Com toda aquela agitação, era impossível ver o que estava acontecendo na água. Mulheres e crianças aplaudiam em frenesi enquanto os homens nadavam furiosamente, agarrando e puxando os membros uns dos outros para avançar. Eles vinham à superfície em ondas, às vezes com os sacos seguros nas bocas ou mãos, e depois mergulhavam de novo com o maior vigor possível. A água espirrava, as árvores se curvavam na expectativa, o céu baixava vagarosamente seu manto azul para revelar a noite.

E então:

Peguei!, gritou um homem da extremidade mais longínqua do rio. *Peguei!* Os outros mergulhadores suspiraram, desapontados, e nadaram de volta para a margem do rio, ou ficaram boiando no lugar em que estavam, amaldiçoando a boa sorte do vencedor. O pai do pai do pai do meu tataravô voltou nadando para a margem, mantendo o saco dourado acima da cabeça. Uma enorme multidão o esperava quando ele caiu de joelhos e derramou o conteúdo do saco na lama. Dezoito moedas de ouro. O salário de meio ano.

QUAL É O SEU NOME?, perguntou o Rabino Tolerável. *Sou Shalom*, disse ele. *Sou de Kolki.* *O KOLKER GANHOU O DIA!*, proclamou o rabino, deixando cair o solidéu com toda a animação.

Enquanto o estridular dos grilos enchia a escuridão, Brod permaneceu no carro para ver o início do festival, sem ser incomodada pelos homens. O pessoal que desfilara e o povo do shtetl já estavam bêbados – com os braços enlaçados uns nos outros, as mãos umas nas outras, os dedos apalpando, as coxas encostando, todos pensavam somente nela. Os cordões já começavam a pender (pássaros pousavam neles, afundando o meio; ventos sopravam, balançando-os de um lado para outro, como ondas), e as princesas haviam corrido para a margem para ver o ouro e encostar-se nos homens visitantes.

Primeiro veio o nevoeiro, e depois a chuva, tão lenta que as gotas podiam ser acompanhadas em sua queda. Os homens e mulheres continuavam a dançar, tateando, enquanto as bandas de klezmer derramavam música pelas ruas. As moças capturavam borboletas em redes de musselina. Abriam os bulbos e pintavam suas pálpebras com a fosforescência. Os meninos esmagavam formigas entre os dedos, sem saber por quê.

A chuva aumentou, e os participantes do desfile beberam vodca e cerveja caseira até enjoar. As pessoas amavam-se apressada e desesperadamente nos cantos escuros onde as casas se encontravam, e debaixo dos dosséis dos salgueiros-chorões. Casais feriam as costas nas conchas, galhos e seixos das águas rasas do Brod. Puxavam-se uns aos outros na relva; jovens atrevidos impulsionados pela luxúria, mulheres entorpecidas menos molhadas do que o hálito num copo, meninos virgens agitando-se como meninos cegos, viúvas levantando os véus, abrindo as pernas, implorando – a quem?

Do espaço, os astronautas podem ver as pessoas se amando como um ponto mínimo de luz. Não de luz, exatamente, mas um brilho que pode ser confundido com luz – uma radiância coital que leva gerações a se derramar como mel pela escuridão, aos olhos dos astronautas.

Em cerca de um século e meio – depois que os amantes que fabricavam o brilho estiverem deitados permanentemente de costas –, as metrópoles serão vistas do espaço. Elas brilharão durante o ano todo. As cidades menores também serão vistas, mas com grande dificuldade. Os shtetls serão virtualmente impossíveis de detectar. Cada um dos casais será invisível.

O brilho nasce da soma de milhares de amores: recém-casados e adolescentes que soltam faíscas como isqueiros de gás butano, dúzias de homens que queimam rapidamente e com grande brilho, dúzias de mulheres que ficam iluminadas por horas com tênues brilhos múltiplos, orgias como brinquedos de pedra e pederneira vendidos nos festivais, casais tentando sem sucesso ter filhos, queimando sua imagem frustrada na terra como o brilho que uma luz ofuscante deixa no olho depois que viramos o rosto.

Em algumas noites, certos lugares ficam um pouco mais brilhantes. É difícil olhar para a cidade de Nova York no Dia dos Namorados, ou para Dublin no dia de São Patrício. A velha cidade murada de Jerusalém brilha como uma vela em cada uma das oito noites de Chanucá. O Dia de Trachim é a única ocasião anual em que a minúscula vila de Trachimbrod pode ser vista do espaço, quando é gerada voltagem copulativa o suficiente para eletrificar os céus polaco-ucranianos. *Nós estamos aqui*, dirá o brilho de 1804 daqui a um século e meio. *Nós estamos aqui, e estamos vivos.*

Mas Brod não era um ponto daquele tipo especial de luz, não acrescentava sua energia à voltagem coletiva. Ela desceu do carro alegórico, com poças de chuva acumuladas nos canais entre suas costelas, e foi andando pela linha divisória judaico/humana de volta para a casa, onde o barulho e a folia poderiam ser observados a distância. As mulheres escarneceram dela, e os homens usaram a embriaguez como desculpa para trombar com ela, roçar-se nela e colocar o rosto bem perto do seu rosto para sentir seu cheiro ou beijar sua face.

Brod, você é uma vagabunda do rio!
Não quer segurar minha mão, Brod?
Seu pai é um homem indecente, Brod.
Vamos, você pode fazer isso. Só um gritinho de prazer.

Ela ignorou todos eles. Ignorou-os quando cuspiram em seus pés ou deram-lhe beliscões nas costas. Ignorou-os quando xingaram-na e beijaram-na, e ofenderam-na com seus beijos. Ignorou-os até mesmo quando eles a fizeram mulher, ignorou-os como aprendeu a ignorar tudo no mundo que não fosse de sua consideração.

Yankel!, disse ela, abrindo a porta. *Yankel, cheguei. Vamos ver a dança do telhado e comer abacaxi com as mãos!*

Atravessou o escritório mancando como um homem seis vezes mais velho que ela, cruzou a cozinha tirando o traje de sereia e passou pelo quarto procurando o pai. A casa recendia a umidade e bolor, como se uma janela tivesse sido aberta, convidativa, para todos os fantasmas da Europa Oriental. Mas era a água que se infiltrava nos espaços entre as telhas de madeira, como o hálito entre os dentes de uma boca fechada. E o cheiro era de morte.

Yankel!, exclamou ela, tirando as pernas magricelas da cauda da sereia e revelando um espesso tufo de pelos púbicos, ainda novo o suficiente para desenhar um triângulo nítido.

Lá fora: lábios se grudavam em lábios sobre o feno dos celeiros, e dedos encontravam coxas que encontravam lábios que encontravam orelhas que encontravam o lado inferior dos joelhos em colchas nos gramados de estranhos, todos pensando em Brod, todo mundo pensando apenas em Brod.

Yankel! Você está em casa?, exclamou ela, andando nua de aposento em aposento, com os mamilos duros e roxos de frio, a pele pálida e arrepiada, os cílios com pérolas de água da chuva nas extremidades.

Lá fora: peitos são apalpados por mãos ásperas. Muitos botões se abrem. Frases se transformam em palavras que se transformam em suspiros que se transformam em gemidos que se transformam em bufos que se transformam em luz.
Yankel? Você disse que podíamos assistir do telhado.
Ela o encontrou na biblioteca. Mas ele não estava dormindo na sua cadeira favorita, como ela suspeitava que estaria, com um livro aberto como asas sobre o peito. Estava no chão, em posição fetal, com a mão crispada segurando um pedaço de papel. A não ser por isso, o aposento estava em perfeita ordem. Ele tentara não fazer bagunça quando sentira o primeiro relâmpago de calor atravessar-lhe o couro cabeludo. Sentira-se envergonhado quando vira as pernas cederem ao peso do corpo, envergonhado quando percebera que morreria no chão, sozinho na magnitude de sua tristeza, quando compreendera que morreria antes de poder dizer a Brod como ela estava linda naquele dia, e que ela tinha um bom coração (coisa que valia mais do que um bom cérebro), e que ele não era seu pai verdadeiro, mas desejava com toda a bênção, todo dia e toda noite de sua vida, sê-lo; antes que pudesse contar a ela seu sonho de uma vida eterna com ela, de morrer com ela, ou nunca morrer. Morrera com um pedaço de papel amarrotado crispado numa das mãos e a conta do ábaco na outra.

A água se infiltrava pelas telhas de madeira como se a casa fosse uma caverna. A autobiografia de batom de Yankel caía em flocos do teto da cama, descendo suavemente como neve manchada de sangue até a cama e o chão. *Você é Yankel... Você ama Brod... Você é um Desleixado... Você já foi casado, mas foi abandonado por ela... Você não acredita na vida após a morte...* Brod ficou com medo de que suas lágrimas fizessem a velha casa desabar, de modo que as represou atrás dos olhos, exilando-as para algum lugar mais fundo, mais seguro.

Tirou o papel da mão de Yankel, que estava molhada de chuva e de medo da morte, e de morte. Rabiscado numa caligrafia infantil: *Tudo para Brod.*

Uma piscadela de relâmpago iluminou o Kolker na janela. Ele era forte, com uma testa baixa projetando-se sobre os olhos caramelo. Brod já o vira quando ele viera à tona com as moedas, derramando-as na margem como um vômito dourado saindo do saco, mas quase não lhe dera atenção.

Vá embora!, gritou ela, cobrindo o peito desnudo com os braços e virando-se para Yankel, protegendo seus corpos do olhar do Kolker. Mas ele não foi embora.

Vá embora!

Não irei sem você, gritou ele através da janela.

A chuva gotejava de seu lábio superior. *Não sem você.*

Eu me matarei!, bradou ela.

Então levarei seu corpo comigo, disse ele, com as palmas das mãos encostadas na vidraça.

Vá embora!

Não vou!

Yankel fez um movimento em seu *rigor mortis*, derrubando o lampião a óleo, que se apagou no trajeto para o chão, deixando o aposento totalmente às escuras. Seu rosto abriu-se num sorriso tenso, revelando para as sombras ao redor um ar de contentamento. Brod deixou os braços caírem ao lado do corpo e virou-se para encarar o pai do pai do pai do meu tataravô.

Então você tem que fazer uma coisa para mim, disse ela.

Sua barriga iluminou-se como a de um pirilampo – mais brilhante do que mil virgens fazendo amor pela primeira vez.

Venha cá!, grita minha avó para minha mãe. *Depressa!* Minha mãe tem vinte e um anos. A minha idade quando escrevo estas palavras. Ela mora em casa, vai à escola à noite, tem três empregos, quer encontrar meu pai e se casar com ele, quer criar e amar e cantar e morrer muitas vezes por dia, por mim. *Olhe pra isso*, diz minha avó mostrando o brilho da televisão. *Olhe.* Ela põe a mão sobre a mão da minha mãe e sente fluir pelas veias da filha o seu próprio sangue, o sangue do meu avô (que morreu apenas cinco semanas depois de chegar aos Estados Unidos, exatamente meio ano depois de minha mãe nascer), o sangue da minha mãe, o meu sangue, e o sangue dos meus filhos e meus netos. Um ruído seco: *Esse é um pequeno passo para o homem...* Elas ficam olhando fixamente para uma bola de gude azul a flutuar no vácuo – um regresso tão distante. Minha avó, tentando controlar a voz, diz: *Seu pai ficarrria feliz de verrr isso.* A bolinha azul é substituída por um locutor, que tirou os óculos e está esfregando os olhos. *Senhoras e senhores, a América pôs um homem na Lua esta noite.* Minha avó luta para se levantar – já velha, mesmo naquela época – e diz, com muitos tipos diferentes de lágrimas nos olhos: *É marrravilhoso!* Ela beija minha mãe, esconde as mãos no cabelo da minha mãe e diz: *É marrravilhoso!* Minha mãe também está chorando, cada lágrima uma coisa única. Elas choram juntas, com os rostos colados. E nenhuma delas ouve o astronauta dizer *Estou vendo uma coisa*, enquanto lança o olhar sobre o horizonte lunar para a minúscula vila de Trachimbrod. *Há, com toda a certeza, alguma coisa ali.*

28 de outubro de 1997

Caro Jonathan,
    Fiquei cheio de prazer ao receber sua carta. Você é sempre tão rápido ao escrever para mim. Isso será muito lucrativo quando você for um verdadeiro escritor, e não um aprendiz. Mazel tov!
    Vovô me ordenou que agradecesse a você pela duplicata da fotografia. Foi benevolente de sua parte postar a foto e não exigir dele qualquer moeda corrente. Na verdade, ele não possui muito. Estou certo de que Papai não distribuiu nada a ele para a viagem, porque Vovô muitas vezes menciona que não tem moeda corrente, e conheço bem Papai em assuntos assim. Isso me tornou muito colérico (não enfezado ou em nervos, pois você me informou que essas não são palavras adequadas para a frequência com que são usadas), e fui falar com Papai. Ele bradou para mim: "EU TENTEI DISTRIBUIR moeda corrente PARA SEU AVÔ, MAS ELE NÃO QUIS RECEBER!" Eu disse que não acreditava nele, e ele me empurrou e ordenou que eu interrogasse Vovô sobre o assunto, mas é claro que não posso fazer isso. Enquanto eu estava caído no chão, ele me disse que eu não sei tudo, como acho que sei. (Mas vou lhe contar, Jonathan, eu não acho que sei tudo.) Isso fez com que eu me sentisse um maquinador por ter recebido a moeda corrente. Mas fiquei constrangido ao receber aquilo, pois, como já informei a você, tenho o sonho de um dia fixar residência na América. Vovô não tem nenhum sonho como esse, e portanto não precisa de moeda corrente. Depois fiquei bilioso com Vovô, pois por que razão era impossível para ele receber a moeda corrente de Papai e presentear tudo para mim?
    Não informe uma alma sequer, mas mantenho todas as minhas reservas de moeda corrente numa caixa de biscoitos na cozinha. É um

lugar que ninguém investiga, porque faz dez anos que Mamãe não manufatura biscoitos. Raciocino que, quando a caixa de biscoitos estiver cheia, terei uma quantidade suficiente para fixar residência na América. Estou sendo uma pessoa cautelosa, pois desejo estar infalível de que tenho bastante para um apartamento luxuoso na Times Square, vasto o bastante para mim e Pequeno Igor. Teremos uma televisão de tela grande para assistir ao basquetebol, uma jacuzzi e um sistema de som. Poderemos escrever cartas para casa sobre tudo isso, embora lá estejamos em casa. Pequeno Igor deve partir comigo, é claro, aconteça o que acontecer.

Pareceu que você não teve muitos assuntos com a seção anterior. Peço leniência se algo enraiveceu você de alguma forma, mas quis ser verdadeiro e jocoso, como você aconselhou. Você acha que sou uma pessoa jocosa? Digo jocoso com intenções, não jocoso porque faço coisas tolas. Uma vez Mamãe disse que eu era jocoso, mas isso foi quando eu pedi a ela para comprar uma Ferrari Testarossa em meu nome. Não desejando que rissem de mim de modo errado, revisei minha oferta para calotas de rodas.

Eu me conformei com as mudanças muito esparsas que você me postou. Alterei a seção sobre o hotel em Lutsk. Agora você só paga o preço de uma vez. "Não vou ser tratado como um cidadão de segunda classe!", notificou você ao proprietário do hotel, e quando eu sou obrigado *(agradeço, Jonathan) a lhe informar que você não é um cidadão de segunda, terceira ou quarta classe, a coisa realmente soa muito potente. O proprietário diz: "Você venceu. Você venceu. Tentei dar um golpe" (o que significa dar um golpe?) "mas você venceu. Tá legal. Você pagará apenas uma vez." A cena agora ficou excelente. Pensei em fazer você falar ucraniano, de modo que você pudesse ter mais cenas como essa, mas isso faria de mim uma pessoa inútil, porque, se você falasse ucraniano, ainda teria necessidade de um motorista, mas não de um tradutor. Ruminei exterminar Vovô da história, de modo que eu fosse o motorista, mas, se ele chegasse a descobrir isso, estou certo de que ficaria ferido, e esse não é o nosso desejo, não é? Além disso, eu não possuo carteira de motorista.*

 Finalmente, alterei a seção sobre a afeição de Sammy Davis, Junior, Junior por você. Irei iterar de novo, eu não acho que o arranjo adequado é amputar a cadela da história, ou fazer com que ela "morra em um acidente tragicômico ao cruzar a estrada na direção do hotel", como você aconselhou. Para satisfazer você, alterei a cena, de modo que vocês dois parecem mais amigos, e menos amantes ou nêmesis. Por exemplo, ela não orbita mais para fazer um sessenta-e-nove com você. Agora é apenas um boquete.
 É muito difícil para mim escrever sobre Vovô, tal como é muito difícil para você escrever sobre a sua avó. Desejo saber mais sobre ela, se isso não lhe causar aflição. Assim pode ser menos rígido para mim falar de Vovô. Você não ilustrou sua avó sobre nossa viagem, não é? Estou certo de que você me diria, se tivesse feito isso. Você conhece meu pensamento sobre o assunto.
 Quanto a Vovô, ele está sempre ficando pior. Quando eu penso que ele já está pioríssimo, ele piora mais ainda. Alguma coisa vai ocorrer. Ele não esconde mais sua melancolia com maestria. Eu já testemunhei Vovô chorando três vezes esta semana, todas as vezes muito atrasado na noite, ao voltar de me aboletar na praia. Vou lhe contar (porque você é a única pessoa que tenho para contar) que eu ocasionalmente dou uma de KGB, espionando Vovô do canto entre a cozinha e a sala de televisão. Na primeira noite que testemunhei o tal choro, ele estava investigando uma velha bolsa de couro atulhada de fotos e pedaços de papel, como uma das caixas de Augustine. As fotografias estavam amareladas, e também os papéis. Estou certo de que ele estava tendo lembranças de quando era apenas um menino, e não um velho. Na segunda noite de choro, ele tinha a fotografia de Augustine nas mãos. A previsão do tempo estava passando, mas era tão atrasado que eles só apresentaram um mapa do planeta Terra, sem mostrar qualquer tempo. "Augustine", ouvi Vovô dizer. "Augustine." Na terceira noite de choro ele tinha uma fotografia sua nas mãos. É possível que ele tenha obtido a foto na minha escrivaninha, onde guardo todas as fotografias que você me posta. De novo ele estava dizendo "Augustine", embora eu não compreenda por quê.

Pequeno Igor quer que eu pronuncie alô para você por ele. Ele não conhece você, é claro, mas eu o informei muito sobre você. Informei a ele que você é muito engraçado e inteligente, e também que podemos conversar tanto sobre assuntos portentosos como sobre peidos. Informei até que você fez sacos de terra quando estávamos em Trachimbrod. Tudo que pude me lembrar sobre você informei a ele, porque quero que ele conheça você, e porque me faz sentir que você ainda está perto, que você não foi embora. Você rirá, mas eu o presenteei com uma fotografia de nós dois que você postou. Ele é um menino muito bom, melhor ainda do que eu, e ainda tem a chance de ser um homem muito bom. Estou certo de que você seria apaziguado por ele.

Papai e Mamãe estão como sempre, porém mais humildes. Mamãe parou de fazer o jantar para Papai, como punição por ele nunca jantar em casa. Ela quer encher Papai de bile, mas ele está cagando (sim? estar cagando?), pois nunca vem jantar em casa. Come com os amigos frequentemente nos restaurantes, e também bebe vodca nas boates, mas não em boates famosas. Tenho certeza de que Papai possui mais amigos do que o resto de minha família somada. Ele derruba muitas coisas quando chega em casa tarde da noite. Sou eu e Pequeno Igor que limpamos e colocamos as coisas de volta nos lugares apropriados. (Mantenho Pequeno Igor comigo nessas ocasiões.) A lâmpada fica aqui. O quadro na parede fica aqui. O prato fica aqui. O telefone fica aqui. (Quando eu e Pequeno Igor tivermos nosso apartamento, manteremos tudo exclusivamente limpo. Sem um único pedaço de poeira.) Para ser verdadeiro, eu não sinto falta de Papai quando ele passa muito tempo fora. Ele poderia ficar toda noite com seus amigos e eu ficaria contente. Devo informar a você que na noite passada ele acordou Pequeno Igor quando voltou da vodca com os amigos. É minha culpa, pois não insisti que Pequeno Igor roncasse seus Zês no meu quarto comigo, como ele agora faz. Será que eu deveria fingir sono? E Mamãe? Eu estava na minha cama na ocasião, e é uma coisa cômica, porque no momento eu estava lendo a seção sobre a morte de Yankel. "Tudo para Brod", escreve ele, e eu pensei: "Tudo para Pequeno Igor."

Quanto ao seu romance, fiquei muito desalentado por Brod. Ela é uma pessoa boa num mundo mau. Tudo está caindo em cima dela. Até mesmo o pai dela, que não é o verdadeiro pai. Eles estão, ambos, escondendo coisas um do outro. Pensei nisso quando você disse que Brod "nunca seria feliz e sincera ao mesmo tempo". Você também pensa assim?

Compreendo o que você escreve quando escreve que Brod não ama Yankel. Isso não significa que ela não sinta volumes por ele, ou que não ficará melancólica quando ele expirar. É outra coisa. O amor, nos seus escritos, é a imobilidade da verdade. Brod não é verdadeira com nada. Nem com Yankel, nem consigo mesma. Tudo é um mundo a distância do mundo real. Isso manufatura sentido? Se estou soando como um pensador, isso é uma homenagem aos seus escritos.

Essa finalíssima parte que você me deu, sobre o Dia de Trachim, foi certamente a mais finalíssima. Permaneço sem nada para falar sobre ela. Quando Brod pergunta a Yankel por que ele pensa sobre a mãe dela, embora isso o faça sofrer, e ele diz que não sabe por quê, é uma questão importante. Por que fazemos isso? Por que as coisas dolorosas são sempre eletromagnetos? Em relação à parte das luzes sexuais, devo dizer que já vi isso antes. Uma vez eu estava sendo carnal com uma garota e vi um pequeno relâmpago entre as nádegas dela. Consegui compreender que seriam necessários muitos para serem percebidos do espaço exterior. Na parte finalíssima, tenho uma sugestão: talvez você deva introduzir um cosmonauta russo em vez do Sr. Armstrong. Tente Yuri Alekseyevich Gagarin, que em 1961 tornou-se o primeiro ser humano a fazer um voo em órbita espacial.

Finalizando, se você possuir revistas ou artigos de que goste, eu ficaria muito feliz se você pudesse postar alguns para mim. Reembolsarei qualquer despesa, muito precisamente. Pretendo artigos sobre a América, você sabe. Artigos sobre esportes americanos, ou filmes americanos, ou garotas americanas, naturalmente, ou cursos de contabilidade americanos. Não vou pronunciar mais nada sobre isso. Não sei quanto mais de seu romance existe no momento, mas exijo ver tudo. Estou querendo muito saber o que acontece com Brod e o Kolker. Será que ela o amará? Diga que sim. Espero que você diga que sim. Isso provará uma coisa para mim. Além disso, talvez eu possa continuar a ajudar enquanto você escreve mais. Mas não fique perturbado. Eu não exigirei que meu nome esteja na capa. Você pode fingir que o livro é somente seu.

Por favor, diga alô para sua família por mim, exceto para sua avó, é claro, porque ela não sabe que eu existo. Se você desejar me informar qualquer coisa sobre sua família, ficarei muito bem-humorado ao ouvir. Por exemplo, informe mais alguma coisa sobre o seu irmão miniatura, que sei que você ama como eu amo Pequeno Igor. Como outro exemplo, informe algo sobre seus pais. Mamãe me perguntou sobre você ontem. Ela disse: "E o que aconteceu com o judeu criador de casos?" Eu informei a ela que você não é criador de casos, mas uma pessoa boa, e que você não é um judeu com a letra J grande, mas um judeu como Albert Einstein ou Jerry Seinfeld.

Antecipo com arrepios na pele sua carta consequente e a consequente seção de seu romance. No tempo pendente, espero que você esteja amando essa nova seção minha. Por favor, fique satisfeito, por favor.

Candidamente,
Alexander

A BUSCA MUITO RÍGIDA

O ALARME FEZ BARULHO às seis da manhã, mas não foi um barulho significativo, porque eu e Vovô somados não tínhamos manufaturado um único Zê.
— Vá pegar o judeu — disse Vovô. — Ficarei vadiando lá embaixo.
— Café da manhã? — perguntei.
— Ah — disse ele. — Vamos descer até o restaurante e tomar o café da manhã. Depois você pegará o judeu.
— E o café da manhã dele?
— Eles não terão nada sem carne, de modo que não devemos fazer dele uma pessoa desconfortável.
— Você é esperto — disse eu.
Ficamos muito circunspectos ao partir do quarto, de modo a não produzir qualquer barulho. Não queríamos que o herói percebesse que estávamos comendo. Quando nos aboletamos no restaurante, Vovô disse:
— Coma muito. Vai ser um dia comprido, e quem pode saber ao certo quando comeremos de novo?
Por essa razão, pedimos três cafés da manhã para nós dois, e comemos muita linguiça, que é um alimento delicioso. Quando terminamos, compramos goma de mascar com a garçonete, de modo que o herói não percebesse o café da manhã nas nossas bocas.

– Pegue o judeu – disse Vovô. – Vou ficar ocioso com paciência no carro.

Estou certo de que o herói não estava repousando, pois antes que eu pudesse bater pela segunda vez, ele descerrou a porta. Já estava enfiado nas roupas, e pude ver que ele envergava a pochete.

– Sammy Davis, Junior, Junior comeu todos os meus documentos.

– Isso não é possível – disse eu, embora na verdade soubesse que era possível.

– Coloquei os documentos na mesinha de cabeceira quando fui dormir e quando acordei hoje de manhã ela estava mastigando tudo. Só consegui salvar isso.

Ele exibiu um passaporte meio mastigado e diversos pedaços de mapas.

– A fotografia! – disse eu.

– Tudo bem. Tenho um monte de cópias. Ela só conseguiu acabar com algumas antes que eu visse.

– Estou tão envergonhado.

– O que me intriga – disse ele – é que ela não estava no quarto quando eu fui dormir e fechei a porta.

– Ela é uma cadela danada de esperta.

– Deve ser – disse ele, lançando sua visão de raio X sobre mim.

– É porque ela é judia, por isso que é tão esperta.

– Bom, estou satisfeito por ela não ter comido os meus óculos, pelo menos.

– Ela não comeria os seus óculos.

– Comeu a minha carteira de motorista. Comeu minha carteira de estudante, meu cartão de crédito, um punhado de cigarros, uma parte do meu dinheiro...

– Mas ela não comeria os seus óculos. Ela não é um animal.

– Escute, que tal tomarmos um pequeno café da manhã? – disse ele.

– O quê?
– Café da manhã – disse ele, pondo as mãos no estômago.
– Não – disse eu. – Acho superior começarmos logo a pesquisa. Queremos pesquisar tanto quanto possível enquanto existir luz.
– Mas são só seis e meia.
– Mas não serão seis e meia para sempre – disse eu, apontando para o meu relógio, que é um Rolex da Bulgária. – Olhe, já são seis e trinta e um. Estamos desperdiçando tempo.
– Talvez só um petiscozinho? – disse ele.
– O quê?
– Só um biscoitinho. Estou com muita fome.
– Isso não pode ser negociado. Acho que é melhor...
– Temos um minuto ou dois. O que é isso no seu hálito?
– Você vai tomar um mochaccino no restaurante lá embaixo, e esse é o fim da conversa. Você precisa tentar dar um golpe.
Ele começou a dizer alguma coisa, e eu pus os dedos nos lábios. Isso significava: CALE A BOCA!
– Voltaram para tomar mais café da manhã? – perguntou a garçonete.
– Ela disse: "Bom dia, gostaria de um mochaccino?"
– Ah – disse ele. – Diga a ela que sim. E talvez um pouco de pão ou alguma outra coisa.
– Ele é americano – disse eu.
– Eu sei – confirmou ela. – Dá para ver.
– Mas ele não come carne, de modo que dê-lhe apenas mochaccino.
– Ele não come carne!
– Procedimentos de intestino rápidos – disse eu, pois não queria constranger o herói.
– O que você está dizendo a ela?
– Eu disse para não fazer muito aguado.

– Que bom. Odeio quando fica muito aguado.

– Então, apenas um mochaccino será adequado – disse eu à garçonete, que era uma moça muito bonita com os máximos seios que eu já vira.

– Nós não temos mochaccino.

– O que ela está dizendo?

– Então dê-lhe um cappuccino.

– Não temos cappuccino.

– O que ela está dizendo?

– Ela disse que os mochaccinos são especiais hoje, porque são café.

– O quê?

– Você gostaria de fazer comigo o Escorrega Elétrico numa discoteca famosa hoje à noite? – perguntei à garçonete.

– Você levará o americano? – perguntou ela.

Ah, aquilo me emputeceu completamente!

– Ele é judeu – disse eu. Sei que não deveria ter pronunciado aquilo, mas já estava começando a me sentir péssimo a meu próprio respeito. O problema é que me senti pior ainda ao pronunciar aquilo.

– Ah – disse ela. – Nunca vi um judeu antes. Posso ver os chifres dele?

(É possível que você pense que ela não inquiriu isso, Jonathan, mas ela inquiriu. Sem dúvida, você não tem chifres, de modo que eu disse a ela para se meter com seus próprios negócios e meramente trazer um café para o judeu e duas porções de linguiça para a cadela, pois quem poderia saber ao certo quando ela comeria de novo?)

Quando o café chegou, o herói bebeu apenas uma pequena quantidade.

– Tem um gosto horrível – disse ele. Uma coisa é ele não comer carne, e outra coisa ele fazer Vovô ficar ocioso no carro dormindo, mas era uma outra coisa ele caluniar o nosso café.

– VOCÊ TOMARÁ O CAFÉ ATÉ EU CONSEGUIR VER MINHA CARA NO FUNDO DA XÍCARA!

Eu não pretendia gritar.
– Mas é uma xícara de argila.
– NÃO ME INTERESSA!
Ele terminou o café.
– Você não precisa terminar o café – disse eu, pois dava para ver que ele estava reconstruindo a Grande Muralha da China com tijolos de merda.
– Tudo bem – disse ele, pondo a xícara na mesa. – É realmente um café muito bom. Delicioso. Já estou entupido.
– O quê?
– Podemos ir quando você quiser.
Um pateta, pensei eu. Um pato com tetas.
Vários minutos foram capturados para recuperar Vovô do sono. Ele se trancara no carro, e todas as janelas estavam seladas. Tive de socar o vidro com muita violência a fim de fazê-lo não dormir. Fiquei surpreendido que o vidro não fraturasse. Quando Vovô finalmente abriu os olhos, não sabia onde estava.
– Anna?
– Não, Vovô – disse eu através do vidro. – Sou eu, Sasha.
Ele fechou as mãos e também os olhos.
– Pensei que era uma outra pessoa.
Depois encostou a cabeça no volante.
– Estamos aprestados para ir – disse eu através do vidro. – Vovô?
Ele deu um grande suspiro, abriu as portas, e indagou:
– Como chegaremos lá?
Eu já estava no assento da frente, porque quando estou num carro sempre sento no assento da frente, a menos que o carro seja uma motocicleta, pois não sei manobrar motocicletas, embora vá saber em breve. O herói estava no assento traseiro com Sammy Davis, Junior, Junior, e os dois estavam cuidando de seus próprios negócios: o herói mastigando as unhas dos dedos, e a cadela mastigando a cauda.
– Não sei – disse eu.

– Indague ao judeu – ordenou ele, de modo que fiz o que fiz.
– Não sei – disse ele.
– Ele não sabe.
– Como assim, não sabe? – disse Vovô. – Estamos no carro. Estamos aprestados para partir na nossa viagem. Como pode ele não saber?
A voz dele já estava volumosa, e aquilo amedrontou Sammy Davis, Junior, Junior, fazendo-a latir. LATIDO.
– Como assim, você não sabe? – perguntei ao herói.
– Já disse a vocês tudo que eu sei. Pensei que um de vocês seria um guia da Herança, treinado e registrado. Paguei por um guia registrado, entende?
Vovô apertou a buzina do carro, e a coisa fez um som. FON-FON.
– Vovô tem registro! – informei a ele.
LATIDO.
Aquilo era a verdade verdadeira, embora Vovô tivesse registro para conduzir automóveis, e não para encontrar uma história perdida.
FON-FON.
– Por favor! – disse eu a Vovô.
LATIDO. FON-FON.
– Por favor! Você está tornando a coisa impossível!
FON-FON! LATIDO!
– Cale a boca! – disse ele. – Mande a cadela calar a boca e o judeu calar a boca!
LATIDO!
– Por favor!
FON-FON!
– Tem certeza de que ele tem registro?
– É claro – disse eu.
FON-FON!
– Eu não trapacearia – continuei.
LATIDO.

– Faça alguma coisa – disse eu a Vovô.
FON-FON!
– Mas não isso! – disse eu, com volume.
LATIDO!
Vovô começou a dirigir o automóvel que ele tinha pleno registro para dirigir.
– Para onde estamos indo?
Eu e o herói manufaturamos essa inquirição ao mesmo tempo.
– CALEM A BOCA! – disse Vovô. Não precisei traduzir isso para o herói.
Vovô foi dirigindo até uma loja de petróleo pela qual passamos no caminho para o hotel na noite anterior. Estancamos defronte de uma máquina de petróleo. Um sujeito veio até a janela. Era muito esbelto e tinha petróleo nos olhos.
– Sim? – perguntou o sujeito.
– Estamos procurando Trachimbrod – disse Vovô.
– Não temos nada disso – afirmou o sujeito.
– É um lugar. Estamos tentando descobrir onde fica.
O sujeito virou-se para um grupo de homens parados diante da loja.
– Nós temos alguma coisa chamada trachimbrod?
Eles deram de ombros e continuaram a conversar.
– Desculpe – disse o sujeito. – Não temos.
– Não – disse eu. – Trachimbrod é o nome de um lugar que estamos procurando. Estamos tentando achar a moça que salvou o avô dele dos nazistas.
Apontei para o herói.
– O quê? – perguntou o sujeito.
– O quê? – perguntou o herói.
– Cale a boca – disse Vovô para mim.
– Nós temos um mapa – disse eu ao homem. – Mostre o mapa – ordenei ao herói.

Ele investigou a própria bolsa.

– Sammy Davis, Junior, Junior comeu o mapa.

– Isso não é possível – disse eu, embora de novo soubesse que era possível. – Mencione para ele alguns nomes das outras cidades. Talvez um deles soe informal.

O homem do petróleo inclinou a cabeça para o carro.

– Kovel – disse o herói. – Kivertsy, Sokeretchy.

– Kolki – disse Vovô.

– Sim, sim – disse o homem do petróleo. – Ouvi falar de todas essas cidades.

– E você poderia nos orientar até elas? – perguntei.

– É claro. Elas são muito aproximadas. Talvez trinta quilômetros distantes. Não mais. Meramente viaje para o norte na supervia e depois para leste atravessando as fazendas.

– Mas você nunca ouviu falar de Trachimbrod?

– Diga de novo para mim.

– Trachimbrod.

– Não, mas muitas das cidades têm nomes novos.

Eu me virei para trás e disse:

– Jon-fen, qual era o outro nome de Trachimbrod?

– Sofiowka.

– Conhece Sofiowka? – perguntei ao homem.

– Não – disse ele. – Mas isso já soa parecido com alguma coisa que é mais semelhante a alguma coisa que eu ouvi falar. Há muitas cidadezinhas naquela área. Talvez haja nove, ou até mais. Depois de ficarem aproximados, vocês poderão indagar, e qualquer um será capaz de informar onde encontrar o que vocês estão investigando.

(Jonathan, aquele homem não falava ucraniano muito bem, mas fiz a coisa soar anormalmente boa na minha tradução da história. Se apaziguar você, eu posso falsificar os pronunciamentos incorretos dele.)

O sujeito configurou um mapa num pedaço de papel que Vovô escavou da gaveta das luvas, onde eu guardarei camisinhas de tamanho extragrande quando tiver o carro dos meus sonhos. (Não serão estriadas para maior prazer dela, pois não há necessidade disso, se é que você me entende.) Eles mantiveram conversação sobre o mapa durante muitos minutos.

– Tome – disse o herói, estendendo um maço de cigarros Marlboro para o homem do petróleo.

– Que diabo ele está fazendo? – inquiriu Vovô.

– Que diabo ele está fazendo? – perguntou o homem do petróleo.

– Que diabo você está fazendo? – inquiri eu.

– É para ajudar o sujeito – respondeu ele. – Li no meu guia de viagem que é difícil conseguir cigarros Marlboro aqui, e que a gente deveria levar diversos maços para toda parte, como gorjeta.

– O que é uma gorjeta?

– É uma coisa que você dá em troca de ajuda.

– Então tá legal, você está informado de que você estará pagando essa viagem com moeda corrente, sim?

– Não, não é isso – disse ele. – Gorjetas são para coisas pequenas, como orientações, ou para manobristas.

– Manobristas?

– Ele não come carne – informou Vovô ao homem do petróleo.

– Ah.

– Os manobristas – disse o herói – são os caras que estacionam nossos carros.

A América está sempre se provando maior do que eu pensava.

Já eram quase 7h10 quando partimos de novo. Demorou apenas uns poucos minutos para acharmos a supervia. Devo confessar que estava um dia lindo, com muita luz do sol.

– Está lindo, sim? – disse eu ao herói.

– O quê?

– O dia. Está um dia lindo.

Ele empurrou para baixo o vidro da janela dele, o que era aceitável, pois Sammy Davis, Junior, Junior estava dormindo, e pôs a cabeça para fora do carro, dizendo:
– Sim, está absolutamente lindo.
Aquilo me fez ficar orgulhoso, e eu contei a Vovô, que sorriu, e percebi que ele também se tornou uma pessoa orgulhosa.
– Informe a ele sobre Odessa – disse Vovô. – Informe a ele como é lindo lá.
– Em Odessa – disse eu, girando na direção do herói – é ainda mais lindo do que aqui. Você nunca testemunhou uma coisa similar àquela.
– Eu gostaria de ouvir falar de lá – disse ele, abrindo o diário.
– Ele quer saber sobre Odessa – disse eu a Vovô, pois queria que ele gostasse do herói.
– Informe a ele que a areia das praias é mais macia que cabelo de mulher e que a água é como o interior da boca de uma mulher.
– A areia das praias é como uma boca de mulher.
– Informe a ele – disse Vovô – que Odessa é o lugar mais maravilhoso para alguém se apaixonar, e também para formar uma família.
Informei aquilo ao herói.
– Odessa é o lugar mais maravilhoso para alguém se apaixonar, e também para fazer uma família
– Você já se apaixonou alguma vez? – indagou ele. Aquilo me pareceu uma indagação esquisita, de modo que eu a devolvi.
– Você já?
– Não sei – disse ele.
– Nem eu – respondi.
– Já estive perto do amor.
– Sim.
– Realmente perto, quase lá.
– Quase.
– Mas nunca cheguei lá, acho eu.

– Não.
– Talvez eu deva ir a Odessa – disse ele. – Poderia me apaixonar. Isso parece fazer mais sentido do que ir a Trachimbrod.
Nós dois rimos.
– O que é que ele está dizendo? – inquiriu Vovô.
Eu lhe contei, e ele também riu. Tudo aquilo parecia maravilhoso.
– Mostre o mapa – disse Vovô. Ficou examinando o mapa enquanto dirigia, tornando sua cegueira ainda menos confiável, devo confessar.
Saímos da supervia. Vovô devolveu-me o mapa, e disse:
– Seguiremos por aproximadamente vinte quilômetros, e depois indagaremos por Trachimbrod.
– Isso é razoável – murmurei eu.
Parecia uma coisa esquisita de dizer, mas nunca sei o que dizer a Vovô sem parecer esquisito.
– Eu sei que é razoável.
– Posso ver Augustine de novo? – perguntei ao herói. (Aqui devo confessar que vinha desejando vê-la desde que o herói exibiu-a para mim pela primeira vez. Mas estava encabulado de tornar isso conhecido.)
– É claro – disse ele, e escavou dentro da pochete. Ele tinha muitas cópias, e retirou uma como se fosse uma carta de baralho. – Aqui está.
Observei a fotografia enquanto ele observava o dia lindo. Augustine tinha cabelos tão bonitos. Eram cabelos finos. Eu não precisava tocar neles para ter certeza disso. Seus olhos eram azuis. Embora a fotografia não tivesse cor, eu tinha certeza de que seus olhos eram azuis.
– Veja aqueles campos – disse o herói com o dedo para fora do carro. – São tão verdes.
Contei a Vovô o que o herói dissera.
– Diga a ele que a terra é boa para a agricultura.
– Vovô deseja que eu lhe diga que a terra é de muita qualidade para a agricultura.

– E diga a ele que grande parte dessa terra foi destruída quando os nazistas chegaram, mas antes disso ela era ainda mais bonita. Eles bombardearam tudo com aviões e depois avançaram por ela com tanques.

– Mas não parece que isso aconteceu.

– Refizeram tudo depois da guerra. Antes era diferente.

– Você estava aqui antes da guerra? Veja essas pessoas trabalhando com roupas de baixo nos campos – disse o herói do assento traseiro.

Eu inquiri Vovô sobre o assunto.

– Isso não é anormal – disse ele. – É muito quente de manhã. Quente demais para se ficar ansioso por causa de roupas.

Contei aquilo ao herói. Ele estava cobrindo muitas páginas do diário. Eu queria que Vovô continuasse a conversa prévia, e me contasse quando estivera na área, mas percebi que a conversa terminara.

– Há gente tão velha trabalhando – disse o herói. – Algumas daquelas mulheres devem ter sessenta ou setenta anos.

Inquiri Vovô sobre o assunto, porque eu também não achara aquilo natural.

– É natural – disse ele. – Nos campos você trabalha até não ser capaz de trabalhar mais. O seu bisavô morreu nos campos.

– A minha bisavó também trabalhava nos campos?

– Ela estava trabalhando junto quando ele morreu.

– O que ele está dizendo? – perguntou o herói, novamente proibindo Vovô de continuar. E novamente, quando olhei Vovô, percebi que a conversa terminara.

Era a primeira ocasião em que ouvia Vovô falar de seus pais, e eu queria saber muito mais a respeito deles. O que eles haviam feito durante a guerra? Quem haviam salvo? Mas senti que era decente ficar calado sobre o assunto. Ele falaria quando precisasse falar, e até esse momento eu perseveraria no silêncio. Assim, fiz o que o herói fez, ou seja, ficar olhando pela janela. Não sei quanto tempo desmoronou, mas desmoronou muito tempo.

– É lindo, sim? – disse eu para ele, sem orbitar.
– Sim.
Durante os minutos posteriores, não usamos palavras, apenas testemunhamos as terras aráveis.
– Seria uma hora razoável de indagarmos a alguém como chegar a Trachimbrod – disse Vovô. – Acho que não estamos a mais de dez quilômetros.
Movemos o carro para o lado da estrada, embora fosse difícil perceber onde a estrada terminava e o lado começava.
– Vá indagar a alguém – disse Vovô. – E leve o judeu com você.
– Quer vir? – perguntei.
– Não – disse ele.
– Por favor.
– Não.
– Venha – informei ao herói.
– Para onde?
Apontei para um rebanho de homens que estavam fumando no campo.
– Você quer que eu vá com você?
– É claro – disse eu, pois desejava que o herói sentisse que ele estava envolvido em todos os aspectos da viagem. Mas na verdade eu também estava com medo dos homens no campo. Nunca falara com gente assim, camponeses pobres, e semelhantes à maioria das pessoas em Odessa. Eu falo uma fusão de russo e ucraniano, e eles falavam apenas ucraniano. E, embora russo e ucraniano soem muito semelhantes, pessoas que falam apenas ucraniano às vezes odeiam pessoas que falam uma fusão de russo e ucraniano, pois frequentemente as pessoas que falam uma fusão de russo e ucraniano vêm das cidades e pensam que são superiores às pessoas que falam apenas ucraniano, que frequentemente vêm dos campos. Pensamos isso porque somos superiores, mas isso já é outra história.
Ordenei que o herói não falasse, pois às vezes as pessoas que falam ucraniano e que odeiam as pessoas que falam uma

fusão de russo e ucraniano também odeiam as pessoas que falam inglês. E pela mesma razão levei Sammy Davis, Junior, Junior conosco, embora ela não fale nem ucraniano, nem uma fusão de russo e ucraniano, nem inglês.
LATIDO.
– Por quê? – inquiriu o herói.
– Por que, o quê?
– Por que não posso falar?
– Algumas pessoas ficam muito perturbadas ao ouvir inglês. Teremos um tempo mais fácil granjeando assistência se você mantiver os lábios unidos.
– O quê?
– Cale a boca.
– Não, qual foi a palavra que você disse?
– Qual?
– Com o *g*.
Fiquei muito orgulhoso por saber uma palavra em inglês que o herói, que era americano, não sabia.
– Granjear. É como obter, conseguir, adquirir, garantir e ganhar. Agora, cale a boca, seu putz.
– Nunca ouvi falar desse lugar – disse um dos homens, com o cigarro no lado da boca.
– Nem eu – afirmou outro. Os dois exibiram as costas para nós.
– Obrigado – disse eu.
O herói cutucou-me com a curva do braço. Estava tentando dizer alguma coisa para mim, sem palavras.
– O quê? – sussurrei.
– Sofiowka – disse ele sem volume, embora na verdade isso não tivesse importância. Não tinha importância porque os homens não estavam dando qualquer atenção a nós.
– Ah, sim – voltei aos homens. Eles não orbitaram para me encarar. – Também é chamada de Sofiowka. Conhecem essa cidade?
– Nunca ouvimos falar – respondeu um deles, sem discutir o assunto com os outros, e jogando o cigarro no chão. Girei a

cabeça de um lado para o outro a fim de informar ao herói que eles não sabiam.

— Talvez vocês tenham visto esta mulher — disse o herói, tirando uma duplicata da fotografia de Augustine da sua mochila engraçada.

— Ponha isso de volta! — ordenei eu.

— O que vocês estão querendo aqui? — indagou um dos homens, também jogando o cigarro no chão.

— O que ele disse? — perguntou o herói.

— Estamos procurando a vila de Trachimbrod — informei, percebendo que não estava agradando muito.

— Eu já disse que não há lugar algum chamado Trachimbrod.

— Portanto, pare de nos incomodar — disse outro homem.

— Você quer um cigarro Marlboro? — propus eu, pois não conseguia pensar em mais nada.

— Dê o fora — disse um dos homens. — Volte para Kiev.

— Sou de Odessa — disse eu, e isso os fez rir com grande violência.

— Então volte para Odessa.

— Eles não podem nos ajudar? — inquiriu o herói. — Sabem de alguma coisa?

— Venha — disse eu, pegando a mão dele e caminhando de volta para o carro. Eu estava humilhado ao máximo, e exclamei: — Venha, Sammy Davis, Junior, Junior.

Mas ela não veio, nem mesmo quando os homens que fumavam a escorraçaram. Só havia uma opção restante, e eu entoei:

— "Billie Jean is not my lover, she's just a girl who claims that I am the one."

O máximo de humilhação tornou-se ainda mais máximo.

— Que diabo você estava fazendo pronunciando inglês? — perguntei depois ao herói. — Ordenei que você não falasse inglês! Você me compreendeu, sim?

— Sim.

— Então por que falou em inglês?

– Não sei.
– Não sabe! Eu lhe pedi que preparasse o café da manhã?
– O quê?
– Pedi que você inventasse um novo tipo de roda?
– Eu não...
– Não, eu lhe pedi para fazer uma coisa e você fez um desastre! Você é tão burro!
– Só pensei que podia ajudar.
– Mas não ajudou. Você tornou aqueles homens muito zangados.
– Por causa do meu inglês?
– Eu lhe ordenei que não falasse e você falou. Você pode ter contaminado tudo.
– Desculpe, eu apenas pensei, a fotografia.
– Eu cuidarei do pensamento. Você cuidará do silêncio!
– Lamento.
– Eu é que lamento. Lamento ter trazido você nessa viagem!

Eu estava muito envergonhado pela maneira com que os homens haviam falado comigo, e não queria informar a Vovô o que ocorrera, pois sabia que ele também ficaria envergonhado. Mas, quando retornamos ao carro, percebi que não precisava informá-lo de nada. Se você quer saber por quê, é porque primeiro tive de movimentá-lo para espantar seu sono.

– Vovô – disse eu, tocando-lhe o braço. – Vovô. Sou eu, Sasha.

– Eu estava sonhando – disse ele, e isso surpreendeu-me muito. É tão esquisito imaginar um de seus pais ou avós sonhando. Se eles sonham, pensam em coisas em que você não está, e sonham com coisas que não são você. Além disso, se eles sonham, devem precisar ter sonhos, o que é uma coisa a mais para se pensar.

– Eles não sabem onde fica Trachimbrod.

– Bem, entrem no carro – disse ele, passando as mãos pelos olhos. – Vamos perseverar rodando de carro, e procurar outra pessoa a quem indagar.

Descobrimos muitas outras pessoas para inquirir, mas na verdade cada uma delas nos encarou da mesma maneira.

– Vão embora – pronunciou um velho.

– Por que agora? – inquiriu uma mulher de vestido amarelo.

Nenhuma delas sabia onde ficava Trachimbrod, e nenhuma delas jamais ouvira falar na aldeia, mas todas ficavam zangadas ou silenciosas quando eu inquiria. Eu desejava que Vovô me ajudasse, mas ele recusava-se a sair do carro. Perseveramos na viagem, por estradas subordinadas sem sinalização alguma. As casas eram menos perto umas das outras, e era uma coisa anormal ver alguém.

– Vivi aqui toda a minha vida – disse um velho sem se remover do seu assento embaixo de uma árvore – e posso informar a vocês que não há nenhum lugar chamado Trachimbrod.

– Vocês deviam parar de procurar agora. Posso prometer que não acharão nada – disse outro velho, que escoltava uma vaca pela estrada de terra.

Não contei isso ao herói. Talvez porque eu seja uma pessoa boa. Talvez porque seja uma pessoa má. Como parecença de verdade, contei apenas que cada pessoa nos dissera para rodar mais, e que se rodássemos mais descobriríamos alguém que saberia onde ficava Trachimbrod. Rodaríamos até encontrar Trachimbrod, e rodaríamos até encontrar Augustine. Portanto, rodamos mais, pois estávamos severamente perdidos, e não sabíamos mais o que fazer. Era muito difícil para o carro rodar em algumas estradas, pois havia muitas pedras e buracos.

– Não fique perturbado – disse eu ao herói. – Encontraremos alguma coisa. Se continuarmos a rodar, tenho certeza de que encontraremos Trachimbrod, e depois Augustine. Tudo está em harmonia com o plano.

Já passava do centro do dia.

– O que vamos fazer? – inquiri a Vovô. – Estamos rodando há muitas horas, e não estamos mais aproximados do que há muitas horas anteriores.

– Eu não sei – disse ele.
– Está fatigado? – inquiri dele.
– Não.
– Está com fome?
– Não.
Rodamos mais, cada vez mais longe nos mesmos círculos. O carro ficou fixado ao solo muitas vezes, e eu e o herói tivemos de sair e empurrá-lo sem peias.
– Não é fácil – disse o herói.
– Não, não é – concedi eu. – Mas acho que devemos continuar rodando. Não acha? É isso que as pessoas vêm nos dizendo para fazer.
Vi que ele continuava enchendo o diário. Quanto menos víamos, mais ele escrevia. Passamos por muitas vilas que o herói nomeara para o homem do petróleo. Kovel. Sokeretchy. Kivertsy. Mas não havia gente em lugar nenhum, e quando havia uma pessoa, não podia nos ajudar.
– Vão embora.
– Não há nenhuma Trachimbrod aqui.
– Não sei do que estão falando.
– Vocês estão perdidos.
Parecia que estávamos no país errado, ou no século errado, ou que Trachimbrod desaparecera, tal como toda lembrança dela.
Passamos por estradas pelas quais já tínhamos passado, testemunhamos partes da paisagem que já tínhamos testemunhado, e tanto eu quanto Vovô desejávamos que o herói não percebesse isso. Lembrei de quando eu era menino e Papai me dava um soco, dizendo depois:
– Não dói. Não dói.
E, quanto mais ele pronunciava isso, mais a coisa se tornava verdadeira. Eu acreditava nele, em certa medida, porque ele era Papai, e em certa medida porque eu não queria que doesse. Era assim que eu me sentia com o herói enquanto perseverávamos rodando. Era como se eu estivesse pronunciando para ele: "Nós encontraremos a aldeia. Nós encontraremos a aldeia."

Eu estava enganando o herói, e tenho certeza que ele desejava ser enganado. Portanto, traçamos mais círculos nas estradas poeirentas.

– Ali – disse Vovô, apontando para uma pessoa aboletada nos degraus de uma casa minúscula. Era a primeira pessoa que víamos em muitos minutos. Será que tínhamos testemunhado aquela pessoa antes? Será que a tínhamos inquirido sem frutos? Ele parou o carro e disse: – Vá até lá.

– Você vem? – perguntei.

– Vá até lá.

Como eu não sabia mais o que dizer, falei:

– Tá legal. – Também como não sabia mais o que fazer, amputei-me do carro e disse para o herói: – Venha.

Não houve réplica, e eu insisti, orbitando:

– Venha.

O herói estava roncando Zês, tal como Sammy Davis, Junior, Junior. Não havia necessidade de movê-los do sono, justifiquei eu para o meu cérebro. Levei comigo a duplicata da fotografia de Augustine e tomei cuidado para não perturbá-los ao fechar a porta do carro.

A casa era de madeira branca e estava desmoronando por si mesma. Havia quatro janelas, e uma delas estava quebrada. Andei mais aproximadamente e percebi a mulher aboletada nos degraus. Era muito idosa e descascava a pele de espigas de milho. Muitas roupas jaziam pelo quintal. Tenho certeza que estavam secando depois de uma lavada, mas estavam em arrumações anormais e pareciam as roupas de invisíveis corpos mortos. Raciocinei que havia muitas pessoas na casa branca, pois eram roupas de homens, roupas de mulheres, roupas de crianças e até de bebês.

– Leniência – disse eu, enquanto ainda estava a uma certa quantidade de distância. Pronunciei isso de modo a não fazer dela uma pessoa aterrorizada. – Tenho uma inquirição para você.

Ela envergava uma camisa branca e um vestido branco que estavam cobertos de poeira, e, em certos lugares, líquidos haviam secado. Percebi que ela era uma mulher pobre. Todas as pessoas de cidades pequenas são pobres, mas ela era mais pobre ainda. Isso era bem definido pela sua magreza, e por estarem quebrados todos os seus pertences. Devia custar muito, pensei eu, cuidar de tantas pessoas como ela fazia. Decidi então que, quando eu fosse uma pessoa rica na América, daria alguma moeda corrente para aquela mulher.

Ela sorriu quando eu estava aproximado dela, e vi que não tinha nenhum dente. Seus cabelos eram brancos, a pele tinha marcas marrons e os olhos eram azuis. Ela não era tanto uma mulher, e o que eu digo aqui é que ela era muito frágil e parecia que poderia ser obliterada com um dedo. Quando me aproximei, ouvi que estava cantarolando. (Isso se chama cantarolar, sim?)

– Leniência – disse eu. – Não quero importunar você.

– Como poderia alguma coisa me importunar num dia tão lindo?

– Sim, está lindo.

– Sim – disse ela. – De onde você é?

Aquilo me envergonhou. Pus minha cabeça para pensar no que dizer, e terminei com a verdade.

– Odessa.

Ela largou um pedaço de milho e pegou outro.

– Nunca estive em Odessa.

Passou os cabelos que estavam diante do rosto para trás da orelha. Só nesse momento percebi que os seus cabelos eram tão longos quanto ela.

– Você deve ir até lá – disse eu.

– Eu sei. Eu sei que devo. Tenho certeza de que há muitas coisas que eu devo fazer.

– E muitas coisas que você não deve fazer também – disse eu. Estava tentando fazer dela uma pessoa apaziguada, e consegui.

– Você é um rapaz tão bonzinho. – Ela riu.

– Já ouviu falar de uma cidadezinha apelidada de Trachimbrod? – inquiri. – Fui informado de que alguém perto daqui saberia onde fica.

Ela pôs o milho no colo e olhou para mim inquisitivamente.

– Não quero importunar você – repeti eu. – Mas já ouviu falar de uma cidadezinha apelidada de Trachimbrod?

– Não – disse ela, pegando o milho e retirando a pele da espiga.

– Já ouviu falar de uma cidadezinha apelidada Sofiowka?

– Também não ouvi falar dessa.

Ela me apresentou um sorriso triste, parecido com o da formiga no anel de Yankel ao esconder o rosto – eu sabia que aquilo era um símbolo, mas não sabia símbolo do quê.

Ouvi-a cantarolar quando comecei a me afastar. O que eu informaria ao herói quando ele não estivesse mais manufaturando Zês? O que informaria a Vovô? Durante quanto tempo poderia fracassar até nos rendermos? Sentia que todo o peso estava sobre mim. Tal como naquelas ocasiões com Papai, é limitado o número de vezes que você pode pronunciar "Não dói" antes que a coisa comece a doer até mais do que a própria dor. Você fica iluminado com a sensação de sentir dor, o que é pior, estou certo, do que a dor existente. Não verdades pendiam diante de mim como frutos. Qual eu colheria para o herói? Qual eu colheria para Vovô? Qual para mim mesmo? Qual para Pequeno Igor? Depois lembrei que pegara a fotografia de Augustine; sem saber o que me coagia a fazer aquilo, orbitei de volta e mostrei a fotografia para a mulher.

– Você já testemunhou alguém nesta fotografia?

Ela examinou-a por alguns momentos.

– Não.

Não sei por quê, mas inquiri de novo.

– Você já testemunhou alguém nesta fotografia?

– Não – disse ela de novo, embora esse segundo não parecesse o de um papagaio, e sim uma variedade diferente de não.

– Você já testemunhou alguém nesta fotografia? – inquiri eu, e desta vez segurei a foto bem aproximada do rosto dela, como Vovô segurava-a junto ao rosto.

– Não – disse ela de novo, e aquilo me pareceu uma terceira variedade de não.

Pus a fotografia nas mãos dela.

– Você já testemunhou alguém nesta fotografia?

– Não – disse ela. Mas naquele não tive certeza de ouvir: Por favor, persevere. Inquira de novo. Portanto, foi o que fiz.

– Você já testemunhou alguém nesta fotografia?

Ela passou os polegares sobre os rostos, como que tentando apagá-los.

– Não.

– Você já testemunhou alguém nesta fotografia?

– Não – disse ela, pondo a fotografia no colo.

– Você já testemunhou alguém nesta fotografia? – inquiri.

– Não – disse ela, ainda examinando a foto, mas apenas pelos cantos dos olhos.

– Você já testemunhou alguém nesta fotografia?

– Não. – Ela estava cantarolando de novo, com mais volume.

– Você já testemunhou alguém na fotografia?

– Não – disse ela. – Não.

Vi uma lágrima descer até o vestido branco. Aquela também secaria e deixaria sua marca.

– Você já testemunhou alguém nesta fotografia? – inquiri eu, sentindo-me cruel, sentindo-me uma pessoa horrível, mas com a certeza de estar desempenhando a coisa certa.

– Não – disse ela. – Não testemunhei. Todos me parecem estranhos.

Resolvi arriscar tudo.

– Alguém nessa fotografia já testemunhou você?

Outra lágrima escorreu.

– Eu estou esperando vocês há tanto tempo.

Apontei para o carro.

– Estamos procurando Trachimbrod.

– Ah – disse ela, libertando um rio de lágrimas. – Vocês chegaram. Eu sou Trachimbrod.

O DIAL, 1941-1804-1941

ELA USOU OS POLEGARES para baixar a calcinha de renda da cintura, permitindo que a genitália ingurgitada sentisse a satisfação provocante das correntes de ar ascendentes do verão úmido, que traziam com elas os odores de bardanas, bétulas, borracha queimando e molho de carne, e agora passariam adiante o cheiro animal particular dela para narizes mais ao norte, como uma mensagem transmitida por uma fileira de escolares num jogo infantil, de modo que o último a sentir o cheiro pudesse levantar a cabeça e dizer: *Borsht?* Passou a calcinha pelos tornozelos com extraordinária deliberação, como se aquele ato isolado pudesse justificar seu nascimento, todas as horas dos cuidados dos pais e o oxigênio que consumia cada vez que inspirava. Era como se aquilo pudesse justificar as lágrimas que seus filhos teriam derramado quando chegasse sua morte apropriada, se ela não tivesse morrido na água com o restante do shtetl – jovem demais, como o restante do shtetl – antes de ter filhos. Depois dobrou a calcinha seis vezes, dando-lhe a forma de uma lágrima, e enfiou-a no bolso do traje nupcial negro dele, pouco abaixo da lapela, formando pétalas com as dobras no alto, como deveria fazer um bom lenço.

Isso é para que você pense em mim, disse, *até...*

Não preciso de lembretes, disse ele, beijando o côncavo úmido acima de seu lábio superior.

Rápido, pronunciou ela com um risinho, endireitando a gravata dele com uma mão e o cabo entre as pernas dele com a outra. *Você vai chegar atrasado. Agora corra para o Dial.*

Silenciou com um beijo o que quer que ele fosse dizer, e empurrou-o para a saída.

Já era verão. A hera grudada no pórtico arruinado da sinagoga estava escurecendo nos lóbulos. O solo recuperara seu rico matiz cor de café, e já estava fofo o bastante para os tomates e a hortelã. Os arbustos de lilás tinham avançado meio caminho sobre o balaústre da varanda, cujas traves começavam a lascar, para que as lascas fossem levadas pelas brisas de verão. Os homens do shtetl já estavam reunidos em torno do Dial quando meu avô chegou, arquejando e molhado de suor.

Safran chegou!, anunciou o Rabino Correto, recebendo os aplausos do pessoal apinhado na praça. *Chegou o noivo!* Um septeto de violinos atacou a tradicional Valsa do Dial, com os idosos do shtetl batendo palmas no ritmo e as crianças assobiando a cada *ta-tá*.

O CORO DA CANÇÃO DA VALSA DO DIAL
PARA HOMENS QUE EM BREVE CASARÃO

Ah, reúnam o pessoal, [inserir nome do noivo] está a chegar,
Com o casamento tão perto, bem enfeitado é bom ele estar.
Ele é um homem de grande sorte,
Pois [inserir nome da noiva] é uma moça de belo porte.
Então cubram-no de beijos e felicidades,
Desejando-lhe filhos e prosperidade.
Que vocês se casem com alegria,
E depois rolem na cama noite e dia, pois, ahhhhhhhhh...

(Repetir do início, indefinidamente.)

Meu avô recobrou a pose, apalpou-se para ver se o zíper da calça estava realmente fechado, e marchou em direção à comprida sombra do Dial. Deveria cumprir o ritual sagrado que fora cumprido por todo homem casado em Trachimbrod desde o trágico acidente do pai do seu tataravô no moinho de trigo. Estava a pique de jogar ao vento seu celibato e, em teoria, suas aventuras sexuais. Mas o que o impressionava ao se aproximar do Dial (com passos largos e decididos) não era a beleza da cerimônia, nem a insinceridade inerente aos ritos de passagem organizados, nem mesmo o quanto ele desejava que a moça cigana pudesse estar ali naquela hora, de modo que seu verdadeiro amor pudesse sentir o casamento com ele, e sim que ele não era mais um menino. Estava ficando mais velho, começara a se parecer com o pai de seu tataravô: a testa sulcada a sombrear-lhe os olhos delicados e suavemente femininos, a saliência semelhante da arcada do nariz, o modo com que seus lábios se fechavam num U enviesado de um lado e num V do outro. Segurança e profunda tristeza; ele estava crescendo e começando a ocupar o seu lugar na família; inegavelmente, parecia-se com o pai do pai do pai do seu pai e, por causa disso, porque aquela covinha no seu queixo falava do mesmo caldo de genes mestiços (misturado por mestres-cucas da guerra, doença, oportunidade, amor e falso amor), ele tinha garantido um lugar numa longa linhagem – com determinadas certezas de ser e permanecer, mas também uma pesada restrição de movimentos. Ele não era mais inteiramente livre.

Também tinha consciência de seu lugar entre os homens casados, todos os quais haviam prestado seus votos de fidelidade com os joelhos plantados no mesmo chão sobre o qual ele agora estava. Todos eles haviam implorado pelas bênçãos de uma mente sã, boa saúde, filhos bonitos, salários inflacionados e libido deflacionada. Todos haviam ouvido mil vezes a história do Dial, as trágicas circunstâncias de sua criação e a magnitude de seu poder. Todos sabiam que a mãe da tataravó dele, Brod, dissera *Não vá* para seu novo marido, e conheciam demais a maldição do moinho de trigo, que era tirar, sem aviso, a vida dos jovens trabalhadores. *Por favor, encontre outro emprego ou fique sem trabalho algum. Mas me prometa que você não irá.*

E todos sabiam que o Kolker respondera *Não seja boba, Brod*, dando tapinhas na barriga dela, a qual depois de sete meses ainda podia ser ocultada sob vestidos frouxos. *É um emprego muito bom, vou tomar muito cuidado, e chega de conversa.*

E todos sabiam que Brod chorara, escondera as roupas de trabalho dele na noite da véspera, acordara-o com sacudidelas de poucos em poucos minutos, de modo a deixá-lo por demais exausto para sair de casa no dia seguinte, recusara-se a fazer o café da manhã dele e tentara até dar-lhe ordens.

Isso é amor, pensava ela, *não é? Quando você percebe a ausência de alguém e odeia essa ausência mais do que qualquer coisa? Mais até do que ama a sua presença?* Todos sabiam que ela esperara pelo Kolker na janela todo dia, que ela ficara conhecendo a superfície da janela, descobrira onde derretera ligeiramente, onde estava ligeiramente descolorida e onde era opaca. Ela sentira as minúsculas rugas e bolhas ali. Como uma cega a aprender a linguagem dos cegos, passara os dedos pela janela, e como uma cega a aprender a linguagem dos cegos, sentira-se livre. A moldura da janela transformou-se nas paredes da prisão que a libertou. Ela amava o sentimento de esperar pelo Kolker, de ser inteiramente dependente dele para sua felicidade, de ser, por mais ridículo que tal coisa soasse, a esposa de alguém. Amava seu novo vocabulário por simplesmente amar algo mais do que amava seu amor por aquela coisa, e a vulnerabilidade que advinha de viver num mundo primário. *Finalmente*, pensava ela, *finalmente. Eu só queria que Yankel soubesse como sou feliz.*

Quando ela acordava, chorando, de um pesadelo, o Kolker ficava com ela, penteava-lhe o cabelo com as mãos, colhia-lhe as lágrimas em dedais para que ela as bebesse na manhã do dia seguinte (*O único modo de vencer a tristeza é consumindo-a*, dizia ele), e mais do que isso: assim que os olhos dela se fechavam e ela voltava a adormecer, ficava acordado suportando a insônia. Era uma completa transferência, como uma bola de bilhar em velocidade colidindo com outra em repouso. Se Brod sentia-se deprimida – ela sempre estava deprimida –, o Kolker sentava com ela até conseguir convencê-la de que tudo estava bem. Está. Realmente. E quando ela tocava em frente o dia, ele ficava para trás, paralisado por uma tristeza que não conseguia identificar e que não era sua. Se Brod ficava doente, era o Kolker que ficava de cama no fim de semana. Se Brod se sentia aborrecida, sabendo tantas línguas, tantos fatos e com tanto conhecimento para ser feliz, o Kolker permanecia acordado toda a noite estudando nos livros dela, estudando as figuras, de modo que no dia seguinte pudesse tentar engajá-la no tipo de conversa descontraída que agradava sua jovem esposa.

Brod, não é estranho que algumas equações matemáticas possam ter um monte de coisas de um lado e apenas uma pequena coisa do outro? Não é fascinante?! E o que isso diz sobre a vida!... Brod, você está novamente fazendo aquela cara, parecida com a do sujeito que toca aquele instrumento musical que é todo enrolado como uma grande serpentina... Brod, dizia ele, apontando para Castor, quando os dois se deitavam no telhado de zinco de sua casinhola, *aquilo lá é uma estrela. E aquela outra também,* apontando para Pólux. *Estou certo disso. Aquelas outras também. Sim, são estrelas bem familiares. Quanto ao resto, não estou cem por cento certo. Não as conheço.*

Ela sempre via através dele, como se ele fosse apenas mais uma janela. Sempre sentia que sabia tudo sobre ele que podia ser sabido – não porque ele fosse simples, mas porque ele era conhecível, como uma lista de recados ou uma enciclopédia. Ele tinha uma marca de nascença no terceiro dedo do pé esquerdo. Não conseguia urinar se alguém estivesse escutando. Achava que os pepinos eram bastante bons, mas que os picles eram deliciosos – tão absolutamente deliciosos, de fato, que duvidava que eles fossem, na realidade, feitos de pepinos, que já eram bastante bons. Nunca ouvira falar de Shakespeare, mas Hamlet lhe soava familiar. Gostava de fazer amor por trás. Aquilo, pensava ele, era quase tão bom quanto algo podia ser.

Nunca beijara ninguém além de sua mãe e ela. Mergulhara atrás da sacola de ouro apenas porque queria impressioná-la. Às vezes ficava se olhando no espelho horas a fio, fazendo caretas, tensionando os músculos, piscando, sorrindo e fazendo bocas. Nunca vira nenhum outro homem nu, e portanto não tinha ideia se seu corpo era normal. A palavra "borboleta" fazia-o ruborizar, embora ele não soubesse por quê. Nunca saíra da Ucrânia. Houvera um tempo em que ele pensava que a Terra era o centro do universo, mas aprendera a verdade. Passara a admirar os mágicos mais depois de aprender os segredos dos truques deles.

Você é um marido tão meigo, disse ela um dia, quando ele lhe trouxe presentes.

Eu só quero ser bom para você.

Eu sei, dizia ela, *e você é.*

Mas há tantas coisas que eu não posso dar a você.

Mas há tantas que você pode.

Não sou um homem inteligente...

Para, disse ela, *para*. Inteligente era a última coisa que ela queria que o Kolker fosse. Isso, ela sabia, arruinaria tudo. Ela só queria alguém de quem tivesse saudade, em quem tocasse e com quem falasse como uma criança, com quem fosse uma criança. Ele era muito bom para isso. E ela estava apaixonada.

Sou eu que não sou inteligente, disse ela.

Isso é a coisa mais idiota que já ouvi, Brod.

Exatamente, disse ela, pondo os braços dele em torno do seu corpo e aninhando o rosto no peito dele.

Brod, estou tentando ter uma conversa séria com você. Às vezes sinto que tudo que eu quero dizer vai sair errado.

Então o que você faz?

Não digo nada.

Bem, isso é inteligente de sua parte, disse ela, brincando com a pele frouxa embaixo do queixo dele.

Brod, afastando-se, você não está me levando a sério. Ela aninhou-se ainda mais nele e fechou os olhos como uma gata. *Eu estou fazendo uma lista, sabe,* disse ele, pondo os braços para trás.

Isso é maravilhoso, querido.

Você não vai perguntar que tipo de lista?

Achei que você me contaria se quisesse que eu soubesse. Quando você não contou, simplesmente presumi que não deveria me meter no assunto. Quer que eu pergunte a você?

Pergunte.

Muito bem. Que tipo de lista você vem fazendo em segredo?

Venho fazendo uma lista do número de conversas que tivemos desde que nos casamos. Você gostaria de adivinhar quantas foram?

Isso é realmente necessário?

Só tivemos seis conversas, Brod. Seis em quase três anos.

Está contando com esta de agora?

Você nunca me leva a sério.

É claro que levo.

Não, você sempre brinca, ou interrompe a nossa conversa antes que cheguemos a dizer qualquer coisa.

Sinto muito se faço isso. Nunca notei. Mas precisamos realmente fazer isso neste momento? Nós falamos o tempo todo.

Não estou falando de falar, Brod. Estou falando de conversar. Coisas que duram mais do que uns poucos minutos.

Deixe eu ver se compreendi direito. Você não está falando sobre falar? Você quer que conversemos mais sobre conversar? É isso?

Nós tivemos seis conversas. É patético, eu sei, mas eu contei todas. As outras são palavras sem valor. Falamos sobre pepinos e a minha predileção por picles. Falamos sobre o meu rubor quando ouço aquela palavra. Falamos sobre Shanda, a enlutada, e Pinchas. Falamos que os machucados às vezes só aparecem depois de um ou dois dias. Falar, falar, falar. Nós falamos sobre nada. Pepinos, borboletas, machucados. Isso não é nada.

O que é algo, então? Quer falar um pouco sobre a guerra? Talvez possamos falar sobre literatura. Basta me dizer o que é algo, e nós falaremos sobre isso. Deus? Podíamos falar sobre Ele.

Você está fazendo aquilo de novo.
O que eu estou fazendo?
Não está me levando a sério.
Esse é um privilégio que você tem de merecer.
Estou tentando.
Tente um pouco mais, disse ela, e desabotoou a calça dele. Lambeu-o da base do pescoço até o queixo, tirou a camisa de dentro da calça, a calça da cintura, e cortou pela raiz a sétima conversa deles. Tudo que ela queria dele era aconchego e vozes agudas. Sussurros. Garantias. Promessas de fidelidade e verdade que ela obrigava-o a repetir de novo e de novo: que ele nunca beijaria outra mulher, que ele jamais nem pensaria em outra mulher que ele nunca a deixaria sozinha.
Diga de novo.
Eu não deixarei você sozinha.
Diga de novo.
Eu não deixarei você sozinha.
De novo.
Não deixarei.
Não deixarei o quê?
Você sozinha.
Em meados do segundo mês dele no trabalho, dois homens do moinho de trigo bateram à porta. Ela não precisou perguntar por que eles estavam ali; desabou imediatamente no chão.
Vão embora!, gritou ela, correndo as mãos para cima e para baixo pelo tapete como se aquilo fosse uma nova linguagem a aprender, uma outra janela.
Ele não sentiu dor, disseram eles. *Não sentiu nada, realmente.* Aquilo a fez chorar mais ainda, com mais força. A morte é a única coisa na vida da qual temos necessidade absoluta de ter consciência no momento em que acontece.
Uma serra circular para cortar feno soltara-se dos mancais e voara pelo moinho, ricocheteando nas paredes e nos suportes das plataformas enquanto os homens pulavam à procura de abrigo. O Kolker estava comendo um sanduíche de queijo

num assento improvisado feito de sacos de trigo empilhados, perdido em pensamentos sobre o que Brod dissera sobre algo e desatento ao caos à sua volta. A lâmina quicara numa barra de ferro (deixada negligentemente no chão por um trabalhador do moinho que mais tarde foi atingido por um raio) e entrara, perfeitamente na vertical, no meio do crânio dele, que erguera os olhos, deixara cair o sanduíche no chão – as testemunhas juraram que as fatias de pão haviam trocado de lugar no meio da queda – e fechara os olhos.

Deixem-me, berrou ela para os homens, que ainda estavam parados ali, mudos, na soleira da porta. *Vão embora!*

Mas nos disseram...

Vão!, disse ela, batendo no peito. *Vão!*

Nosso patrão disse...

Escrotos!, gritou ela. *Deixem o luto para os enlutados!*

Ah, ele não está morto, corrigiu o mais gordo dos dois.

O quê?

Ele não está morto.

Ele não está morto?, perguntou ela, levantando a cabeça do chão.

Não, disse o outro. *Está sob cuidados médicos, mas parece que houve poucas lesões permanentes. Você pode ir até lá se quiser. Ele não está, absolutamente, com aparência repulsiva. Bom, talvez um pouco, mas quase não há sangue, exceto o sangue do nariz e dos ouvidos, e a lâmina parece estar mantendo tudo nos lugares apropriados, mais ou menos.*

Chorando ainda mais do que quando ouvira a notícia da suposta morte do marido, Brod abraçou os dois homens. Depois socou-os no nariz com toda a força que tinha no braço magrinho de quinze anos.

De fato, o Kolker quase não se ferira. Recobrara a consciência em poucos minutos, e conseguira ir sozinho, desfilando pelo labirinto de capilares lamacentos, até o consultório do dr. (um fornecedor sem clientes) Abraham M.

Qual é o seu nome?, medindo a lâmina circular com um calibrador.
O Kolker.
Muito bem, tocando ligeiramente com o dedo num dente da lâmina. *Consegue lembrar o nome de sua esposa?*
Brod, é claro. O nome dela é Brod.
Muito bem. O que parece ter acontecido a você?
Uma serra circular entrou na minha cabeça.
Muito bem, examinando a lâmina por todos os lados. Para o médico aquilo parecia um sol de verão às cinco horas, pondo-se sobre o horizonte da cabeça do Kolker. Isso o fez lembrar que já estava quase na hora do jantar, uma das suas refeições diárias favoritas. *Sente alguma dor?*
Eu me sinto diferente. Não é dor, na verdade. É quase como uma saudade de casa.
Muito bem. Saudade de casa. Consegue seguir meus dedos com os olhos? Não, não. Este dedo... Muito bem. Consegue atravessar esta sala?... Muito bem.
E então, sem provocação, o Kolker bateu com o punho fechado na mesa de exame e berrou: *Você é um gordo fodido!*
Perdão? O que foi?
O que acabou de acontecer?
Você me chamou de gordo fodido.
Eu fiz isso?
Fez.
Desculpe. Você não é um gordo fodido. Sinto muito.
Você provavelmente está apenas...
Mas é verdade!, gritou o Kolker. *Você é um fodido insolente! E gordo também, se não mencionei isso antes.*
Lamento não estar compreend...
Eu disse alguma coisa?, perguntou o Kolker, olhando freneticamente em torno da sala.
Você disse que eu sou um fodido insolente.

Você tem que acreditar em mim... Sua bunda é enorme!...
Desculpe, esse não sou eu... Mil perdões, seu bunda-mole fodido, eu...
Você disse que minha bunda é gorda?
Não!... Sim!
Será por causa dessa calça? Ela é cortada bem apertada em volta da...
Bundudo!
Bundudo?
Bundudo!
Quem você pensa que é?
Não!... Sim!
Saia do meu consultório!
Não!... Sim!
Com serra circular ou não!, disse o médico. Soltando um bufo, fechou com força a pasta e lançou-se para fora da sala, batendo com os pés no chão a cada passada.

O médico-fornecedor foi a primeira vítima das erupções maliciosas do Kolker – o único sintoma da lâmina que lhe permaneceria encravada no crânio, perfeitamente perpendicular ao horizonte, pelo resto da vida.

O casamento conseguiu voltar a uma espécie de normalidade, depois da remoção da cabeceira da cama e do nascimento do primeiro dos três filhos, mas o Kolker ficou inegavelmente diferente. O homem que, à noite, massageara as pernas prematuramente velhas de Brod, que esfregara leite nas queimaduras dela quando não havia nada mais, que contara-lhe os dedos dos pés porque ela gostava da sensação que aquilo dava, agora, de vez em quando, xingava a esposa. Começou com comentários sobre a temperatura da carne, ou sobre os restos de sabão sob seu colarinho. Mas Brod conseguia passar por cima daquilo, chegando a achar os comentários carinhosos.

Brod, onde estão as porras das minhas meias? Você deixou tudo fora do lugar de novo.

Eu sei, dizia ela, sorrindo interiormente com a alegria de ser depreciada e implicada. *Tem razão. Isso não vai acontecer de novo.*

Por que diabo eu não consigo lembrar o nome daquele instrumento em espiral?
Por minha causa. É culpa minha.
Com o decorrer do tempo, ele foi piorando. Uma poeira poeirenta? Motivo para uma arenga. Água molhada na banheira? Ele gritava com ela até que os vizinhos tivessem que fechar as janelas (o desejo por um pouco de paz e sossego era a única coisa que os cidadãos do shtetl compartilhavam.) Menos de um ano depois do acidente, ele começou a bater nela. Mas ela raciocinava que isso só acontecia numa pequena fração do tempo. Uma ou duas vezes por semana. Nunca mais do que isso. E quando não estava "atacado", ele era mais gentil com ela do que qualquer marido com a esposa. Aqueles "ataques" não eram ele. Eram o outro Kolker, nascido dos dentes de metal no seu cérebro. E ela estava apaixonada, o que lhe dava uma razão para viver.

Piranha puta venenosa!, berrava o outro Kolker para ela com os braços levantados; mas depois o Kolker a tomava nos braços, como fizera na primeira noite em que a encontrara.

Monstro de água suja!, com um tapa com as costas da mão no rosto; mas depois ele a conduzia com ternura, ou ela a ele, para o quarto.

No meio do ato sexual ele podia xingá-la, ou bater nela, ou empurrá-la para fora da cama, fazendo-a cair no chão. Ela voltava, remontava e começava do ponto em que eles haviam parado. Nenhum dos dois sabia o que ele era capaz de fazer em seguida.

Foram consultados todos os médicos de seis aldeias – o Kolker quebrou o nariz de um jovem médico atrevido em Lutsk, que sugeriu que o casal dormisse em camas separadas – e todos concordaram que a única cura possível para aquela condição seria remover a lâmina da cabeça, o que certamente mataria o paciente.

As mulheres do shtetl ficavam contentes ao ver Brod sofrer. Mesmo depois de dezesseis anos, elas ainda a consideravam um produto daquele terrível buraco, devido ao qual não conseguiam vê-la toda de uma vez, devido ao qual não conseguiam conhecê-la e acalentá-la, devido ao qual a odiavam. Corriam boatos de que o Kolker a espancava porque ela era fria na cama (apenas dois filhos para mostrar depois de três anos de casamento) e não conseguia administrar a casa com competência.

Eu esperaria um olho roxo se saracoteasse por aí como ela!
Já viu a bagunça no quintal deles? Que chiqueiro!
Isso só prova mais uma vez que há certa justiça no mundo!

O Kolker se odiava, ou odiava seu outro eu, por aquilo. Ficava zanzando no quarto à noite, discutindo selvagemente com o outro a plenos pulmões compartilhados, frequentemente batendo no peito que abrigava aqueles pulmões, ou esmurrando o rosto. Depois de machucar Brod seriamente em diversos incidentes noturnos, ele decidiu (contra a vontade dela) que o médico do nariz quebrado estava certo: eles tinham de dormir separados.

Não aceito.
Não há o que discutir.
Então me abandone. Prefiro assim. Ou me mate. Seria até melhor do que você me abandonar.
Você está sendo ridícula, Brod. Só vou dormir em outro quarto.
Mas o amor é um quarto, disse ela. *É isso que o amor é.*
Temos de fazer isso.
Não temos de fazer isso.
Temos.

A coisa funcionou por alguns meses. Eles conseguiram criar uma rotina diária, com poucos rompantes ocasionais de brutalidade, e se separavam à noite para se despir e ir para a cama sozinhos. Explicavam seus sonhos um para o outro quando tomavam café com pão na manhã seguinte, e descreviam as posições de suas insônias. Era uma oportunidade que aquele casamento apressado jamais permitira: recato, vagar, descoberta mútua a distância. Tiveram a sétima, a oitava e a nona conversas. O Kolker tentava articular o que queria dizer, e a coisa sempre saía errada. Brod estava apaixonada e tinha uma razão para viver.

Mas o estado dele piorou. Com o tempo, Brod passou a esperar uma boa surra toda manhã antes de o Kolker ir para o trabalho – onde ele conseguia, para surpresa de todos os médicos, refrear inteiramente seus ataques – e toda noite antes do jantar. Ele a espancava na cozinha diante das panelas e caçarolas, na sala de visitas diante dos dois filhos e na despensa diante do espelho no qual ambos se olhavam. Ela nunca fugia dos punhos dele; recebia-os, ia ao encontro deles, certa de que os machucados não eram marcas de violência, e sim de amor violento. O Kolker era prisioneiro de seu corpo – como uma nota de amor em uma garrafa inquebrável, cujo conteúdo escrito nunca empalidece ou fica sujo, e nunca é lido pelos olhos do amor pretendido – e forçado a ferir aquela com quem ele queria mais do que tudo ser gentil.

Mas, mesmo já perto do fim, o Kolker ainda tinha períodos de clareza que duravam vários dias.

Tenho uma coisa para você, disse ele, guiando Brod pela cozinha em direção ao jardim.

O que é?, perguntou ela, sem fazer esforço algum para se manter a uma distância segura. (Não havia essa coisa de distância segura, na época. Tudo era ou muito próximo ou muito distante.)

Para o seu aniversário. Trouxe um presente para você.
É meu aniversário?
É seu aniversário.
Eu devo estar fazendo dezessete anos.
Dezoito.
Qual é a surpresa?
Isso estragaria a surpresa.
Eu detesto surpresas, disse ela.
Mas eu gosto delas.

Para quem é o presente? Para você ou para mim?
O presente é para você, disse ele. *A surpresa é para mim.*
Que tal se eu surpreendesse você e mandasse guardar o presente? Então a surpresa seria para mim, e o presente para você.
Mas você odeia surpresas.
Eu sei. Então me dê logo o presente.
Ele lhe entregou um pequeno embrulho. Estava envolto em pergaminho azul e amarrado com uma fita azul-clara.
O que é?, perguntou ela.
Já discutimos isso, disse ele. *É o seu presente-surpresa. Abra.*
Não, disse ela, apontando para o embrulho. *Isso.*
Como assim? É só um embrulho.
Ela largou o pacote e começou a chorar. Ele jamais a vira chorar.
O que foi, Brod? O que foi? Isso deveria deixar você feliz.
Ela abanou a cabeça. Chorar era uma coisa nova para ela.
O que foi, Brod? O que aconteceu?
Ela não chorava desde aquele Dia de Trachim, cinco anos antes, quando ao voltar para casa depois do desfile fora detida pelo louco cavalheiro Sofiowka N, que a fizera mulher.
Eu não amo você, disse ela.
O quê?
Eu não amo você, empurrando-o. *Desculpe.*
Brod, pondo a mão no ombro dela.
Saia daqui!, gritou ela, afastando-se dele. *Não me toque! Não quero que você me toque nunca mais!* Virou a cabeça para o lado e vomitou na relva.
Depois saiu correndo. Ele foi atrás dela. Brod correu em torno da casa muitas vezes, passando pela porta da frente, o caminho sinuoso, o portão dos fundos, o chiqueiro no quintal, o jardim lateral, e de novo pela porta da frente. O Kolker vinha logo atrás e, embora fosse muito mais rápido, decidiu jamais alcançá-la, e tampouco se virar e esperar que a volta dela a trouxesse para ele. Assim, eles continuaram dando voltas: porta da

frente, caminho sinuoso, chiqueiro no quintal, jardim lateral, porta da frente, caminho sinuoso, chiqueiro no quintal, jardim lateral. Finalmente, quando a tarde já vestia seu vestido de noite, Brod desabou de fadiga no jardim.
Estou cansada, disse ela.
O Kolker sentou-se ao lado dela. *Você me amou algum dia?*
Ela virou a cabeça para ele. *Não. Nunca.*
Eu sempre amei você, disse ele para ela.
Sinto muito, por você.
Você é uma pessoa terrível.
Eu sei, disse ela.
Eu só queria que você soubesse que eu sei disso.
Bom, saiba que eu sei.
Ele correu as costas da mão ao longo do rosto dela, para cima, fingindo enxugar-lhe o suor. *Você acha que poderia me amar um dia?*
Acho que não.
Porque eu não sou bom o bastante.
Não é por isso.
Porque eu não sou inteligente.
Não.
Porque você não pode me amar.
Porque eu não posso amar você.
Ele entrou na casa.
Brod, a mãe da mãe da mãe da minha tataravó, ficou sozinha no jardim. O vento mostrava a parte de baixo das folhas e criava ondas na relva. Corria pelo rosto dela, secando o suor e pedindo mais lágrimas. Ela abriu o embrulho, que percebeu não ter deixado de segurar. Fita azul, pergaminho azul, caixa. Um vidro de perfume. Ele provavelmente comprara aquilo em Lutsk na semana anterior. Que gesto gentil. Ela borrifou um pouco de perfume no pulso. Era sutil. Não muito pristino. *O quê?*, disse ela para si mesma, e depois em voz alta: *O quê?* Sentiu um comple-

to deslocamento, como um globo giratório que é parado de repente pelo toque ligeiro de um dedo. Como ela fora parar ali, daquele jeito? Como pudera ter acontecido tanta coisa – tantos momentos, tantas pessoas, tantas navalhas e travesseiros, relógios e caixões de defunto sutis – sem que ela houvesse se dado conta? Como a sua vida vivia sem ela?

Brod pôs o pulverizador de volta na caixa, juntamente com o pergaminho azul e a fita azul-clara, e entrou em casa. O Kolker fizera uma bagunça na cozinha. Havia temperos espalhados pelo chão. Talheres retorcidos sobre balcões arranhados. Portas de armários arrancadas das dobradiças, sujeira e vidro quebrado. Havia tantas coisas para ajeitar, tanta coisa para juntar e jogar fora; e depois de juntar e jogar fora, salvar o que pudesse ser salvo; e depois de salvar o que pudesse ser salvo, limpar; e depois de limpar, lavar com água e sabão; e depois de lavar com água e sabão, tirar a poeira; e depois de tirar a poeira, alguma coisa mais; e depois de alguma coisa mais, alguma coisa mais. Tantas coisas pequenas para fazer. Centenas de milhões. Tudo no universo parecia ser alguma coisa para fazer. Ela limpou uma mancha no chão, estirou-se ali e tentou fazer uma lista mental.

Já estava quase escuro quando o som dos grilos a acordou. Ela acendeu as velas do Shabat, observou as sombras contra as próprias mãos, cobriu os olhos, disse a bênção, e foi até a cama do Kolker. O rosto dele estava muito machucado e inchado.

Brod, disse ele, mas ela o silenciou. Depois trouxe um pequeno bloco de gelo do porão e encostou-o no olho do Kolker até que o rosto dele não sentisse mais nada, e a sua mão também não sentisse mais nada.

Eu amo você, disse ela. *Amo mesmo.*

Não, você não me ama, afirmou ele.

Mas eu amo, disse ela, tocando no cabelo dele.

Não. Tudo bem. Eu sei que você é muito mais inteligente do que eu, Brod, e que eu não sou bom o bastante para você. Eu estava sem-

pre esperando que você percebesse isso. Todo dia. Eu me sentia como o provador de comida do czar, esperando a noite em que o jantar estaria envenenado.

Pare, disse ela. *Isso não é verdade. Eu realmente amo você.*

Pare você.

Mas eu amo você.

Tudo bem. Eu estou bem. Ela tocou no inchaço escuro em torno do olho esquerdo dele. A penugem que a serra soltara do travesseiro colara-se às lágrimas nos rostos dos dois. *Ouça*, disse ele, *logo estarei morto.*

Pare.

Nós dois sabemos disso.

Pare.

Não adianta evitarmos isso.

Pare.

E fico pensando que você poderia simplesmente fingir um pouco, que nós poderíamos fingir que nos amamos. Até eu partir.

Silêncio.

Ela sentiu aquilo de novo, tal como na noite em que o conhecera, iluminado pela sua janela, a noite em que baixara os braços roçando a pele nos lados do corpo e virara-se para encará-lo.

Podemos fazer isso, disse ela.

Ela abriu um pequeno buraco na parede para permitir que o Kolker falasse com ela do quarto adjacente no qual ele se exilara. Na porta foi instalada uma portinhola que só abria para um lado, através da qual a comida podia ser passada. E assim se passou o último ano do casamento deles. Ela encostou sua cama na parede para poder ouvi-lo sussurrar obscenidades apaixonadas e sentir o meneio do dedo indicador dele, que não podia nem acariciar nem machucar naquela posição. Quando se armava de coragem suficiente, metia um de seus próprios dedos pelo buraco (como que tentando um leão na jaula) e convocava seu amor para a divisória de pinho.

O que você está fazendo?, sussurrou ela.
Estou falando com você.
Ele colocou o olho no buraco. *Você está linda.*
Obrigada, disse ela. *Posso olhar para você?*
Ele se afastou do buraco de modo que ela pudesse ver pelo menos parte dele.
Quer tirar a camisa?, pediu ela.
Sinto vergonha. Ele riu e tirou a camisa. *Você pode tirar a sua, para que eu não me sinta tão estranho, parado aqui de pé?*
Isso faria você se sentir menos estranho? Ela riu. Mas tirou a camisa, mantendo-se afastada do buraco para que ele pudesse chegar junto à parede e olhar para ela.
Quer tirar também as meias?, pediu ela. *E a calça?*
Você também tira as suas?
Eu também sinto vergonha, disse ela. Era verdade, apesar de eles já terem visto o corpo nu um do outro centenas, e provavelmente milhares, de vezes. Mas eles nunca haviam se visto de tão longe. Nunca haviam conhecido a intimidade mais profunda, aquela proximidade que se atinge apenas a distância. Ela foi até o buraco e ficou olhando para ele por vários minutos. Depois se afastou do buraco. Ele foi até lá e olhou para ela por vários minutos em silêncio. No silêncio eles atingiam outra intimidade, aquela de palavras que não são ditas.
Agora quer tirar a sua roupa de baixo?, pediu ela.
Você tira a sua?
Se você tirar a sua.
Você tira?
Sim.
Promete?
Eles tiraram a roupa de baixo e se revezaram olhando pelo buraco, experimentando a súbita e profunda alegria de descobrir o corpo um do outro, e a dor de não serem capazes de descobrir um ao outro ao mesmo tempo.

Toque em você mesmo como se suas mãos fossem minhas, disse ela. Brod...
Por favor.
Ele fez o que ela pedia, embora constrangido, embora estivesse a distância de um corpo do buraco. E embora ele pudesse ver apenas o olho dela (uma bolinha de gude azul no fundo negro), ela fez o mesmo que ele, usando as mãos para lembrar-se das mãos dele. Inclinou-se para trás, e com o dedo indicador direito apalpou o buraco na divisória de pinho, e com o esquerdo ficou fazendo círculos sobre o seu maior segredo, que também era um buraco, também um espaço negativo, e quando o bastante é prova bastante?
Você vem até mim?, perguntou ela.
Vou.
Sim?
Vou.
Eles se amaram através do buraco. Três amantes comprimidos um contra o outro, mas nunca se tocando inteiramente. O Kolker beijava a parede, e Brod beijava a parede, mas a parede egoísta nunca retribuía os beijos. O Kolker apertava as palmas contra a parede, e Brod, que virara-se de costas para a parede para acomodar o amor, apertava a parte de trás das coxas contra a parede, mas a parede permanecia indiferente, nunca reconhecendo o que eles estavam tentando fazer com tanto empenho.

Eles viviam com o buraco. A ausência que o definia tornou-se uma presença que os definia. A vida era um pequeno espaço negativo extraído da eterna solidez, e pela primeira vez parecia preciosa – não como todas as palavras que haviam deixado de ter significado, mas como o último suspiro de uma vítima se afogando.

Sem poder examinar o corpo do Kolker, o médico apresentou como diagnóstico o definhamento – mero palpite para preencher a lacuna de uma linha pontilhada. Brod observava através do buraco na parede negra como seu marido, ainda jovem, se depauperava. Aquele homem forte como uma árvore, que fora iluminado por um relâmpago instantâneo na noite da morte de Yankel, que explicara para ela a natureza de sua primeira menstruação, que acordava cedo e voltava tarde apenas para sustentá-la, que não punha um dedo nela, mas que com frequência demasiada lhe impunha a força de seu punho, agora parecia ter oitenta anos. O cabelo ficara grisalho em torno das orelhas e caído no alto da cabeça. Veias pulsantes haviam surgido na superfície das mãos prematuramente enrugadas. O estômago pendia. As mamas dele eram maiores do que as dela, o que diz pouco sobre seu tamanho, mas muito sobre o quanto Brod sofria ao vê-las.

Ela persuadiu-o a mudar de nome pela segunda vez. Talvez aquilo confundisse o Anjo da Morte quando Ele viesse para levar o Kolker embora. (O inevitável é, afinal das contas, inevitável.) Talvez Ele pudesse ser levado a pensar que o Kolker era alguém que ele não era, da mesma forma que o próprio Kolker fora enganado. Assim, Brod passou a chamá-lo de Safran, em homenagem a um trecho escrito com batom que recordava com saudade no teto do pai. (E foi por causa desse Safran que meu avô, o noivo ajoelhado, recebeu seu nome.) Mas a coisa não funcionou. O estado de Shalom-depois--Kolker-agora-Safran piorou, os anos continuaram a passar em dias, e a tristeza dela deixava-o fraco demais até para roçar o pulso na lâmina enterrada em sua cabeça com força suficiente para terminar a própria vida.

Pouco depois de serem exilados para os telhados, os Fumeiros de Ardisht perceberam que logo ficariam sem fósforos para acender seus adorados cigarros. Mantinham uma contagem com riscas de giz no lado da chaminé mais alta. Quinhentos. No dia seguinte, trezentos. No dia seguinte, cem. Eles os racionavam, queimando até a ponta dos dedos de quem os acendia, tentando acender pelo menos trinta cigarros com cada fósforo. Quando chegaram a vinte, acender um fósforo tornou-se um ritual. Já então, as mulheres estavam chorando. Nove. Oito. O líder do clã deixou cair o sétimo do telhado por acidente, e atirou seu próprio corpo em seguida, envergonhado. Seis. Cinco. Era inevitável. O quarto fósforo apagou com uma rajada de vento – um grande descuido do novo líder do clã, que também atirou-se para a morte, embora o mergulho de cabeça não tenha sido de sua própria iniciativa. Três: *Nós morreremos sem eles*. Dois: *É doloroso demais continuar*. E, então, no auge do desespero, uma grande ideia surgiu, imaginada por uma criança, nada menos: simplesmente assegurar que sempre houvesse pelo menos uma pessoa fumando. Cada cigarro poderia ser aceso a partir do anterior. Enquanto houvesse um cigarro aceso, haveria a promessa de outro. O brilho da ponta em brasa seria a semente da continuidade! Foi elaborado um horário: plantão do alvorecer, fumo matinal, baforada da hora do almoço, tarefas do meio e do final da tarde, fumante crepuscular, sentinela solitária da meia-noite. O céu estava sempre iluminado por pelo menos um cigarro, a vela da esperança.

Brod também sabia que os dias do Kolker estavam contados, e portanto começou seu luto muito antes de ele morrer. Usava roupas alugadas pretas e sentava-se perto do chão num banquinho de madeira. Até recitava o Kaddish dos emlutados em tom alto o suficiente para Safran ouvir. Restavam apenas semanas, pensava ela. Dias. Embora jamais vertesse lágrimas, ela gemia e gemia em grandes suspiros secos. (Coisa que não podia ser boa para o pai do pai do meu tataravô – concebido através do buraco – que pesava na barriga dela havia oito meses.) E, então, num daqueles momentos de clareza mental, Shalom-depois-Kolker--agora-Safran chamou-a através da parede:

Eu ainda estou aqui, sabe. Você prometeu fingir que me amava até que eu morresse, e em vez disso está fingindo que eu estou morto.

É verdade, pensou Brod. *Estou quebrando minha promessa.* E assim eles passaram a esticar os minutos como pérolas num colar de horas. Nenhum dos dois dormia. Ficavam acordados com os rostos colados na divisória de pinho, passando bilhetes pelo buraco como crianças de escola, passando vulgaridades, beijos espocados, gritos e canções blasfemas.

Não chore, meu amor,
Não chore, meu amor,
Seu coração está perto de mim.
Sua puta da porra,
Piranha ingrata,
Seu coração está perto de mim.
Ah, não tenha medo,
Estou mais perto do que perto,
Seu coração está perto de mim.
Arrancarei seus olhos,
Esmurrarei a porra de sua cabeça,
Sua puta piranha da porra,
Seu coração está perto de mim.

Suas últimas conversas – noventa e oito, noventa e nove, e cem – consistiram na troca de juras, sob a forma de sonetos que Brod lia num dos livros favoritos de Yankel (um fragmento solto caíra ao chão: *Precisava fazer isso por mim*) e nas mais repugnantes obscenidades de Shalom-depois-Kolker-agora--Safran, que não significavam o que diziam, mas falavam em harmônicos que só podiam ser ouvidos por sua esposa: *Sinto muito que essa tenha sido a sua vida. Obrigado por fingir comigo.*

Você está morrendo, disse Brod, porque era verdade, a verdade exaustiva e irreconhecida, e ela estava cansada de dizer coisas que não eram verdade.
Estou, disse ele.
Como você se sente?

Não sei, pelo buraco. *Estou assustado.*
Não precisa ficar assustado, disse ela. *Tudo vai ficar bem.*
Como tudo vai ficar bem?
Não vai doer.
Acho que não é disso que eu tenho medo.
Do que você tem medo?
Tenho medo de não estar vivo.
Não precisa ter medo, disse ela novamente.
Silêncio.
Ele passou o dedo indicador pelo buraco.
Preciso contar uma coisa a você, Brod.
O que é?
É uma coisa que eu queria contar para você desde que nos conhecemos, e eu devia ter contado há muito tempo, mas quanto mais eu esperava, mais impossível a coisa ficava. Não quero que você me odeie.
Eu não poderia odiar você, disse ela, segurando o dedo dele.
Está tudo errado. Não era assim que eu queria que fosse. Você precisa saber disso.
Shhh... sh...
Eu devo a você muito mais do que isso.
Você não me deve nada. Shhh...
Sou uma pessoa má.
Você é uma pessoa boa.
Preciso contar uma coisa para você.
Está bem.

Ele encostou os lábios no buraco. *Yankel não era o seu pai verdadeiro.*

Os minutos foram se soltando. Caíram no chão e rolaram pela casa, perdendo-se.

Eu amo você, disse ela, e pela primeira vez na sua vida aquelas palavras tinham sentido.

Depois de dezoito dias, o bebê – que escutara tudo, com o ouvido apertado contra o umbigo de Brod – nasceu. Exausta após o parto, Brod finalmente dormiu. Poucos minutos depois, ou talvez no próprio momento exato do nascimento (pois a casa foi tão engolfada com a nova vida que ninguém percebeu a nova morte), morreu Shalom-depois-Kolker-agora-Safran, sem chegar a ver seu terceiro filho. Mais tarde, Brod lamentou-se de não saber precisamente quando o marido falecera. Se houvesse sido antes do nascimento do filho, ela o teria chamado de Shalom, ou Kolker, ou Safran. Mas o costume judeu proibia dar ao filho o nome de um parente vivo. Dizia-se que trazia má sorte. Assim, ela o chamou de Yankel, como seus outros dois filhos.

Ela recortou da parede o buraco que a separara do Kolker naqueles últimos meses e pôs a rodela de pinho no colar, junto da conta de ábaco que Yankel lhe dera muito tempo antes. Essa nova conta a faria lembrar-se do segundo homem que perdera nos seus dezoito anos, e do buraco que, conforme ela estava descobrindo, não é uma exceção na vida, e sim a regra. O buraco não é um vazio; o vazio existe em torno dele.

Os homens do moinho de trigo, que queriam desesperadamente fazer alguma coisa que agradasse Brod, alguma coisa que fizesse com que ela os amasse como eles a amavam, cotizaram-se para cobrir de bronze o corpo do Kolker, e pediram ao conselho municipal permissão para colocar a estátua no centro da praça do shtetl, como um símbolo de força e vigilância. Devido à lâmina da serra perfeitamente perpendicular, a estátua também servia para indicar as horas pelo sol, com certa precisão.

Porém, mais do que força e vigilância, ele logo se tornou um símbolo do poder da sorte. Fora a sorte, afinal de contas, que lhe dera a sacola dourada naquele Dia de Trachim, e a sorte que o levara até Brod quando Yankel a deixara. Fora a sorte que colocara a lâmina na sua cabeça, a sorte que a mantivera ali, e a sorte que fizera coincidir o seu falecimento com o nascimento do filho.

Homens e mulheres viajavam de *shtelts* distantes para esfregar o nariz dele, que em um mês ficou gasto a ponto de aparecer a carne, e precisou ser rebronzeado. Traziam bebês para ele – sempre ao meio-dia, quando ele não projetava sombra alguma – a fim de protegê-los de raios, mau-olhado e balas perdidas de guerrilheiros. Os mais velhos contavam-lhe seus segredos, esperando que ele se divertisse, tivesse pena deles e concedesse-lhes mais alguns anos de vida. Mulheres sem marido beijavam-lhe os lábios, implorando por amor; eram tantos beijos que os lábios ficaram com marcas, tornaram-se beijos negativos e também precisaram ser rebronzeados. Vinham tantos visitantes para esfregar e beijar diferentes partes dele, visando a realização de seus variados desejos, que todo o corpo dele precisava ser rebronzeado todo mês. Era um deus em mutação, destruído e recriado pelos seus crentes, destruído e recriado pela crença deles.

Suas dimensões mudavam ligeiramente a cada rebronzeamento. Com o tempo, os braços foram se erguendo, centímetro por centímetro, dos lados do corpo para bem acima da cabeça. Os antebraços doentios que ele tinha ao final da vida tornaram-se grossos e viris. O rosto já fora polido tantas vezes por tantas mãos suplicantes, e reconstruído outras tantas vezes por outras mãos, que não parecia o rosto do deus a quem eles rezavam no início. A cada refundição, os artífices modelavam o rosto do Dial como cópia dos rostos de seus descendentes masculinos; era a hereditariedade às avessas. (Assim, quando meu avô pensou que viu que estava começando a ficar parecido com o pai do seu tataravô, o que ele realmente viu era que o pai do seu tataravô estava começando a ficar parecido com ele. Essa revelação era apenas o conhecimento do quanto ele se parecia com ele mesmo.) Os que rezavam começaram a acreditar cada vez menos no deus de sua criação e mais e mais na sua crença. As mulheres sem marido beijavam os lábios gastos do Dial, embora não fossem fiéis ao deus, e sim ao beijo: estavam beijando a si próprias. E quando os noivos se ajoelhavam, não era no deus em que eles acreditavam, era no ato de ajoelhar; não nos joelhos de bronze do deus, e sim nos seus próprios joelhos doloridos.

Portanto, meu jovem avô se ajoelhou – um elo perfeitamente original numa cadeia perfeitamente uniforme – quase cento e cinquenta anos depois que a mãe de sua tataravó Brod viu o Kolker iluminado pela janela. Com a mão de seu braço esquerdo funcional, ele retirou seu lenço-calcinha, limpando o suor da testa e do lábio superior.

Pai do meu tataravô, suspirou ele, *não me deixe odiar o homem que eu vou me tornar.*

Quando se sentiu pronto para continuar – com a cerimônia, com a tarde, com a sua vida –, ficou de pé e foi novamente saudado pelos aplausos dos homens do shtetl.

Hurra! O noivo!

Yorelê-ê-ê!

À sinagoga!

Foram desfilando com ele nos ombros pelas ruas. Compridos estandartes brancos pendiam das altas janelas, e as pedras do calçamento haviam sido pintadas de branco – ah, se eles soubessem – com farinha. Os violinistas continuavam a tocar à frente do desfile, desta vez melodias de klezmer mais rápidas, com os homens acompanhando em uníssono:

Biddle biddle biddle biddle
bop
biddle bop...

Como meu avô e sua noiva eram Desleixados, a cerimônia debaixo da chupá foi extremamente curta. A recitação das sete bênçãos foi oficiada pelo Rabino Inócuo. No momento apropriado meu avô levantou o véu de sua nova esposa – que lhe deu uma rápida e sedutora piscadela quando o Rabino virou o rosto para a arca – e depois quebrou o cristal, que na realidade não era cristal, mas vidro, debaixo do pé.

17 de novembro de 1997

Caro Jonathan,
    Hum. Sinto que tenho muitas coisas para informar a você. Começar é muito rígido, sim? Começarei com o assunto menos rígido, que é o escrito. Não consegui perceber se você ficou apaziguado com a última seção. Não compreendo, para onde ela mexeu com você? Foi bom ver o seu bom humor por eu ter inventado que ordenei que você bebesse o café até eu enxergar meu rosto na xícara, e você dizer que era uma xícara de argila. Sou uma pessoa muito engraçada, acho eu, embora Pequeno Igor diga que eu meramente pareço engraçado. Minhas outras invenções foram também de primeira categoria, sim? Pergunto porque você não pronunciou nada sobre elas na sua carta. Ah, sim, é claro que estou calçando sandálias da humildade pela seção que inventei sobre a palavra "granjear" e sua ignorância do significado. Foi removida, tal como a minha impudência. Até o Alf não é humorístico às vezes. Tenho feito esforços para fazer você parecer uma pessoa com menos ansiedade, como você me ordenou que fizesse em tantas ocasiões. Isso é difícil de conseguir, porque na verdade você é uma pessoa com muitíssima ansiedade. Talvez você devesse ser usuário de drogas.
    Quanto à sua história, vou lhe dizer que fiquei a princípio uma pessoa muito perplexa. Quem é esse novo Safran, e Dial, e quem está se tornando casado? Primariamente pensei que era o casamento de Brod e Kolker, mas, quando percebi que não era, pensei: Por que a história deles não continuou? Você ficará feliz ao saber que fui em frente, suspendendo a tentação de jogar o seu escrito no lixo, e tudo ficou iluminado. Estou muito feliz por você ter voltado para Brod e Kolker, embora não esteja feliz por ele ter se tornado a pessoa que se

tornou devido à serra (acho que não havia serras desse tipo naquela época, mas confio que você tenha um bom motivo para sua ignorância). Estou feliz por eles terem conseguido descobrir um tipo de amor, embora não esteja feliz por aquilo não ser realmente amor, não é? Pode-se aprender muito com o casamento de Brod e Kolker. Não sei o quê, mas estou certo que tem a ver com amor. E também, por que você o denomina "o Kolker"? É semelhante a você denominar "a Ucrânia", o que também não faz sentido para mim.

Se eu pudesse pronunciar uma proposta, por favor, deixe Brod ser feliz. Por favor. Será uma coisa impossível? Talvez ela pudesse ainda existir e ser aproximada com o seu avô, Safran. Ou, aqui está uma ideia majestosa: talvez Brod pudesse ser Augustine. Você compreende o que digo? Você teria de alterar muito a sua história, e ela seria muito idosa, naturalmente, mas não poderia ser maravilhoso dessa maneira?

Essas coisas que você escreveu na sua carta sobre a sua avó me lembraram aquilo que você me contou nos degraus da casa de Augustine, sobre a época em que você sentava sob o vestido dela e como aquilo representava segurança e paz. Devo confessar que fiquei melancólico, e ainda estou melancólico. Também fiquei muito mexido – é assim que se usa essa palavra? – pelo que você escreveu sobre a provação de sua avó ser mãe sem marido. É espantoso, sim, que seu avô tenha sobrevivido a tanta coisa apenas para morrer quando chegou à América? É como se depois de sobreviver a tanto não houvesse mais razão para sobreviver. Aquilo que você escreveu sobre a morte prematura de seu avô me ajudou a compreender, de algumas maneiras, a melancolia que Vovô tem sentido desde que Vovó morreu, e não só porque ambos morreram de câncer. Eu não conheço a sua mãe, é claro, mas conheço você, e posso dizer que seu avô teria ficado muito, muito orgulhoso. Minha esperança é ser uma pessoa de que Vovó teria ficado muito, muito orgulhosa.

E em relação a informar sua avó sobre nossa viagem, não há dúvida que você precisa fazer isso, mesmo que ela chore. Na verdade, é uma coisa anormal testemunhar um avô ou avó chorando. Já contei a você que testemunhei Vovô chorando, e imploro por dizer que jamais desejo testemunhar aquilo de novo. Se isso significar que deverei fazer coisas para ele a fim de não deixá-lo chorar, farei essas coisas. Se isso significar que eu não deverei olhar quando ele chorar, não olharei. Você é muito diferente de mim nesse assunto. Acho que você precisa ver a sua avó chorar, e, se isso significar fazer coisas para deixá-la chorando, você deve fazer essas coisas, e se isso significar olhar para ela quando ela chorar, você deve olhar.

A sua avó encontrará uma maneira de ficar contente com o que você fez quando foi à Ucrânia. Tenho certeza que ela perdoará você, se você a informar disso. Mas se você nunca a informar, ela nunca poderá perdoar você. E é isso que deseja, sim? Que ela perdoe você? Não foi por isso que você fez tudo? Uma parte da sua carta me tornou muitíssimo melancólico. Foi a parte em que você disse que não conhece ninguém, e que isso abrange até você mesmo. Eu compreendo muito o que você está dizendo. Lembra da seção que eu escrevi sobre Vovô dizer que eu parecia uma combinação de Papai, Mamãe, Brejnev e mim mesmo? Fiz lembrança disso quando li o que escreveu. (Com nossos escritos, estamos lembrando um ao outro das coisas. Estamos fazendo uma história, sim?) Agora preciso informar uma coisa a você. É uma coisa que eu nunca informei a ninguém, e você precisa prometer que não informará isso a vivalma. Nunca fui carnal com uma garota. Eu sei. Eu sei. Você não consegue acreditar nisso, mas todas as histórias que contei sobre as garotas que me chamam de Toda Noite, Bebê e Moeda Corrente eram não verdades, e não eram não verdades apropriadas. Acho que manufaturei essas não verdades porque isso faz com que eu me sinta uma pessoa de primeira qualidade. Papai sempre me pergunta sobre garotas, e com quais garotas eu estou sendo carnal, e em que arranjos nós somos carnais. Ele gosta de rir comigo sobre isso, especialmente tarde da noite, quando já está cheio de vodca. Sei que ele ficaria muito desapontado se soubesse como eu realmente sou.

Mais ainda, manufaturo não verdades para Pequeno Igor. Desejo que ele sinta que tem um irmão legal, e um irmão cuja vida ele deseje personificar um dia. Quero que Pequeno Igor possa se gabar sobre seu irmão para os amigos, e quero ser avistado em lugares públicos com ele. Acho que é por isso que me delicio tanto em escrever para você. Assim consigo ser como não sou, mas como desejo que Pequeno Igor me veja. Consigo ser engraçado, pois tenho tempo para meditar sobre como ser engraçado, consigo reparar meus erros quando eu desempenho erros e consigo ser uma pessoa melancólica de formas que são interessantes, não apenas pura melancolia. Ao escrever, nós recebemos segundas chances. Na primeira noite da nossa viagem, você mencionou que achava que talvez houvesse nascido para ser escritor. Que coisa terrível, acho eu. Mas preciso dizer, acho que você não compreende o significado do que disse quando disse aquilo. Você estava fazendo sugestões de que gosta de escrever e que para você é uma coisa interessante imaginar mundos que não são exatamente como este, ou mundos que são exatamente como este. É verdade, tenho certeza que você escreverá muito mais livros do que eu, mas sou eu, não você, que nasceu para ser escritor.

Vovô me interroga sobre você todo dia. Deseja saber se você o perdoou pelas coisas que ele contou sobre a guerra, e sobre Herschel. (Você pode alterar isso, Jonathan. Por ele, não por mim. Seu romance já está descambando para a guerra. É possível.) Ele não é uma pessoa ruim. É uma pessoa boa, vivendo numa época ruim. Lembra da ocasião em que ele disse isso? Ele fica tão melancólico quando se lembra da vida dele. Eu descubro Vovô chorando quase toda noite, mas devo falsificar que estou repousando. Pequeno Igor também pega Vovô chorando, e Papai também, e embora ele não me informe disso, tenho certeza de que ele fica melancólico ao ver o pai chorando.

Tudo é como é porque tudo foi como foi. Às vezes me sinto enrodilhado nisso, como se – não importa o que eu fizer – o que virá já esteja fixado. Por mim, tudo bem, mas há coisas que quero para Pequeno Igor. Há tanta violência em torno dele, e quero dizer mais do que meramente o tipo que ocorre com punhos. Não quero que ele sinta mais violência, mas também não quero que ele algum dia faça os outros sentirem violência.

Papai nunca está em casa, pois se estivesse testemunharia Vovô chorando. Isso é ideia minha. "O estômago dele", disse ele para mim na semana passada, quando ouvimos Vovô na sala da televisão. "O estômago dele." Mas não é o estômago dele, eu compreendo, e Papai também compreende isso. (É por isso que perdoo Papai. Eu não o amo. Eu o odeio. Mas o perdoo por tudo.) Eu papagaio: Vovô não é uma pessoa má, Jonathan. Todo mundo desempenha más ações. Eu. Papai. Até você. Uma pessoa má é alguém que não lamenta suas más ações. Agora Vovô está morrendo por causa das ações dele. Eu imploro que você nos perdoe, e nos faça melhor do que somos. Faça-nos bons.

Candidamente,
Alexander

COMEÇANDO A AMAR

– JON-FEN – DISSE EU. – JON-FEN, ACORDE! Veja quem está aqui!
– Hum?
– Veja – disse eu, apontando para Augustine.
– Quanto tempo estive dormindo? – perguntou ele.
– Onde estamos?
– Trachimbrod! Estamos em Trachimbrod! – Eu estava muito orgulhoso, e pronunciei, sacudindo Vovô com muita violência: – Vovô!
– O quê?
– Veja, Vovô! Veja quem eu achei! Ele passou as mãos pelos olhos.
– Augustine? – perguntou, como se não soubesse ao certo se estava sonhando.
– Sammy Davis, Junior, Junior! – disse eu, sacudindo a cadela. – Nós chegamos!
– Quem são essas pessoas? – perguntou Augustine, que perseverava no choro. Secou as lágrimas com o vestido, o que significou levantá-lo o bastante para exibir as pernas. Mas ela não ficou envergonhada.
– Augustine? – perguntou o herói.
– Vamos aboletar – disse eu – para iluminarmos tudo.
O herói e a cadela removeram-se do carro. Eu não tinha certeza se Vovô viria, mas ele veio.
– Vocês estão com fome? – perguntou Augustine.

O herói já devia estar adquirindo um pouco de ucraniano, pois colocou a mão no estômago. Mexi a cabeça para dizer "Sim, alguns de nós são pessoas muito famintas".

– Venham – disse Augustine. Detectei que ela não estava absolutamente melancólica, e sim feliz e descontrolada. Ela pegou minha mão e disse: – Entrem. Vou arranjar um almoço, e poderemos comer.

Subimos a escada de madeira em que eu a testemunhara aboletada pela primeira vez e entramos na casa. Sammy Davis, Junior, Junior ficou vadiando do lado de fora, farejando as roupas no chão.

Primeiro, preciso descrever que Augustine tinha um andar muito inusitado, que ia de cá para lá pesadamente. Ela não conseguia se mover mais depressa do que devagar. Parecia ter uma perna prejudicada permanentemente. (Se já soubéssemos então, Jonathan, será que teríamos entrado?) Segundo, preciso descrever a casa dela. Não era similar a qualquer casa que eu houvesse visto, e acho que eu não apelidaria aquilo de casa. Se você quer saber de que eu apelidaria aquilo, apelidaria de dois-quartos. Um dos quartos tinha uma cama, uma escrivaninha pequena, uma cômoda e muitas coisas do chão até o teto, incluindo pilhas de mais roupas e centenas de sapatos de diferentes tamanhos e estilos. Eu não conseguia ver a parede por trás de todas as fotografias. Parecia que elas eram de muitas famílias diferentes, embora desse para reconhecer que algumas daquelas pessoas estavam em mais de uma ou duas. A roupa, os sapatos e as fotografias me fizeram raciocinar que deveria haver pelo menos cem pessoas morando naquele quarto. O outro quarto também era muito populoso. Havia muitas caixas, que transbordavam de artigos. Tinham coisas escritas nos lados. Um pano branco sobrepujava de uma caixa onde se lia CASAMENTOS E OUTRAS COMEMORAÇÕES. A caixa onde se lia PARTICULARES: REGISTROS/DIÁRIOS/CADERNOS DE DESENHO/ROUPA DE BAIXO estava tão atulhada que parecia preparada para se romper.

Havia uma outra caixa onde se lia PRATARIA/PERFUME/CATA-VENTOS DE PAPEL, outra onde se lia RELÓGIOS/INVERNO, outra onde se lia HIGIENE/CARRETÉIS/VELAS, e outra onde se lia BONECOS/ÓCULOS. Se eu fosse uma pessoa inteligente, teria registrado todos os nomes num pedaço de papel, como o herói fez no seu diário, mas eu não era uma pessoa inteligente, e depois esqueci muitos deles. Alguns dos nomes eu não consegui raciocinar, como a caixa onde se lia ESCURIDÃO, ou a que tinha MORTE DO PRIMOGÊNITO escrito a lápis na frente. Observei que havia uma caixa no alto de um desses arranha-céus de caixas onde se lia POEIRA.

Nesse quarto havia um fogão diminuto, uma prateleira com hortaliças e batatas, e uma mesa de madeira. Nós nos sentamos à mesa de madeira. Foi difícil remover as cadeiras, pois quase não havia lugar para elas com todas as caixas ali.

– Permitam que eu cozinhe alguma coisinha para vocês – disse ela, oferecendo todas as suas palavras e olhadelas para mim.

– Por favor, não faça qualquer esforço – disse Vovô.

– Não é nada – disse ela. – Só preciso dizer a vocês que não tenho muita moeda corrente, e por essa razão não tenho carne.

Vovô olhou para mim e fechou um olho.

– Vocês gostam de batatas e repolho? – perguntou ela.

– Isto é uma coisa perfeita – disse Vovô. Ele estava sorrindo tanto que não estarei mentindo se disser a vocês que nunca o vira sorrir tanto desde que Vovó morrera. E vi que, quando ela orbitou para escavar um repolho numa caixa de madeira no chão, Vovô arranjou seus cabelos com um pente tirado do bolso.

– Diga a ela que estou muito contente por conhecê-la – disse o herói.

– Estamos todos contentes por conhecer você – disse eu, por acidente batendo na caixa de FRONHAS com o cotovelo. – Seria impossível para você compreender há quanto tempo estamos procurando você.

Ela acendeu o fogo no fogão e começou a cozinhar a comida.

– Peça a ela para nos contar tudo. Quero ouvir como ela encontrou meu avô, por que decidiu salvá-lo, o que aconteceu com a família dela e se ela falou com meu avô alguma vez depois da guerra – disse o herói. Depois baixou a voz, como se ela pudesse compreender, e continuou: – Descubra se eles estavam apaixonados.

– Vagarosidade – disse eu, pois não queria que Augustine cagasse para nós.

– É muita gentileza sua nos trazer para sua casa – disse Vovô para ela – e cozinhar a sua comida para nós. Você é muito gentil.

– Vocês são mais gentis ainda – disse ela, desempenhando uma coisa que me surpreendeu. Examinou o rosto no reflexo da janela acima do fogão, e eu acho que ela desejava verificar sua aparência. Isso é apenas uma ideia minha, mas tenho certeza de que é uma ideia verdadeira.

Ficamos olhando para ela como se todo o mundo e seu futuro dependessem dela. Quando ela cortou um repolho em pequenos pedaços, o herói moveu a cabeça aqui e ali junto com a faca. Quando ela pôs os pedaços na panela, Vovô sorriu e segurou uma das mãos com a outra. Quanto a mim, eu não conseguia recolher os olhos dela. Ela tinha dedos finos e ossos altos. Seu cabelo, como eu mencionei, era branco e comprido. As pontas roçavam no chão, levando a poeira e a terra com elas. Era rígido examinar os seus olhos, pois eles ficavam muito atrás no rosto, mas quando ela olhou para mim percebi que eles eram azuis e resplandecentes. Foram os olhos dela que me deixaram compreender que ela era, sem indagação, a Augustine da fotografia. E tive certeza, ao olhar para os olhos dela, de que ela salvara o avô do herói, e provavelmente muitos outros. Dava para imaginar no meu cérebro como os dias conectavam a moça da fotografia àquela mulher ali no quarto conosco. Cada dia era mais uma fotografia. A vida dela era um álbum de fotografias. Uma estava com o avô do herói, e agora outra estava conosco.

Quando a comida ficou pronta, depois de muitos minutos de preparação, ela transportou os pratos para a mesa: um para cada um de nós, e nenhum para ela mesma. Uma das batatas desceu ao chão, PLOFT, o que nos fez rir por razões que um escritor sutil não precisa iluminar. Augustine, porém, não riu. Devia estar muito envergonhada, pois escondeu o rosto por muito tempo antes de conseguir nos avistar de novo.

– Você está bem? – perguntou Vovô. Ela não respondeu. – Você está bem?

Subitamente ela retornou para nós e disse:

– Vocês devem estar muito fatigados de tanto viajar.

– Sim – disse eu.

Ela orbitou a cabeça, como se estivesse embaraçada, embora eu não soubesse por que ela estaria embaraçada, e disse:

– Posso andar até o mercado e adquirir uns refrigerantes, se vocês quiserem, ou uma outra coisa.

– Não – disse Vovô, com urgência, como se ela pudesse nos deixar e nunca retornar. – Isso não é necessário. Você está sendo tão generosa. Por favor, sente-se.

Removeu uma das cadeiras de madeira da mesa, e por acidente deu um pequeno soco na caixa onde se lia CANDELABROS/TINTA/CHAVES.

– Obrigada – disse ela, baixando a cabeça.

– Você é muito bonita – disse Vovô.

Eu não esperava que ele fosse dizer aquilo, e acho que ele não esperava que fosse dizer aquilo. Houve silêncio por um momento.

– Obrigada – disse ela, desviando os olhos dele. – Você é que é generoso.

– Mas você é bonita – disse ele.

– Não – retrucou ela. – Não, não sou.

– Eu acho que você é bonita – disse eu, e embora não esperasse dizer aquilo, não lamento ter dito. Ela era tão bonita, como uma pessoa que você nunca conhecerá, mas sempre sonha conhecer, como uma pessoa que é boa demais para você. Era também muito tímida, dava para perceber. Era rígido para ela nos avistar, e ela guardava as mãos nos bolsos do vestido. Posso dizer que, quando ela chegava a nos conferir um olhar, nunca era para nós, sempre para mim.

– Sobre o que vocês estão falando? – perguntou o herói. – Ela mencionou o meu avô?

– Ele não fala ucraniano? – perguntou ela.

– Não – disse eu.

– De onde ele é?

– Da América.

– Isso fica na Polônia?

Não consegui acreditar naquilo, que ela não sabia nada sobre a América, e preciso dizer que isso a fazia ainda mais bonita para mim.

– Não, é bem longe. Ele veio de avião.

– De quê?

– De avião – disse eu. – Pelo céu.

Movimentei minhas mãos no ar como um avião, e por acidente dei um pequeno soco na caixa onde se lia ENCHIMENTOS. Fiz o som de um avião com os lábios. Aquilo a perturbou.

– Já chega – disse ela.

– O quê?

– Por favor – disse ela.

– Por causa da guerra? – perguntou Vovô. Ela não disse coisa alguma.

– Ele veio ver você – disse eu.

– Pensei que era você – afirmou ela para mim.

Aquilo me fez rir, e também fez Vovô rir.

– Não, é ele – disse eu, colocando minha mão na cabeça do herói. – Ele é quem viajou por todo o mundo para encontrar você.

Isso a incitou a chorar de novo, coisa que eu não pretendia fazer, mas devo dizer que parecia adequada.

– Você veio por minha causa? – perguntou ela ao herói.
– Ela quer saber se você veio por causa dela.
– Sim – disse o herói. – Diga a ela que sim.
– Sim – afirmei eu. – Tudo é por sua causa.
– Por quê? – perguntou ela.
– Por quê? – traduzi ao herói.
– Porque se não fosse por ela, eu não poderia estar aqui.
• Ela tornou possível a busca.
– Porque ele foi criado por você – disse eu. – Salvando o avô dele, você permitiu que ele nascesse.
A respiração dela se encurtou.
– Eu gostaria de dar uma coisa a ela – disse o herói, escavando um envelope na pochete. – Diga a ela que aí tem dinheiro. Sei que não é o bastante. Não poderia haver o bastante. É só algum dinheiro vindo dos meus pais para tornar a vida dela mais fácil. Dê isso a ela.
Apreendi o envelope. Estava transbordando. Devia haver muitos milhares de dólares ali.
– Augustine, você voltaria conosco? Para Odessa? Podemos cuidar de você. Você tem família aqui? Podemos levar a família para a nossa casa também – disse Vovô. Ela não respondeu, e apontando para o caos, ele disse: – Isso não é forma de se viver. Nós lhe daremos uma nova vida.
Contei ao herói o que Vovô dissera. Vi que seus olhos estavam iminentes de lágrimas.
– Augustine, nós podemos salvar você de tudo isso – disse Vovô. Apontou para a casa de novo, e depois para todas as caixas: CABELO/ESPELHOS DE MÃO, POESIA/PREGOS/PEIXES, XADREZ/RELÍQUIAS/MAGIA SOMBRIA, ESTRELAS/CAIXAS DE MÚSICA, SONO/SONO/SONO, MEIAS COMPRIDAS/TAÇAS PARA KIDUSH, ÁGUA EM SANGUE.
– Quem é Augustine? – perguntou ela.
– O quê? – questionei.
– Quem é Augustine?

– O que ela está dizendo?

– A fotografia – disse Vovô para mim. – Não sabemos o que está escrito atrás. Talvez não seja o nome dela.

Exibi de novo a fotografia para ela. Novamente, ela fez que ia chorar.

– Essa é você – disse Vovô, pondo o dedo sob o rosto na fotografia. – Aqui. Você é a moça.

Augustine mexeu a cabeça para dizer "Não, essa não sou eu, eu não sou ela".

– É uma fotografia muito idosa – disse Vovô – e ela esqueceu.

Mas eu já apreendera em meu coração o que Vovô não permitiria no dele. Retornei a moeda corrente de volta para o herói.

– Você conhece este homem – disse Vovô sem indagar, pondo o dedo no avô do herói.

– Sim – disse ela. – É Safran.

– Sim – confirmou ele, olhando para mim e depois olhando para ela. – Sim. E ele está com você.

– Não – disse ela. – Não sei quem são os outros. Não são de Trachimbrod.

– Você salvou esse homem.

– Não – disse ela. – Não salvei.

– Augustine? – perguntou ele.

– Não – disse ela, saindo da mesa.

– Você salvou esse homem – disse ele.

Ela pôs as mãos no rosto.

– Ela não é Augustine – disse eu ao herói.

– O quê?

– Ela não é Augustine.

– Não compreendo.

– Sim – disse Vovô.

– Não – disse ela.

– Ela não é Augustine – disse eu ao herói. – Pensei que fosse, mas não é.

– Augustine – disse Vovô. Mas ela já estava no outro quarto. – Ela é tímida. Nós fomos uma surpresa e tanto.
– Talvez devêssemos ir embora – disse eu.
– Não vamos a lugar nenhum. Devemos ajudar essa mulher a se lembrar. Muita gente tenta tão rigidamente se esquecer depois da guerra que não consegue se lembrar mais.
– Não é essa a situação – disse eu.
– O que vocês estão dizendo? – perguntou o herói.
– Vovô acha que ela é Augustine – disse-lhe eu.
– Mesmo com ela dizendo que não é?
– Sim – disse eu. – Ele não está sendo razoável.

Ela voltou do outro quarto com uma caixa onde estava escrita a palavra RESTOS. Colocou-a na mesa e deslocou a tampa da caixa, que estava atulhada de fotografias, muitos pedaços de papel, muitas fitas, pedaços de pano e coisas esquisitas como pentes, anéis e flores que haviam se tornado mais papel. Foi removendo as coisas, uma de cada vez, e exibindo-as a cada um de nós, mas digo que ela ainda parecia dar atenção apenas a mim.

– Esta é uma fotografia de Baruch diante da biblioteca antiga. Ele costumava ficar sentado lá o dia inteiro, e nem sabia ler! Dizia que gostava de pensar sobre os livros, pensar sobre eles sem ler. Andava por aí com um livro debaixo do braço, e retirava mais livros da biblioteca do que qualquer outro do shtetl. Que bobagem! Esta aqui – continuou ela, escavando outra fotografia da caixa – é de Yosef e do irmão dele, Tzvi. Eu costumava brincar com eles quando eles voltavam da escola. Sempre tive uma coisinha no meu coração por Tzvi, mas nunca disse a ele. Eu planejava contar a ele, mas nunca contei. Eu era uma moça muito engraçada, sempre tinha coisinhas no meu coração. Deixava Leah louca quando contava essas coisas a ela, que dizia: "Todas essas coisinhas, você não vai ter lugar para nenhum sangue!"

Aquilo a fez rir de si mesma, e depois ficar em silêncio.

– Augustine? – perguntou Vovô, mas ela não devia estar escutando, pois não orbitou para ele, apenas moveu as mãos pelas coisas na caixa, como se as coisas fossem água. Ela já não oferecia seus olhos para nenhum de nós, exceto eu. Vovô e o herói não existiam mais para ela.

– Aqui está a aliança de casamento de Rivka – disse ela, colocando-a no dedo. – Ela escondeu a aliança numa jarra que enfiou no chão. Sei disso porque ela me contou, dizendo "Por precaução". Muita gente fez isso. O chão ainda está cheio de anéis, dinheiro, fotografias e coisas judaicas. Eu só consegui achar algumas, mas elas enchem a terra.

O herói não me perguntou o que ela estava dizendo, e jamais chegou a perguntar. Não tenho certeza se ele sabia o que ela estava dizendo, ou se sabia que era melhor não perguntar.

– Aqui está Herschel – disse ela, erguendo uma fotografia à luz da janela.

– Vamos embora – disse Vovô. – Diga a ele que estamos indo.

– Não vão – pediu ela.

– Cale a boca – disse ele. Mesmo que ela não fosse Augustine, ele não deveria ter pronunciado aquilo para ela.

– Desculpe – disse eu para ela. – Por favor, continue.

– Ele morava em Kolki, uma aldeia que fica perto de Trachimbrod. Herschel e Eli eram grandes amigos, e Eli teve que fuzilar Herschel, pois se não fizesse isso seria fuzilado por eles.

– Cale a boca – disse Vovô de novo, socando a mesa dessa vez. Mas ela não se calou:

– Eli não queria fazer aquilo, mas fez.

– Você está mentindo sobre isso tudo.

– Ele não está falando por mal – disse eu a ela, sem conseguir segurar por que ele estava fazendo o que estava fazendo. – Vovô...

– Pode guardar suas não verdades para você mesma – disse ele.

– Eu ouvi essa história – disse ela – e acredito que é verdade.
Percebi que ele estava fazendo com que ela chorasse.

– Aqui está um grampo – disse ela – que Miriam mantinha no cabelo para que ele não lhe caísse no rosto. Ela estava sempre correndo de um lado para o outro. Morreria se tivesse que ficar sentada, sabe, porque adorava fazer coisas. Encontrei isso debaixo do travesseiro dela. É verdade. Vocês devem querer saber por que o grampo estava debaixo do travesseiro. O segredo é que ela ficava segurando o grampo durante toda a noite, para não chupar o polegar! Era uma coisa ruim que ela fez durante muito tempo, até quando já tinha doze anos! Só eu sei disso. Ela me mataria se soubesse que eu estava falando sobre o polegar dela, mas posso dizer que se vocês testemunhassem bem de perto, se dessem atenção a isso, veriam que o dedo estava sempre vermelho. Ela vivia envergonhada disso.

Ela restaurou o grampo de volta para RESTOS, escavou outra fotografia, e disse:

– Aqui, ah, eu me lembro disso, estão Kalman e Izzy. Eles eram tão brincalhões.

Vovô não avistava nada além de Augustine, que continuou:

– Veja como Kalman está segurando o nariz de Izzy! Que brincalhão! Eles ficavam fazendo tantas brincadeiras o dia todo, que Papai dizia que eram os dois palhaços de Trachimbrod. Ele dizia: "Eles são tão palhaços que nem um circo quereria os dois!"

– Você é de Trachimbrod? – perguntei.

– Ela não é de Trachimbrod – disse Vovô, orbitando a cabeça para longe dela.

– Sou – disse ela. – Eu sou a única sobrevivente.

– O que você significa? – perguntei, pois simplesmente não sabia.

– Todos foram mortos – disse ela, e comecei a traduzir para o herói o que ela estava dizendo. – Exceto um ou dois que conseguiram escapar.

– Vocês foram os sortudos – falei.
– Nós fomos os não sortudos – respondeu ela.
– Isso não é verdade – disse Vovô. Mas não sei qual parte ele estava dizendo que não era verdade.
– É verdade. Nunca se deve ser o único sobrevivente.
– Você devia ter morrido com os outros – disse ele. (Jamais permitirei que isso permaneça na história.)
– Pergunte se ela conheceu o meu avô.
– Você conhecia esse homem da fotografia? Era o avô do rapaz – disse eu, apresentando a fotografia de novo.
– É claro – afirmou ela, desembolsando novamente os olhos para mim. – Esse é Safran. Foi o primeiro rapaz que eu beijei na vida. Sou uma senhora tão velha que já estou velha demais para ficar envergonhada. Beijei Safran quando eu era apenas uma menina, e ele apenas um menino. – E, pegando a minha mão, arrematou: – Conte a ele que Safran foi o primeiro menino que eu beijei na vida.
– Ela disse que seu avô foi o primeiro menino que ela beijou na vida.
– Nós éramos grandes amigos. Ele perdeu uma esposa e dois bebês na guerra. Ele sabe disso?
– Dois bebês? – perguntei.
– Sim – disse ela.
– Ele sabe – afirmei.
Ela continuou inspecionando RESTOS, escavando fotografias e colocando tudo na mesa.
– Como você pode fazer isso? – perguntou-lhe Vovô.
– Aqui – disse ela, depois de uma longa busca. – Essa é uma fotografia de Safran e eu.
Observei que o herói tinha pequenos rios descendo pelo rosto, e tive vontade de colocar a mão no rosto dele, ser arquitetura para ele.
– Aqui estamos diante da casa dele – disse ela. – Eu me lembro desse dia muito bem. Minha mãe fez essa fotografia.

Ela gostava muito de Safran. Acho que ela queria que eu me casasse com ele, e até contou isso ao rabino.

— Então você seria a avó dele — disse eu para ela. Ela riu e isso fez com que eu me sentisse bem.

— Minha mãe gostava tanto dele porque ele era um menino muito educado, e muito tímido, e dizia que ela era bonita até quando não estava bonita.

— Qual era o nome dela? — perguntei.

Eu estava tentando ser gentil, mas a mulher orbitou a cabeça para me dizer:

— Não, eu nunca pronunciarei o nome dela.

E então lembrei que eu não sabia o nome daquela mulher. Perseverava em pensar nela como Augustine, pois tal como Vovô não conseguia parar de desejar que ela fosse Augustine.

— Eu sei que tenho outra — disse ela, e voltou a investigar RESTOS. Vovô não olhava para ela, que escavou outra fotografia amarela e continuou: — Aqui está uma de Safran com a esposa diante da casa deles, depois que se casaram.

Eu dava ao herói cada fotografia que ela me dava, e só com dificuldade ele conseguia mantê-la nas mãos que faziam tanta tremedeira. Parecia que um lado dele queria escrever tudo, cada palavra do que ocorria, no diário. E outro lado se recusava a escrever até uma única palavra. Ele abria e fechava o diário, abria e fechava, e parecia que o caderno queria voar de suas mãos.

— Diga a ele que eu fui ao casamento. Diga a ele.

— Ela foi ao casamento do seu avô com a primeira esposa dele — disse eu.

— Pergunte a ela como foi — pediu ele.

— Foi lindo — disse ela. — Lembro que meu irmão segurou um dos mastros da chupá. Era um dia de primavera. Zosha era uma moça tão bonita.

— Foi tão bonito — contei ao herói.

— Havia branco, flores, muitas crianças, e a noiva num vestido longo. Zosha era uma moça linda, e todos os outros homens eram gente invejosa.

– Pergunte a ela se podemos ver essa casa – disse ele, apontando para a fotografia.
– Você pode nos exibir essa casa? – perguntei.
– Não há nada lá – disse ela. – Já disse a vocês. Nada. Ficava a quatro quilômetros de distância daqui, mas tudo que ainda existe de Trachimbrod está nesta casa.
– Você diz que fica a quatro quilômetros daqui?
– Não há mais Trachimbrod. Acabou há cinquenta anos.
– Leve a gente até lá – disse Vovô.
– Não há nada para ver. É só um descampado. Posso exibir a vocês qualquer descampado, e isso seria o mesmo que exibir Trachimbrod.
– Precisamos ver Trachimbrod – disse Vovô –, e você nos levará a Trachimbrod.
Ela olhou para mim, e pôs a mão no meu rosto.
– Diga a ele que eu penso nisso todo dia. Diga isso a ele.
– Pensa em quê?
– Diga a ele.
– Ela pensa nisso todo dia – disse eu ao herói.
– Eu penso em Trachimbrod, e na época em que todos nós éramos jovens. Nós costumávamos correr nus nas ruas, vocês acreditam? Éramos apenas crianças, sim. É assim que era. Diga isso a ele.
– Eles costumavam correr nus nas ruas. Eram apenas crianças.
– Eu me lembro tão bem de Safran. Ele me beijou atrás da sinagoga. Nós podíamos ser assassinados por isso, sabia? Ainda consigo me lembrar de como eu me senti. Foi um pouco como voar. Diga isso a ele.
– Ela se lembra do beijo que seu avô deu nela. Ela voou um pouco.
– Também me lembro do Rosh Hashaná, quando íamos até o rio e jogávamos migalhas de pão lá para que nossos pecados boiassem para longe de nós. Diga isso a ele.

– Ela se lembra do rio, das migalhas de pão, e dos pecados dela.

– O Brod? – perguntou o herói. Ela moveu a cabeça para dizer "Sim, sim".

– Diga que eu, o avô dele e todas as crianças pulávamos no Brod quando fazia calor, e que nossos pais ficavam sentados na beirada, vigiando e jogando cartas. Diga isso a ele.

Eu disse.

– Todo mundo tinha sua própria família, mas era como se todos nós fôssemos uma grande família. As pessoas brigavam, sim, mas isso não era nada – continuou ela. Depois retirou as mãos das minhas, colocou-as sobre os joelhos, e disse: – Estou tão envergonhada.

– Você devia mesmo se envergonhar – disse Vovô.

– Não fique envergonhada – afirmei.

– Pergunte como meu avô escapou.

– Ele gostaria de saber como o avô dele escapou.

– Ela não sabe de nada – disse Vovô. – É uma idiota.

– Você não precisa pronunciar nada que não queira pronunciar – disse eu para ela.

– Então eu jamais pronunciaria outra palavra.

– Não precisa fazer nada que não queira fazer.

– Então eu jamais faria qualquer coisa.

– Ela é uma mentirosa – disse Vovô.

Eu não conseguia compreender por que ele estava sendo forçado a se comportar daquele modo.

– Por favor, vocês poderiam nos deixar ficar em solidão por uns momentos? – disse Augustine para mim.

– Vamos lá para fora – sugeri a Vovô.

– Não – disse Augustine. – Ele.

– Ele? – perguntei.

– Por favor, nos deixe ficar em solidão por alguns momentos.

Olhei para Vovô a fim de que ele me desse um farol do que fazer, mas vi que seus olhos estavam com lágrimas iminentes, e que ele não queria olhar para mim. Foi esse o meu farol.

– Devemos ir lá para fora – disse eu ao herói.
– Por quê?
– Eles vão pronunciar coisas em segredo.
– Que tipo de coisas?
– Não podemos estar aqui.

Saímos e fechamos a porta. Eu ansiava estar do outro lado da porta, do lado no qual verdades tão importantes estavam sendo pronunciadas. Ou ansiava encostar meu ouvido na porta para poder no mínimo ouvir. Mas sabia que o meu lado era o lado de fora, com o herói. Em parte, odiava isso, e em parte agradecia, pois depois de ouvir algo você já não pode mais retornar ao momento anterior.

– Podemos limpar o milho para ela – disse eu, e o herói harmonizou. Eram aproximadamente quatro horas da tarde, e a temperatura estava começando a se tornar fria. O vento já fazia os primeiros ruídos da noite.

– Não sei o que fazer – disse o herói.
– Também não sei.

Depois houve uma fome de palavras por muito tempo. Ficamos descascando o milho. Eu não estava preocupado com o que Augustine estava dizendo. Era a conversa do Vovô que eu desejava ouvir. Por que ele podia dizer coisas para aquela mulher, que jamais encontrara antes, quando não podia dizer coisas para mim? Mas talvez ele não estivesse dizendo nada para ela. Ou talvez estivesse mentindo. Era isso que eu queria, que ele apresentasse não verdades para ela. Ela não merecia a verdade, não como eu merecia a verdade. Ou então nós dois merecíamos a verdade, e o herói também. Todos nós.

– Sobre o que devemos manter conversação? – perguntei, pois eu sabia que era decente nós falarmos.

– Não sei.
– Deve haver algo.
– Você quer saber mais alguma coisa sobre os Estados Unidos? – perguntou ele.

– Não consigo pensar em nada neste momento.
– Já ouviu falar na Times Square?
– Sim. A Times Square fica em Manhattan, na esquina da Rua 42 com a Broadway – disse eu.
– Já ouviu falar em gente que fica sentada diante de máquinas caça-níqueis o dia inteiro, gastando todo o dinheiro que tem?
– Sim. Em Las Vegas, Nevada. Já li um artigo sobre isso – disse eu.
– E em arranha-céus?
– É claro. Empire State Building. Sears Towers – falei. Não compreendo por quê, mas eu não tinha orgulho de tudo que sabia sobre a América. Tinha vergonha.
– O que mais? – disse ele.
– Fale mais sobre a sua avó – disse eu.
– Minha avó?
– De quem você falou no carro. A sua avó de Kolki.
– Você lembra.
– Sim.
– O que você quer saber?
– Quantos anos ela tem?
– Mais ou menos a idade do seu avô, acho eu, mas parece ter muito mais.
– Qual é a aparência dela?
– Ela é baixa. Ela mesma se chama de camarão, o que é engraçado. Não sei qual é a cor verdadeira do cabelo dela, que é pintado de castanho e loiro, então fica meio marrom e amarelo que nem os cabelos desse milho. Os olhos dela não combinam, porque um é azul e o outro verde. Ela tem varizes terríveis.
– O que significa varizes?
– As veias nas pernas dela, onde corre o sangue, estão acima do nível da pele e têm uma aparência esquisita.
– Sim – disse eu. – Vovô também tem varizes, pois quando trabalhava, ficava de pé o dia inteiro, e isso aconteceu com ele.

— Minha avó ficou com essas veias na guerra, pois teve que atravessar a Europa a pé para escapar. Foi esforço demais para as pernas delas.
— Ela atravessou a Europa a pé?
— Lembra que eu disse que ela partiu de Kolki antes dos nazistas?
— Sim, lembro — disse eu. O herói parou de falar por um momento. Resolvi perigar tudo novamente, e continuei: — Fale sobre você e ela.
— O que você quer dizer com eu e ela?
— Só quero escutar.
— Não sei o que dizer.
— Conte como era quando você era jovem e como era com ela nessa época.
Ele fez um riso.
— Quando eu era jovem?
— Conte qualquer coisa.
— Quando eu era jovem, costumava sentar debaixo do vestido dela nos jantares da família — disse ele. — Lembro bem disso.
— Fale mais.
— Há muito tempo não penso nisso.
Não pronunciei coisa alguma, para que ele perseverasse. Foi difícil, pois havia muito silêncio. Mas compreendi que o silêncio era necessário para que ele falasse.
— Eu ficava passando as mãos pelas varizes dela. Não sei por quê, nem como comecei a fazer aquilo. Era só uma coisa que eu fazia. Eu era uma criança, e as crianças fazem coisas desse tipo, acho eu. Lembrei disso porque mencionei as pernas dela.
Recusei-me a emitir uma única palavra.
— Era como chupar o polegar. Eu fazia aquilo, sentia que era bom, e é só.
Fique em silêncio, Alex. Você não precisa falar.
— Eu observava o mundo através dos vestidos dela. Podia ver tudo, mas ninguém podia me ver. Aquilo era como um

forte, um esconderijo debaixo das cobertas. Eu era apenas uma criança. Quatro anos. Cinco. Não sei.

Com meu silêncio, eu lhe dava um espaço para preencher.

– Eu sentia segurança e paz. Você sabe, segurança e paz de verdade. Sentia isso.

– Segurança e paz do quê?

– Não sei. Segurança e paz da não segurança e da não paz.

– É uma história muito boa.

– É verdade. Não estou inventando isso.

– É claro. Sei que você é fiel.

– É que às vezes nós inventamos coisas, só para falar. Mas isso realmente acontecia.

– Eu sei.

– É sério.

– Eu acredito em você.

Houve um silêncio. Um silêncio tão pesado, e tão comprido, que eu fui coagido a falar.

– Quando você parou de se esconder debaixo do vestido dela?

– Não sei. Talvez com cinco ou seis anos. Talvez um pouco mais tarde. Simplesmente fiquei velho demais para fazer aquilo, acho eu. Alguém deve ter me dito que aquilo não era mais apropriado.

– Do que mais você lembra?

– Como assim?

– Sobre ela. Sobre você e ela.

– Por que você está tão curioso?

– Por que você está tão envergonhado?

– Lembro das varizes dela, e lembro do cheiro do meu esconderijo secreto, era assim que eu pensava naquilo, lembro bem, como um segredo, e lembro que uma vez minha avó disse que eu sou sortudo porque sou engraçado.

– Você é muito engraçado, Jonathan.

– Não. Isso é a última coisa que eu quero ser.

– Por quê? Ser engraçado é uma coisa ótima.
– Não, não é.
– Por que diz isso?
– Eu pensava que o humor era o único modo de apreciar o quanto o mundo é maravilhoso e terrível, de celebrar como a vida é grande. Sabe do que eu estou falando?
– Sim, é claro.
– Mas agora acho o contrário. O humor é um meio de se retrair desse mundo maravilhoso e terrível.
– Fale mais sobre a sua juventude, Jonathan.
Ele provocou mais riso.
– Por que você está rindo?
Ele riu novamente.
– Diga.
– Quando eu era menino, passava as noites de sexta-feira na casa de minha avó. Não todas as sextas-feiras, mas a maioria. Quando eu entrava, ela me levantava do chão com um dos seus abraços maravilhosos e aterrorizantes. Quando saía, na tarde do dia seguinte, era novamente levantado no ar com amor. Estou rindo porque só anos mais tarde eu percebi que ela estava me pesando.
– Pesando você?
– Quando ela tinha a nossa idade, atravessou a Europa descalça. Só se alimentava de restos de comida. Para ela era importante que eu ganhasse peso toda vez que ia lá. Era mais importante do que eu me divertir ou não. Acho que ela queria ter os netos mais gordos do mundo.
– Fale mais sobre essas sextas-feiras. Fale sobre medidas, humor e o esconderijo debaixo do vestido dela.
– Acho que já terminei de falar.
– Você precisa falar.
Você sentiu pena de mim? Foi por isso que você perseverou?
– Minha avó e eu ficávamos gritando palavras da varanda dos fundos da casa, à noite, quando eu dormia lá. Lembro-me

bem disso. Gritávamos as palavras mais compridas que pudéssemos pensar. "Fantasmagoria", eu gritava – disse ele, rindo. – Lembro bem dessa. Depois ela gritava uma palavra em iídiche que eu não entendia. E depois eu gritava "Antediluviano". – Ele gritou a palavra na rua. Teria sido embaraçoso, exceto pelo fato de que não havia ninguém na rua. Depois continuou: – Eu ficava olhando as veias no pescoço dela saltarem quando ela gritava alguma palavra em iídiche. Nós dois estávamos apaixonados secretamente pelas palavras, acho eu.

– E os dois estavam secretamente apaixonados um pelo outro.

Ele riu novamente.

– Quais eram as palavras que ela gritava?

– Não sei. Nunca soube o que elas significavam. Mas ainda consigo ouvir os gritos dela.

Ele gritou uma palavra em iídiche na rua.

– Por que você não perguntava a ela o que as palavras significavam?

– Eu tinha medo.

– De que você tinha medo?

– Não sei. Só tinha medo. Sabia que não deveria perguntar, de modo que não perguntava.

– Talvez ela desejasse que você perguntasse.

– Não.

– Talvez ela precisasse que você perguntasse, porque se você não perguntasse ela não poderia dizer.

– Não.

– Talvez ela estivesse gritando: Pergunte a mim! Pergunte a mim o que eu estou gritando!

Ficamos descascando o milho. O silêncio era uma montanha.

– Lembra de todo aquele concreto em Lvov? – perguntou.

– Sim – disse eu.

– Eu também.

Mais silêncio. Não tínhamos nada sobre o que falar, nada de importante. Nada poderia ser importante o suficiente.
– O que você escreve no seu diário?
– Faço anotações.
– Sobre o quê?
– Para o livro em que estou trabalhando. Pequenas coisas das quais quero me lembrar.
– Sobre Trachimbrod?
– Isso.
– É um livro bom?
– Só escrevi uns trechos. Escrevi algumas páginas antes de vir, no verão, outras no avião para Praga, outras no trem para Lvov, e mais algumas ontem à noite.
– Leia uma parte para mim.
– É constrangedor.
– Não é isso. Não é constrangedor.
– É.
– Não se você recontar a história para mim. Vou saborear a coisa, prometo a você. Sou muito simples de encantar.
– Não – disse ele, de modo que fiz o que achava que era uma coisa legal, e até engraçada. Peguei e abri o diário. Ele não disse que eu poderia ler, mas também não pediu o diário de volta. E eu li o seguinte:

> Ele disse ao pai que poderia cuidar de Mamãe e Pequeno Igor. Ao ser dito, aquilo se tornou verdade. Finalmente, ele estava pronto. O pai não conseguia acreditar. O quê?, perguntou ele. O quê? E Sasha disse-lhe novamente que cuidaria da família, que compreenderia se o pai tivesse de partir e jamais retornar, e que isso não o diminuiria como pai. Disse ao pai que o perdoaria. Ah, o pai ficou tão furioso, tão cheio de ira, que disse a Sasha que o

mataria. Sasha disse ao pai que o mataria, e os dois partiram um para o outro com violência. O pai disse: Diga isso na minha cara, não para o chão.
E Sasha disse: Você não é meu pai.

Quando Vovô e Augustine desceram da casa, nós já tínhamos terminado uma pilha de milho, e deixado as cascas empilhadas do outro lado da escada. Eu lera várias páginas do diário. Algumas cenas eram como essa. Outras eram muito diferentes. Algumas haviam acontecido no início da história, e outras nem haviam acontecido ainda. Compreendi o que ele estava fazendo ao escrever daquela forma. A princípio aquilo me deixou irritado, mas depois deixou triste. Depois me deixou agradecido, e depois me deixou irritado novamente. Atravessei esses sentimentos centenas de vezes, parando em cada um apenas um instante e logo passando para o seguinte.

– Obrigada – disse Augustine. Ela estava examinando as pilhas, uma de milho, outra de cascas. – Foi uma coisa muito gentil que vocês fizeram.

– Ela vai nos levar a Trachimbrod – disse Vovô. – Não devemos malbaratar tempo. Está ficando tarde.

Eu disse isso ao herói.

– Diga a ela obrigado por mim.

– Obrigado – disse eu a ela.

Vovô disse:

– Ela sabe.

A RECEPÇÃO DO CASAMENTO FOI TÃO EXTRAORDINÁRIA
ou
DEPOIS DO CASAMENTO, TUDO DESCE LADEIRA ABAIXO, 1941

DE CERTO MODO, a família da noiva vinha preparando a casa para o casamento desde antes do nascimento de Zosha, mas só depois que meu avô fez relutantemente o pedido – sobre os dois joelhos em vez de um só – é que as reformas adquiriram um ritmo histérico. Os assoalhos de madeira de lei foram cobertos por lona branca, e as mesas, dispostas numa linha que ia do quarto principal até a cozinha. Cada mesa ostentava cartões com nomes precisamente designados, cujo posicionamento foi uma agonia que durou semanas. (Avra não pode sentar junto a Zosha, mas deve ficar perto de Yoske e Libby, mas não se isso fizer Libby sentar perto de Anshel, ou Anshel perto de Avra, ou Avra em qualquer lugar perto dos arranjos de flores, porque ele é terrivelmente alérgico e morrerá. E, custe o que custar, coloquem os Corretos e os Desleixados em lados opostos da mesa.) Foram compradas cortinas novas para as novas janelas, não porque havia qualquer coisa de errado com as cortinas antigas nas janelas antigas, mas porque Zosha ia casar, e isso pedia cortinas e janelas novas. Os novos espelhos foram limpos com esmero, e suas molduras imitando antiguidades sujadas meticulosamente. Os orgulhosos pais, Menachem e Tova, tomaram providências para que tudo, até o último e mais insignificante detalhe, recebesse cuidados extraordinários.

A casa era na realidade constituída de duas casas, ligadas pelo sótão quando o arriscado negócio de trutas de Menachem revelara-se notavelmente lucrativo. Era a maior casa de Trachimbrod, mas também a menos conveniente, pois era preciso subir ou descer os três lances de escada e passar por doze aposentos a fim de ir de um determinado cômodo a outro. Era dividida por função: os quartos, a sala de brinquedos das crianças e a biblioteca num lado, a cozinha, a sala de jantar e o escritório no outro. Um dos porões abrigava as impressionantes adegas, que um dia – prometia Menachem – seriam enchidas com vinhos impressionantes, e o outro era usado como um refúgio para as costuras de Tova. Os dois eram separados apenas por uma parede de tijolos, mas para todos os fins práticos ficavam a quatro minutos de caminhada um do outro.

A Casa Dupla revelava todos os aspectos da nova riqueza dos proprietários. A varanda estava inacabada, projetando-se como um estilhaço de vidro nos fundos. Em preguiçosas espirais, as balaustradas de mármore das escadarias ligavam os pisos aos tetos, os quais eram mais elevados nos andares de baixo, deixando os aposentos do terceiro andar com espaço suficiente apenas para crianças e anões. Privadas de porcelana haviam sido instaladas nos banheiros externos para substituir os vasos de tijolo, sem assento, onde todo mundo do shtetl cagava. O ótimo jardim fora arrancado pelas raízes e substituído por um passeio de cascalho, margeado de azaleias podadas demais para darem flor. Mas o maior orgulho de Menachem era o conjunto de andaimes, símbolo de que as coisas estavam sempre mudando, sempre melhorando. Ele adorava aquele esqueleto de vigas e caibros, improvisados em quantidade cada vez maior conforme a construção progredia. Adorava aquilo mais que a própria casa, e chegara até a persuadir o relutante arquiteto a colocá-lo no projeto final. Os operários também haviam sido colocados no projeto. Não operários, exatamente, mas atores locais, pagos para parecer operários e ficar caminhando pelas pranchas dos andaimes, martelando pregos sem função em paredes gratuitas, arrancando os pregos e examinando as plantas baixas. (As próprias plantas haviam sido colocadas no projeto, e nas plantas havia outras plantas com plantas com plantas...) O problema de Menachem era o seguinte: ele tinha mais dinheiro do que coisas para comprar. E sua solução foi a seguinte: em vez de comprar mais coisas, ele continuava a comprar coisas que já possuía, como um homem numa ilha deserta que torna a contar e enfeitar a única piada da qual se lembra. Seu sonho era que a Casa Dupla fosse um tipo de infinidade, sempre uma fração de si mesma (sugestiva de um poço de dinheiro sem fundo), e sempre se aproximando da completude, mas nunca chegando lá.

Magnífica! Quase toda pronta, Tova! Magnífica!
Que casa! E parece que você emagreceu um pouco no rosto.
Maravilhosa! Todos devem estar com inveja de você.

O casamento – a recepção – foi o acontecimento de 1941, com tantos convidados que, se a casa pegasse fogo ou fosse engolida pela terra, a população judaica de Trachimbrod desapareceria completamente. Foram enviados lembretes algumas semanas antes dos convites, que foram mandados uma semana antes da cerimônia oficial.

NÃO ESQUEÇA
O CASAMENTO DA FILHA DE
TOVA
E SEU MARIDO*
18 DE JUNHO DE 1941
VOCÊ SABE ONDE É A CASA

* Menachem

E ninguém esqueceu. Só os diversos trachimbrodianos que não eram, na avaliação de Tova, merecedores de convite não foram à recepção; portanto, esses não estavam no livro de convidados, não foram incluídos no último recenseamento prático antes que o shtetl fosse destruído, e foram esquecidos para sempre.

Quando começaram a chegar os convidados, forçados a admirar os lambris de carvalho estilizados, meu avô pediu licença e desceu até o porão das adegas para trocar o traje tradicional de casamento por um blazer leve de algodão, mais adequado ao calor úmido.

Absolutamente extasiante, Tova. Olhe para mim, estou extasiada.
Isso não parece qualquer outra coisa, em tempo algum.
Você deve ter gasto uma fortuna naqueles centros de mesa adoráveis. Atchim!
Que coisa extraordinária!

Uma trovoada ressoou a distância, e antes que houvesse tempo de fechar qualquer das novas janelas, ou até as novas cortinas, uma ventania de velocidade e força espantosas soprou pela casa, derrubando as flores dos centros de mesa e lançando pelos ares os cartões com nomes. Pandemônio. O gato guinchou, a água ferveu, as senhoras idosas agarraram os chapéus de organza que lhes cobriam as cabeças semicalvas. A ventania cessou assim que começou, devolvendo às mesas os cartões com nomes, mas todos fora de lugar – Libby perto de Kerman (que dissera que seu comparecimento à recepção dependia de haver três mesas entre ele e aquela filha da puta horrível), Tova na extremidade da última mesa (lugar reservado para o peixeiro, de cujo nome ninguém conseguia lembrar, e que só recebera o convite, enfiado embaixo da porta no último minuto, por sua esposa haver falecido recentemente de câncer), o Rabino Correto ao lado da extrovertida Desleixada Shana P (que se sentiu tão repelida e atraída por ele quanto ele por ela) –, e fazendo meu avô cair de quatro sobre a irmã mais moça de sua noiva.

Zosha e a mãe – vermelhas de vergonha, pálidas de tristeza por um casamento imperfeito – corriam de um lado para o outro, tentando em vão reorganizar tudo que fora tão cuidadosamente arrumado, apanhando garfos e facas, limpando o vinho derramado no chão, centrando de novo os centros de mesa e reposicionando os nomes que haviam sido espalhados como um baralho lançado ao ar.

Esperemos que não seja verdade, tentou brincar o pai da noiva sobre a confusão dos cartões, *que é só ladeira abaixo depois do casamento!*

A irmã mais jovem da noiva estava encostada numa prateleira de vinhos vazia quando meu avô entrou no porão.

Oi, Maya.
Oi, Safran.
Eu vim me trocar.
Zosha ficará desapontada.
Por quê?
Porque ela acha que você está perfeito. Ela me disse isso. E o dia do seu casamento não é ocasião para se trocar.
Nem para algo mais confortável?
O dia do seu casamento não é ocasião para ficar confortável.
Ah, irmã, disse ele, beijando-a onde a bochecha se tornava lábios. *Um senso de humor para combinar com a sua beleza.*

Ela tirou sua calcinha de renda que estava debaixo da lapela dele. *Finalmente*, puxando-o para os seus braços, *se demorasse mais eu explodiria.*

O JOGUETE DO ACASO, 1941-1924

ENQUANTO ELES SE AMAVAM apressadamente debaixo do teto de quatro metros de altura, que parecia que ia desabar a qualquer momento sob o tiroteio de inúmeros calcanhares (no afã da limpeza, ninguém notou a longa ausência do noivo), meu avô ficou imaginando se não seria apenas um joguete do acaso. Não seria tudo que acontecera, desde seu primeiro beijo até aquilo ali, sua primeira infidelidade conjugal, o resultado inevitável de circunstâncias sobre as quais ele jamais tivera controle? Até que ponto ele era culpado, na verdade, quando jamais tivera qualquer escolha real? Poderia ele estar com Zosha no andar de cima? Seria essa uma possibilidade? Poderia seu pênis estar em outro lugar que não ali, onde estava e não estava, estava e não estava, e estava? Poderia ele ter sido bom?

Seus dentes. É a primeira coisa que eu noto sempre que examino seu retrato quando bebê. Não é minha caspa. Não é uma nódoa de gesso ou de tinta branca. Entre os finos lábios do meu avô, plantados como buracos albinos naquelas gengivas cor de ameixa, vê-se um conjunto completo de dentes. O médico deve ter dado de ombros, como os médicos costumam fazer quando não conseguem explicar um fenômeno médico, e reconfortado minha bisavó com uma conversa de bons augúrios. Mas também há o retrato da família, pintado três meses mais tarde. Olhe, dessa vez, para os lábios *dela*, e você verá que ela não fora inteiramente reconfortada: minha jovem bisavó estava de cenho franzido.

Os dentes do meu avô, tão admirados pelo pai devido à virilidade que anunciavam, deixavam os bicos dos seios da mãe sangrentos e doloridos, forçando-a a dormir de lado, e por fim tornaram a amamentação impossível. Por causa daqueles dentes, aqueles minúsculos molares encantadores, aqueles pré-molares bonitinhos, meus bisavós pararam de fazer amor e tiveram apenas um filho. Por causa daqueles dentes, meu avô foi arrancado prematuramente do seio da mãe, sem chegar a receber os nutrientes de que seu corpo imaturo necessitava.

O braço dele. É possível examinar todas as fotografias muitas vezes sem perceber algo incomum, mas que ocorre com frequência demasiada para ser explicado apenas pelas poses escolhidas pelos fotógrafos, ou por mera coincidência. A mão direita do meu avô nunca está segurando nada – maletas, documentos ou mesmo a sua outra mão. (E na única fotografia que ele tirou na América – apenas duas semanas depois de chegar, e três antes de falecer – ele segura minha mãe, ainda bebê, com o braço esquerdo.) Sem a quantidade de cálcio apropriado, seu corpo infantil tinha de distribuir criteriosamente os recursos, e o braço direito tirou o palitinho mais curto. Impotente, ele viu aquele bico de seio vermelho e inchado ficar cada vez menor, afastando-se dele para sempre. Na época em que mais necessitava alcançá-lo, já não podia.

Assim, foi por causa daqueles dentes, imagino eu, que ele não bebeu leite, e foi por não ter bebido leite que seu braço direito morreu. Como aquele braço direito morrera, ele nunca trabalhou no ameaçador moinho de trigo, e sim no curtume nos arredores do shtetl, e foi dispensado do serviço militar que mandou seus colegas de escola para a morte, nas batalhas desesperadas contra os nazistas. O braço o salvaria novamente ao evitar que ele voltasse nadando para Trachimbrod para salvar seu único amor (que morreu no rio com os outros), e novamente ao evitar que ele se afogasse. O braço salvou-o novamente ao fazer com que Augustine se apaixonasse por ele e o salvasse, e salvou-o mais uma vez, anos mais tarde, ao evitar que ele embarcasse para a ilha Ellis no *New Ancestry*, que seria mandado de volta pelos funcionários da imigração dos Estados Unidos, e cujos passageiros acabariam perecendo no campo de extermínio de Treblinka.

E tenho certeza de que foi por causa do braço – aquele pedaço flácido de músculo inútil – que ele conseguia fazer com que todas as mulheres se apaixonassem desesperadamente por ele, que já dormira com mais de quarenta mulheres em Trachimbrod (e pelo menos o dobro nas aldeias vizinhas), e que agora fazia amor em pé, apressadamente, com a irmã mais moça da sua noiva.

A primeira foi a viúva Rose W, que morava num dos velhos chalés de madeira na margem do Brod. Ela achou que estava com pena do rapaz aleijado que viera, a mando da congregação dos Desleixados, ajudá-la a limpar a casa. Achou que por pena deu um pão de amêndoas e um copo de leite a ele (que assim que viu a comida ficou com o estômago embrulhado). Achou que por pena perguntou-lhe a idade e disse sua própria, coisa que nem o marido jamais soubera. Achou que por pena removera as camadas de cosmético para mostrar a única parte de seu corpo que ninguém, nem o marido, vira em mais de sessenta anos. E achou que por pena levou-o ao quarto para mostrar as cartas de amor do marido, enviadas de um navio de guerra no mar Negro, durante a Primeira Guerra Mundial.

Nesta aqui, disse ela, pegando a mão morta dele, *ele colocou pedaços de barbante com que costumava medir seu corpo – a cabeça, a coxa, o antebraço, o dedo, o pescoço, tudo. Ele queria que eu dormisse com isso embaixo do travesseiro. Disse que, quando voltasse, mediria novamente seu corpo contra o barbante, como prova de que não mudara... Ah, lembro dessa aqui*, disse ela, pegando uma folha de papel amarelado e passando a mão – consciente ou inconsciente do que estava fazendo – pelo braço morto do meu avô. *Nesta aqui ele escreveu sobre a casa que ia construir para nós*. Chegou até a fazer um pequeno desenho, embora não tivesse muito jeito para desenhar. *A casa teria um pequeno lago, não um lago de verdade, mas uma coisinha, para criarmos peixes. E haveria uma janela sobre a cama, para conversarmos sobre as constelações antes de adormecer... E aqui*, disse ela, enfiando o braço dele sob a bainha da saia, *está a carta em que ele me prometeu devoção até a morte*.

E então ela apagou a luz.

Está bem assim?, perguntou, navegando a mão morta dele e inclinando-se para trás.

Tomando uma iniciativa além dos seus dez anos de idade, meu avô puxou-a para si. Com a ajuda dela, tirou-lhe a blusa negra, que tinha um cheiro de velhice tão forte que ele temeu nunca mais conseguir ter cheiro de juventude. Depois tirou sua saia, as meias (protuberantes sob a pressão das varizes), a calcinha e o chumaço de algodão que ela mantinha ali à guisa de proteção contra o inesperado. O quarto estava encharcado de odores que ele nunca sentira juntos: poeira, suor, jantar, o banheiro depois de ser usado pela mãe. Ela tirou a bermuda e a cueca dele, e empurrou-o de leve para trás, como se ele fosse uma cadeira de rodas. *Ah*, gemeu ela, *ah*. E como meu avô não sabia o que fazer, fez o que ela estava fazendo: *Ah*, gemeu ele, *ah*. Quando ela gemeu *Por favor*, ele também gemeu *Por favor*. Quando ela se agitou em pequenas e rápidas convulsões, ele fez o mesmo. E quando ela silenciou, ele também silenciou.

Como meu avô tinha apenas dez anos, não parecia estranho que ele conseguisse fazer amor – ou receber amor – durante várias horas sem pausa. Mas, como ele descobriria mais tarde, não era a sua pré-pubescência que lhe dava tal longevidade coital, e sim outra deficiência física devida à má nutrição no início da vida: como um vagão sem freios, ele nunca conseguia parar. Essa característica foi recebida com profunda felicidade por suas 132 amantes, e com relativa indiferença de sua parte: afinal, como pode alguém sentir falta de algo que nunca conheceu? Além disso, ele nunca amou nenhuma de suas amantes. Nunca confundia com amor qualquer coisa que sentisse. (Só uma chegou a significar algo para ele, e um parto problemático tornou impossível o amor real.) Então, o que ele poderia esperar?

Aquele primeiro caso, que consumiu todas as tardes de domingo durante quatro anos (até a viúva perceber que ensinara piano à mãe dele mais de trinta anos antes e não conseguir mostrar-lhe outra carta), não foi em absoluto um caso de amor. Meu avô era um passageiro submisso. Ficava contente ao dar o braço – a única parte de seu corpo à qual Rose prestava atenção – como um presente semanal, para fingir com ela que eles não faziam amor sobre uma cama com dossel, e sim num farol em algum quebra-mar batido pelos ventos, e assim fingir que as silhuetas dos dois, lançadas pela poderosa lâmpada nas águas escuras, poderiam servir como uma bênção para os marinheiros, e convocar o marido de volta para ela. Ficava contente ao deixar o braço morto servir como um membro ausente pelo qual a viúva ansiava, pelo qual ela relia as cartas amareladas, e vivia fora de si mesma, e fora de sua vida. Pelo qual ela fazia amor com um menino de dez anos. O braço era o braço, e foi no braço – não no seu marido, nem nela mesma – que ela pensou sete anos mais tarde, em 18 de junho de 1941, quando os primeiros tiros de canhão dos alemães sacudiram aquela casa de madeira até os alicerces, e ela revirou os olhos dentro da cabeça para ver, antes de morrer, suas entranhas.

A ESPESSURA DO SANGUE E DO DRAMA, 1934

ALHEIA À NATUREZA DAS TAREFAS dele, a congregação dos Desleixados pagava meu avô para visitar a casa de Rose uma vez por semana, e veio a pagá-lo pela realização de serviços semelhantes para viúvas e senhoras enfermas nos arredores de Trachimbrod. Os pais dele nunca souberam a verdade, e ficavam aliviados com o entusiasmo dele para ganhar dinheiro e passar o tempo com os idosos, pois ambas as coisas tornavam-se importantes preocupações pessoais conforme eles envelheciam e empobreciam.

Estávamos começando a pensar que você tinha sangue cigano, disse o pai. Meu avô apenas sorriu, pois esse era seu modo usual de responder ao pai.

Isso significa, disse a mãe – mãe que ele amava mais do que a si mesmo –, *que é bom ver você fazendo algo bom com o seu tempo*. Ela beijou-lhe o rosto e acariciou seu cabelo, o que perturbou o pai, pois Safran já estava crescido demais para aquele tipo de coisa.

Quem é o meu queridinho?, ela costumava lhe perguntar quando o pai não estava por perto.

Sou eu, dizia ele, adorando a pergunta, adorando a resposta, e adorando o beijo que acompanhava a resposta à pergunta. *Você só precisa olhar para mim.* Como se isso fosse algo que ele realmente temesse, que um dia ela *olhasse* para algo mais. E por essa razão, por querer que ela olhasse para ele e nunca para outro lugar, jamais lhe contou qualquer coisa que achasse que pudesse perturbá-la, que pudesse diminuir o conceito que ela fazia dele, ou que a deixasse enciumada.

Da mesma forma, talvez, nunca contou suas aventuras a qualquer amigo ou falou a qualquer amante sobre a sua predecessora. Temia tanto ser descoberto que nem as mencionava no seu diário – único registro escrito que tenho de sua vida antes de ele conhecer minha avó, num campo de refugiados depois da guerra.

O dia em que perdeu a virgindade com Rose: *Nada importante aconteceu hoje. Papai recebeu um carregamento de barbante de Rovno e gritou comigo quando negligenciei minhas tarefas. Mamãe veio em minha defesa, como de costume, mas ele gritou comigo mesmo assim. Pensei em faróis a noite toda. Estranho.*

O dia em que fez sexo com sua primeira virgem: *Fui ao teatro hoje. Entediado demais para aguentar todo o primeiro ato. Bebi oito xícaras de café. Pensei que ia explodir. Não explodi.*

O dia em que fez amor por trás pela primeira vez: *Pensei muito no que Mamãe disse sobre os relojoeiros. Ela foi muito persuasiva, mas ainda não sei com certeza se concordo. Ouvi Papai e ela gritando no quarto. Isso me deixou acordado durante a maior parte da noite, mas quando finalmente adormeci, dormi profundamente.*

Não que ele tivesse vergonha, nem que pensasse que estava fazendo algo errado, pois sabia que o que estava fazendo era certo, mais certo que qualquer coisa que via qualquer um fazendo, e sabia que fazer o certo muitas vezes significa sentir-se errado, e que quem se vê numa situação em que se sente errado provavelmente está fazendo o certo. Mas também sabia que há um aspecto inflacionário no amor, e que, se a mãe, Rose, ou qualquer das mulheres que o amavam soubessem das outras, não poderiam deixar de se sentir diminuídas. Sabia que *Eu te amo* também significa *Eu te amo mais do que qualquer um te ama, já te amou ou te amará*; também significa *Eu te amo como nin-*

guém te ama, já te amou ou te amará; e também significa *Eu te amo como não amo mais ninguém, e nunca amarei mais ninguém.* Sabia que é, pela definição de amor, impossível amar duas pessoas. (Alex, em parte é por isso que não posso falar de Augustine para minha avó.)

A segunda também era uma viúva. Ainda com dez anos, ele foi convidado por um colega para assistir a uma peça no teatro do shtetl, que também servia de salão de dança e, duas vezes por ano, de sinagoga. Seu bilhete correspondia a um assento ocupado por Lista P, que ele reconheceu como sendo a jovem viúva da primeira vítima da Casa Dupla. Ela era pequena, com mechas de cabelo castanho fino escapando de um rabo de cavalo apertado. A saia cor-de-rosa estava flagrantemente passada e limpa (passada demais, limpa demais), como se houvesse sido lavada e passada dezenas de vezes. Lista P era bonita, é verdade, bonita pelos cuidados desprezivelmente meticulosos que dispensava a cada detalhe. E tal como o marido de Lista era imortal, na medida em que sua energia celular dissipara-se na terra, alimentando e fertilizando o solo e estimulando novas vidas a surgir, o amor dela também continuava a viver, difuso entre os milhares de coisas diárias para fazer. Tamanha era a magnitude daquele amor que, até quando dividido em tantas formas, ainda bastava para pregar botões em camisas que nunca mais seriam usadas, colher gravetos caídos das bases das árvores, e lavar e passar saias dezenas de vezes entre as ocasiões de usá-las.

Acho que... começou ele, mostrando o ingresso.

Mas se você olhar bem, disse Lista, mostrando o próprio ingresso, que indicava claramente o mesmo assento, *o lugar é meu.*

Mas também é meu.

Ela começou a resmungar coisas sobre o absurdo do teatro, a mediocridade dos atores, a tolice dos autores e a inerente bobagem do próprio drama. Disse que não estava surpresa por aqueles imbecis não conseguirem sequer dar um lugar para cada espectador. Mas então percebeu o braço dele, e ficou extasiada.

Parece que nós só temos duas opções, disse fungando. *Ou eu sento no seu colo ou nós saímos daqui.* Eles acabaram invertendo a ordem, e fazendo as duas coisas.

Você gosta de café?, perguntou ela, andando pela cozinha imaculada, tocando e reorganizando tudo sem olhar para ele.
Claro.
Muita gente jovem não gosta.
Eu gosto, disse ele, embora na verdade jamais houvesse tomado uma xícara de café.
Vou me mudar de volta para a casa da minha mãe.
Não entendi.
Eu deveria morar nesta casa depois de casada, mas você sabe o que aconteceu.
Sim. Sinto muito.
Quer um pouco, então?, perguntou ela, tocando no puxador rebrilhante de um armário.
Claro. Se você também quiser. Não vá fazer só para mim.
Eu quero. Se você quiser, disse ela, pegando uma esponja e colocando-a de volta.
Mas não só para mim.
Eu quero.

Dois anos – e sessenta e oito amantes – depois, Safran compreendeu que as lágrimas de sangue deixadas nos lençóis de Lista eram lágrimas virginais. Lembrou-se das circunstâncias da morte do futuro marido dela: quando ele fora ajoelhar-se diante do Dial na manhã do casamento, o desabamento de um andaime tirara-lhe a vida, tornando Lista uma viúva apenas em espírito, antes que o casamento se consumasse e ela pudesse sangrar por ele.

Meu avô era apaixonado pelo cheiro das mulheres. Carregava os aromas delas em torno dos dedos como anéis, e na ponta da língua como palavras – combinações pouco familiares de odores familiares. Assim, Lista tinha um lugar especial na sua memória – embora dificilmente fosse a única virgem, ou a única amante de uma só noite – como a única parceira que o inspirara a se banhar.

Fui ao teatro hoje. Entediado demais para aguentar o primeiro ato. Bebi oito xícaras de café. Pensei que ia explodir. Mas não explodi.

A terceira não foi uma viúva, mas outro encontro por acaso no teatro. Novamente ele foi a convite de um amigo – o mesmo do qual esquecera para ficar com Lista – e novamente saiu sem o amigo. Dessa vez, Safran ficou sentado entre o colega e uma moça cigana, bem jovem, que reconheceu como uma das vendedoras do bazar dominical de Lutsk. Não conseguia acreditar na audácia dela: aparecer num espetáculo do shtetl, arriscando-se à humilhação de ser vista pelo lanterninha do teatro – o excessivamente zeloso Rubin B, que trabalhava de graça – e convidada a se retirar por ser uma cigana entre judeus. Aquilo demonstrava uma qualidade que ele certamente não tinha, e mexeu com ele.

À primeira vista, a longa trança que pendia sobre o ombro dela e derramava-se sobre o colo pareceu a meu avô ser a serpente que ela faria sair dançando de uma cesta de vime no próximo bazar dominical; à segunda vista, a impressão foi a mesma. Quando as luzes se apagaram, ele usou o braço esquerdo para colocar o braço morto sobre o apoio entre ele e a moça. Certificou-se de que ela notara aquilo – observando com prazer a transformação dos lábios frouxos e compassivos num sorriso firme e erótico – e, quando a pesada cortina se abriu, teve certeza que abriria a fina saia dela naquela noite.

Foi no dia 18 de março de 1791, ecoou uma voz imponente na coxia, *que a carroça de eixo duplo de Trachim B prendeu-o ao fundo do rio Brod. As jovens gêmeas W foram as primeiras a ver os curiosos detritos que subiam à superfície...*

(A cortina se abre, revelando um cenário campestre: um riacho murmurante correndo do fundo, à esquerda, para a boca da cena, à direita,

entre muitas árvores e folhas caídas, e duas gêmeas de aproximadamente seis anos, usando culotes de lã amarrados por laçarotes e blusas com golas-borboleta franjadas de azul.)

VOZ IMPONENTE
... três bolsos vazios, selos de correio de lugares distantes, alfinetes e agulhas, pedaços de tecido escarlate, as primeiras e únicas palavras de um testamento: "Para o meu amor, deixo tudo."

HANNAH
(Lamento ensurdecedor.)
(CHANA entra na água fria, puxando acima dos joelhos os laçarotes das pontas dos culotes e recolhendo ao lado do corpo enquanto avança os detritos vitais de TRACHIM *que sobem à superfície.)*

O AGIOTA DESONRADO YANKEL D
(Espalhando a lama da margem ao mancar na direção das meninas.)
Eu pergunto: o que vocês estão fazendo aí, meninas tolas? A água? A água? Ora, não há nada para se ver aí! É só uma coisa líquida. Não avancem! Não sejam idiotas como eu era outrora. Não é justo pagar a idiotice com a vida.

BITZL BITZL R
(Observando a agitação do seu bote a remo, que está preso por um cordão a uma de suas armadilhas.) Ei, o que está acontecendo aí? Malvado Yankel, fique longe das filhas gêmeas do rabino!

SAFRAN
(No ouvido da MOÇA CIGANA, *sob o cobertor da discreta iluminação amarela do palco.)* Você gosta de música?

CHANA
(Rindo, brincando com a massa que se forma feito um jardim ao seu redor.) Estão aparecendo os objetos mais esquisitos!

MOÇA CIGANA
(Nas sombras lançadas pelas árvores bidimensionais, bem perto do ouvido de SAFRAN.*)* O que você disse?

SAFRAN
(Usando o ombro para jogar o braço morto no colo da MOÇA CIGANA.*)* Fiquei curioso se você gosta ou não de música.

SOFIOWKA N
(Saindo de trás de uma árvore.) Eu vi tudo que aconteceu. Fui testemunha de tudo.

MOÇA CIGANA
(Apertando o braço morto de SAFRAN *entre as coxas.)* Não, não gosto de música. *(Mas o que ela realmente estava tentando dizer era: gosto de música mais do que de qualquer coisa no mundo, depois de você.)*

O AGIOTA DESONRADO YANKEL D
Trachim?

SAFRAN
(Sob a poeira que desce das vigas, com os lábios estendidos no escuro para encontrar a orelha bronzeada da MOÇA CIGANA.*)* Você provavelmente não tem tempo para música. *(Mas o que ele realmente estava tentando dizer era: eu não sou nada burro, sabe.)*

SHLOIM W
Eu pergunto, eu pergunto, quem é Trachim? Algum arabesco mortal?
(O dramaturgo sorri, sentado nos lugares baratos. Tenta avaliar a reação da plateia.)

O AGIOTA DESONRADO YANKEL D
Ainda não sondamos tudo inteiramente. Não vamos nos apressar.

PÚBLICO NOS PIORES ASSENTOS
(Um murmúrio impossível de localizar.) Isso é inacreditável. Não foi nada assim.

MOÇA CIGANA
(Massageando o braço morto de SAFRAN *entre as coxas, apalpando a curva do cotovelo insensível com o dedo, beliscando-o.)* Você não acha que está quente aqui?

SHLOIM W
(Despindo-se com rapidez, revelando uma barriga maior do que a média e um dorso coberto de cachos de espessos pelos pretos.) Cubram os olhos delas. *(Não por elas. Por mim. Tenho vergonha.)*

SAFRAN
Muito quente.

A ENLUTADA SHANDA
(Para SHLOIM, *que sai da água.)* Ele estava sozinho ou com uma esposa de muitos anos? *(Mas o que ela realmente estava tentando dizer era: Depois de tudo que aconteceu, ainda tenho esperança. Se não por mim, ao menos por Trachim.)*

MOÇA CIGANA
(Entrelaçando os dedos nos dedos mortos de SAFRAN.) Não podemos ir embora?

SAFRAN
Por favor.

SOFIOWKA N
Sim, eram cartas de amor.

MOÇA CIGANA
(Na expectativa, com umidade entre as pernas.) Vamos embora.

O RABINO CORRETO
E permitamos que a vida continue em face desta morte.

SAFRAN
Sim.
(Os músicos se preparam para o clímax. Quatro violinos são afinados. Uma harpa é tangida. O trompetista, que na realidade é um oboísta, estala os nós dos dedos. As teclas do piano sabem o que acontece a seguir. A batuta, que na realidade é uma faca de manteiga, é erguida como um instrumento cirúrgico.)

O AGIOTA DESONRADO YANKEL D
(Com as mãos erguidas aos céus, para os homens que apontam os refletores.) Talvez devêssemos começar a colher os restos.

SAFRAN
Sim.
(Entra a música. Bela música. Discreta a princípio. Sussurrando. Não se ouve um alfinete cair. Apenas a música, que vai crescendo imperceptivelmente. Saindo de sua tumba de silêncio. O fosso da orquestra se enche de suor. Expectativa. Entra o suave rufar dos tímpanos. Entram o pícolo e a viola. Insinuações de um crescendo. Aumento de adrenalina, mesmo depois de tantas apresentações. A coisa ainda é novidade. A música cresce, explodindo.)

VOZ IMPONENTE
(Com paixão.) As gêmeas cobriram os olhos com o talit do pai. (CHANA e HANNAH *cobrem os olhos com o talit.*) O pai delas entoou uma prece longa e inteligente pelo bebê e seus pais. (O RABINO CORRETO *olha para as palmas das mãos e meneia a cabeça para cima e para baixo, gesticulando como se rezasse.*) O rosto de Yankel fica velado pelas lágrimas dos soluços. (YANKEL *faz o gesto de soluçar.*) Uma criança nasceu entre nós!

(Escuridão. As cortinas se fecham. A MOÇA CIGANA *abre as coxas. Aplauso mesclado com conversas murmuradas. Os atores preparam o palco para a próxima cena. A música continua crescendo.* A MOÇA CIGANA *conduz* SAFRAN *pelo braço morto para fora do teatro. Eles atravessam um labirinto de becos lamacentos e passam pelas bancas de pastelaria perto do velho cemitério, sob as trepadeiras que pendem do pórtico em ruínas da sinagoga, pela praça do shtetl (onde os dois se separam por um momento à última sombra do dia do Dial). Depois seguem ao longo da margem irregular do Brod, descendo a linha divisória judaico/humana, sob as folhas pendentes das palmeiras. Avançam corajosamente pelas sombras da ravina, atravessando a ponte de madeira...)*

MOÇA CIGANA
Quer ver algo que nunca viu antes?

SAFRAN
(Com uma honestidade até então desconhecida para ele.) Quero. Quero.
(... sobre as amoreiras pretas e azuis, e entram numa floresta petrificada que SAFRAN *nunca viu antes.* A MOÇA CIGANA *coloca* SAFRAN *de pé sob a copa rochosa de um bordo gigante, toma o braço morto nos seus, permitindo que as sombras lançadas pelos galhos rochosos a consumam de nostalgia por tudo, sussurra algo no ouvido dele [privilégio apenas do meu avô], enfia suavemente a mão morta sob a bainha da saia fina, diz)* Por favor *(dobra os joelhos)*, por favor *(abaixa-se sobre o dedo indicador morto)*, sim *(num crescendo)*, sim *(põe a mão bronzeada no botão de cima da camisa social dele, agita a cintura)*, por favor *(floreio das trompas, floreio dos violinos, floreio dos tímpanos, floreio dos címbalos)*, sim *(a penumbra se derrama sobre a paisagem noturna, o céu noturno suga a escuridão como uma esponja, as cabeças se inclinam)*, sim *(os olhos se fecham)*, por favor *(os lábios se entreabrem)*, sim. *(O maestro deixa cair a batuta, sua faca de manteiga, seu bisturi, sua ponteira da Torá, o universo, escuridão.)*

12 de dezembro de 1997

Caro Jonathan,
Saudações da Ucrânia. Acabei de receber sua carta e li tudo muitas vezes, não obstante partes que li em voz alta para Pequeno Igor. (Já contei que ele está lendo o seu romance ao mesmo tempo que eu? Vou traduzindo o livro para ele, e assim sou também o seu editor.) Não pronunciarei mais que nós dois estamos esperando com ansiedade os restos. É uma coisa sobre a qual podemos pensar e conversar. É também uma coisa sobre a qual podemos rir, o que é algo que exigimos.
Há tanto que eu quero informar a você, Jonathan, mas não consigo sondar a maneira. Quero informar você sobre Pequeno Igor e dizer que ele é um irmão de qualidade, e também sobre Mamãe, que é muito, muito humilde, como eu comento com você com tanta frequência, mas não obstante uma boa pessoa, e não obstante Minha Mãe. Talvez eu não tenha pintado a figura dela com as cores que deveria. Ela é boa comigo, e nunca má, e é assim que você deve enxergá-la. Quero informar você sobre Vovô e dizer que ele avista televisão por muitas horas, e que ele não consegue mais testemunhar meus olhos, mas fica atento a algo atrás de mim. Quero informar você sobre Papai e dizer que não estou sendo uma caricatura quando afirmo que se não fosse tão covarde removeria meu pai da minha vida. Quero informar você sobre a conduta dele comigo, que é uma coisa da qual você ainda não possui um único murmúrio. Talvez você compreenda quando ler a seção seguinte da minha história. Foi a seção mais difícil que eu redigi até agora, mas certamente não tão difícil quanto o que ainda virá. Ando pondo num fogo brando aquilo que sei que devo fazer, que é apontar um dedo para Vovô apontando para Herschel. Sem dúvidas, você já observou isso.

Aprendi muitas lições portentosas com seus escritos, Jonathan. Uma lição é que não importa se você vai ser cândido, delicado ou modesto. Simplesmente seja você mesmo. Eu não conseguia acreditar que o seu avô fosse uma pessoa tão inferior, a ponto de ser carnal com a irmã da mulher dele, e no dia do seu casamento, e de ser carnal enquanto de pé, o que é uma forma muito inferior de arranjo, por razões que você deve conhecer. E depois ele é carnal com a mulher idosa, que só podia ter uma caixa muito frouxa, sobre a qual não vou pronunciar mais nada. Como você pôde fazer isso com o seu avô, escrever sobre a vida dele de tal maneira? Você conseguiria escrever dessa maneira se ele estivesse vivo? E se não conseguisse, o que isso significa?
    Tenho uma questão adicional para discutir sobre os seus escritos. Por que as mulheres amam o seu avô devido ao tal braço morto? Elas amam o braço porque isso permite que elas se sintam fortes acima de seu avô? Amam o braço por comiseração, porque nós amamos as coisas pelas quais temos comiseração? Ou amam o braço porque isso é um significativo símbolo da morte? Pergunto porque não sei.
    Tenho apenas uma observação sobre suas observações sobre os meus escritos. Em relação à sua ordem para remover a seção onde você fala sobre sua avó, preciso lhe dizer que esta não é uma possibilidade. E aceito se, por causa da minha decisão, você escolher não me presentear mais com moeda corrente, ou comandar que eu despache pelo correio de volta a moeda corrente que me deu nos meses anteriores. Cada dólar estaria sendo justificado, vou informar a você.
    Nós estamos sendo muito nômades com a verdade, sim? Ambos de nós? Você acha que isso é aceitável, quando estamos escrevendo sobre coisas que ocorreram? Se sua resposta é não, então por que você escreve sobre Trachimbrod e o seu avô como faz, e por que você ordena que eu seja falso? Se sua resposta é sim, isso cria uma outra questão, que é: se vamos ser tão nômades com a verdade, por que não fazemos a história mais superior que a vida? Parece-me que estamos fazendo a história até inferior. Frequentemente nos mostramos como gente tola, e fazemos nossa viagem, que foi uma viagem enobrecida, pare-

cer muito normal e de segunda classe. Poderíamos dar a seu avô dois braços, e fazê-lo de alta fidelidade. Poderíamos dar a Brod aquilo que ela merece, e não apenas aquilo que ela consegue. Poderíamos até encontrar Augustine, Jonathan: você poderia agradecer a ela, Vovô e eu poderíamos nos abraçar, e tudo seria perfeito, bonito, engraçado, e utilmente triste, como você diz. Poderíamos até colocar sua avó na história. É isso que você deseja, sim? O que me faz pensar que talvez pudéssemos colocar Vovô na história. Talvez, e estou apenas pronunciando isso, pudéssemos fazê-lo salvar seu avô. Ele poderia ser Augustine. August, talvez. Ou apenas Alex, se isso for satisfatório para você. Acho que não há limites para a excelência que poderíamos dar à aparência da vida.

*Candidamente,
Alexander*

O QUE VIMOS QUANDO VIMOS TRACHIMBROD, *OU* COMEÇANDO A AMAR

– NUNCA ENTREI numa coisa dessas antes – disse a mulher que continuávamos a ver como Augustine, embora soubéssemos que ela não era. Aquilo exigiu que Vovô risse em alto volume.
– O que é tão engraçado? – perguntou o herói.
– Ela nunca entrou num carro.
– É verdade?
– Não há nada a temer – disse Vovô.
Ele abriu a porta da frente do carro para ela e passou a mão pelo assento para mostrar que não era maligno. Pareceu decente ceder o assento dianteiro para ela, não só por ela ser uma mulher muito velha que suportara muitas coisas terríveis, mas também por ser a primeira vez que ela entrava num carro, e eu acho que é muito impressionante sentar na frente. O herói mais tarde me contou que aquele é chamado banco do carona. Augustine foi no banco do carona.
– Você não viajará depressa demais? – perguntou ela.
– Não – disse Vovô, ajeitando a barriga embaixo do volante.
– Diga a ela que os carros são muito seguros, e que ela não precisa ficar assustada.
– Os carros são coisas seguras – informei a ela.
– Alguns têm até air bags, embora este não tenha.
Acho que ela não estava prevenida para ouvir o ruído *brmmmm* que o carro manufaturou, pois deu um berro volumoso. Vovô aquietou o carro.
– Não vou conseguir – disse ela.

Portanto, o que fizemos? Fomos levando o carro atrás de Augustine, que foi andando. (Sammy Davis, Junior, Junior foi andando ao lado dela, para lhe fazer companhia e não termos que sentir o cheiro dos seus peidos dentro do carro.) Era apenas um quilômetro de distância, informou Augustine, de modo que ela poderia ir a pé, e ainda assim chegaríamos antes que escurecesse demais para ver qualquer coisa. Devo dizer que é muito esquisito ir de carro atrás de alguém que vai a pé, principalmente quando a pessoa que está a pé é Augustine. Ela só conseguia caminhar várias dezenas de metros antes de ficar fatigada e ter que fazer um hiato. Quando ela hiatava, Vovô parava o carro, e ela sentava no banco do carona até ficar novamente pronta para andar do seu estranho modo.

– Você tem filhos? – perguntou ela a Vovô enquanto recuperava o fôlego.

– É claro – disse ele.

– Sou o neto dele – disse eu lá detrás, o que me deixou uma pessoa orgulhosa, pois acho que foi a primeira ocasião em que eu disse aquilo em voz alta, e percebi que isso também deixou Vovô uma pessoa orgulhosa.

Ela sorriu muito.

– Eu não sabia.

– Tenho dois filhos e uma filha – disse Vovô. – Sasha é filho do meu filho mais idoso.

– Sasha – disse ela, como se desejasse ouvir o som do meu nome pronunciado por ela. Depois perguntou para mim: – E você, tem algum filho?

Eu ri, pois achei aquela pergunta estranha.

– Ele ainda é jovem – disse Vovô, pondo a mão no meu ombro. Achei muito comovente sentir o toque dele e lembrar que as mãos também podem mostrar amor.

– Sobre o que vocês estão falando? – perguntou o herói.

– Ele tem filhos?

– Ela quer saber se você tem filhos – perguntei ao herói, sabendo que aquilo o faria rir. Mas aquilo não o fez rir.
– Tenho vinte anos – disse ele.
– Não, na América não é comum ter filhos – disse eu a ela, rindo por saber como eu estava sendo tolo.
– Ele tem pais? – perguntou ela.
– É claro, mas a mãe dele trabalha como profissional, e não é incomum o pai dele preparar o jantar – respondi.
– O mundo está sempre mudando – disse ela.
– Você tem filhos? – perguntei eu.
Vovô apresentou no rosto um olhar que significava "cale a boca".
– Não precisa responder se não desejar – disse meu avô para ela.
– Tenho uma filha bebê – disse ela, e percebi que esse era o fim da conversa.

Quando Augustine andava, não andava exclusivamente. Pegava pedras e movia-as para o lado da estrada. Se testemunhasse algum lixo, também o pegava e o movia para o lado da estrada. Quando não havia nada na estrada, atirava uma pedra vários metros à frente; depois a recuperava, e lançava-a à frente novamente. Isso comia uma grande quantidade de tempo, e não conseguíamos nos mover mais depressa do que muito devagar. Percebi que isso frustrava Vovô, porque ele segurava o volante com muita força, e também porque ele disse:
– Isso me frustra. Estará escuro antes de chegarmos lá.
– Já estamos perto – disse ela muitas vezes. – Logo, logo.
Saímos da estrada atrás dela e entramos num descampado.
– Tudo bem? – perguntou Vovô.
– Quem nos deterá? – disse ela, e com o dedo nos mostrou que não havia ninguém em existência numa longa distância.
– Ela diz que ninguém nos deterá – disse eu ao herói.
Ele tinha a câmera em volta do pescoço, e esperava tirar muitas fotografias.

– Nada mais cresce aqui – disse ela. – Isso nem pertence a ninguém. É só terra. Quem quereria isso?

Sammy Davis, Junior, Junior pulou galopando para a canópia do carro, onde ficou sentada como um símbolo da Mercedes.

Perseveramos em seguir Augustine, que perseverava em lançar sua pedra à frente e depois recuperá-la. Fomos seguindo, e seguindo mais. Como Vovô, eu estava me tornando frustrado, ou pelo menos confuso.

– Já estivemos aqui antes – disse eu. – Já testemunhamos este lugar.

– O que está acontecendo? – perguntou o herói do assento traseiro. – Já se passou uma hora e não chegamos a lugar nenhum.

– Você acha que chegaremos logo? – perguntou Vovô, movendo o carro para perto dela.

– Logo – disse ela. – Logo.

– Mas estará escuro, sim?

– Estou me movendo o mais depressa que posso.

Assim, perseveramos em segui-la. Seguimos por muitos campos e muitas florestas, o que era difícil para o carro. Seguimos Augustine por estradas feitas de pedra, de terra e de relva. Ouvi que os insetos estavam começando a se anunciar, e assim percebi que não veríamos Trachimbrod antes de anoitecer. Passamos por três escadarias, que estavam muito quebradas e pareciam ter dado entrada a casas. Augustine pôs a mão na relva defronte de cada uma. Foi escurecendo enquanto nós a seguíamos pelas trilhas, e também por onde não havia trilhas.

– Está quase impossível testemunhar onde ela está – pronunciou Vovô e, embora ele fosse cego, devo confessar que estava ficando quase impossível testemunhar onde ela estava. Escurecera tanto que às vezes eu precisava estreitar os olhos para testemunhar o vestido branco dela. Era como se ela fosse um fantasma, entrando e saindo dos nossos olhos.

– Para onde ela foi? – perguntou o herói.

– Ela ainda está ali – disse eu. – Veja.

Passamos por um oceano em miniatura – um lago? – e entramos num pequeno campo, que tinha árvores em três de seus lados e se espalhava espaçosamente pelo quarto lado, de onde vinha o som de água distante. Já estava quase escuro demais para testemunhar qualquer coisa.

Seguimos Augustine até um lugar perto do meio do campo, e ela parou de andar.

– Saiam – disse Vovô. – Outro hiato.

Fui para o assento traseiro, a fim de que Augustine pudesse sentar no banco do carona.

– O que está havendo? – perguntou o herói.

– Ela está fazendo um hiato.

– Outro?

– Ela é uma mulher muito idosa.

– Está cansada? – perguntou Vovô a ela. – Você já andou muito.

– Não – disse ela. – Nós chegamos.

– Ela diz que nós chegamos – falei para o herói.

– O quê?

– Eu informei a vocês que não haveria nada – disse ela. – Foi tudo destruído.

– Como assim, nós chegamos? – perguntou o herói.

– Diga a ele que isso é porque está muito escuro – disse-me o Vovô. – E que poderíamos ver mais coisas se não estivesse tão escuro.

– Está tão escuro – expliquei a ele.

– Não – disse ela. – Isso é tudo que vocês veriam. Está sempre assim, sempre escuro.

Imploro a mim mesmo para conseguir pintar Trachimbrod, para que você saiba por que estávamos tão impressionados. Não havia nada. Quando pronuncio "nada", não quero dizer que não havia nada exceto duas casas, um pouco de madeira no solo, pedaços de vidro, brinquedos de criança e fotografias. Quando pronuncio que não havia nada, o que tenciono dizer é que não havia nenhuma dessas coisas, nem outras coisas.

– Como? – perguntou o herói.

– Como? – repeti para Augustine. – Como pode alguma coisa ter existido aqui algum dia?

– Foi rápido – disse ela.

Aquilo teria sido o bastante para mim. Eu não teria feito outra pergunta ou dito outra coisa, e acho que o herói também não teria. Mas Vovô disse:

– Conte a ele.

Augustine posicionou as mãos tão profundamente nos bolsos do vestido que parecia que ela não tinha nada por trás das pregas.

– Diga a ele o que aconteceu – insistiu Vovô.

– Eu não sei de tudo.

– Conte para ele o que você sabe.

Só então entendi que "ele" era eu.

– Não – disse ela.

– Por favor – implorou ele.

– Não – respondeu ela.

– Por favor.

– Foi tudo muito rápido, você precisa entender. A gente corria, e não podia se importar com o que estava atrás da gente, senão a gente parava de correr.

– Tanques?

– Um dia.

– Um dia?

– Alguns partiram antes.

– Antes de eles chegarem?

– Sim.

– Mas você não.

– Não.

– Você teve a sorte de resistir.

Silêncio.
– Não.
Silêncio.
– Sim.
Silêncio.

Nós poderíamos ter parado por ali. Poderíamos ter visto Trachimbrod, voltado para o carro e seguido Augustine de volta à casa dela. Depois o herói poderia dizer que estivera em Trachimbrod, poderia até dizer que encontrara Augustine, e eu e Vovô poderíamos dizer que havíamos cumprido a nossa missão. Mas Vovô ainda não estava satisfeito.

– Conte a ele – disse Vovô. – Conte a ele o que aconteceu.

Eu não estava envergonhado, nem amedrontado. Não estava nada. Só desejava saber o que ocorreria em seguida. (Não estou falando do que ocorreria na história de Augustine, e sim entre Vovô e ela.)

– Eles nos puseram em filas – disse ela. – Tinham listas. Eram lógicos.

Fui traduzindo para o herói enquanto Augustine falava.

– Eles queimaram a sinagoga.
– Eles queimaram a sinagoga.
– Foi a primeira coisa que fizeram.
– Foi a primeira coisa.
– Depois puseram todos os homens em filas.

Você não sabe o que era ouvir aquelas coisas e depois repeti-las, pois quando eu repetia, sentia-me como se estivesse renovando aquilo.

– E depois? – perguntou Vovô.

– Foi no centro da cidade. Ali – disse ela, apontando para a escuridão. – Eles desenrolaram uma Torá diante dos homens. Uma coisa terrível. Meu pai ordenava que nós beijássemos qualquer livro que tocasse o solo. Livros de cozinha. Livros infantis. Mistérios. Peças. Romances. Até diários em branco.

O General percorreu a fila mandando cada homem cuspir na Torá ou os soldados matariam a família dele.
– Isso não é verdade – disse Vovô.
– É verdade – disse Augustine. Ela não estava chorando, o que me surpreendeu muito, mas agora compreendo que ela encontrara lugares para sua melancolia que ficavam atrás de outras máscaras além dos olhos.
– O primeiro da fila era Yosef, o sapateiro. O homem da cicatriz no rosto disse "Cuspa", segurando uma arma junto à cabeça de Rebecca. Ela era filha de Yosef, e era uma boa amiga que eu tinha. Nós costumávamos jogar cartas ali – disse ela, apontando para a escuridão. – Contávamos segredos sobre os rapazes por quem estávamos apaixonadas e com quem queríamos casar.
– Ele cuspiu? – perguntou Vovô.
– Cuspiu. E então o General disse: "Agora pise."
– Ele fez isso?
– Fez.
– Ele pisou no livro – disse eu ao herói.
– Depois ele passou para o seguinte da fila, que era Izzy. Ele me ensinou a desenhar na sua casa, que era ali – disse ela, apontando para a escuridão. – Nós ficávamos acordados até muito tarde, desenhando e rindo. Em algumas noites dançávamos ao som dos discos de Papai. Ele era meu amigo e, quando a esposa dele teve neném, cuidei da criança como se fosse minha. "Cuspa", disse o homem de olhos azuis, pondo uma arma na boca da esposa de Izzy, exatamente assim.
Ela enfiou o dedo na boca.
– Ele cuspiu? – perguntou Vovô.
– Cuspiu.
– Ele cuspiu – disse eu ao herói.
– E depois o General fez com que ele xingasse a Torá, e dessa vez pôs a arma na boca do filho de Izzy.

— Ele xingou?

— Xingou. E depois o General fez com que ele rasgasse a Torá com as próprias mãos.

— Ele rasgou?

— Rasgou.

— E depois o General foi até meu pai.

Apesar da escuridão, vi que Vovô fechara os olhos.

— Cuspa — disse ele.

— Ele cuspiu?

— Não — disse ela. Disse como se aquilo fosse mais uma palavra qualquer numa história qualquer, sem o peso que tinha. — "Cuspa", disse o General de cabelo louro.

— E ele não cuspiu?

Ela não disse que não, mas orbitou a cabeça para lá e para cá, e disse:

— Ele pôs a arma na boca da minha mãe e mandou cuspir, senão....

— Ele pôs a arma na boca da mãe dela.

— Não — disse o herói sem volume.

— "Vou matar sua mulher aqui mesmo se você não cuspir", disse o General, mas ele não cuspiu.

— E então? — perguntou Vovô.

— E então ele matou minha mãe.

Posso dizer que o que tornava essa história mais amedrontadora era a rapidez com que ela avançava. Não estou falando do que acontecia na história, e sim de como a história era contada. Eu sentia que ela não podia ser estancada.

— Não é verdade — disse Vovô, mas apenas para si mesmo.

— Depois o General pôs a arma na boca da minha irmã mais moça, que tinha quatro anos. Ela chorava muito. Eu me lembro disso. "Cuspa", disse ele, "cuspa, senão..."

— Ele cuspiu? — perguntou Vovô.

— Não — disse ela.

— Ele não cuspiu — informei eu ao herói.
— Por que ele não cuspiu?
— E o General matou minha irmã. Não consegui olhar para ela, mas lembro o ruído que ela fez quando bateu no chão. Ainda ouço esse ruído quando as coisas batem no chão. Qualquer coisa. Se eu pudesse, faria com que nada jamais batesse no chão novamente.
— Não quero ouvir mais — disse o herói, de modo que foi nesse ponto que cessei de traduzir. (Jonathan, se você ainda não quer ouvir o resto, não leia isso. Mas se você perseverar, que não seja por curiosidade. Essa não é uma boa razão.)
— Depois rasgaram o vestido da minha irmã mais velha. Ela estava grávida, com uma barriga grande. Seu marido estava de pé no final da fila. Eles tinham construído uma casa aqui.
— Onde? — perguntei.
— Onde nós estamos agora. Estamos no quarto.
— Como você pode perceber isso?
— Ela estava com muito frio, eu me lembro, embora fosse verão. Eles puxaram a calcinha dela para baixo, e um dos homens pôs a ponta da arma nas partes dela, e os outros riram muito. Sempre me lembro deles rindo. "Cuspa", disse o General para o meu pai, "cuspa ou não tem mais bebê."
— Ele cuspiu? — perguntou Vovô.
— Não — disse ela. — Virou a cabeça, e eles atiraram nas partes da minha irmã.
— Por que ele não queria cuspir? — perguntei.
— Mas minha irmã não morreu. Portanto, eles enfiaram a arma na boca dela, enquanto ela estava caída, chorando e gritando com as mãos nas partes, que estavam vertendo muito sangue. "Cuspa", disse o General, "ou nós não mataremos a moça." "Por favor", disse meu pai, "não desse jeito." "Cuspa", disse ele, "ou nós deixaremos que ela fique aí deitada com essa dor, morrendo lentamente."
— Ele cuspiu?
— Não. Ele não cuspiu.

– E então?
– Então eles não atiraram nela.
– Por quê? – perguntei. – Por que ele não cuspiu? Era tão religioso assim?
– Não. – Ele não acreditava em Deus.
– Ele era um idiota – disse Vovô.
– Você está enganado – disse ela.
– Você está enganada.
– Você está enganado.
– E então? – perguntei. Confesso que me senti envergonhado por indagar.
– Ele pôs a arma na cabeça de meu pai. "Cuspa", disse o General, "e nós mataremos você."
– E então? – perguntou Vovô.
– Ele cuspiu.
O herói estava vários metros distante, colocando terra num saco plástico que se chama Ziploc. Depois, ele me contou que aquilo era para sua avó, se um dia viesse a lhe contar a viagem.
– E você? – perguntou Vovô. – Onde você estava?
– Eu estava lá.
– Onde? Como você escapou?
– Minha irmã, como já disse, não estava morta. Ficou largada ali no chão depois que eles atiraram nas partes dela. Começou a se arrastar para longe. Não podia usar as pernas, mas foi se empurrando com as mãos e os braços. Deixou um rastro de sangue para trás, e fiquei com medo de que ela fosse encontrada por causa disso.
– Eles mataram sua irmã? – perguntou Vovô.
– Não, ficaram ali parados, rindo, enquanto ela se arrastava para longe. Lembro exatamente do som das risadas. Era assim...
Ela parou, então riu na escuridão:
– HA, HA, HA, HA, HA, HA, HA, HA, HA, HA. Todos os Gentios estavam olhando das janelas, e ela pediu ajuda a cada um "Me ajude, por favor, me ajude, estou morrendo".

– Eles ajudaram? – perguntou Vovô.

– Não. Todos viraram o rosto e se esconderam. Mas não culpo nenhum deles.

– Por que não? – perguntei.

Vovô respondeu por Augustine:

– Porque se tivessem ajudado, teriam sido mortos com suas famílias.

– Mesmo assim, eu os culparia – disse eu.

– Você consegue perdoar essa gente? – perguntou Vovô a Augustine.

Ela fechou os olhos como se para dizer "Não, não consigo".

– Eu desejaria que alguém me ajudasse – disse eu.

– Mas você não ajudaria ninguém se isso significasse que você seria assassinado e que a sua família seria assassinada – disse Vovô.

(Pensei nisso por uns momentos e compreendi que ele estava correto. Bastou pensar em Pequeno Igor para ter certeza de que eu também teria me virado e escondido o rosto.) Já estava tão obscuro, porque era tarde e não havia luzes artificiais por muitos quilômetros, que não conseguíamos nos ver, somente ouvir nossas vozes.

– Você perdoaria essa gente? – perguntei.

– Sim – disse Vovô. – Sim. Eu tentaria.

– Você só diz isso porque não imagina o que foi aquilo – disse Augustine.

– Imagino, sim.

– Aquilo não é uma coisa que se possa imaginar. Apenas é. Depois daquilo, não há imaginação possível.

– Está tão escuro – disse eu. A frase parecia estranha, mas às vezes é melhor dizer uma coisa estranha do que não dizer nada.

– Sim – disse Augustine.

– Está tão escuro – disse eu ao herói, que voltara aos tais sacos de terra.

– Está muito escuro – disse ele. – Não estou acostumado a ficar tão longe de luzes artificiais.
– Isso é verdade – disse eu.
– O que aconteceu com ela? – perguntou Vovô. – Ela escapou, sim?
– Sim.
– Foi salva por alguém?
– Não. Bateu em uma centena de portas, e nenhuma delas se abriu. Ela se arrastou até a floresta, onde se tornou adormecida de tanto derramar sangue. Acordou à noite, e o sangue secara. Embora ela sentisse que estava morta, era apenas o bebê que estava morto. O bebê aceitou a bala e salvou sua mãe. Um milagre.

A história já estava correndo depressa demais para que eu pudesse compreender. Eu queria compreendê-la completamente, mas precisaria de um ano para cada palavra.

– Ela já conseguia andar bem devagar. Portanto, voltou a Trachimbrod, seguindo o rastro de sangue.
– Por que ela voltou?
– Porque era jovem e muito burra.
(É por isso que nós voltamos, Jonathan?)
– Ela tinha medo de ser morta, sim?
– Ela não tinha medo algum.
– E o que aconteceu?
– Estava muito escuro, e todos os vizinhos estavam dormindo. Os alemães já estavam em Kolki, de modo que ela não ficou com medo deles. Embora já não tivesse medo algum deles. Passou pelas casas dos judeus em silêncio e foi reunindo tudo, todos os livros e roupas, e tudo.
– Por quê?
– Para que eles não levassem as coisas.
– Os nazistas?
– Não – disse ela. – Os vizinhos.
– Não – disse Vovô.

— Sim — disse Augustine.
— Não.
— Sim.
— Não.
— Ela foi até os corpos, que estavam num buraco diante da sinagoga. Retirou as obturações de ouro e cortou os cabelos o máximo que pôde, até os da sua mãe, do marido, e até o próprio cabelo.
— Por quê? Como?
— E depois?
— Escondeu as coisas na floresta para poder achar tudo quando voltasse e depois partiu.
— Para onde?
— Lugares.
— Onde?
— Rússia. Outros lugares.
— E depois?
— Depois retornou.
— Por quê?
— Para recolher as coisas escondidas, e descobrir o que restara. Todo mundo que voltou tinha certeza de que ela descobriria sua casa, seus amigos, e até os parentes que viu serem mortos. Dizem que o Messias virá no fim do mundo.
— Mas aquilo não foi o fim do mundo — disse Vovô.
— Foi. Só que Ele não veio.
— Por que Ele não veio?
— Essa foi a lição que aprendemos a partir de tudo que aconteceu... que Deus não existe. Todos aqueles rostos escondidos fizeram com que Ele provasse isso para nós.
— E se aquilo foi um desafio para a sua fé? — disse eu.
— Eu não poderia acreditar num Deus que desafiasse a fé de alguém daquela maneira.
— E se aquilo estivesse fora do alcance Dele?

– Eu não poderia acreditar num Deus que não pudesse impedir o que aconteceu.
– E se foi o homem e não Deus que fez tudo aquilo?
– Eu também não acredito no homem.
– O que ela descobriu quando voltou pela segunda vez? – perguntou Vovô.
– Isto – disse ela, passando o dedo pelo mural da escuridão.
– Nada. As coisas não mudaram desde que ela retornou. Eles pegaram tudo que os alemães deixaram e depois foram para outros shtetls.
– Ela partiu quando viu isso? – perguntei.
– Não, permaneceu. Descobriu a casa mais aproximada de Trachimbrod, todas as que não haviam sido destruídas estavam vazias, e prometeu a si mesma viver ali até morrer. Pegou as coisas que tinha escondido e trouxe tudo para a casa. Foi a sua punição.
– Punição por quê?
– Por ter sobrevivido – disse ela.

Antes de partirmos, Augustine nos guiou até o monumento em honra a Trachimbrod. Era uma peça de pedra, aproximadamente do tamanho do herói, colocada no meio do campo, tão no meio que foi muito impossível encontrá-la à noite. A pedra dizia em russo, ucraniano, hebraico, polonês, iídiche, inglês e alemão:

ESTE MONUMENTO FOI ERGUIDO EM MEMÓRIA
DOS 1.204 HABITANTES DE TRACHIMBROD
MORTOS PELAS MÃOS DO FASCISMO ALEMÃO
EM 18 DE MARÇO DE 1942.
Inaugurado em 18 de março de 1992.
Yitzhak Shamir, Primeiro-Ministro do Estado de Israel

Fiquei parado com o herói diante do monumento por muitos minutos, enquanto Augustine e Vovô saíam andando pela escuridão. Não dissemos nada. Teria sido uma indecência falar. Olhei para ele uma vez, enquanto ele anotava as informações do monumento no diário, e percebi que ele olhou para mim uma vez enquanto eu avistava o monumento. Ele se aboletou na relva, e eu aboletei a seu lado. Ficamos aboletados por vários momentos, e depois deitamos de costas. A relva parecia uma cama. Estava tão escuro que podíamos ver muitas das estrelas. Era como se estivéssemos sob um grande guarda--chuva, ou sob um vestido. (Não estou escrevendo isso apenas para você, Jonathan. É verdadeiramente o que me parecia.) Conversamos por muitos minutos, sobre muitas coisas, mas na verdade eu não estava escutando o que ele dizia, ele não estava escutando o que eu dizia, eu não estava escutando o que eu próprio dizia, e ele não estava escutando o que ele próprio dizia. Estávamos na relva, sob as estrelas, e era isso que estávamos fazendo.

Por fim, Vovô e Augustine retornaram.

Viajar de volta nos capturou apenas cinquenta por cento do tempo que nos capturou viajar até lá. Não sei por que isso foi, mas tenho uma ideia. Augustine não nos convidou a entrar na sua casa quando retornamos.

– Já é tão tarde – disse ela.
– Você deve estar fatigada – disse Vovô.

Ela deu um sorriso frouxo.

– Não sou muito boa para fazer sono.
– Pergunte a ela sobre Augustine – disse o herói.
– E Augustine, a mulher da fotografia, você sabe alguma coisa sobre ela, ou como ela poderia ser encontrada?
– Não – disse ela, olhando apenas para mim ao dizer isso. – Sei que o avô dele escapou, porque estive com ele uma vez, talvez um ano depois, talvez dois.

Ela me deu um momento para traduzir, e continuou:

– Ele voltou a Trachimbrod para ver se o Messias tinha voltado. Fizemos uma refeição na minha casa. Eu cozinhei para ele as poucas coisas que tinha, e dei um banho nele. Estávamos tentando nos limpar. Ele tinha passado por muita coisa, dava para ver, mas sabíamos que era melhor não perguntar nada um ao outro.

– Pergunte sobre o que eles conversaram.

– Ele quer saber sobre o que vocês conversaram.

– Nada, na verdade. Coisas leves como plumas. Lembro que falamos de Shakespeare, de uma peça que nós dois lemos. Havia traduções em iídiche, sabem, e certa vez ele me deu uma delas para ler. Tenho certeza de que ainda está aqui. Eu podia encontrar e dar o texto para vocês.

– E o que aconteceu depois? – perguntei.

– Brigamos por causa de Ofélia. Uma briga muito feia. Ele me fez chorar, e eu fiz com que ele chorasse. Não falamos sobre nada. Estávamos com medo demais.

– Ele já tinha conhecido minha avó?

– Já tinha encontrado sua segunda esposa?

– Não sei. Ele não mencionou isso nem uma vez, e acho que teria mencionado isso. Mas talvez não. Era tão difícil falar naquela época. A gente estava sempre com medo de dizer a coisa errada, e geralmente parecia conveniente não dizer absolutamente nada.

– Pergunte quanto tempo ele ficou em Trachimbrod.

– Ele quer saber quanto tempo o avô dele ficou em Trachimbrod.

– Só uma tarde – disse ela. – Almoço, banho e briga, e acho que já foi mais do que ele desejava. Ele só precisava ver se o Messias tinha vindo.

– Qual era a aparência dele?

– Ele quer saber qual era a aparência do avô.

Ela sorriu e pôs as mãos nos bolsos do vestido.

– Ele tinha um rosto duro e muito cabelo castanho. Diga isso a ele.

– Ele tinha um rosto duro e muito cabelo castanho.

– Não era muito alto. Talvez tão alto quanto você. Diga isso a ele.
– Ele não era muito alto. Talvez tão alto quanto você.
– Tanta coisa fora tirada dele. Antes ele era um rapaz, e em dois anos tinha se tornado um velho.
Contei isso ao herói, e depois perguntei:
– Ele se parece com o avô?
– Antes de tudo, sim. Mas Safran mudou muito. Diga que ele nunca deve mudar tanto.
– Ela diz que ele se pareceu com você uma vez, mas depois mudou. Diz que você nunca deve mudar.
– Pergunte se há outros sobreviventes nesta área.
– Ele quer saber se há outros judeus entre os sobreviventes.
– Não – disse Augustine. – Tem um judeu em Kivertsy que me traz comida às vezes. Ele diz que fez negócios com meu irmão em Lutsk, mas eu nunca tive irmão. Tem outro judeu de Sokeretchy que acende o fogo para mim no inverno. O inverno é muito difícil para mim, porque sou velha e não consigo mais cortar lenha.
Contei isso para o herói.
– Pergunte se ela acha que eles sabem algo sobre Augustine.
– Eles saberiam algo sobre Augustine?
– Não – disse ela. – São muito velhos. Não se lembram de nada. Sei que alguns judeus sobreviveram em Trachimbrod, mas não sei onde eles estão. As pessoas se mudavam tanto. Conheço um homem de Kolki que escapou e nunca mais disse uma palavra. Foi como se os lábios tivessem sido costurados com agulha e linha. Assim mesmo.
Contei isso ao herói.
– Você vai voltar conosco? – perguntou Vovô. – Vamos cuidar de você e acender o fogo no inverno.
– Não – disse Augustine.
– Venha conosco – insistiu ele. – Você não pode viver dessa maneira.

– Eu sei – disse ela. – Mas não.
– Mas não você.
– Não.
– Então.
– Não.
– Você poderia.
– Não posso.
Silêncio.
– Permaneçam um momento – disse ela. – Eu gostaria de presentear uma coisa a ele.

E então materializou-se para mim que assim como nós não sabíamos o nome dela, ela também não sabia o nome do Vovô, ou do herói. Apenas o meu nome.

– Ela vai lá dentro recuperar uma coisa para você – disse eu ao herói.

– Ela não sabe o que é bom para ela – disse Vovô. – Não sobreviveu para ficar assim. Se ela se submeteu, deve se matar.

– Talvez ela seja feliz ocasionalmente – afirmei. – Não sabemos. Acho que hoje ela foi feliz.

– Ela não deseja a felicidade – disse Vovô. – Só consegue viver na melancolia. Quer que sintamos remorso por ela. Quer que soframos por ela, e não pelos outros.

Augustine voltou da casa com uma caixa onde se lia a frase EM CASO DE escrita em lápis azul, e disse para o herói:

– Tome.
– Ela deseja que você fique com isso – traduzi.
– Não posso – disse ele.
– Ele diz que não pode.
– Mas precisa.
– Ela diz que você precisa.
– Não entendi por que Rivka escondeu a aliança de casamento na jarra, nem por que ela me disse: Em caso de. Em caso de quê?
– Em caso de morte – disse eu.

– Sim, mas e daí? Por que a aliança faria diferença?
– Não sei – disse eu.
– Pergunte a ele – disse ela.
– Ela quer saber por que a amiga dela salvou a aliança de casamento quando achou que seria morta.
– Para que houvesse uma prova de que ela existiu – disse o herói.
– O quê?
– Evidências. Documentação. Testemunho.
Contei aquilo a Augustine.
– Mas não era necessário ter uma aliança para isso. As pessoas poderiam se lembrar sem aliança alguma. E quando essas pessoas esquecessem, ou morressem, ninguém saberia da aliança.
Contei aquilo para o herói.
– Mas a aliança é um lembrete – disse ele. – Toda vez que você vê isso, pensa nela.
Contei a Augustine o que o herói dissera.
– Não – disse ela. – Acho que era em caso de um dia alguém vir procurar.
Não consegui perceber se ela estava falando para mim ou para o herói, e disse:
– Para que nós pudéssemos encontrar alguma coisa?
– Não – disse ela. – A aliança não existe para vocês. Vocês existem para a aliança. A aliança não é em caso de vocês. Vocês são em caso da aliança.
Ela escavou no bolso do vestido e removeu uma aliança. Tentou colocá-la no dedo do herói, mas a aliança não harmonizou, de modo que ela tentou colocá-la no dedo mais minúsculo, mas ainda assim a aliança não harmonizou.
– Ela tinha mãos pequenas – disse o herói.
– Ela tinha mãos pequenas – traduzi para Augustine.
– Sim – disse ela. – Muito pequenas.

Tentou de novo pôr a aliança no dedo mínimo do herói, e aplicou muito rigidamente. Percebi que aquilo deixava o herói com muitos tipos de dor, embora ele não exibisse nenhuma delas.

– Não harmonizará – disse ela. Quando removeu a aliança, vi que havia um corte em torno do dedo mais minúsculo do herói.

– Vamos embora – disse Vovô. – É hora de partir.

Contei aquilo ao herói.

– Diga a ela que nós agradecemos mais uma vez.

– Ele diz muito obrigado – disse eu.

– E eu agradeço a vocês.

Ela já estava chorando novamente. Chorou quando chegamos e chorou quando partimos, mas não chorou nenhuma vez enquanto estávamos lá.

– Posso fazer uma pergunta? – perguntei.

– É claro – disse ela.

– Eu sou Sasha, como você sabe. Ele é Jonathan, a cadela é Sammy Davis, Junior, Junior, e Vovô é Alex. Quem é você?

Ela ficou em silêncio por um momento.

– Lista – disse por fim. – Posso fazer uma pergunta?

– É claro.

– A guerra já acabou?

– Não compreendo.

– Eu sou... – ela pronunciou, ou começou a pronunciar. Mas nesse instante Vovô fez algo que eu não esperava. Prendeu a mão de Augustine na sua e lhe deu um beijo nos lábios. Ela orbitou para longe de nós, em direção à casa, dizendo: – Preciso entrar e cuidar do meu bebê, que está sentindo falta de mim.

COMEÇANDO A AMAR, 1934-1941

AINDA CONTRATADO pela congregação dos Desleixados, que sem saber tornara-se algo como um serviço de acompanhante para viúvas e idosas, meu avô fazia várias visitas domiciliares a cada semana, e conseguiu economizar dinheiro suficiente para começar a pensar em formar sua própria família, ou para sua família começar a pensar numa família própria para ele.

É tão bom ver a sua ética de trabalho, disse o pai certa tarde, antes que ele partisse para a pequena casa de tijolos da viúva Golda R, perto da Sinagoga dos Corretos. *Você não é o preguiçoso menino cigano que pensávamos que fosse.*

Estamos muito orgulhosos de você, disse a mãe, mas sem acompanhar isso, como era esperança dele, com um beijo. *É por causa do Papai,* pensou ele. *Se ele não estivesse aqui, ela teria me beijado.*

O pai chegou perto dele, bateu de leve no seu ombro, e disse, sem saber o que estava dizendo: *Continue assim.*

Golda cobria os espelhos antes de fazer amor com ele.

Leah H, duas vezes viúva, que ele visitava três vezes por semana (até depois de casado), pedia apenas que ele ficasse sério ao lhe tocar o corpo envelhecido, que não risse dos seios caídos ou da genitália sem pelos, que não caçoasse das varizes nas pernas e que nunca se retraísse diante do cheiro que tinha, que ela sabia ser como algo apodrecendo aos poucos.

Rina S, viúva do Fumeiro Kazwel L (o único Fumeiro de Ardisht capaz de largar o vício e descer dos telhados de Rovno para viver ao nível do chão, e uma vítima – tal como o Dial – da serra circular do moinho de trigo), mordia o braço morto de Safran quando eles faziam amor, para ter certeza de que ele não sentia nada.

Elena N, viúva do agente funerário Chaim N, vira a morte passar mil vezes pelas portas de seu porão, mas nunca poderia ter imaginado a profundidade da tristeza em que viveria depois que aquele osso de galinha entrou de lado e entalou. Pedia que meu avô fizesse amor com ela embaixo da cama, numa cova rasa subnupcial, para reduzir um pouco a dor, para tornar as coisas mais fáceis. Safran, pai da minha mãe, que eu nunca conheci, fazia todas as vontades delas.

Mas antes que tal retrato fique por demais lisonjeiro, deve-se mencionar que as viúvas constituíam apenas metade das amantes do meu jovem avô. Ele vivia uma vida dupla: amante não apenas de enlutadas, mas também de mulheres intocadas pela mão úmida da dor, e mais próximas de sua primeira morte que da segunda. Foram cerca de cinquenta e duas as virgens com quem ele fez amor em cada uma das posições que aprendera num baralho pornográfico, emprestado pelo amigo que continuava a ser abandonado no teatro: sessenta-e-nove com a valete caolha Tali M, de maria-chiquinhas apertadas e tapa-olho feito de um solidéu dobrado; por trás na dois de copas Brandil W, que tinha apenas um coração muito fraco, que a fazia cambalear e usar óculos grossos, e que morreu antes da guerra – cedo demais e cedo o bastante; de lado com a dama de ouros Mella S, toda seios e sem bunda, a filha única da família mais rica de Kolki (que, dizem, nunca usava os talheres mais de uma vez); montado pela ás de espadas Trema O, camponesa diligente, cujos gritos, ele tinha certeza, ainda acabariam por denunciá-los. Elas o amavam e ele as fodia – dez, valete, dama, rei, ás, um *royal-straight-flush* perfeito. E assim ele tinha duas mãos de trabalho: uma com cinco dedos e a outra com cinquenta e duas jovens que não podiam – nem queriam – dizer não.

Naturalmente, ele também tinha uma vida acima da cintura. Frequentou a escola e estudou com os outros meninos de sua idade. Era bastante bom em aritmética, e seu professor, o jovem Desleixado Yakem E, sugerira que meus bisavós o mandassem para uma escola de crianças superdotadas em Lutsk. Mas nada poderia ser mais entediante para meu avô do que o estudo. *Os livros são para quem não tem uma vida de verdade*, pensava ele. *E não são um substituto verdadeiro*. A escola que ele frequentava era pequena – quatro professores e quarenta alunos. O dia era dividido entre as aulas de religião, dadas pelo Rabino Mais-ou-Menos e um dos membros da congregação dos Corretos, e as aulas de assuntos seculares, ou úteis, dadas por três – às vezes dois, às vezes quatro – Desleixados.

Todo aluno aprendia a história de Trachimbrod num livro escrito pelo Rabino Venerável – *E SE DEVEMOS LUTAR POR UM FUTURO MELHOR, NÃO PRECISAMOS ESTAR FAMILIARIZADOS E RECONCILIADOS COM O NOSSO PASSADO?* – e revisto regularmente por um comitê de Corretos e Desleixados. O *Livro de Antecedentes* começara como um registro dos acontecimentos principais: batalhas e tratados, fomes, ocorrências sísmicas, inícios e términos dos regimes políticos. Mas logo haviam sido incluídos e descritos com grandes minúcias eventos de menor importância – festivais, casamentos e mortes importantes, registros da construção do shtetl (ainda não acontecera a destruição) – e o livreto precisara ser substituído por um conjunto de três volumes. Em pouco tempo, devido à demanda dos leitores (que incluíam todo mundo, tanto Corretos quanto Desleixados), o *Livro de Antecedentes* incorporara um censo bienal, com o nome de cada cidadão ou cidadã e um breve relato de sua vida (as mulheres haviam sido incluídas depois que a sinagoga se cindiu), sumários até de acontecimentos pouco notáveis e comentários sobre o que o Rabino Venerável chamava de *VIDA, E A VIDA DA VIDA*, e que incluíam definições, parábolas, diversas regras e regulamentos para se viver com virtude, além de provérbios interessantes, ainda que sem sentido. As edições mais recentes, que ocupavam uma prateleira inteira, haviam se tornado mais detalhadas à medida que os cidadãos contribuíam com os registros familiares, retratos, documentos importantes e diários pessoais, até que qualquer aluno podia descobrir facilmente o que seu avô comera no café da manhã numa determinada quinta-feira, cinquenta anos antes, ou o que sua tia-avó fizera quando a chuva caíra sem trégua durante cinco meses. O *Livro de Antecedentes*, antes atualizado a cada ano, era agora atualizado continuamente, e quando não havia nada a registrar, o tal comitê, que trabalhava em tempo integral, registrava seus registros, apenas para manter o livro em movimento, expandindo-se e tornando-se mais parecido com a vida: *Estamos escrevendo... Estamos escrevendo... Estamos escrevendo...*

Até os piores alunos liam o *Livro de Antecedentes* sem saltar uma única palavra, pois sabiam que também habitariam aquelas páginas um dia. Se ao menos pudessem obter uma edição futura, conseguiriam ler seus erros (e talvez evitá-los), os erros de seus filhos (e tomar medidas para que eles não acontecessem), e o resultado de futuras guerras (e se preparar para a morte dos entes queridos).

Tenho certeza de que meu avô não era exceção. Também ele deve ter ido de volume para volume, página por página, procurando...

A CONTA VERGONHOSA DE YANKEL D

Resultado de certas atividades vergonhosas, o julgamento do agiota desonrado Yankel D teve lugar no ano de 1741 diante da Alta Corte Correta. O dito agiota, ao ser considerado culpado de ter cometido os ditos atos vergonhosos em questão, foi obrigado por proclamação do shtetl a usar a incriminadora conta de ábaco num cordão branco em torno do pescoço. Fique registrado que ele a usava até quando ninguém estava olhando, até quando dormia.

Dia de Trachim, 1796

Uma mosca de particular perniciosidade picou os quartos da cavalgadura que puxava o carro alegórico de Rovno, no Dia de Trachim, fazendo a fogosa égua empinar e atirar a efígie de um camponês no rio Brod. O desfile de carros alegóricos atrasou cerca de trinta minutos, enquanto homens fortes iam resgatar a efígie encharcada. A mosca culpada foi pega na rede de um escolar não identificado. O menino levantou a mão para esmagá-la, sabendo que deveria impor-lhe uma lição, mas, quando seu punho desceu, a mosca encolheu as asas sem voar. O menino sensível ficou impressionado com a fragilidade da vida e libertou a mosca. A mosca, também impressionada, morreu de gratidão. Ficou a lição.

Bebês doentios

(*Ver* Deus)

Quando a chuva caiu sem trégua por cinco meses

A maior de todas as chuvaradas ocorreu nos dois últimos meses de 1914 e nos três primeiros de 1915. As xícaras deixadas nos parapeitos logo transbordavam. Os brotos floresciam e depois se afogavam. Abriam-se buracos nos tetos em cima das banheiras... Deve-se notar que a chuva sem trégua coincidiu com o período da ocupação russa,* e que, por mais que a água caísse, ainda havia aqueles que reclamavam de sede. (*Ver* GITTLE K, YAKOV L.)

---

* Ao ouvir que fora um judeu que inventara o poema de amor, o não correspondido magistrado Rufkin S – que seu nome se perca entre as almofadas – fez chover fogo e vidro quebrado sobre o nosso simples shtetl. (Não foi o judeu, é claro, que inventou o poema de amor, mas o inverso.)

O MOINHO DE TRIGO
  Aconteceu que no décimo primeiro mês de um século há muito distante, o Povo Escolhido, nós, fomos mandados embora do Egito sob a orientação de nosso então sábio líder, Moisés. Não houve tempo para o pão crescer na pressa da fuga, e o Senhor nosso Deus – que Seu nome inspire pensamentos elevados – que, ao buscar a perfeição em toda a sua criação, não queria um pão imperfeito, disse a seu povo (nós, não eles): *NÃO FAÇAIS QUALQUER PÃO QUE SEJA DURO, INSÍPIDO, DE GOSTO RUIM, OU QUE CAUSE UMA PRISÃO DE VENTRE DESESPERADA*. Mas o Povo Escolhido estava muito faminto, e resolveu arriscar num bom fermento. O que foi assado por nossos antepassados estava longe de perfeito, sendo na verdade duro, insípido, de gosto ruim e causa de muito cocô preso, e Deus – que Seu nome esteja sempre em nossos lábios sem rachaduras – ficou muito zangado. É por causa desse pecado de nossos ancestrais que um membro do nosso shtetl encontra a morte no moinho de trigo a cada ano, desde sua fundação em 1713. (Para uma lista dos que pereceram no moinho, *ver* APÊNDICE G: MORTES PRECOCES.)

A EXISTÊNCIA DOS GENTIOS
  (*Ver* DEUS)

A INTEIREZA DO MUNDO COMO A CONHECEMOS E NÃO CONHECEMOS
  (*Ver* DEUS)

OS JUDEUS TÊM SEIS SENTIDOS
  Tato, paladar, visão, olfato, audição... memória. Enquanto os Gentios apreendem e processam o mundo através de

seus sentidos tradicionais, e usam a memória apenas como um recurso de segunda categoria para interpretar os acontecimentos, para os judeus a memória é não menos primordial do que a picada de um alfinete, seu brilho prateado ou o gosto do sangue que sai do dedo. O judeu é picado por um alfinete e se lembra de outros alfinetes. É somente rastreando a picada do alfinete e voltando a outras picadas de alfinete – quando sua mãe tentou pela primeira vez consertar-lhe a manga com seu braço ainda dentro dela, quando os dedos de seu avô ficaram dormentes de tanto alisar a testa úmida de seu bisavô, quando Abraão testou a ponta da faca para ter certeza que Isaac não sentiria dor – que o judeu consegue saber por que aquilo dói.

Quando um judeu encontra um alfinete, pergunta: *O que isto me faz lembrar?*

A QUESTÃO DO MAL: POR QUE COISAS INCONDICIONALMENTE MÁS ACONTECEM COM PESSOAS INCONDICIONALMENTE BOAS?
Elas jamais acontecem.

A ÉPOCA DAS MÃOS TINGIDAS
Tendo acontecido logo depois dos suicídios equivocados, a época das mãos tingidas começou quando o padeiro Herzog J observou que os pãezinhos que não eram vigiados atentamente às vezes desapareciam. Ele repetiu essa observação inúmeras vezes, distribuindo os pãezinhos por toda a padaria, e até marcando o lugar deles com um lápis de carvão: cada vez que se virava rapidamente e dava uma espiadela para trás, apenas as marcas permaneciam no lugar.

Quanta roubalheira, pensou ele.

A essa altura do nosso histórico, o Rabino Eminente Fagel F (*ver também* Apêndice B: ROL DOS RABINOS COR-

RETOS) era o principal responsável pelo cumprimento dos preceitos legais. A fim de garantir uma investigação imparcial, ele tomou providências para que todo mundo no shtetl fosse tratado como suspeito, culpado até prova em contrário. *TINGIREMOS AS MÃOS DE CADA CIDADÃO COM UMA COR DIFERENTE*, disse ele, *E ASSIM DESCOBRIREMOS QUEM ESTÁ PONDO AS SUAS MÃOS ATRÁS DO BALCÃO DE HERZOG.*

As mãos de Lippa R foram tingidas de vermelho-sangue. As de Pelsa G de verde-claro, como seus olhos. As de Mica P de roxo suave, como a faixa de céu sobre a silhueta da floresta Radziwell quando o sol se pusesse no terceiro Shabat daquele novembro. Nenhuma mão ou coloração ficou de fora. Para ser justo, até as de Herzog foram tingidas do cor-de-rosa de uma determinada borboleta *Troides helena* que morrera na escrivaninha de Dickle D, o químico que inventara aquele produto químico que não saía ao ser lavado, deixando nódoas em qualquer coisa que as mãos tingidas tocassem.

No final das contas, um simples camundongo – que sua memória viva junto a bundas fedorentas – vinha surrupiando os pãezinhos, e nenhuma cor apareceu atrás do balcão.

Mas elas apareceram em todos os outros lugares.

Shlomo V encontrou uma mancha prateada entre as coxas de sua esposa Chebra – possa seu comportamento ser único neste mundo e em todos os outros. Não disse nada sobre o assunto, até pintar-lhe os seios de verde com suas mãos e cobri-los com sêmen branco. Depois arrastou-a nua pelas ruas banhadas de luar cinzento, de casa em casa, machucando os nós dos dedos nas portas até deixá-los azulados. Forçou-a a ficar observando enquanto cortava os testículos de Samuel R, que, com as mãos prateadas erguidas, pedia piedade e gritava, ambiguamente, *Houve um engano*. Cores por toda parte. As digitais anil do Rabino

Eminente Fagel F surgiram nas páginas de mais de um periódico ultrassecular. O azul de lábios frios da enlutada viúva Shifrah K na lápide do túmulo do marido no cemitério do shtetl, como os borrões que as crianças fazem. Todo mundo apressou-se a acusar Irwin P de passar as mãos marrons ao longo do Dial. *Ele é tão egoísta!*, disseram. *Quer tudo para si mesmo!* Mas aquilo fora feito pelas mãos *deles*, todas as mãos deles: era um arco-íris comprimido de todo cidadão do shtetl que rezara por filhos bonitos, mais alguns anos de vida, proteção contra relâmpagos e amor.

 O shtetl estava pintado com os atos de seus cidadãos, e como todas as cores haviam sido usadas (exceto a do balcão, é claro) era impossível dizer o que fora tocado por mãos humanas e o que estava assim porque era assim. Correu o boato de que Getzel G tocara secretamente todos os violinos dos violinistas (embora ele nem tocasse violino!), pois as cordas estavam da cor dos seus dedos. As pessoas sussurravam que Gesha R só podia ter se transformado numa acrobata – pois como poderia a linha divisória judaico/humana ter ficado amarela como suas palmas? E quando o rubor das faces de uma estudante foi tomado por engano pelo escarlate dos dedos de um homem santo, foi a estudante que foi chamada de *assanhada, vagabunda, puta*.

A QUESTÃO DO BEM: POR QUE COISAS INCONDICIONALMENTE BOAS ACONTECEM COM PESSOAS INCONDICIONALMENTE MÁS?
(*Ver* DEUS)

CUNILÍNGUA E A MULHER MENSTRUADA
 O arbusto ardente não deve ser consumido. (Para uma listagem completa de regras e regulamentos relativos a você sabe o quê, *ver* APÊNDICE F-DENDO.)
O ROMANCE, QUANDO TODO MUNDO ESTAVA CONVENCIDO DE QUE TINHA UM DENTRO DE SI.

O romance é a forma de arte que arde com mais facilidade. Em meados do século XIX, todos os cidadãos do nosso shtetl – homens, mulheres e crianças – ficaram convencidos de que tinham pelo menos um romance dentro de si. Provavelmente esse surto foi provocado pelo vendedor cigano que trazia uma carroçada de livros para a praça do shtetl no terceiro domingo de meses alternados, anunciando-os como *Portentosos planetas possíveis a partir das palavras, turbilhões de tesouros temáticos*. O que mais poderia aflorar aos lábios do Povo Escolhido, senão: *Eu posso fazer isso?*

Foram escritos mais de setecentos romances entre 1850 e 1853. Um deles começava assim: *Faz tanto tempo que eu pensei pela última vez nessas manhãs varridas pelo vento*. Outro: *Dizem que todo mundo se lembra da sua primeira vez, mas eu não*. Outro: *O assassinato é um ato feio, sem dúvida, mas o assassinato de um irmão é verdadeiramente o crime mais horrendo conhecido pelo homem*.

Houve 272 livros de memórias ligeiramente veladas, 66 romances policiais e 97 histórias de guerra. Alguém matava o irmão em 107 dos romances. Em apenas 89 não eram cometidas alguma infidelidade. Casais apaixonados imaginavam o que o futuro lhes reservava em 29; 68 terminavam com um beijo; todos, com exceção de 35, usavam a palavra "vergonha". Quem não sabia ler nem escrever fazia romances visuais: colagens, esboços, desenhos a lápis, aquarelas. Uma sala especial foi acrescentada à Biblioteca Yankel e Brod só para os romances sobre o Dia de Trachim, embora poucos deles houvessem sido lidos cinco anos depois de escritos.

Certa vez, quase um século mais tarde, um jovem foi percorrer aqueles corredores.

Estou procurando um livro, disse ele à bibliotecária, que vinha cuidando dos romances de Trachimbrod desde moci-

nha, e era a única habitante que já lera todos. *Foi escrito pelo meu avô.*
Qual era o nome dele?, perguntou a bibliotecária.
Safranbrod, mas acho que ele escreveu sob pseudônimo.
Qual era o nome do livro dele?
Não me lembro do nome. Ele costumava falar sobre o livro a toda hora. Contava histórias do livro para me fazer dormir.
Sobre o que é o livro?, perguntou ela.
É sobre o amor.
Ela riu. *Todos eles são sobre o amor.*

ARTE

Arte é tudo aquilo que tem a ver apenas consigo mesmo – o produto de uma tentativa bem-sucedida de fazer uma obra de arte. Infelizmente, não há exemplos de arte, nem boas razões para pensar que algum já tenha existido. (Tudo que já foi feito foi feito com um propósito, com um fim que era exterior àquilo, isto é, *eu quero vender isto,* ou *eu quero que isto me torne famoso e amado,* ou *eu quero que isto me torne uma pessoa plena,* ou pior, *eu quero que isto torne as outras pessoas plenas.*) Contudo, nós continuamos a escrever, pintar, esculpir e compor. Será tolice nossa?

IFÍCIO

Ifício é tudo aquilo com propósito, criado por motivos funcionais, e que tem a ver com o mundo. Tudo é, de certa forma, um exemplo de ifício.

EFATO

Um efato é um fato pretérito. Por exemplo, muitos acreditam que, depois da destruição do Primeiro Templo, a existência de Deus tornou-se um efato.

ARTIFÍCIO
Artifício é tudo aquilo que foi arte em sua concepção e ifício na sua execução. Olhe em volta. Os exemplos estão por toda parte.

ARTEFATO
Um artefato é o produto de uma tentativa bem-sucedida de criar uma coisa sem finalidade, inútil e bela a partir de um fato pretérito. Nunca será arte, e nunca será fato. Os judeus são artefatos do Éden.

EFATIFÍCIO
A música é bela. Desde o começo dos tempos, nós (os judeus) nos vimos procurando uma nova forma de falar. Frequentemente atribuímos a culpa pelo tratamento recebido ao longo da história a terríveis mal-entendidos. (As palavras nunca significam o que queremos que signifiquem.) Se nos comunicássemos por meio de algo como a música, nunca seríamos mal compreendidos, pois não há nada na música a ser compreendido. Essa foi a origem dos cânticos da Torá, e (com toda a probabilidade) do iídiche – a mais onomatopaica de todas as línguas. É também a razão pela qual os idosos entre nós, em particular aqueles que sobreviveram a um pogrom, cantarolam tão comumente. Na verdade, eles parecem até incapazes de parar de cantarolar, parecem dispostos a tudo para evitar qualquer silêncio ou significado linguístico. Mas até encontrarmos essa nova forma de falar, até encontrarmos um vocabulário não aproximado, as palavras sem sentido são a melhor coisa que temos. Efatifício é uma dessas palavras.

O PRIMEIRO ESTUPRO DE BROD D
O primeiro estupro de Brod D aconteceu por ocasião das celebrações do décimo terceiro festival do Dia de Trachim,

em 18 de março de 1804. Brod estava voltando para casa vindo do carro alegórico de flores azuis – no qual ela desfilara com sua beleza austera durante horas a fio, balançando a cauda de sereia apenas em momentos apropriados, lançando ao fundo do rio de mesmo nome aqueles pesados sacos apenas quando o rabino lhe fazia o meneio necessário – quando foi abordada pelo cavalheiro louco Sofiowka N, cujo nome nosso shtetl usa agora para mapas e censos.

Eu vi tudo, disse ele. *Assisti ao desfile, sabe, de um ponto tão alto, muito alto, acima das pessoas comuns e de suas festividades comuns, das quais, devo confessar, até gostaria de ter participado um pouco. Vi você no seu carro alegórico, e, ah, você estava tão incomum. Você parecia, face a tanto fingimento, tão natural.*

Obrigada, disse ela, e seguiu em frente, lembrando que Yankel avisara que Sofiowka podia falar sem parar, e tinha uma lábia infalível se lhe dessem trela.

Mas aonde você está indo? Não acabei, disse ele, agarrando-lhe o braço magricela. *Seu pai não lhe ensinou a ouvir quando falam com você, para você, embaixo de você, em torno de você, ou até dentro de você?*

Eu gostaria de ir para casa agora, Sofiowka. Prometi a meu pai que comeríamos abacaxi juntos, e vou me atrasar.

Não, não vai, disse ele, fazendo Brod se virar para encará-lo. *Agora você está mentindo para mim.*

Mas eu prometi. Nós combinamos que depois do desfile eu iria para casa e comeria abacaxi com ele.

Mas você disse que prometeu a seu pai, e Brod, talvez você esteja usando essa palavra de maneira leviana, talvez você nem saiba o que ela significa, mas se você ficar aí e me disser que fez uma promessa a seu pai, vou ficar aqui e chamar você de mentirosa.

Você não está dizendo coisa com coisa. Brod riu nervosamente, e recomeçou a caminhar na direção de casa.

Ele a seguiu de perto, pisando na extremidade da cauda. *Quem, eu me pergunto, não está dizendo coisa com coisa,*

Brod? Depois fez com que ela parasse novamente e se voltasse para ele.

Meu pai me deu o mesmo nome do rio porque...

Lá vem você novamente, disse ele, erguendo os dedos do ombro até a base do cabelo dela. Depois enfiou-lhe os dedos no cabelo e derrubou-lhe a tiara azul de Rainha do Desfile. *A mentira não é um bom caminho para uma menina.*

Quero ir para casa agora, Sofiowka.

Então vá.

Mas não posso.

Por que não?

Porque você está segurando o meu cabelo.

Ah, tem razão. Estou mesmo. Nem tinha notado. Isso é seu cabelo, não é? E eu estou segurando esse cabelo, não estou, assim evitando que você vá para casa, ou para qualquer outro lugar. Você poderia gritar, acho eu, mas o que isso adiantaria? Todo mundo está gritando pelas margens, gritando de prazer. Grite de prazer, Brod. Vamos, você pode fazer isso. Um gritinho de prazer.

Por favor, começou ela a choramingar. *Sofiowka, por favor. Eu só quero ir para casa, e sei que meu pai está me esperando...*

Lá vem você novamente, sua puta mentirosa!, berrou ele. *Já não chega de mentiras por uma noite!*

O que você quer?, exclamou Brod.

Ele tirou uma faca do bolso e cortou as tiras que prendiam a roupa de sereia nos ombros dela.

Ela baixou a roupa até os tornozelos e livrou os pés. Depois tirou a calcinha. Com o braço que não estava preso atrás das costas, certificou-se de que a cauda não se sujaria de lama.

Tarde da noite, depois de voltar para casa e descobrir o cadáver de Yankel, viu o Kolker iluminado à janela por um relâmpago.

Vá embora!, gritou ela, cobrindo o peito desnudo com os braços e virando-se para Yankel, protegendo seus corpos do olhar do Kolker. Mas ele não foi embora.
Vá embora!
Não irei sem você, gritou ele através da janela.
Vá embora! Vá embora!
A chuva pingava do lábio superior dele. *Não sem você.*
Eu me matarei!, bradou ela.
Então levarei o seu corpo comigo, disse ele, com as palmas das mãos encostadas na vidraça.
Vá embora!
Não vou!
Yankel teve um tremor no seu *rigor mortis*, derrubando o lampião a óleo, que se apagou no trajeto para o chão, deixando o aposento completamente às escuras. Seu rosto abriu-se num sorriso tenso, revelando para as sombras ao redor um ar de contentamento. Brod deixou os braços caírem ao lado do corpo e virou-se para o Kolker – mostrando seu corpo nu pela segunda vez em treze anos de vida.
Então você tem que fazer uma coisa para mim, disse ela.
Sofiowka foi encontrado na manhã seguinte, pendurado pelo pescoço na ponte de madeira. Suas mãos, amputadas, pendiam de cordões atados aos pés, e no peito estava escrito, com o batom vermelho de Brod: ANIMAL.

O QUE JACOB R COMEU NO CAFÉ DA MANHÃ DE 21 DE FEVEREIRO DE 1877
Batata frita com cebola. Duas fatias de pão preto.

PLÁGIO
Caim matou o irmão por plagiar um de seus poemetos favoritos, que dizia o seguinte:

Salgueiros a alvejar, álamos a tremer,
Leves brisas a soprar e escurecer

*Na onda em eterno correr
Pela ilha no rio a jazer.*

Incapaz de conter a fúria de poeta desprezado, incapaz de continuar a escrever enquanto soubesse que os piratas sem pena colheriam o butim de seu trabalho, incapaz de reprimir a pergunta *Se os versos iâmbicos não são para mim, o que será?*, o incapaz Caim pôs fim ao furto literário para sempre. Ou pelo menos assim pensou.

Para sua grande surpresa, porém, foi ele, Caim, o punido, foi ele o condenado a lavrar a terra, foi ele o forçado a usar aquela terrível marca, e era ele que, apesar de toda a sua triste e espirituosa poesia, podia transar com alguém toda noite, mas não sabia de ninguém que houvesse lido uma única página de sua *magnum opus*.

Por quê?

Deus ama o plagiador. E assim está escrito: "Deus criou os seres humanos à Sua imagem, à imagem de Deus Ele os criou." Deus é o plagiador original. Na ausência de fontes razoáveis das quais surrupiar – o homem criado à imagem de quê? dos animais? –, a criação do homem foi um ato de plágio reflexivo. Deus saqueou o espelho. Quando plagiamos, estamos da mesma forma criando *à imagem*, e participando do acabamento da Criação.

*Serei eu o material de meu irmão?
É claro, Caim. É claro.*

O DIAL
(*Ver* FALSOS ÍDOLOS)

A TOTALIDADE HUMANA

O Pogrom dos Peitos Socados (1764) foi ruim, mas não foi o pior, e sem dúvida ainda haverá outros piores. Eles se deslocavam a cavalo. Estupravam as mulheres grávidas e cortavam os homens mais fortes com foices. Espancavam as crianças até a morte. Faziam-nos amaldiçoar nossos textos mais sagrados. (Era impossível distinguir os gritos dos bebês e dos adultos.) Imediatamente depois que eles partiram, os Corretos e Desleixados se uniram para levantar e deslocar a sinagoga até as Três-Quadras Humanas, transformando-as, ainda que apenas por uma hora, na Totalidade Humana. Sem saber por quê, começamos a socar o peito, como fazemos ao buscar reparação no Yom Kippur. Estaríamos rezando: *Perdoai nossos opressores pelo que eles fizeram?* Ou *Perdoai-nos pelo que foi feito conosco?* Ou *Perdoai-vos por Vossa Inescrutabilidade?* (*Ver* APÊNDICE G: MORTES PRECOCES)

NÓS, OS JUDEUS

Os judeus são tudo aquilo que Deus ama. Como as rosas são lindas, devemos presumir que Deus as ama. Portanto, as rosas são judaicas. Pelo mesmo raciocínio, estrelas e planetas são judaicos, todas as crianças são judias, a "arte" bonita é judaica (Shakespeare não era judeu, mas Hamlet era), e sexo, quando praticado entre marido e mulher numa posição boa e adequada, é judaico. A Capela Sistina é judaica? Pode crer.

OS ANIMAIS

Os animais são tudo aquilo de que Deus gosta, mas que não ama.

OBJETOS QUE EXISTEM

Os objetos que existem são tudo aquilo de que Deus nem chega a gostar.

OBJETOS QUE NÃO EXISTEM

Os objetos que não existem não existem. Se fôssemos imaginar objetos que não existem, eles seriam tudo aquilo que

Deus odeia. Esse é o argumento mais forte contra os descrentes. Se Deus não existisse, teria de se odiar, e isso obviamente é absurdo.

OS 120 CASAMENTOS DE JOSEPH E SARAH L

O jovem casal casou-se pela primeira vez em 5 de agosto de 1744, quando Joseph tinha oito anos, e Sarah seis. O casamento terminou pela primeira vez seis dias mais tarde, quando Joseph recusou-se a acreditar, para frustração de Sarah, que as estrelas eram pregos de prata, prendendo o negrume do céu. Eles casaram novamente quatro dias mais tarde, quando Joseph deixou um bilhete sob a porta da casa dos pais de Sarah: *Pensei em tudo que você me disse, e realmente acredito que as estrelas são pregos de prata.* Terminaram o casamento novamente um ano mais tarde, quando Joseph tinha nove anos e Sarah sete, por causa de uma discussão sobre a natureza do fundo do rio Brod. Uma semana mais tarde, já estavam casados de novo, desta vez incluindo nos votos matrimoniais que deveriam se amar até a morte, independentemente da existência de um fundo no rio Brod, da temperatura desse fundo (caso existisse), e da possível existência de estrelas-do-mar no possivelmente existente leito do rio. Terminaram o casamento trinta e sete vezes nos sete anos seguintes, e a cada vez casavam-se de novo com uma lista maior de votos. Divorciaram-se duas vezes quando Joseph tinha vinte e dois anos e Sarah vinte, quatro vezes aos vinte e cinco e vinte e três, respectivamente, e oito vezes, o máximo alcançado num só ano, aos trinta e vinte e oito anos. Casaram-se pela última vez aos sessenta e cinquenta e oito anos, apenas três semanas antes de Sarah morrer de insuficiência cardíaca e Joseph afogar-se no banho. O contrato de casamento ainda está pendurado na porta da casa que eles partilhavam de vez em quando – pregado no batente superior e roçando no capacho de boas-vindas, onde se lê SHALOM:

> É com duradoura devoção que nós, Joseph e Sarah L, nos reunimos no indissolúvel laço do matrimônio, prometendo amor até a morte, compreendendo que as estrelas são pregos de prata no céu, independentemente da existência de um fundo no rio Brod, da temperatura desse fundo (caso exista), e da possível existência de estrelas-do-mar no possivelmente existente leito do rio, indiferentes ao fato de que pode ou não ter havido derramamentos acidentais de suco de uva, combinando esquecer que Joseph brincava com bastões e bolas com seus amigos quando prometera ajudar Sarah a enfiar a agulha na linha para a colcha que ela estava costurando, e que Sarah deveria ter dado a colcha a Joseph, não ao amigo deste, considerando irrelevantes certos detalhes sobre a história da carroça de Trachim, tais como se foi Chana ou Hannah quem primeiro viu os curiosos destroços flutuantes, ignorando o simples fato de que Joseph ronca feito um porco e de que Sarah também não é lá essas coisas como companhia na cama, deixando passar certas tendências de ambas as partes a lançar olhares por demais demorados para membros do sexo oposto, sem fazer escarcéu por Joseph ser tão desleixado, largando as roupas onde quer que ache que deva despi-las, à espera de que Sarah apanhe-as, lave-as, e ponha-as no devido lugar como ele deveria fazer, ou por Sarah ser uma chata da porra a respeito das menores coisas, tais como o modo como o papel higiênico se desenrola, ou um atraso de cinco minutos em relação à hora planejada para o jantar,

pois, convenhamos, é Joseph que põe o papel no rolo e o jantar na mesa, esquecendo se a beterraba é uma hortaliça melhor que o repolho, deixando de lado os problemas de teimosia e falta de sensatez crônica, tentando apagar a lembrança de uma roseira há muito extinta que certo alguém deveria ter se lembrado de regar quando sua esposa estivesse visitando a família em Rovno, aceitando nossas diferenças no passado, nossas diferenças no presente e nossas prováveis diferenças no futuro... que possamos viver juntos em amor resoluto e boa saúde, amém.

O LIVRO DAS REVELAÇÕES

(Para uma listagem completa das revelações, *ver* APÊNDICE Z_{32}. Para uma listagem completa de gêneses, *ver* APÊNDICE Z_{33}.)

O fim do mundo tem chegado com frequência, e com frequência continua a chegar. Inclemente, incansável, trazendo escuridão após escuridão, o fim do mundo é algo com que já nos tornamos bastante familiarizados. Já o transformamos num hábito e num ritual. Nossa religião manda que tentemos esquecê-lo em sua ausência, aceitá-lo quando não puder ser negado e devolver seu abraço quando enfim chega para nós, como sempre faz.

Ainda não existiu um ser humano que sobrevivesse a um período da história sem pelo menos um fim do mundo. É objeto de amplo debate acadêmico se os bebês natimortos estão sujeitos às mesmas revelações – se poderíamos dizer que eles viveram sem finais. Esse debate, é claro, exige um exame meticuloso de uma questão mais profunda: *O mundo primeiro se criou ou se findou?* O sopro que o Senhor nosso Deus deu sobre o universo foi uma gênese ou uma revelação? Devemos contar aqueles sete dias para a frente ou para trás? Qual era o gosto da maçã, Adão? E a metade do verme que você descobriu naquela polpa doce e amarga: era a cabeça ou a cauda?

O QUE FOI, EXATAMENTE, QUE YANKEL D FEZ
(*Ver* A CONTA VERGONHOSA DE YANKEL D)

AS CINCO GERAÇÕES ENTRE BROD E SAFRAN
Brod teve três filhos com o Kolker, todos chamados Yankel. Os dois primeiros morreram no moinho de trigo, vítimas, como o pai, da serra circular. (*Ver* APÊNDICE G: MORTES PRECOCES). O terceiro Yankel, concebido através do buraco depois do exílio do Kolker, levou uma vida longa e produtiva, que incluiu muitas experiências, sentimentos e pequenos acúmulos de sabedoria, sobre os quais nenhum de nós jamais saberá coisa alguma. Esse Yankel gerou Trachimkolker. Trachimkolker gerou Safranbrod. Safranbrod gerou Trachimyankel. Trachimyankel gerou Kolkerbrod. Kolkerbrod gerou Safran. Pois está escrito: *E SE DEVEMOS LUTAR POR UM FUTURO MELHOR, NÃO PRECISAMOS ESTAR FAMILIARIZADOS E RECONCILIADOS COM NOSSO PASSADO?*

AS 613 TRISTEZAS DE BROD
A seguinte enciclopédia de tristeza foi encontrada no corpo de Brod D. As 613 tristezas originais, escritas no diário dela, correspondem aos 613 mandamentos da nossa (não deles) Torá. Mostrado abaixo está o que foi possível salvar depois que Brod foi resgatada. (As páginas molhadas do diário imprimiram as tristezas no corpo dela. Apenas uma pequena fração [55] estava legível. As outras 558 tristezas se perderam para sempre, e espera-se que, sem saber quais eram, ninguém tenha de experimentá-las.) O diário de onde elas foram extraídas nunca foi encontrado.

TRISTEZAS DO CORPO: Tristeza do espelho; Tristeza de parecer ou não com os pais; Tristeza de não saber se o seu corpo é normal; Tristeza de saber que seu [corpo] não é normal; Tristeza de saber que seu corpo é normal; Tristeza da beleza; Tristeza da ma[qu]iagem; Tristeza da dor física; Tristeza de [formigamento]; Tristeza de roupas [*sic*]; Tristeza da pálpebra tremendo; Tristeza de uma costela ausente; Tristeza percep[tível]; Tristeza de passar despercebida; A tristeza de ter uma genitália que não é como a do seu amante; A tristeza de ter uma genitália que é como a do seu amante; Tristeza das mãos...

TRISTEZAS DO ESPÍRITO: Tristeza do amor de Deus; Tristeza das costas de Deus [*sic*]; Tristeza do filho favorito; Tristeza de est[ar] triste diante do próprio Deus; Tristeza do oposto da crença [*sic*]; Tristeza do E se? Tristeza de Deus sozinho no céu; Tristeza de um Deus que precisaria de gente para rezar para Ele...

TRISTEZAS DO INTELECTO: Tristeza de ser mal compreendida [*sic*]; Tristeza do humor; Tristeza do amor se[m] desprendimento; Triste[za de se]r inteligente; Tristeza de não saber palavras suficientes para [expressar o que você quer dizer]; Tristeza de ter opções; Tristeza de querer tristeza; Tristeza da confusão; Tristeza de pássaros domes[tic]ados; Tristeza de term[inar] um livro; Tristeza de lembrar; Tristeza de esquecer; Tristeza da ansiedade...

TRISTEZAS INTERPESSOAIS: Tristeza de ficar triste diante dos próprios pais; Tr[is]teza do amor falso; Tristeza do amor [*sic*]; Tristeza da amizade; Tristeza de uma conv[er]sa ruim; Tristeza do que poderia-ter-sido; Tristeza secreta...

TRISTEZAS DO SEXO E DA ARTE: Tristeza da excitação ser um estado físico incomum; Tristeza de sentir necessidade de criar coisas belas; Tristeza do ânus; Tristeza do contato visual durante a felação e a cunilíngua; Tristeza do beijo; Tristeza de se mover depressa demais; Tristeza de não se mo[ve]r; Tristeza do modelo nu; Tristeza da arte do retratismo; Tristeza do único artigo notável de Pinchas T "Para o Pó: Do Homem Vieste e ao Homem Voltarás", em que ele argumentava que seria possível, teoricamente, que a vida e a arte se invertessem...

Estamos escrevendo... Estamos escrevendo...

24 de dezembro de 1997

Querido Jonathan,
 *N*unca mais vamos mencionar nossos escritos um para o outro. Vou enviar minha história para você, e imploro (tal como Pequeno Igor) que você continue a enviar a sua, mas não façamos correções nem observações. Não elogiemos nem censuremos. Não julguemos, em absoluto. Já estamos distantes disso.
 *A*gora estamos falando juntos, Jonathan, e não separados. Estamos um com o outro, trabalhando na mesma história, e estou certo de que você também sente isso. Sabia que eu sou a moça cigana e você é Safran, que eu sou o Kolker e você é Brod, que eu sou sua avó e você é Vovô, que eu sou Alex e você é você, e que eu sou você e você é eu? Não compreende que estamos trazendo segurança e paz um para o outro? Quando ficamos sob as estrelas em Trachimbrod, você também não sentiu isso? Não apresente não verdades para mim. Não para mim.
 E aqui, Jonathan, está uma história para você. Uma história fiel. Informei a Papai que estava indo a uma discoteca famosa ontem à noite. Ele disse: "Estou certo de que você voltará para casa com companhia?" Se você quer saber o que estava na boca dele, era vodca. "Não pretendo", disse eu. "Você será tão tão carnal", disse ele, rindo. Depois me tocou no ombro, e digo a você que aquilo foi como o toque do demônio. Fiquei muito envergonhado de nós. "Não, vou apenas dançar e me divertir com meus amigos", disse eu. "Chapa, Chapa", disse ele. "Cale a boca!", disse eu, agarrando o pulso dele. Informo a você que essa foi a primeira ocasião em que pronunciei algo assim para ele, e a primeira ocasião em que me movi na direção dele com violência. "Desculpe", disse eu depois, largando o pulso dele. "Vou

fazer você se desculpar", disse ele. Fui uma pessoa sortuda por ele ter bebido tanta vodca que não teve consideração bastante para me socar.

Não fui a uma discoteca famosa, é claro. Como já mencionei, frequentemente informo a Papai que vou a uma discoteca famosa, mas depois vou para a praia. Não vou a uma discoteca famosa para poder depositar minha moeda corrente na caixa de biscoitos a fim de me mudar para a América com Pequeno Igor. Mas devo informar a você que isso também é porque eu não amo discotecas famosas. Elas me deixam desalegre e abandonado. Estou aplicando essa palavra corretamente? Abandonado?

A praia estava linda ontem à noite, mas isso não me surpreendeu. Adoro ficar sentado na beira da terra, sentindo a água me beirar e depois me deixar. Às vezes remouo os sapatos e ponho os pés onde acho que a água chegará. Já tentei pensar na América em relação a onde estou na praia. Imagino uma linha, uma linha branca, pintada na areia e no oceano, indo de mim até você.

Eu estava sentado na beira da água, pensando em você, e em nós, quando ouvi uma coisa. A coisa não era nem água, nem vento, nem insetos. Virei a cabeça e vi o que era. Alguém estava andando na minha direção. Isso me apavorou muito, porque nunca avisto outras pessoas na praia quando vou lá à noite. Não havia nada aproximado a mim, nada que pudesse estar atraindo alguém, a não ser eu. Calcei os sapatos e comecei a me afastar daquela pessoa. Seria a polícia? A polícia muitas vezes se aproveita de pessoas que estão sentadas sozinhas. Seria um criminoso? Eu não estava com muito medo de um criminoso, porque eles não têm armas de primeira qualidade, e não podem infligir muito. A menos que o criminoso seja da polícia. Dava para ouvir que a pessoa ainda estava vindo na minha direção. Fiz um andar mais rápido. A pessoa me perseguiu com velocidade. Não olhei novamente para tentar testemunhar quem era, pois não queria que a pessoa soubesse que fora percebida por mim. Soava aos meus ouvidos que ela estava chegando mais perto e que logo me alcançaria, de modo que comecei a correr.

Então ouvi "Sasha!", e terminei minha corrida. "Sasha, é você?"

Eu me virei. Vovô estava curvado com a mão no estômago. Vi que ele estava manufaturando respirações muito fundas. "Estava procurando você", disse ele. Não entendi como ele descobrira que deveria procurar por mim na praia. Como informei a você, ninguém fica ciente de que eu vou à praia à noite. "Estou aqui", disse eu, coisa que soou esquisita, mas eu não sabia o que dizer. Ele endireitou o corpo e disse: "Tenho uma pergunta."

Foi a primeira ocasião que recordo de Vovô se dirigir a mim sem qualquer coisa entre nós. Ali não havia Papai, herói, cadela, televisão, nem comida. Meramente nós. "O que é?", perguntei, pois percebi que ele não seria capaz de fazer a pergunta sem que eu ajudasse. "Quero lhe pedir uma coisa, mas você precisa compreender que só estou pedindo emprestado essa coisa, e também precisa compreender que pode negar e eu não ficarei machucado ou pensarei qualquer coisa má de você", disse ele. "O que é?", perguntei, pois não conseguia pensar em nada que eu possuísse e que Vovô desejasse. Não conseguia pensar em nada no mundo que Vovô desejasse.

"Desejo pedir emprestada a sua moeda corrente", disse ele. Na verdade, eu fiquei muito vergonhado. Ele não labutou a vida toda a fim de precisar pedir moeda corrente ao neto. "Eu emprestarei", disse eu. E não deveria ter pronunciado mais nada. Deveria ter permitido que "eu emprestarei" falasse por tudo que já tive a dizer a Vovô, que "eu emprestarei" fosse todas as minhas perguntas, todas as respostas dele a essas perguntas e todas as minhas respostas a essas respostas. Mas isso não era possível. "Por quê?", perguntei.

"Por que o quê?"

"Por que você deseja a minha moeda corrente?"

"Porque não tenho uma soma suficiente."

"Para o quê? Para que você necessita da minha moeda corrente?"

Ele virou a cabeça para a água e não disse nada. Seria aquilo uma resposta? Ele mexeu o pé na areia e fez um círculo.

"Estou inequívoco de que posso achar Augustine", disse ele. "Quatro dias. Talvez cinco. Mas não poderia exigir mais do que uma semana. Nós estávamos muito perto."

Eu deveria ter dito novamente "eu emprestarei", e novamente não ter dito mais nada. Deveria ter estimado que Vovô é muito mais idoso do que eu, e por causa disso é mais sábio; se não isso, então que ele merece que eu não o questione. Em vez disso, porém, eu disse: "Não. Nós não estávamos perto."

"Sim", disse ele, "estávamos."

"Não. Não estávamos a cinco dias de achar Augustine. Estávamos a cinquenta anos de encontrar Augustine."

"É uma coisa que preciso fazer."

"Por quê?"

"Você não entenderia."

"Entenderia. Eu entendo."

"Não, não poderia."

"Herschel?"

Ele desenhou outro círculo com o pé.

"Então me leve com você", *disse eu. Não estava querendo dizer aquilo.*

"Não", *disse ele.*

Eu desejava dizer aquilo novamente, "Me leve com você", *mas sabia que ele responderia novamente* "Não", *e acho que não conseguiria ouvir aquilo sem chorar, e sei que não posso chorar à vista de Vovô.*

"Não é necessário que você decida agora", *disse ele.* "Não achei que você decidiria rapidamente. Prevejo que você dirá não."

"Por que você acha que eu direi não?"

"Porque você não compreende."

"Eu compreendo."

"Não, não compreende."

"É possível que eu diga sim."

"Eu daria qualquer possessão minha que você deseje. Pode ser sua até que eu restaure a moeda corrente a você, o que *será* cedo."

"Me leve com você", *disse eu, e novamente não pretendia dizer aquilo, mas a coisa soltou-se da minha boca, como os artigos da carroça de Trachim.*

"*Não*", *disse ele.*
"*Por favor*", *disse eu.* "*Será menos rígido comigo. Eu poderia ajudar muito.*"
"*Preciso encontrar Augustine sozinho*", *disse ele, e naquele momento tive certeza de que se desse a Vovô a moeda corrente permitisse que ele partisse, jamais o reveria.*
"*Leve Pequeno Igor.*"
"*Não*", *disse ele.* "*Sozinho.*" *Sem palavras. E depois:* "*Não informe Papai.*"
"*É claro*", *disse eu, pois é claro que não informaria Papai.*
"*Este precisa ser o nosso segredo.*"
Foi essa última coisa que ele disse que deixou a marca mais permanente no meu cérebro. Só me ocorreu depois que ele pronunciou aquilo, mas nós temos um segredo. Temos uma coisa entre nós que ninguém mais no mundo sabe ou poderia saber. Temos um segredo juntos, e não mais afastados.
Informei a ele que eu rapidamente lhe apresentaria minha resposta.

Não sei o que fazer, Jonathan, e desejo que você me diga o que acha que é a coisa certa. Sei que não é necessário haver apenas uma coisa certa. Pode haver duas coisas certas. Pode haver nenhuma coisa certa. Eu considerarei o que você indicar. É uma promessa. Mas não posso prometer que harmonizarei. Há coisas que você não pode saber. (E também, é claro, já terei tomado minha decisão quando você receber esta carta. Sempre nos comunicamos nesse tempo deslocado.)

Não sou uma pessoa tola. Sei que Vovô nunca conseguirá restaurar minha moeda corrente. Isso significa que não poderei me mudar com Pequeno Igor para a América. Nossos sonhos não podem existir ao mesmo tempo. Eu sou tão jovem, e ele é tão idoso, e esses dois fatos deveriam nos tornar pessoas merecedoras dos nossos sonhos, mas isso não é uma possibilidade.

Estou certo do que você pronunciará. Você pronunciará: "*Deixe-me dar a você a moeda corrente.*" *Você pronunciará:* "*Você pode devolver a moeda corrente quando tiver, ou pode jamais devolver a moeda cor-*

rente, e isso nunca mais será mencionado." Sei que você pronunciará isso, pois sei que você é uma pessoa boa. Mas isso não é aceitável. Pela mesma razão que Vovô não pode me levar com ele na viagem, eu não posso pegar a sua moeda corrente. Trata-se de escolher. Você consegue entender isso? Por favor, tente. Você é a única pessoa que já compreendeu até um sussurro meu, e digo que eu sou a única pessoa que já compreendeu até um sussurro seu.

Esperarei a sua carta com ansiedade.

Candidamente,
Alexander

UMA ABERTURA PARA A ILUMINAÇÃO

Quando retornamos ao hotel já era bem tarde, e quase muito cedo. O proprietário estava pesado de sono na recepção.
– Vodca – disse Vovô. – Devemos tomar um drinque, nós três.
– Nós quatro – aconselhei eu, apontando para Sammy Davis, Junior, Junior, que fora um tumor benigno o dia inteiro. Portanto, nós quatro fomos para o bar do hotel.
– Voltaram – disse a garçonete, quando nos testemunhou. – De volta com o judeu.
– Cale a boca – disse Vovô. Não disse aquilo numa voz de rachar os ouvidos, mas em voz baixa, como se fosse um fato que ela devesse fechar a boca.
– Estou pedindo desculpas – disse ela.
– Não é nada – falei, pois não queria que se sentisse inferior por causa de um pequeno erro, e também porque podia ver os seus seios quando ela se inclinava para a frente. (Para quem eu escrevi isso, Jonathan? Não quero mais ser repugnante. Também não quero ser engraçado.)
– É uma coisa, sim – disse Vovô. – E agora você precisa pedir leniência ao judeu.
– O que está acontecendo? – perguntou o herói. – Por que não entramos?
– Peça desculpas – disse Vovô à garçonete, que era apenas uma garota, mais jovem até do que eu.

– Estou pedindo desculpas por tê-lo chamado de judeu – disse ela.

– Ela está pedindo desculpas por tê-lo chamado de judeu – repeti ao herói.

– Como ela soube?

– Ela sabe porque eu lhe contei antes, no café da manhã.

– Você disse a ela que eu sou judeu?

– Era um fato apropriado na ocasião.

– Eu estava bebendo mochaccino.

– Devo corrigir isso. Era café.

– O que ele está dizendo? – perguntou Vovô.

– Talvez seja melhor obtermos uma mesa e pedirmos uma grande quantidade de bebida, e também de comida – disse eu.

– O que mais ela disse sobre mim? – perguntou o herói. – Ela disse mais alguma coisa? Dá para ver os peitos dela quando ela se inclina. (Isso foi da sua parte, lembra? Não inventei isso, e portanto não posso ser culpado.)

Perseguimos a garçonete até nossa mesa, que era no canto. Poderíamos ter ficado em qualquer mesa, porque éramos pessoas exclusivas ali. Não sei por que ela nos pôs no canto, mas faço uma ideia.

– O que posso obter para vocês? – perguntou ela.

– Quatro vodcas – disse Vovô. – Uma delas numa tigela. E você tem alguma coisa para comer que não tenha carne?

– Amendoim – disse ela.

– Excelente – retrucou Vovô. – Mas não para Sammy Davis, Junior, Junior, que fica muito doente com isso. É uma coisa terrível quando um único amendoim toca nos lábios dela.

Informei aquilo ao herói, pois pensei que ele acharia humorístico. Ele meramente sorriu.

Quando a garçonete voltou com nossos drinques e uma tigela de amendoim, já estávamos conversando sobre o nosso dia, e também sobre os planos para o dia seguinte.

– Ele deve estar presente no trem às sete da noite, sim?

— Sim, de modo que desejaremos partir do hotel na hora do almoço, para ter uma borda de segurança — falei.

— Talvez tenhamos tempo para mais buscas.

— Não estou tão certo disso — falei. — Onde buscaríamos? Não há nada lá. Não há quem inquirir. Você lembra o que ela disse.

O herói não estava nos dando atenção alguma. Não perguntou uma única vez sobre o que estávamos conversando. Estava sendo sociável apenas com o amendoim.

— Seria mais fácil sem ele — disse Vovô, movendo os olhos para o herói.

— Mas a busca é dele — disse eu.

— Por quê?

— Porque o avô é dele.

— Não estamos procurando o avô dele. Estamos procurando Augustine. Ela não é mais dele do que nossa.

Eu não pensara nisso assim, mas era verdade.

— Sobre o que vocês estão falando? — perguntou-me Jonathan. — E você pode pedir à garçonete mais amendoim?

Eu disse à garçonete para recuperar mais amendoim, e ela disse:

— Vou fazer isso, embora o proprietário ordene que ninguém deva receber mais do que uma tigela de amendoim. Vou fazer exceção para vocês, pois me sinto uma desgraçada por ter chamado o judeu de judeu.

— Obrigado, mas não há razão para se sentir desgraçada — disse eu.

— E quanto a amanhã? — perguntou Jonathan. — Preciso estar no trem às sete, certo?

— Correto.

— O que faremos até lá?

— Não sou uma pessoa certa. Devemos partir muito cedo, pois você deve estar na estação ferroviária duas horas antes da partida do trem. São três horas de carro, e é provável que nos tornemos pessoas perdidas.

– Ao que parece, deveríamos partir agora – disse ele, e riu.
Eu não ri, pois sabia a razão pela qual deveríamos partir cedo. Na verdade, não era por causa das justificações que eu dissera, e sim porque não havia mais o que buscar. Nós tínhamos fracassado.
– Vamos investigar EM CASO DE – disse Vovô.
– O quê? – perguntei.
– A caixa, vamos ver o que está dentro dela.
– Essa é uma má ideia?
– Claro que não – disse ele. – Por que seria?
– Talvez devêssemos deixar Jonathan investigar a caixa confidencialmente, ou talvez ninguém devesse investigar.
– Ela presenteou a caixa para ele com um propósito.
– Eu sei – disse eu. – Mas talvez esse propósito não tenha nada a ver com uma investigação. Talvez o propósito seja que a caixa nunca deva ser aberta.
– Você não é uma pessoa curiosa? – perguntou ele.
– Sou uma pessoa muito curiosa.
– Sobre o que vocês estão falando?
– Você ficaria satisfeito ao investigar EM CASO DE?
– O que você quer dizer com isso?
– A caixa que Augustine presenteou para você hoje. Podemos revistar o conteúdo.
– Essa é uma boa ideia?
– Não estou certo. Perguntei coisa idêntica.
– Não vejo por que seria uma má ideia. Quero dizer, ela me deu a caixa por um motivo.
– Foi isso que Vovô pronunciou.
– Você acha que não há boas razões para fazer isso?
– Não consigo prever nenhuma.
– Nem eu.
– Mas?
– Mas?
– Mas nada – pronunciei eu.

— Mas o quê?

— Mas nada. A decisão é sua.

— E sua.

— Descerrem a porra da caixa – disse Vovô.

— Ele nos mandou descerrar a porra da caixa.

Jonathan pegou a caixa, que estava sob o assento, e colocou-a na mesa. As palavras EM CASO DE estavam escritas no lado, e de perto percebi que haviam sido escritas e apagadas muitas vezes, escritas, apagadas, e escritas novamente.

— Hum – disse ele, fazendo gestos para uma fita vermelha que estava atada em torno da caixa.

— Isso é só para manter a caixa fechada – disse Vovô.

— É só para manter a caixa fechada – afirmei.

— Provavelmente – disse ele.

— Ou para impedir que seja examinada por nós – disse eu.

— Ela não nos disse para não examinar a caixa. Teria dito alguma coisa, não acha?

— Acho que sim.

— Seu avô acha que devemos abrir a caixa?

— Sim.

— E você?

— Não estou certo.

— Como assim, você não está certo?

— Acho que não seria uma coisa tão desgraçada abrir a caixa. Ela teria pronunciado alguma coisa se desejasse que permanecesse sem ser investigada.

— Abram a porra da caixa – disse Vovô.

— Ele nos mandou abrir a porra da caixa.

Jonathan deslocou a fita, que estava enrolada muitas vezes em torno de EM CASO DE, e abriu a caixa. Talvez estivéssemos prevendo que fosse uma bomba, pois quando ela não explodiu ficamos todos estupefatos.

— Até que não foi tão ruim – disse Jonathan.

— Até que não foi tão ruim – repeti eu a Vovô.

– Foi o que eu disse – afirmou Vovô. – Eu disse que não seria tão ruim.

Olhamos para o interior da caixa. Seus ingredientes pareciam muito similares aos da caixa RESTOS, só que talvez houvesse mais.

– É claro que ela queria que abríssemos a caixa – disse Jonathan.

Ele olhou para mim e riu. Depois eu ri, e depois Vovô riu. Rimos porque sabíamos como fôramos desmiolados ao ficar cagões quanto a abrir a caixa. E rimos porque havia muita coisa que não sabíamos, e sabíamos que havia muita coisa que não sabíamos.

– Vamos pesquisar – disse Vovô, passando a mão por EM CASO DE como uma criança remexendo numa caixa de presentes. Escavou um colar. – Vejam.

– É de pérolas, acho – disse Jonathan. – Pérolas verdadeiras.

As pérolas, se eram pérolas verdadeiras, estavam sujas e amareladas. Havia pedaços de terra presos entre elas, como comida entre os dentes.

– Parecem muito idosas – disse Vovô.

Eu disse isso a Jonathan.

– Sim – harmonizou ele. – E sujas. Aposto que estavam enterradas.

– O que significa enterradas?

– Enfiadas no solo, como um cadáver.

– Sim, sei essa coisa. Pode ser similar à aliança na caixa RESTOS.

– Isso.

Vovô segurou o colar junto à vela na nossa mesa. As pérolas, se eram pérolas reais, tinham muitas manchas, e não estavam mais resplandecentes. Ele tentou limpar as pérolas com o polegar, mas elas continuaram sujas.

– É um lindo colar – disse ele. – Comprei um muito similar a esse para a sua avó quando nos apaixonamos. Foi há muitos anos, mas eu me lembro da aparência dele. Comprar o colar pegou toda a minha moeda corrente, portanto, como eu poderia esquecer?

– E onde está agora? – perguntei. – Em casa?

– Não, ela ainda está usando o colar. Não é uma coisa. Foi como ela desejava que fosse.

Ele pôs o colar na mesa, e percebi que o colar não o deixara melancólico, como poderia ser previsto, e sim muito contente.

– Agora você – disse ele, dando um soquinho nas minhas costas, que não tencionava me machucar, mas mesmo assim machucou.

– Ele me mandou escolher alguma coisa – disse eu a Jonathan, pois desejava descobrir como ele responderia à ideia de que eu e Vovô tínhamos o mesmo privilégio que ele de investigar a caixa.

– Vá em frente – disse ele.

Assim, inseri a mão em EM CASO DE.

Senti muitas coisas anormais, e não conseguia dizer o que eram. Não dizíamos isso, mas fazia parte do jogo não avistarmos dentro da caixa quando estivéssemos selecionando a coisa a escavar. Algumas das coisas que minha mão tocava eram lisas, como bolas de gude ou pedras da praia. Outras coisas que minha mão tocava eram frias, como metal, ou quentes, como pele. Havia muitos pedaços de papel. Fiquei certo disso mesmo sem testemunhá-las. Mas não podia saber se aqueles papéis eram fotografias, bilhetes, páginas de um livro ou de uma revista. Escavei o que escavei porque era a maior coisa da caixa.

– Aqui está – disse eu, removendo um pedaço de papel que estava enrolado e amarrado com cordão branco. Removi o cordão e desenrolei o papel na mesa. Jonathan prendeu uma ponta e eu prendi a outra. No papel estava escrito MAPA DO MUNDO, 1791. Embora as formas da terra fossem em certa quantidade

diferentes, aquilo permanecia muito semelhante ao mundo como atualmente conhecido.
– Isso é uma coisa de primeira qualidade – disse eu.
Um mapa como aquele vale muitas centenas e, com sorte, milhares de dólares. Mas, além disso, é uma lembrança de uma época antiga, antes de nosso planeta ficar tão pequeno. Quando o mapa foi feito, pensei, podíamos viver sem saber onde não estávamos vivendo. Isso me fez pensar em Trachimbrod. Lembrei que Lista, a mulher que tanto desejáramos que fosse Augustine, nunca ouvira falar da América. É possível que ela seja a última pessoa na Terra, raciocinei, que não conhece a América. Pelo menos é agradável pensar assim.
– Adorei isso – afirmei a Jonathan, e preciso confessar que não tinha noções quando disse isso a ele. Simplesmente adorei aquilo.
– Pode ficar para você – disse ele.
– Isso não é uma coisa verdadeira.
– Pode ficar. Divirta-se.
– Você não pode me dar isso. Os itens precisam permanecer juntos – disse eu.
– Vá em frente – disse ele. – É seu.
– Tem certeza? – perguntei, pois não desejava que ele se sentisse sobrecarregado ao me presentear o mapa.
– Tenho plena certeza. Pode ser um suvenir da nossa viagem.
– Suvenir?
– Uma coisa para fazer você lembrar.
– Não. Vou dar isso para Pequeno Igor, se for aceitável para você. – Pois sabia que o mapa era uma coisa que Pequeno Igor também adoraria.
– Diga a ele para se divertir – disse Jonathan. – Pode ser um suvenir para ele.
– Agora você – disse eu a Jonathan, pois chegara a oportunidade dele de escavar EM CASO DE. Ele virou a cabeça para o lado e inseriu a mão. Não requereu uma quantidade grande de tempo.

– Pronto – disse, removendo um livro e colocando-o na mesa. Parecia muito velho. – O que é?

Removi a poeira da capa. Jamais testemunhara um livro similar àquele. O escrito estava em ambas as capas, e quando descerrei o livro, vi que o escrito também estava nos interiores de ambas as capas, e, é claro, em cada página. Era como se não houvesse espaço suficiente no livro para o livro. Ao longo do lado podia-se ler em ucraniano: *O Livro de Antecedentes*. Contei aquilo a Jonathan.

– Leia alguma coisa para mim – disse ele.

– O começo?

– Qualquer lugar, não importa.

Fui para uma página do meio e selecionei uma parte do meio da página para ler. Era muito difícil, mas fui traduzindo para o inglês enquanto lia.

– O shtetl estava colorido com as ações de seus residentes – disse eu. – Como todas as cores haviam sido usadas, era impossível perceber o que fora manuseado por seres humanos e o que era fruto das mãos da natureza. Getzel G, corria o boato, provavelmente tocara o violino de todo mundo... embora não soubesse tocar violino!... porque as cordas estavam da cor dos seus dedos. As pessoas murmuravam que Gesha R estava tentando virar ginasta. Pois a linha divisória judaico/humana estava amarela como suas mãos. E quando o vermelho do rosto de uma estudante foi tomado erradamente pelo vermelho dos dedos de um homem santo, a estudante foi xingada.

Ele sustentou o livro e examinou-o, enquanto eu contava para Vovô o que lera.

– É maravilhoso – disse Jonathan. Preciso confessar que ele examinava o livro de modo similar ao de Vovô examinando a fotografia de Augustine.

(Pode entender isso como um presente meu para você, Jonathan. E assim como eu estou salvando você, você poderia salvar Vovô. Só estamos a dois parágrafos de distância. Por favor, tente achar outra opção.)

– Agora você – disse Jonathan a Vovô.

– Ele diz que é você agora – traduzi.

Ele desviou o rosto da caixa e inseriu a mão. Éramos semelhantes a três crianças.

– Há tantas coisas – disse ele. – Não sei qual pegar.

– Ele não sabe qual pegar – repeti a Jonathan.

– Há tempo para todas – disse Jonathan.

– Talvez esta – afirmou Vovô. – Não, esta aqui. É macia e bonita. Não, esta aqui. Esta tem peças que se movem.

– Há tempo para todas – disse eu, pois lembre-se de onde estamos na nossa história, Jonathan. Ainda pensávamos que possuíamos tempo.

– Pronto – disse Vovô, escavando uma fotografia. – Ah, uma coisa simples. Muita falta de sorte. Achei que parecia uma coisa diferente.

Ele colocou a fotografia na mesa sem examiná-la. Eu também não a examinei, pensando: Por que deveria? Vovô estava correto, a fotografia parecia muito simples e comum. Havia provavelmente cem fotografias assim na caixa. A rápida vista que lancei nada mostrou de anormal. Eram três homens, ou talvez quatro.

– Agora você – disse Vovô. Virei a cabeça e inseri a mão. Como minha cabeça estava virada para não avistar a caixa, fiquei testemunhando Jonathan enquanto minha mão investigava. Uma coisa macia. Uma coisa áspera. Jonathan moveu a fotografia para seu rosto, não porque fosse uma pessoa interessada, e sim porque não havia nada mais a fazer no momento, enquanto eu vasculhava a caixa. Lembro que ele comeu um punhado de amendoins, e deixou um punhado descender ao chão para Sammy Davis, Junior, Junior. Deu um gole diminuto na vodca. Desviou o olhar da fotografia por um momento. Eu senti uma pena e um osso. Depois lembro que ele olhou para a fotografia novamente. Senti uma coisa macia. Uma coisa diminuta. Ele desviou o olhar da fotografia, olhou para ela novamente, e depois desviou o olhar. Uma coisa dura. Uma vela. Uma coisa quadrada. Uma picada de alfinete.

– Ah, meu Deus – disse ele, segurando a fotografia junto à luz da vela. Depois abaixou-a. Ergueu-a novamente, e dessa vez colocou-a junto do meu rosto, para observar a fotografia e o meu rosto ao mesmo tempo.

– O que ele está fazendo? – perguntou Vovô.
– O que você está fazendo? – repeti.
Jonathan colocou a fotografia na mesa.
– É você – disse.
Removi a mão da caixa.
– Quem é eu?
– O homem nessa fotografia. É você.
Ele me deu a fotografia. Dessa vez examinei-a com muito escrutínio.
– O que é? – perguntou Vovô.
Havia quatro pessoas na fotografia: dois homens, uma mulher e um bebê que a mulher estava segurando.
– Esse aqui à esquerda – disse Jonathan.

Ele pôs o dedo embaixo do rosto do homem, e preciso confessar, a única coisa verdadeira a fazer era admitir, ele se parecia comigo. Era como se fosse um espelho. Sei que isso é uma expressão idiomática, mas estou dizendo isso sem qualquer outro significado além das palavras. Era como se fosse um espelho.

– O quê? – perguntou Vovô.
– Um momento – disse eu, levantando a fotografia à luz da vela. O homem até ficava em pé da mesma maneira potente que eu fico. As bochechas se pareciam com as minhas. Os olhos se pareciam com os meus. Os cabelos, os lábios, os braços e as pernas se pareciam com os meus. Nem pareciam os meus. *Eram* meus.

– Diga o que é – disse Vovô.
Apresentei a ele a fotografia, e escrever o resto dessa história é a coisa mais impossível.

A princípio ele a examinou para ver do que era a fotografia. Como ele estava olhando para baixo a fim de avistar a fotografia, que jazia sobre a mesa, eu não podia ver o que seus olhos estavam desempenhando. Ele levantou os olhos da fotografia. Olhou para Jonathan e para mim. Sorriu. Até moveu os ombros para cima, como uma criança às vezes faz. Fez um pequeno riso e depois apanhou a fotografia. Segurou-a junto ao rosto com uma das mãos, e a vela junto ao rosto com a outra. Aquilo fazia muitas sombras onde a pele dele tinha dobras, em muito mais lugares do que eu já observara. Dessa vez vi os olhos dele viajarem de um lado para o outro na fotografia. Eles paravam em cada pessoa, e testemunhavam cada pessoa dos pés ao cabelo. Depois ele ergueu o olhar novamente. Sorriu novamente para Jonathan e para mim. Também moveu os ombros como uma criança novamente.

– Parece comigo – falei.

– É, parece – disse ele.

Não olhei para Jonathan, pois eu tinha certeza de que ele estava olhando para mim. Olhei para Vovô, que estava investigando a fotografia, mas tenho certeza de que ele se sentiu avistado por mim.

– Exatamente como eu. Ele também observou isso – falei sobre Jonathan, pois eu não queria ficar sozinho nessa observação.

(Aqui é quase impossível continuar. Já cheguei a este ponto muitas vezes, corrigindo as partes que você desejaria que eu corrigisse, fazendo mais graças e invenções, e escrevendo como se fosse você a escrever isso. Mas toda vez que tento perseverar, minha mão treme tanto que não consigo segurar a caneta. Faça isso para mim. Por favor. Agora é com você.)

Vovô escondeu o rosto atrás da fotografia.

(E isso não me parece uma coisa tão covarde de fazer, Jonathan. Nós também esconderíamos o rosto, sim? Na verdade, tenho certeza que faríamos isso.)

– O mundo é tão pequeno – disse ele.

(Ele riu nesse momento, como você se lembra, mas você não pode incluir isso na história.)

– Parece tanto comigo – disse eu.

(E então ele pôs as mãos embaixo da mesa, você se lembrará, mas isso é um detalhe que fará com que ele pareça fraco. Já não basta que estejamos escrevendo isso?)

– Como uma combinação de seu pai, sua mãe, Brejnev e você mesmo.

(Não foi errado fazer uma graça aqui. Era a coisa certa a fazer.)

Eu sorri.

– Quem você acha que é? – perguntei.

– Quem *você* acha que é? – perguntou ele.

– Não sei.

– Você não precisa apresentar não verdades para mim, Sasha. Não sou uma criança.

(Mas eu apresento. É isso que você nunca consegue entender. Apresento não verdades a fim de proteger você. É também por isso que eu tento tão inflexivelmente ser uma pessoa engraçada. Tudo para proteger você. Eu existo caso você precise ser protegido.)

– Eu não compreendo – disse eu. (Eu compreendo.)

– Você não compreende? – perguntou ele. (Você compreende.)

– Onde a fotografia foi feita? – perguntei. (Deve haver alguma explicação.)

– Em Kolki.

– De onde você é? (Você sempre disse Odessa... Para se apaixonar...)

– Sim. Antes da guerra. (É assim que as coisas são. É assim, na verdade, que elas são.)

– A avó de Jonathan?

– Não sei o nome dela, e não quero saber o nome dela.

(Preciso informar a você, Jonathan, que eu sou uma pessoa muito triste. Estou sempre triste, acho. Talvez isso signifique que não sou nem um pouco triste, pois a tristeza é algo inferior à nossa disposição normal, e eu estou sempre na mesma. Talvez eu seja a única pessoa no mundo, então, que nunca fica triste. Talvez eu tenha sorte.)

– Eu não sou uma pessoa ruim – disse ele. – Sou uma pessoa boa que viveu numa época ruim.

– Sei disso – disse eu. (Mesmo que você fosse uma pessoa ruim, eu saberia que você é uma pessoa boa.)

– Você deve informar tudo isso a ele, tal como estou informando a você – disse ele. Aquilo me surpreendeu muito, mas não perguntei por quê. Não perguntei coisa alguma. Só fiz o que ele comandou. Jonathan abriu o diário e principiou a escrever. Escreveu cada palavra que foi dita. Aqui está o que ele escreveu:

– Tudo que eu fiz foi porque achava que era a coisa correta a se fazer.

– Tudo que ele fez foi porque achava que era a coisa correta a se fazer – traduzi.

– Não sou um herói, é verdade.

– Ele não é um herói.

– Mas também não sou uma pessoa ruim.

– Mas ele não é uma pessoa ruim.

– A mulher na fotografia é sua avó. Ela está segurando o seu pai. O homem de pé ao meu lado era o nosso melhor amigo, Herschel.

– A mulher na fotografia é minha avó. Ela está segurando meu pai. O homem de pé ao lado do Vovô era o melhor amigo dele, Herschel.

– Herschel está usando um solidéu na fotografia porque era judeu.

– Herschel era judeu.
– E era o meu melhor amigo.
– Era o melhor amigo dele.
– E eu o matei.

COMEÇANDO A AMAR, 1934-1941

NA ÚLTIMA VEZ em que eles fizeram amor, sete meses antes de ela se matar e ele casar-se com outra pessoa, a moça cigana perguntou ao meu avô como ele arrumava os livros dele.

Ela era a única para quem ele voltava sem que ela pedisse. Eles se encontravam no bazar – ele ficava observando, não apenas na expectativa, mas também com orgulho, enquanto ela enfeitiçava as cobras em cestas de vime com a música ondulante da flauta. Encontravam-se no teatro, ou diante de sua cabana com teto de sapê na aldeia cigana, do outro lado do rio Brod. (Naturalmente, ela nunca podia ser vista perto da casa dele.) Encontravam-se na ponte de madeira, ou embaixo da ponte de madeira, ou então junto às cachoeiras pequenas. Mas geralmente terminavam no canto petrificado da Floresta Radziwell, trocando gracejos e histórias, rindo da tarde ao anoitecer, fazendo amor – que pode ou não ter sido amor – sob as copas de pedra.

Você acha que sou maravilhosa?, perguntou ela um dia, quando eles se encostaram no tronco de um bordo petrificado.

Não, disse ele.

Por quê?

Porque tantas moças são maravilhosas. Imagino que centenas de homens já chamaram suas amadas de maravilhosas hoje, e ainda é meio-dia. Você não pode ser uma coisa que centenas de outras são.

Está dizendo que sou não maravilhosa?

Estou.

Ela passou o dedo pelo braço morto dele. *Você acha que eu sou não linda?*

Você é incrivelmente não linda. Você é a coisa mais distante possível de linda.

Ela desabotoou a camisa dele.

Eu sou inteligente?

Não. É claro que não. Eu nunca chamaria você de inteligente.

Ela se ajoelhou para desabotoar a calça dele.

Eu sou sensual?

Não.

Engraçada?

Você é não engraçada.

Isso é gostoso?

Não.

Você gosta disso?

Não.

Ela desabotoou a própria blusa. Inclinou-se, encostando nele.

Quer que eu continue?

Ela já estivera em Kiev, Odessa e até em Varsóvia, descobriu ele. Vivera entre os Fumeiros de Ardisht durante um ano, quando a mãe ficou mortalmente doente. Contou-lhe viagens de navio que fizera para lugares de que ele nunca ouvira falar, e histórias que ele sabia serem completamente mentirosas, até não verdades ruins. Mas ele balançava a cabeça e tentava se convencer a ficar convencido daquilo, tentava acreditar nela, pois sabia que a origem de uma história é sempre uma ausência, e queria que ela vivesse entre presenças.

Na Sibéria, disse ela, *há casais que fazem amor separados por centenas de quilômetros, e na Áustria há uma princesa que tatuou no próprio corpo a imagem do corpo do amante, para ver o amante quando se olhasse no espelho. E no outro lado do mar Negro há uma mulher de pedra – eu nunca vi, mas minha tia já – que ganhou vida por causa do amor do escultor!*

Safran trazia flores e chocolates para a moça cigana (sempre presentes das suas viúvas) e compunha-lhe poemas que a faziam rir.

Como você pode ser tão burro!, disse ela.

Por que sou burro?

Porque as coisas que seriam mais fáceis de você dar são as coisas mais difíceis de você dar. Flores, chocolates e poemas não significam nada para mim.

Você não gosta dessas coisas?

Não, vindas de você.

O que você gostaria que eu lhe desse?

Ela deu de ombros, não por perplexidade, mas por constrangimento. (Ele era a única pessoa na Terra que conseguia constrangê-la.)

Onde você guarda seus livros?, perguntou ela.

No meu quarto.

No seu quarto, onde?

Nas prateleiras.

De que forma os seus livros são arrumados?

O que isso importa para você?

Porque eu quero saber.

Ela era cigana. Ele era judeu. Quando ela segurava a mão dele em público, coisa que ele sabia que ela sabia que ele odiava, ele criava uma razão para precisar da mão – pentear o cabelo, apontar para o lugar onde o pai do seu tataravô derramara as moedas de ouro na margem como um vômito dourado despejado do saco – e depois a metia no bolso, eliminando a situação.

Sabe do que eu preciso agora?, disse ela, segurando o braço morto dele enquanto caminhavam pelo bazar dominical.

Diga, que é seu. Qualquer coisa.

Quero um beijo.

Você pode ter quantos quiser, onde quiser.
Aqui, disse ela, pondo o dedo indicador nos lábios. *Agora.*
Ele apontou para uma viela próxima.
Não. Quero um beijo aqui, disse ela, pondo o dedo nos lábios, *agora*.
Ele riu. *Aqui?* Pôs o dedo nos próprios lábios. *Agora?*
Aqui, disse ela, pondo o dedo nos lábios. *Agora.*
Eles riram juntos. Um riso nervoso. Começando com pequeninas risadas. Aumentando. Riso mais alto. Multiplicando. Mais alto ainda. Ao quadrado. Riso entre arquejos. Riso incontrolável. Violento. Infinito.
Não posso.
Eu sei.
Meu avô e a moça cigana fizeram amor durante sete anos, pelo menos duas vezes por semana. Já haviam confessado todos os segredos; explicado o melhor que podiam o funcionamento de seus corpos um para o outro; tinham sido fortes e passivos, egoístas e altruístas, falantes e silenciosos.
Como você arruma seus livros?, perguntou ela, quando os dois estavam deitados numa cama de pedrinhas redondas e solo duro.
Já disse a você, eles ficam em prateleiras no meu quarto.
Fico pensando se você consegue imaginar sua vida sem mim.
É claro que consigo, mas não gosto de imaginar.
Não é agradável, é?
Por que você está fazendo isso?
É só uma coisa que eu estava imaginando.
Nenhum dos seus amigos – se é que podia ser dito que ele tinha outros amigos – sabia da moça cigana, e nenhuma das suas outras mulheres sabia da moça cigana. Seus pais, naturalmente, não sabiam da moça cigana. Ela era um segredo tão bem guardado que às vezes ele sentia que nem ele sabia do seu relacionamento com ela. Ela sabia dos esforços que ele fazia para escondê-la do resto do mundo, para mantê-la enclausura-

da numa câmara particular, alcançável apenas por uma passagem secreta, para colocá-la atrás de uma parede. Sabia que, embora ele achasse que a amava, não a amava.

Onde você acha que estará daqui a dez anos?, perguntou ela, erguendo a cabeça do peito dele para falar.

Não sei.

Onde você acha que eu estarei? O suor deles misturara-se e secara, formando uma película pastosa entre os dois.

Daqui a dez anos?

Sim.

Não sei, disse ele, brincando com o cabelo dela. *Onde você acha que estará?*

Não sei.

Onde você acha que eu estarei?

Não sei, murmurou ela.

Ficaram deitados em silêncio, cada um com seus pensamentos, e cada um tentando adivinhar os pensamentos do outro. Estavam se tornando estranhos, um em cima do outro.

Por que você perguntou isso?

Não sei, disse ela.

Bom, o que nós sabemos?

Não muito, disse ela, colocando suavemente a cabeça de volta no peito dele.

Eles trocavam bilhetes, como crianças. Meu avô fazia os seus com recortes de jornais e jogava-os nas cestas de vime dela, nas quais sabia que só ela ousaria meter a mão. *Encontre comigo debaixo da ponte de madeira, e eu lhe mostrarei coisas que você jamais viu.* O "E" vinha das tropas que tirariam a vida da mãe dele: EXÉRCITO ALEMÃO AVANÇA PARA A FRONTEIRA SOVIÉTICA; os dois "N", da frota de guerra que se aproximava: NAVIOS NAZISTAS DERROTAM FRANCESES EM LESACS; o "C", da península que eles cobiçavam: CRIMEIA CERCADA PELOS ALEMÃES; o "O", de muito pouco, tarde demais: OS

FUNDOS AMERICANOS CHEGAM À INGLATERRA; o "T" e o "R", do cão dos cães: HITLER CONSIDERA INVÁLIDO O PACTO DE NÃO AGRESSÃO... e assim por diante, e assim por diante, cada bilhete uma colagem do amor que jamais poderia ser, e da guerra que podia.

A moça cigana entalhava cartas de amor nas árvores, enchendo a floresta de bilhetes para ele. *Não me abandone*, removeu ela da casca de uma árvore sob cuja sombra eles haviam adormecido certa vez. *Honre-me*, entalhou ela no tronco de um carvalho petrificado. Ela estava compondo uma nova lista de mandamentos, mandamentos que eles poderiam compartilhar, que governariam uma vida juntos, e não separados. *Não tenha outros amores além do meu no seu coração. Não use meu nome em vão. Não me mate. Observe-me, e mantenha-me sagrada.*

Eu gostaria de estar onde você estiver daqui a dez anos, escreveu ele para ela, colando recortes de manchetes de jornal num pedaço de papel amarelo. *Não é uma boa ideia?*

Uma ideia muito boa, encontrou ele numa árvore na borda da floresta. *E por que isso é apenas uma ideia?*

Porque – a tinta do jornal manchava-lhe as mãos; ele se lia em si mesmo – *dez anos é muito tempo.*

Nós teríamos de fugir, talhado em círculo ao redor do tronco de um bordo. *Teríamos de deixar para trás tudo, menos um ao outro.*

O que é possível, compôs ele com fragmentos de notícias sobre a guerra iminente. *É uma boa ideia, de qualquer forma.*

Meu avô levou a moça cigana ao Dial e contou-lhe a história da vida trágica da mãe de sua tataravó, prometendo pedir auxílio a ela quando um dia tentasse escrever a história de Trachimbrod. Contou-lhe a história da carroça de Trachim, quando as jovens gêmeas W haviam sido as primeiras a ver os curiosos destroços que subiam à superfície: cobras serpenteantes de barbante branco, uma luva de veludo com os dedos esticados, carretéis vazios, um pincenê, amoras variadas, fezes, babados e rendinhas, os fragmentos de um pulverizador estilhaçado e uma folha de resoluções escrita em tinta vermelha que sangrava: *Eu vou... Eu vou...* Ela falava francamente dos abusos do pai, e mostrava-lhe os machucados que nem um corpo nu revela. Ele explicou a ela a circuncisão, o compromisso com o divino, e o conceito de pertencer ao Povo Escolhido. Ela contou-lhe a vez em que o tio a violentara, e que já era capaz, fazia vários anos agora, de ter um bebê. Ele disse a ela que se masturbava com a mão morta, pois assim conseguia se convencer que estava fazendo amor com alguém. Ela lhe contou que já pensara em suicídio, como se aquilo fosse uma decisão. Ele lhe contou o seu mais tenebroso segredo: que, diferentemente de outros meninos, seu amor pela mãe jamais diminuíra, nem um pouquinho desde que ele era pequeno, e, por favor, não ria de mim por eu estar lhe contando isso, ou, por favor, não me considere menos, mas eu preferiria receber um beijo dela do que qualquer outra pessoa neste mundo. A moça cigana chorou, e quando meu avô lhe perguntou o que havia de errado, ela não disse: *Tenho ciúme de sua mãe. Eu quero que você me ame assim.* Em vez disso, ela não disse nada, e riu como se aquilo fosse uma bobagem. E falou que desejava que houvesse mais um mandamento, o décimo primeiro, gravado nas tábuas: *Não mude.*

Apesar de todas as suas ligações, apesar de todas as mulheres que se despiriam para ele à vista do braço morto, ele não tinha outros amigos, e não podia imaginar solidão maior do que uma existência sem ela. Ela era a única pessoa que poderia com justeza alegar que o conhecia, a única de quem ele sentia falta quando não estava presente, e de quem sentia falta até antes que ela se ausentasse. Era a única que queria algo dele além daquele braço.

Eu não amo você, disse ele certa noite, quando os dois estavam deitados nus na grama.

Ela beijou a testa dele e disse: *Eu sei disso. E tenho certeza que você sabe que eu não amo você.*

É claro, disse ele, embora aquilo fosse uma grande surpresa – não que ela não o amasse, mas que dissesse isso. Nos sete anos anteriores, durante os atos amorosos, ele ouvira aquelas palavras muitas vezes: das bocas de viúvas e crianças, de prostitutas, amigos da família, viajantes e esposas adúlteras. Mulheres haviam dito *eu amo você* sem que ele dissesse coisa alguma. *Quanto mais você ama uma pessoa*, concluíra ele, *mais difícil é dizer isso a ela*. Ficava surpreso com o fato de estranhos não se pararem na rua para dizer *eu amo você*.

Meus pais combinaram um casamento para mim, disse ele.
Para você?
Com uma moça chamada Zosha. Lá do shtetl. Eu tenho dezessete anos.
E você está apaixonado por ela?, perguntou sem olhá-lo.
Ele dividiu a própria vida em suas menores partes constituintes, examinou cada uma feito um relojoeiro, e depois remontou tudo.
Mal conheço a moça. Ele também estava evitando o contato visual, pois como Pincher P, que vivia da caridade pública nas ruas, depois de entregar até sua última moeda aos pobres, seus olhos teriam entregue tudo.
Você vai aceitar esse casamento?, perguntou ela, desenhando círculos na terra com o dedo de cor caramelo.
Não tenho escolha, disse ele.
É claro.
Ela não queria olhar para ele.
Você vai levar uma vida tão feliz, disse ela. *Será sempre feliz.*
Por que você está dizendo isso?
Porque você tem tanta sorte. A felicidade real e duradoura está ao seu alcance.
Pare, disse ele. *Você não está sendo justa.*
Eu gostaria de conhecer essa moça.
Não, não gostaria.

Sim, eu gostaria. Qual é o nome dela? Zosha? Eu gostaria muito de conhecer Zosha e lhe dizer como ela vai ser feliz. Que moça de sorte. Ela deve ser muito bonita.
Não sei.
Mas você já viu a moça, não?
Já.
Então sabe se ela é bonita. Ela é bonita?
Acho que sim.
Mais bonita do que eu?
Pare.
Eu gostaria de comparecer ao casamento, para ver por mim mesma. Bom, não ao casamento, é claro. Uma moça cigana não pode nem entrar na sinagoga. Mas à recepção. Você vai me convidar, não vai?
Você sabe que isso não é possível, disse ele, virando-se.
Eu sei que não é possível, afirmou ela, sabendo que fora longe demais, fora cruel demais.
Não é possível.
Já disse a você que sei disso.
Mas você precisa acreditar em mim.
Eu acredito.
Eles fizeram amor pela última vez, sem saber que sete meses se passariam sem que trocassem uma só palavra. Ele a veria muitas vezes, e ela também o veria (os dois haviam passado a frequentar os mesmos lugares, percorrer os mesmos caminhos, adormecer à sombra das mesmas árvores), mas sem que um reconhecesse a existência do outro. Queriam muito voltar sete anos no tempo, reviver o primeiro encontro no teatro e fazer tudo novamente, mas dessa vez *sem* perceber a presença do outro, *sem* conversar, *sem* sair do teatro, ela puxando-o pelo braço morto por um labirinto de becos lamacentos, passando pelas bancadas de doces e salgadinhos junto ao cemitério, ao longo da linha divisória judaico/humana, e assim por diante e assim por diante, até a escuridão. Durante sete meses eles se ignorariam mutuamente no bazar, no Dial, e na fonte da sereia prostrada, e tinham certeza de que pode-

riam se ignorar mutuamente em qualquer lugar e ocasião, certeza de que poderiam se portar como desconhecidos, mas isso provou-se falso quando, em certa tarde, ele voltou do trabalho e encontrou-a saindo da sua casa.

O que você está fazendo aqui?, perguntou, mais temeroso que ela houvesse revelado a ligação deles – ao pai, que certamente o espancaria, ou à mãe, que ficaria tão desapontada – do que curioso quanto ao motivo para ela estar ali.

Seus livros ficam arrumados pela cor das lombadas, disse ela. *Que idiotice.*

Sua mãe estava em Lutsk, lembrou-se ele, como fazia toda terça-feira nessa hora da tarde, e seu pai estava se lavando do lado de fora da casa. Safran foi até o quarto para certificar-se de que tudo estava em ordem. Seu diário ainda estava debaixo do colchão. Os livros estavam arrumados adequadamente, de acordo com a cor. (Ele retirou um da prateleira, a fim de ter alguma coisa para segurar.) A fotografia de sua mãe estava com a inclinação normal na mesa de cabeceira, perto da cama. Não havia razão para pensar que ela tocara em qualquer coisa. Ele vasculhou a cozinha, o gabinete e até os banheiros, procurando algum vestígio que ela pudesse ter deixado. Nada. Nem um cabelo caído. Nenhuma impressão digital no espelho. Nenhum bilhete. Tudo estava em ordem.

Depois foi até o quarto dos pais. Os travesseiros eram retângulos perfeitos. Os lençóis estavam tão lisos quanto água, muito bem presos sob o colchão. Parecia que o quarto não era tocado havia anos, desde uma morte, talvez, como se houvesse sido conservado como era antes, numa cápsula do tempo. Ele não sabia quantas vezes ela já viera ali. Não poderia perguntar, pois não falava mais com ela. Não poderia perguntar ao pai, pois teria de confessar tudo. Não poderia perguntar à mãe, pois, se ela viesse a descobrir aquilo, morreria, e isso o mataria. E por mais que sua vida houvesse se tornado insuportável, ele ainda não estava pronto para lhe dar fim.

Correu para a casa de Lista P, a única amante que já o inspirara a se banhar. *Deixe-me entrar*, disse, com a cabeça contra a porta. *Sou eu, Safran. Deixe-me entrar.*

Ouviu pés se arrastando, alguém se esforçando para chegar até a porta.

Safran? Era a mãe de Lista.

Olá, disse ele. *Lista está?*

Lista está no quarto, disse ela, pensando que ele era um rapaz tão doce. *Suba.*

O que aconteceu?, perguntou Lista, vendo-o na porta. Parecia tão mais velha do que apenas três anos antes, no teatro, que ele ficou em dúvida se fora ela ou ele quem mudara. *Entre. Entre. Aqui*, disse ela. *Sente-se. O que está acontecendo?*

Estou muito sozinho, disse ele.

Você não está sozinho, afirmou ela, puxando a cabeça dele para o peito.

Estou.

Você não está sozinho, disse ela. *Apenas se sente sozinho.*

Sentir-se sozinho é estar sozinho. É isso que é.

Vou arranjar alguma coisa para você comer.

Não quero comer nada.

Então alguma coisa para beber.

Não quero beber nada.

Ela massageou a mão morta dele e lembrou-se da última vez que tocara aquela mão. Não era a morte que a atraíra tanto naquela mão, mas a incognoscibilidade. A intangibilidade. Ele nunca poderia amá-la completamente, não por inteiro. Nunca poderia ser completamente possuído, e nunca poderia possuir completamente. O desejo de Lista fora atiçado pela frustração do seu desejo.

Você vai se casar, Safran. Recebi o convite hoje de manhã. É isso que está perturbando você?

É, disse ele.

Bem, você não tem nada com o que se preocupar. Todo mundo fica nervoso antes de casar. Eu fiquei. Sei que meu marido ficou. Mas Zosha é uma moça tão boa.
Não sei quem ela é.
Bom, ela é muito boazinha. E bonita também.
Você acha que vou gostar dela?
Acho.
Vou ter amor por ela?
É possível. Nunca se deve fazer previsões sobre o amor, mas é bem possível.
Você me ama?, perguntou ele. *Já me amou? Na noite daquele café todo.*
Não sei, disse ela.
Acha que pode ter me amado?

Ele encostou sua mão boa no lado do rosto dela, foi descendo para o pescoço, e depois enfiou-a embaixo da gola da blusa.

Não, disse ela, afastando a mão dele.
Não?
Não.
Mas eu quero. Quero muito. Isso não é por você.
É por isso que não podemos fazer isso, disse ela. *Eu nunca teria sido capaz de fazer isso se achasse que era o que você queria.*

Ele pôs a cabeça no colo dela e adormeceu. Antes de partir naquela noite, deu a Lista o livro – *Hamlet*, com a lombada roxa – que tirara da estante para ter o que segurar.

Dado para sempre?
Você me devolverá isso um dia.

Meu avô e a moça cigana não sabiam nada disso ao fazer amor pela última vez. Ele tocou seu rosto e acariciou a macia parte de baixo do queixo, dando-lhe uma atenção que só é recebida pelas esposas de escultores. *Assim?*, perguntou. Ela passou os cílios pelo peito dele. Foi passando seu beijo de borboleta pelo torso, subindo pelo pescoço onde o lóbulo da orelha esquerda se liga ao maxilar. *Assim?*, perguntou. Ele tirou a blusa azul dela por sobre a cabeça, soltou os colares de contas e lambeu-lhe as axilas macias e suarentas. Correu o dedo do pescoço dela até o umbigo, e desenhou círculos em torno dos mamilos dourados com a língua. *Assim?*, perguntou. Ela balançou a cabeça e esticou-a para trás. Ele lambeu os bicos dos seios dela, sabendo que tudo aquilo era completamente errado, tudo, desde o momento de seu nascimento até aquele instante, tudo estava indo pelo caminho errado – não ao contrário, mas pior: perto. Ela usou ambas as mãos para desafivelar o cinto. Ele levantou as costas do chão para que ela pudesse tirar a calça e a cueca. Ela tomou o pênis dele nas mãos, querendo tanto que ele se sentisse bem. Estava convencida de que ele nunca se sentira bem. Queria ser a causa de seu primeiro e único prazer. *Assim?* Ele pôs a mão em cima da mão dela e guiou-a. Ela tirou a saia e a calcinha, pegou a mão morta dele, e apertou-a entre as pernas. Seus espessos pelos púbicos eram frouxamente cacheados, em ondas. *Assim?*, perguntou ele, embora ela estivesse lhe guiando a mão, como que tentando canalizar uma mensagem num tabuleiro Ouija. Eles foram se guiando mutuamente por seus corpos. Ela pôs os dedos mortos dele dentro de si e sentiu, por um momento, o entorpecimento e a paralisia. Sentiu a morte dentro e através de si. *Agora?*, perguntou ele. *Agora?* Ela rolou para cima dele e abriu as pernas em torno dos joelhos dele. Estendeu a mão atrás de si e usou a mão morta dele para guiar o pênis para dentro de si. *É bom assim?*, perguntou ele. *É bom assim?*

Sete meses mais tarde, no dia 18 de junho de 1941, quando a primeira demonstração do bombardeio alemão iluminou com eletricidade os céus de Trachimbrod, enquanto meu avô tinha seu primeiro orgasmo (seu primeiro e único prazer, do qual ela não foi a causa), ela cortou o pulso com uma faca que ficara cega entalhando cartas de amor. Mas naquele momento, ali, com a cabeça adormecida dele contra seu peito arfante, ela não revelou nada. Ela não disse: *Você vai se casar.* E não disse: *E eu vou me matar.* Apenas: *Como você arruma seus livros?*

26 de janeiro de 1998

Prezado Jonathan,
Prometi que jamais mencionaria o escrito novamente, pois achava que já havíamos superado isso. Mas preciso quebrar minha promessa.
Quase odeio você! Por que não permitir que o seu avô se apaixone pela moça cigana e mostre a ela seu amor? Quem está ordenando a você que escreva de tal maneira? Nós temos tantas chances de sermos bons, mas repetidamente você insiste no mal. Eu não quis ler essa seção mais contemporânea para Pequeno Igor, pois avaliei que ela não era digna dos ouvidos dele. Não, essa seção eu presenteei a Sammy Davis, Junior, Junior, que agiu fielmente com relação a ela.
Preciso fazer uma pergunta simples, que é: o que há de errado com você? Se seu avô ama a moça cigana, e tenho certeza de que ama, por que ele não parte com ela? Ela poderia fazê-lo feliz. Contudo, ele recusa a felicidade. Isso não é razoável, Jonathan, e não é bom. Se eu fosse o escritor, faria Safran mostrar seu amor pela moça cigana, e levá-la para o Shtetl de Greenwich em Nova York. Ou faria Safran se matar, que é a única outra coisa verdadeira que ele pode desempenhar. Mas então você não teria nascido, o que significaria que essa história não poderia ser escrita.
Você é um covarde, Jonathan, e me desapontou. Eu nunca ordenaria a você que escrevesse uma história que fosse como ocorreu no real, mas ordenaria que você tornasse a sua história fiel. Você é covarde pela mesma razão que Brod é covarde, Yankel é covarde e Safran é covarde – todos os seus parentes são covardes! São todos covardes porque vivem num mundo que é "muito aquém do que se poderia esperar", se posso citar você. Eu não devo homenagem alguma a ninguém de sua família, com exceções da sua avó, porque vocês

todos estão na proximidade do amor, e todos repudiam o amor. Incluí neste envelope a moeda corrente que você enviou mais recentemente.

É claro, eu compreendo, de certas maneiras, o que você está tentando desempenhar. Existe o amor que não pode ser, com certeza. Se eu tivesse que informar a Papai, por exemplo, como eu compreendo o amor, e quem desejo amar, ele me mataria, e isto não é uma expressão idiomática. Todos nós escolhemos coisas, e também escolhemos estar contra coisas. Eu quero ser o tipo de pessoa que escolhe <u>a favor</u> mais do que <u>contra</u>, mas tal como Safran e você, várias vezes me pego agindo contra aquilo que acho bom e correto, e contra aquilo que acho digno. Escolho o que não vou fazer, em vez de escolher o que vou fazer. Nada disto está sendo dito sem esforço.

Não dei o dinheiro a Vovô, mas por razões bem diferentes das que você sugeriu. Ele não ficou surpreendido quando lhe contei. "Estou orgulhoso de você", disse ele.

"Mas você queria que eu lhe desse o dinheiro?", disse eu.

"Muito", disse ele. "Tenho certeza de que poderia encontrar Augustine."

"Como pode estar orgulhoso, então?"

"Estou orgulhoso de você, não de mim."

"Não está zangado comigo?"

"Não."

"Não quero desapontar você."

"Não estou zangado ou desapontado", disse ele.

"Ficou triste por eu não lhe dar o dinheiro?"

"Não. Você é uma boa pessoa, que está fazendo a coisa boa e certa. Isso me deixa contente."

Por que, então, eu senti que aquela era uma ação patética, covarde, e que eu era um covarde patético? Deixe-me explicar por que não dei meu dinheiro a Vovô. Não é porque estou economizando a fim de ir para a América. Esse é um sonho do qual já despertei. Jamais verei a América, e tampouco a verá Pequeno Igor. Compreendo isso agora. Não dei o dinheiro a Vovô porque não acredito em Augustine. Não, não é isso que eu quero dizer. Não acredito na Augustine que Vovô está procurando. A mulher da fotografia está viva. Tenho certeza de que está. Mas também tenho certeza de que ela não é Herschel, como Vovô queria que ela fosse, que ela não é minha avó, como ele queria que ela fosse, e ela não é meu pai, como ele queria que ela fosse. Se eu lhe desse o dinheiro, ele a teria encontrado, e teria visto quem ela é de verdade. Isso teria matado Vovô. Não estou dizendo isso metaforicamente. Isso o teria matado.

Mas era uma situação sem vencedores. As possibilidades entre o que era possível e o que nós queríamos eram inexistentes. E aqui preciso confessar a você uma notícia terrível. Vovô morreu há quatro dias. Cortou as mãos. Era muito tarde da noite, e eu não conseguia dormir. Ouvi um barulho vindo do banheiro, de modo que fui investigar. (Agora que sou o homem da casa, cabe a mim cuidar para que tudo funcione.) Encontrei Vovô na banheira, que estava cheia de sangue. Mandei que ele parasse de dormir, pois ainda não compreendera o que estava acontecendo. "Acorde!" Depois eu o sacudi violentamente e soquei o rosto dele. Machuquei a mão com a força do soco. Depois soquei-o novamente. Não sei por quê, mas fiz isso. Para dizer a verdade, eu jamais socara alguém antes, apenas fora socado. "Acorde!", gritei para ele, dando-lhe mais um soco, dessa vez do outro lado do rosto. Mas eu sabia que ele não acordaria. "Você dorme demais!" Os gritos acordaram minha mãe, e ela correu para o banheiro. Precisou me afastar forçosamente de Vovô, e mais tarde disse que pensou que eu o matara, pelo modo com que eu o socava, e pela expressão nos meus olhos. Nós inventamos uma história sobre um acidente com pílulas para dormir. Foi isso que dissemos a Pequeno Igor, para que ele nunca precisasse saber.

Já fora uma noite e tanto. Volumes haviam acontecido, assim como volumes acontecem agora, assim como volumes ainda acontecerão. Pela primeira vez na minha vida, eu disse a meu pai exatamente o que pensava, tal como direi agora a você, pela primeira vez, exatamente o que penso. Assim como fiz com ele, peço o seu perdão.

Amor,
Alex

ILUMINAÇÃO

– Era Herschel quem cuidava do seu pai quando eu precisava fazer algo fora de casa, ou quando a sua avó estava doente. Ela ficava doente o tempo todo, não só no final da vida. Herschel cuidava do bebê, segurando-o como se fosse seu. Até o chamava de filho.
Fui contando isso a Jonathan enquanto Vovô me falava, e ele escreveu tudo no diário, assim:
"Herschel não possuía família própria. Não era uma pessoa muito social. Adorava ler e também escrever. Era um poeta, e exibiu muitos de seus poemas para mim. Lembro de muitos deles. Eram bobos, pode-se dizer, e sobre o amor. Ele vivia no quarto escrevendo aquelas coisas, e nunca estava com as pessoas. Eu costumava dizer a ele: O que adianta todo esse amor ficar no papel? Dizia: Deixe que o amor escreva em você um pouco. Mas ele era teimoso demais. Ou talvez fosse apenas tímido."
– Você era amigo dele? – perguntei, embora ele já houvesse dito que era amigo de Herschel.
– Uma vez ele disse que nós éramos seus únicos amigos. Eu e sua avó. Ele jantava conosco, e de vez em quando ficava até muito atrasado. Nós até fizemos férias juntos. Quando o seu pai nasceu, nós três fazíamos passeios com o bebê. Quando Herschel precisava de alguma coisa, vinha a nós. Quando tinha um problema, vinha a nós. Certa vez ele me perguntou se podia beijar a sua avó. Por quê, perguntei, e aquilo me deixou

uma pessoa zangada, na verdade, muito zangada, que ele desejasse beijar sua avó. Porque eu tenho medo, disse ele, de nunca conseguir beijar uma mulher. Herschel, disse eu, é porque você nunca tenta beijar nenhuma.

(Ele estava apaixonado pela Vovó?)
(Não sei.)
(Era uma possibilidade?)
(Era uma possibilidade. Ele ficava olhando para ela, e também lhe trazia presentes de flores.)
(Isso perturbava você?)
(Eu amava os dois.)
– Ele beijou a Vovó?
– Não – disse ele. (E você se lembra, Jonathan, que ele riu nessa hora. Foi um riso curto, severo.) – Ele era tímido demais para beijar qualquer uma, até Anna. Acho que eles nunca fizeram nada.
– Ele era seu amigo – disse eu.
– Era o meu melhor amigo. Na época as coisas eram diferentes. Judeus, não judeus. Ainda éramos muito jovens, e havia muita vida à nossa frente. Quem sabia? (Nós não sabíamos, é o que estou tentando dizer. Como poderíamos ter sabido?)
– Sabido o quê? – perguntei.
– Quem sabia que estávamos vivendo numa agulha?
– Agulha?
– Um dia Herschel estava jantando conosco, cantando canções com o seu pai nos braços.
– Canções?
(Nessa hora ele cantou a canção, Jonathan, e eu sei que você adora inserir canções nos seus escritos, mas você não pode exigir que eu escreva isso. Venho tentando há muito tempo deslocar a canção do meu cérebro, mas ela está sempre lá. Eu me ouço cantando a canção quando estou caminhando, nos meus cursos na universidade, e antes de dormir.)

– Mas nós éramos pessoas muito idiotas – disse ele, examinando novamente a fotografia e sorrindo. – Tão idiotas.
– Por quê?
– Porque acreditávamos nas coisas.
– Que coisas? – perguntei, pois não sabia. Não estava entendendo.
(Por que você está fazendo tantas perguntas?)
(Porque você não está sendo claro comigo.)
(Estou muito vergonhado.)
(Você não precisa ficar envergonhado na minha proximidade. Nossos familiares são as pessoas que nunca podem nos deixar envergonhados.)
(Você está enganado. Nossos familiares são as pessoas que precisam nos deixar envergonhados quando merecemos ficar envergonhados.)
(E você merece ficar envergonhado?)
(Mereço. Estou tentando dizer isso a você.)
– Nós éramos idiotas – disse ele – porque acreditávamos nas coisas.
– Por que isso é idiota?
– Porque não há coisas em que se acreditar.
(O amor?)
(Não existe amor. Apenas o fim do amor.)
(Bondade?)
(Não seja bobo.)
(Deus?)
(Se Deus existe, Ele não é algo em que se acredite.)
– Augustine? – perguntei.
– Sonhei que isso poderia ser a tal coisa – disse ele. – Mas estava enganado.
– Talvez você não estivesse enganado. Não conseguimos encontrar Augustine, mas isso não significa que você não deva acreditar nela.
– O que adianta uma coisa que não pode ser encontrada?

(Digo a você, Jonathan, que nesse ponto da conversa já não éramos mais Alex e Alex, avô e neto, falando. Passamos a ser duas pessoas diferentes, duas pessoas que podiam se avistar mutuamente nos olhos e pronunciar coisas que não são pronunciadas. Quando eu escutava aquilo, não ouvia Vovô, e sim outra pessoa, alguém que eu jamais encontrara antes, mas que conhecia melhor que Vovô. E a pessoa que estava escutando aquela pessoa não era eu, e sim outra pessoa, alguém que eu jamais fora antes, mas que conhecia melhor do que me conhecia.)

– Conte mais – disse eu.
– Mais?
– Herschel.
– Era como se ele fosse da nossa família.
– Conte o que aconteceu. O que aconteceu com ele?
– Com ele? Com ele e comigo. Aconteceu com todo mundo, não cometa enganos. Só porque eu não era judeu, não quer dizer que não aconteceu comigo.
– O que foi?
– Você tinha de escolher, na esperança de escolher o mal menor.
– Você tinha de escolher, na esperança de escolher o mal menor – disse eu a Jonathan.
– E eu escolhi.
– E ele escolheu.
– Escolheu o quê?
– O que você escolheu?
– Quando eles capturaram nossa cidade...
– Kolki?
– Sim, mas não diga isso a ele. Não há razão para dizer isso a ele.
– Nós podíamos ir até lá de manhã.
– Não.
– Talvez fosse uma coisa boa.

– Não – disse ele. – Meus fantasmas não estão lá.
(Você tem fantasmas?)
(É claro que tenho fantasmas.)
(Como são os seus fantasmas?)
(Eles estão do lado de dentro das minhas pálpebras.)
(É também aí que os meus fantasmas residem.)
(Você tem fantasmas?)
(É claro que tenho fantasmas.)
(Mas você é uma criança.)
(Não sou uma criança.)
(Mas ainda não conheceu o amor.)
(São esses os meus fantasmas, os espaços entre o amor.)
– Você poderia revelar tudo para nós – disse eu. – Poderia nos levar ao lugar onde viveu em certa época, e onde o avô dele viveu.
– Não há nenhum propósito nisso – disse ele. – Aquelas pessoas não significam nada para mim.
– A avó dele.
– Não quero saber o nome dela.
– Ele diz que não há propósito em retornar à cidade de onde ele veio – disse eu a Jonathan. – Aquilo não significa nada para ele.
– Por que ele foi embora de lá?
– Por que você foi embora de lá?
– Porque eu não queria que o seu pai crescesse tão perto da morte. Não queria que ele soubesse daquelas coisas, e vivesse com elas. Foi por isso que nunca informei a ele o que ocorreu. Queria tanto que ele vivesse uma vida boa, sem morte, sem escolhas e sem vergonha. Mas não fui um bom pai, preciso informar a você. Fui o pior dos pais. Desejava remover seu pai de tudo que era ruim, mas em vez disso dei a ele maldade após maldade. Um pai é sempre responsável pelo filho que cria. Você precisa entender.

– Não estou entendendo. Não estou entendendo nada disso. Não entendo por que nunca soube que você é de Kolki. Não entendo por que você veio fazer esta viagem, se sabia quão perto estaríamos. Não entendo quais são os seus fantasmas. Não entendo como uma fotografia sua estava na caixa de Augustine.

(Lembra o que ele fez em seguida, Jonathan? Examinou a fotografia novamente e recolocou-a na mesa. Depois disse: Herschel era uma boa pessoa, e eu também era, e por causa disso não é certo o que aconteceu, nada do que aconteceu. Então perguntei a ele: O que aconteceu? Ele devolveu a fotografia para a caixa, você se lembra, e contou-nos a história. Exatamente assim. Colocou a fotografia na caixa, e contou-nos a história. Nem uma vez evitou nossos olhos, e nem uma vez pôs as mãos embaixo da mesa. Eu assassinei Herschel, disse ele. Ou aquilo que eu fiz foi como assassinar Herschel. O que você quer dizer com isso?, perguntei, pois ele dissera uma coisa tão potente. Não, isso não é verdade. Herschel teria sido assassinado com ou sem mim. Mesmo assim, é como se ele houvesse sido assassinado por mim. O que aconteceu?, perguntei. Eles chegaram na hora mais escura da noite. Haviam acabado de vir de outra cidade, e iriam para outra depois. Sabiam o que estavam fazendo. Eram tão lógicos. Lembro com muita precisão de sentir minha cama balançando quando os tanques chegaram. O que é isso? O que é isso?, perguntou sua avó. Saí da cama e examinei pela janela. O que vi? Quatro tanques, e lembro do aspecto de cada um deles. Eram quatro tanques verdes, com homens andando ao lado. Os homens tinham armas, que estavam apontadas para nossas portas e janelas no caso de alguém tentar correr. Estava escuro, mas dava para ver. Você ficou assustado? Fiquei assustado, embora soubesse que não era eu que eles queriam. Como você sabia? Já tínhamos ouvido falar deles. Todo mundo tinha. Herschel também tinha. Mas não achávamos que aquilo aconteceria com a gente. Já lhe disse, nós acreditávamos nas coisas, éramos tão tolos. E depois? Depois mandei sua avó pegar seu pai, levar o bebê para o porão e não manufaturar nenhum ruído, mas também não ficar excessivamente temerosa, pois eles não estavam atrás de nós. E então? Então eles pararam todos os tanques, e por um momento fui tolo a ponto de pensar que a coisa tinha acabado, que eles tinham decidido voltar para a Alemanha e terminar a guerra, pois ninguém gosta de guerra, nem aqueles que sobrevivem a ela, nem os vencedores. Mas? Mas eles não fizeram isso, é claro, tinham apenas parado os tanques diante da sinagoga. Saíram dos tanques, movimentando-se em fileiras muito lógicas. O general de cabelo louro pôs um microfone no rosto e falou em ucraniano. Disse que todo mundo deveria vir para a sinagoga. Todo mundo, sem omissões. Os soldados batiam com força nas portas com as armas e investigavam as casas para se certificar de que todo mundo fosse para a frente da sinagoga. Mandei sua avó voltar para cima com o bebê, pois temia que eles fossem descobertos no porão e fossem fuzilados por estarem escondidos. Herschel, pensei, Herschel precisa escapar, como puder escapar, precisa sair correndo agora, correr para a escuridão, talvez ele já tenha corrido, talvez tenha ouvido os tanques e corrido, mas quando chegamos à sinagoga, vi Herschel, e ele me viu, e ficamos juntos porque é isso que os amigos fazem na presença do mal ou do amor. O que vai acontecer, perguntou ele, e eu disse não sei o que vai acontecer, e a verdade é que nenhum de nós sabia o que ia acontecer, embora todos nós soubéssemos que ia ser ruim. Capturou tanto tempo para os soldados findarem a investigação das casas, porque era muito importante que eles se certificassem de que todo mundo estava diante da sinagoga. Estou tão assustado, disse Herschel, acho que vou chorar. Por quê, perguntei, não há por que chorar, não há razão para chorar, mas digo a vocês que eu também queria chorar, e que eu também estava assustado, mas não por mim, e sim pela sua avó e pelo bebê. O que eles fizeram? O que aconteceu depois? Eles nos fizeram ficar de pé em fileiras. Eu fiquei junto de Anna de um lado, com Herschel do outro. Algumas das mulheres choravam, pois estavam com muito medo das armas que os soldados portavam, e achavam que todos nós íamos ser mortos. O general de olhos azuis pôs o microfone no rosto. Vocês devem ouvir cuidadosamente, disse ele, e fazer tudo que for ordenado, ou serão mortos. Herschel sussurrou para mim, estou muito assustado, e eu queria dizer para ele, corra, as suas chances são melhores se você correr, está escuro, você não tem chances se não correr, mas não consegui dizer isso a ele, pois estava com medo que me dessem um tiro por estar falando, e também estava com medo de aceitar a morte de Herschel ao admitir aquilo, seja corajoso, disse eu no volume mais baixo que pude manufaturar, é necessário que você seja corajoso. Hoje sei que isso foi uma coisa muito estúpida de pronunciar, a coisa mais estúpida que já pronunciei. Ser corajoso para quê? Quem é o rabino?, perguntou o general, e o rabino elevou a mão. Dois dos guardas empurraram o rabino para a sinagoga. Quem é o cantor?, perguntou o general. O cantor também elevou a mão, mas não tão calado em relação à morte quanto o rabino, ele chorava e dizia para a esposa não não nãonãonão. Ela estendeu a mão para ele, mas também foi agarrada por dois guardas e colocada na sinagoga. Quem são os judeus?, perguntou o general ao microfone, todos os judeus devem avançar. Mas ninguém avançou. Todos os judeus avancem, disse ele novamente, gritando dessa vez, mas novamente ninguém avançou, e digo a vocês que se eu fosse judeu também não avançaria. O general foi até a primeira fila e disse ao microfone, vocês vão apontar os judeus ou serão considerados judeus. A primeira pessoa de quem ele se aproximou foi um judeu chamado Abraham. Quem é judeu?, perguntou o general, e Abraham tremeu. Quem é judeu?, perguntou o general novamente, pondo a pistola na cabeça de Abraham: Aaron é judeu, Aaron, e ele apontou para Aaron na segunda fileira, que era onde nós estávamos. Dois guardas agarraram Aaron, e ele resistiu tanto que eles lhe deram um tiro na cabeça, e então senti a mão de Herschel tocar a minha. Obedeçam às ordens, senão... gritou ao microfone o general com uma cicatriz no rosto. Ele foi até a segunda pessoa da fila, que era um amigo meu, Leo, e disse, quem é judeu? Leo apontou para Abraham e disse: aquele homem é judeu, desculpe Abraham, e dois guardas levaram Abraham para dentro da sinagoga. Uma mulher na quarta fila tentou fugir com um bebê nos braços, mas o general gritou alguma coisa em alemão, essa língua terrível horrível feia nojenta vil monstruosa, e um dos guardas deu um tiro na nuca dela. Depois levaram a mulher e o bebê que ainda estava vivo para dentro da sinagoga. O general foi até o próximo homem na fila, depois para o próximo, e todo mundo apontava para algum judeu, pois ninguém queria ser morto. Um judeu apontou para o primo, e outro apontou para si mesmo, pois não conseguiu apontar para ninguém. Eles levaram Daniel para dentro da sinagoga, e também Talia, Louis e todos os judeus que havia, mas por alguma razão que eu nunca saberei, Herschel não foi apontado. Talvez tenha sido porque eu era o seu único amigo, ele não era muito social, e muita gente nem sabia que ele existia, eu era o único que poderia apontar para ele. Ou talvez tenha sido porque estava tão escuro que ele não podia mais ser visto. Depois de uma eternidade ele era o único judeu que restara fora da sinagoga, o general já estava na segunda fileira, e disse para um homem, pois ele só perguntava aos homens, não sei por quê, quem é judeu? O homem disse que eles estavam todos na sinagoga, pois não conhecia Herschel ou não sabia que Herschel era judeu. O general deuumtironacabeçadele e eu senti a mão de Herschel tocando a minha muito ligeiramente, e fiquei certo de não olhar para ele. O general foi até a pessoa seguinte, quem é judeu, perguntou, e a pessoa disse que eles estavam todos na sinagoga, você precisa acreditar em mim, eu não estou mentindo, por que eu mentiria, você pode matar todo mundo, eu não me importo, mas por favor me poupe, por favor não me mate, por favor, e aí o general deuumtironacabeçadele e disse: estou ficando cansado disso. Foi até o próximo homem na fila, que era eu, e perguntou: quem é judeu? Senti a mão de Herschel novamente, e sei que sua mão estava dizendo porfavorporfavor, Eli por favor, eu não quero morrer, por favor não aponte para mim, você sabe o que vai acontecer comigo se apontar para mim, não aponte para mim, tenho medo de morrer, tenho tanto medo de morrer, tenho tantomedodemorrer tenho tantomedodemorrer, quem é judeu?, perguntou o general novamente, e senti na minha outra mão, a mão da sua avó. Sabia que ela estava segurando o seu pai, que ela estava segurando você, e que você estava segurando os seus filhos, tenho tanto medo de morrer, tenho tantomedodemorrer, tenho tantomedodemorrer, tenho tantomedodemorrer, e eu disse: ele é judeu, quem é judeu?, perguntou o general, e Herschel apertou minha mão com muita força. Ele era meu amigo ele era meu melhor amigo que eu teria deixado beijar Anna e até fazer amor com ela mas eu sou eu e minha esposa é minha esposa e meu bebê é meu bebê você compreende o que eu estou lhe contando eu apontei para Herschel e disse ele é judeu esse homem é judeu por favor Herschel disse para mim e ele estava chorando diga a eles que é uma não verdade por favor Eli por favor dois guardas vieram e ele não resistiu mais chorou com mais força ainda e gritou para eles que não havia mais judeus nãomaisjudeus e você só disse que eu era judeu para não ser morto estou implorando a você Eli vocêémeuamigo não me deixe morrer tenho tanto medo de morrer tenhotantomedo tudo vai acabar bem eu disse para ele tudo vai acabar bem não faça isso disse ele faça alguma coisa faça alguma coisa alguma coisa façaalgumacoisa façaalgumacoisa tudo vai acabar bem tudo vai acabar bem tudo vai acabarbem para quem eu estava dizendo aquilo faça alguma coisa Eli façaalgumacoisa tenho tantomedodemorrer tenho tantomedo você sabe o que eles vão fazer vocêémeuamigo eu disse para ele embora não saiba por que disse aquilo naquele momento e ele foi colocado pelos guardas na sinagoga com o resto dos judeus e todo mundo ficou ali fora para ouvir o chorodosbebês e o chorodosadultos e ver a fagulha negra quando o primeiro fósforo foi aceso por um rapaz que não devia ser mais velho do que eu, Herschel ou você, a luz iluminou aqueles que não estavam na sinagoga aqueles que não iam morrer e ele jogou o fósforo nos galhos que estavam acumulados junto à sinagoga o que fez a cena tão terrível foi como ela foi tãovagarosa e como o fogo se apagoutantasvezes e precisou ser reacendido eu olhei para a sua avó e elamebeijounatesta e eubeijeiabocadela e nossaslágrimassemisturaramnosnossoslábios e depois eu beijeioseupai muitas vezes tirei o bebê dos braços da sua avó segurei-ocomtantaforça tanta que ele começou a chorar eu disse eu amo você eu amo você eu amo você eu amo você eu amo você eu amovocê eu amovocê eu amovocê eu amovocê euamovocê euamovocê euamovocê euamovocê euamovocê euamovocêeuamovocêeuamovocêeuamovocê e percebi que precisava mudar tudo a fim de deixar tudo para trás e percebi que eu nunca poderia permitir que ele soubesse quemeuera ou oqueeufiz porque foi por ele que eu fizoquefiz foi por ele que eu apontei e por ele que Herschel foi assassinado que eu assassinei Herschel e é por isso que ele é como é ele é como é porque um pai é sempre responsável pelo filho e eu sou eu e souresponsável não por Herschel mas sim pelo meu filho pois segurei o bebê com tantaforçaqueelechorou porque eu amava meu filho tanto que torneioamorimpossível e eu sinto muito por você e sinto muito por Iggy e são vocês que precisam me perdoar ele disse essas coisas para nós e Jonathan para onde vamos agora o que fazemos com o que sabemos Vovô disse que eu sou eu mas isso não pode ser verdadeiro a verdade é que eu também aponteiparaHerschel e disse eleéjudeu e digo que você também apontouparaele e disse eleéjudeu e além disso Vovô também apontouparamim e disse eleéjudeu e você também apontouparaele e disse eleéjudeu e sua avó e Pequeno Igor e todos nós apontamosunsparaosoutros portanto o que ele deveria ter feito eleteriasidoumidiotasefizessequalqueroutracoisa mas será perdoável o que ele fez poderáelealgumdiaserperdoado pelo seu dedo peloqueodedofez peloqueeleapontou e nãoapontou peloqueeletocounasuavida e oquenãotocou ele é aindaculpado eu sou eu sou eusou eusoueu?)

– E agora, precisamos fazer sono – disse ele.

A RECEPÇÃO DO CASAMENTO FOI TÃO EXTRAORDINÁRIA
ou
O FIM DO MOMENTO QUE NUNCA FINDA, 1941

DEPOIS DE SATISFAZER plenamente a irmã da noiva junto à parede das prateleiras de vinho vazias – *Ah, meu Deus!*, urrava ela, *Ah, meu Deus!*, urrava, com as mãos no Cabernet fantasma – e estando ele próprio tão completamente insatisfeito, Safran levantou a calça, subiu pela escada em espiral recém-instalada – passando a mão de forma deliberada e pensativa pela balaustrada de mármore – e cumprimentou os convidados para o casamento, que estavam começando a se sentar depois da rajada apavorante.

Onde você estava?, perguntou Zosha, pegando a mão morta dele entre as suas, algo que queria fazer desde que a vira pela primeira vez no anúncio de seu noivado, mais de meio ano antes.

Fui lá embaixo, mudar...

Ah, não quero que você mude, disse ela, achando que estava fazendo uma boa piada. *Acho que você é perfeito.*

Mudar de roupa.

Mas você demorou tanto.

Ele meneou a cabeça em direção ao braço, e viu os questionadores lábios dela se unirem para lhe dar um beijinho na bochecha.

A Casa Dupla fervilhava com um pandemônio organizado. Até o último minuto, até depois do último minuto, ainda penduravam-se cortinas, misturavam-se saladas, colocavam-se e

atavam-se cintas, espanavam-se os candelabros, batiam-se os tapetes... Era extraordinário.
A noiva deve estar tão feliz pela mãe que tem.
Sempre choro em recepções nupciais, mas nessa vou uivar.
É extraordinário. É extraordinário.
As mulheres morenas de uniformes brancos estavam começando a servir os pratos de sopa, quando Menachem fez o garfo tilintar na taça e disse: *Quero roubar um pouquinho do seu tempo, por favor.* O recinto logo ficou em silêncio, todos se levantaram – como era tradicional na hora do brinde do pai da noiva – e meu avô reconheceu, com o canto dos olhos, a mão bronzeada que colocava um prato à frente dele.

Dizem que os tempos estão mudando. As fronteiras em torno de nós mudam sob a pressão da guerra; os lugares que sempre conhecemos são chamados por outros nomes; alguns de nossos próprios filhos estão ausentes desta festiva ocasião por causa do serviço militar; e, já num tom mais feliz, temos o prazer de anunciar que dentro de três meses receberemos o primeiro automóvel de Trachimbrod! (Aquilo foi recebido por um arquejo coletivo e depois por aplausos delirantes.) *Bom*, disse ele, indo para trás dos recém-casados e colocando uma mão no ombro da filha e a outra no ombro do meu avô, *quero guardar este momento, este início de tarde, 18 de junho de 1941.*

Em momento algum a moça cigana disse uma palavra (pois, mesmo odiando Zosha, não queria arruinar o casamento dela), mas encostou-se do lado esquerdo do meu avô, e por baixo da mesa pegou a mão boa dele. (Terá chegado a colocar um bilhete ali?)

Vou usar isso num medalhão sobre meu coração, continuou o orgulhoso pai, atravessando o recinto com a taça de cristal vazia à sua frente, *e mantê-lo aí para sempre, pois nunca estive tão feliz na minha vida, e ficarei completamente satisfeito se nunca experimentar metade dessa felicidade novamente – até o casamento da minha outra filha, é claro. Na verdade*, disse ele, cortando as risadas, *se não acontecessem outros momentos pelo resto da minha vida, eu não me queixaria. Que este seja o momento que nunca finda.*

Meu avô apertou os dedos da moça cigana, como que dizendo: *Não é tarde demais. Ainda há tempo. Podemos fugir, deixar tudo para trás, nunca mais olhar para trás, e nos salvarmos.*

Ela apertou os dedos dele, como que dizendo: *Você não está perdoado.*

Menachem continuou, tentando segurar as lágrimas: *Por favor, ergam suas taças vazias comigo. À minha filha e ao meu novo filho, aos filhos que eles produzirão, e aos filhos desses filhos, à vida!*

L'chaim!, ecoaram as vozes ao longo da fileira de mesas.

Mas antes que o pai da noiva voltasse ao seu lugar, antes que as taças tivessem chance de tilintar umas nas outras com os sorrisos refletidos de esperança, a casa foi mais uma vez varrida por uma lufada de vento apavorante. Os cartões com os nomes foram novamente lançados ao ar, e os centros de mesa floridos foram novamente derrubados, dessa vez espalhando terra sobre a toalha branca e em quase todos os colos. As mulheres ciganas correram para limpar a bagunça, e meu avô sussurrou no ouvido de Zosha, que, para ele, era o ouvido da moça cigana: *Tudo vai acabar bem.*

A moça cigana, a *verdadeira* moça cigana, realmente passou a meu avô um bilhete. O papel, porém, caiu da mão dele no tumulto e foi sendo chutado pelo chão – por Libby, por Lista, por Omeler, pelo peixeiro sem nome – até o final da mesa, onde parou sob uma taça de vinho emborcada. Ali ficou em segurança até a noite, quando uma mulher cigana apanhou a taça e varreu o bilhete (juntamente com pedaços de comida caídos, terra dos centros de mesa e pilhas de poeira) para um grande saco de papel. Esse saco foi colocado diante da casa por outra mulher cigana. Na manhã seguinte o saco de papel foi recolhido pelo lixeiro obsessivo-compulsivo Feigel B. O saco foi então levado a um descampado do outro lado do rio – descampado que seria, dentro em pouco, sítio da primeira execução em massa de Kovel – e queimado com dezenas de outros sacos, três-quartos dos quais continham restos do casamento. As chamas elevaram-se para o céu, formando dedos vermelhos e amarelos. A fumaça espalhou-se como uma canópia sobre os campos vizinhos, fazendo muitos Fumeiros de Ardisht tossirem, pois cada tipo de fumaça é diferente e deve ser tornado familiar. Algumas das cinzas que restaram foram incorporadas ao solo. O restante foi levado embora pela chuva seguinte e varrido para o rio Brod.

Era isto que o bilhete dizia: *Mude.*

AS PRIMEIRAS EXPLOSÕES, E DEPOIS O AMOR, 1941

NAQUELA NOITE meu avô fez amor com sua nova esposa pela primeira vez. Enquanto realizava o ato que já praticara até a perfeição, ele pensava na moça cigana, sopesando os argumentos para fugir com ela e partir de Trachimbrod sabendo que nunca mais poderia voltar. Ele amava sua família (a mãe, pelo menos), mas quanto tempo decorreria até que parasse de sentir falta deles? Aquilo soava tão terrível quando falado, mas, pensava ele, existiria algo que ele não pudesse deixar para trás? Seus pensamentos eram tão feios quanto verdadeiros: todo mundo – a não ser a moça cigana e a mãe – poderia morrer, e ele seguiria vivendo; todos os aspectos da sua vida – a não ser o tempo passado com a moça cigana e a mãe – eram insuficientes e indignos da vida. Ele estava a pique de se tornar alguém que perdeu metade de tudo pelo qual vivia.

Pensou nas diversas viúvas daqueles últimos sete anos: Golda R e seus espelhos cobertos, o sangue de Lista P, que não era destinado a ele. Pensou em todas as virgens, que juntas nada significavam. Pousando sobre o leito nupcial o nervoso corpo virginal de sua nova esposa, pensou em Brod, autora das 613 tristezas, e em Yankel, com sua conta de ábaco. Enquanto explicava a Zosha que a coisa doeria apenas na primeira vez, pensou em Zosha, que ele mal conhecia, e na irmã dela, que o fizera prometer que aquele encontro pós-nupcial não seria uma ocorrência única. Pensou na lenda de Trachim, no lugar onde poderia estar o corpo, e no lugar de onde ele viera pela primeira vez. Pensou na carroça de Trachim: as cobras ondulantes de fitas brancas, a luva de veludo com os dedos esticados, a resolução: *Eu vou, eu vou...*

E então algo extraordinário aconteceu. A casa tremeu com uma violência tal que fez as perturbações anteriores do dia parecerem arrotos de bebê. *CABUM!*, a distância. Aproximando-se *CABUM! CABUM!* A luz projetava-se pelas frestas entre as tábuas da porta do porão, enchendo o quarto com a radiância quente e dinâmica das bombas germânicas que explodiam nas colinas próximas. *CABUM!* Zosha uivou de medo – do amor físico, da guerra, do amor emocional, de morrer – e meu avô encheu-se de uma energia coital tão forte que quando se soltou *(CABUUUUUUUUUUUUUUUUUUUUUUM!CABU BUUUUUUUUUUUUUUUUUM!CACA-CA-CA-CA CABUUUUUUUUUUUUUUUUUUUM!)*, quando se lançou do precipício da humanidade civilizada na queda livre do êxtase animal inadulterado, quando – em sete segundos eternos – compensou com sobras o total de mais de 2.700 atos sem consequência, quando inundou Zosha com o dilúvio daquilo que não podia mais ser contido, quando liberou no universo aquela luz copulativa (tão poderosa que, se pudesse ser domada e utilizada – em vez de simplesmente emitida e desperdiçada –, os alemães não teriam a menor chance), ele ficou a pensar se uma das bombas teria aterrissado no leito nupcial entre o corpo trêmulo de sua nova esposa e o seu próprio, obliterando Trachimbrod. Mas quando bateu no chão rochoso do desfiladeiro, depois que os sete segundos de bombardeio terminaram e sua cabeça repousou no travesseiro (úmido das lágrimas de Zosha e encharcado de seu próprio sêmen), ele compreendeu que não estava morto, e sim apaixonado.

A EXCESSIVA METICULOSIDADE DA MEMÓRIA, 1941

ASSIM COMO O PRIMEIRO ORGASMO de meu avô não tinha Zosha como alvo, as primeiras bombas que o inspiraram não tinham como alvo Trachimbrod, e sim um local nas colinas de Rovno. Nove meses se passariam – terminando no Dia de Trachim, nada menos – antes que o shtetl viesse a ser foco direto de um ataque nazista. Mas naquela noite as águas do Brod rolaram pelas margens com o mesmo fervor com que rolariam se houvesse guerra, o vento arquejou no rastro explosivo com a mesma ressonância, e os habitantes do shtetl tremeram como se os locais estivessem tatuados em seus corpos. Daquele momento em diante – 9h28 da noite, 18 de junho, 1941 – tudo passou a ser diferente.

Os Fumeiros de Ardisht viraram seus cigarros ao contrário, fazendo concha com as bocas em torno das pontas acesas para não serem vistos a distância.

Lá no acampamento, os ciganos desarmaram as tendas, desmontaram os telhados de sapê, e passaram a viver a céu aberto, grudando-se à terra como musgo humano.

A própria Trachimbrod mergulhou numa estranha inércia. Os cidadãos, que antes tocavam em tantas coisas que era impossível saber o que era natural, agora sentavam-se sobre as próprias mãos. A atividade foi substituída pelo pensamento. Lembranças. Tudo fazia alguém lembrar-se de alguma coisa, o que inicialmente pareceu encantador (os primeiros aniversários podiam ser rememorados pelo cheiro de um fósforo queimado ou a sensação do primeiro beijo pelo suor na palma da mão), mas rapidamente tornou-se debilitante. As lembranças geravam lembranças que geravam lembranças. Os aldeãos se transformaram em encarnações daquela lenda de que já haviam ouvido falar tantas vezes: o louco Sofiowka, enrolado em barbante branco, usando a memória para lembrar da memória, preso numa rememoração progressiva, lutando em vão para se lembrar de um início e um fim.

Os homens elaboravam fluxogramas (que já eram memórias das árvores genealógicas) numa tentativa de dar sentido às suas memórias. Tentavam seguir a trilha para trás, como Teseu escapando do labirinto, mas apenas penetrando cada vez mais profundamente.

As mulheres levavam a pior. Não podendo compartilhar suas coceiras memorialísticas na sinagoga ou nos locais de trabalho, eram forçadas a sofrer sozinhas sobre pilhas de roupa suja e assadeiras. Não tinham ajuda em suas buscas pelos começos, ninguém a quem perguntar o que a granulação das framboesas teria a ver com uma queimadura de vapor, ou por que o som das crianças brincando no Brod fazia seus corações saltarem do peito e caírem no chão. A memória deveria preencher o tempo, mas fazia do tempo um buraco a ser preenchido. Cada segundo transformava-se em duzentos metros a serem percorridos, de pé ou de quatro. Não era possível ver a hora seguinte, tão distante estava ela. O amanhã estava lá no horizonte, e tomaria um dia inteiro para ser alcançado.

Mas as crianças eram as que mais sofriam, pois embora parecesse que tinham menos lembranças a persegui-las, ainda assim tinham coceiras memorialísticas tão fortes quanto os mais velhos do shtetl. Os cordões nem eram seus; haviam sido atados em torno delas por pais e avós – cordões que não eram ligados a nada, mas pendiam frouxamente da escuridão.

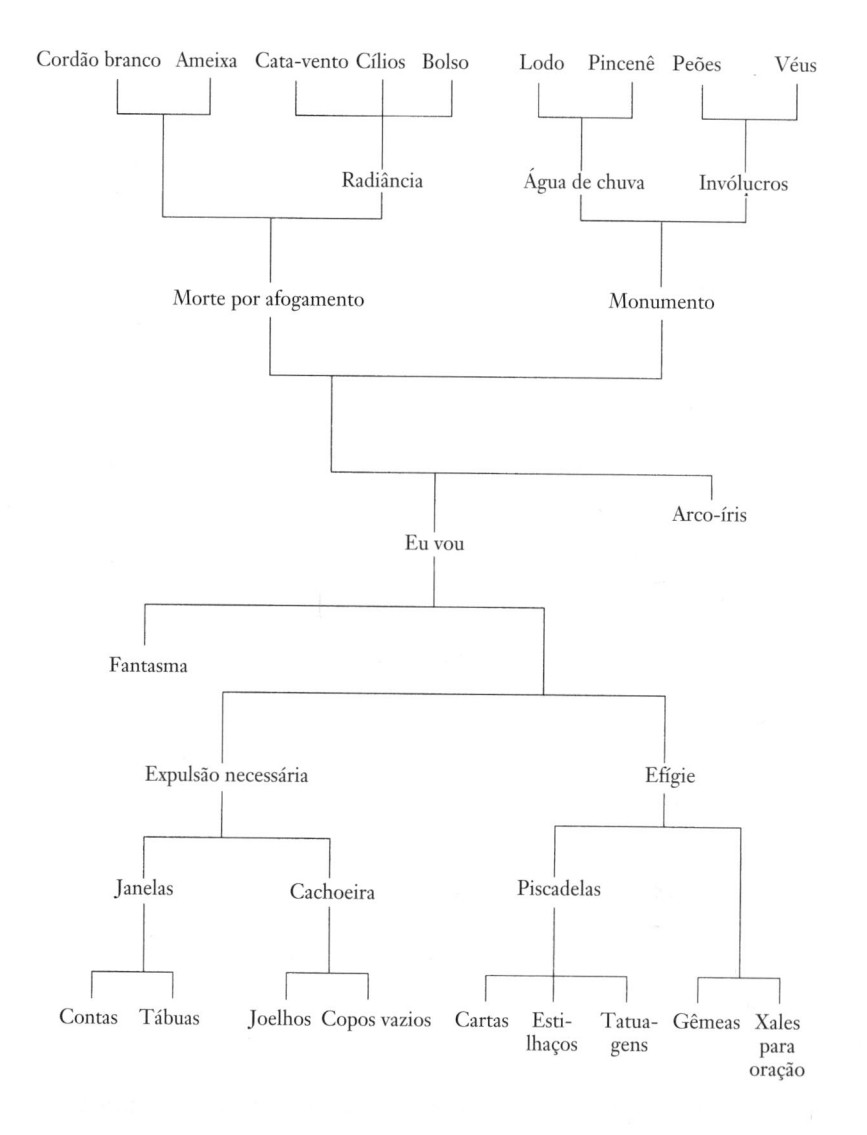

```
Cordão branco  Ameixa    Cata-vento  Cílios  Bolso        Lodo  Pincenê    Peões        Véus
      └────┬────┘            └────────┬────────┘            └──┬───┘          └────┬─────┘
        Radiância                  Radiância              Água de chuva         Invólucros
                                                                │                   │
                                                                └─────────┬─────────┘
              Morte por afogamento                                    Monumento
```

(Diagrama em árvore invertida:)

- **Cordão branco, Ameixa** → Radiância
- **Cata-vento, Cílios, Bolso** → Radiância
- **Lodo, Pincenê** → Água de chuva
- **Peões, Véus** → Invólucros
- **Radiância** → Morte por afogamento
- **Água de chuva, Invólucros** → Monumento
- **Morte por afogamento, Monumento** → Eu vou / Arco-íris
- **Eu vou** → Fantasma
- **Fantasma** → Expulsão necessária, Efígie
- **Expulsão necessária** → Janelas, Cachoeira
  - **Janelas** → Contas, Tábuas
  - **Cachoeira** → Joelhos, Copos vazios
- **Efígie** → Piscadelas, Gêmeas, Xales para oração
  - **Piscadelas** → Cartas, Estilhaços, Tatuagens

A única coisa mais dolorosa do que ser um esquecedor ativo é ser um relembrador inerte. Safran ficou deitado na cama, tentando ligar os acontecimentos de seus dezessete anos numa narrativa coerente, algo que pudesse compreender, com uma ordem de imagens, uma inteligibilidade de simbolismo. Onde estavam as simetrias? As fissuras? Qual era o significado do que acontecera? Ele nascera com dentes, e por isso a mãe parara de amamentá-lo; fora por isso que seu braço morrera, era por isso que as mulheres o amavam, fora por isso que ele fizera o que fizera, e era por isso que ele era o que era. Mas por que ele nascera com dentes? Por que sua mãe simplesmente não espremera o leite numa mamadeira? Por que fora o braço que morrera, em vez de uma perna? Por que alguém amaria um membro morto? Por que ele fizera o que fizera? E por que era o que era?

Ele não conseguia se concentrar. Seu amor o engolfara, vindo de dentro para fora, como uma doença. Ele ficou com uma terrível prisão de ventre, enjoado e fraco. No reflexo da água do novo vaso sanitário de porcelana, viu seu rosto e não o reconheceu: bochechas caídas com suíças brancas, bolsas embaixo dos olhos (aquilo deveria, raciocinou, conter todas as lágrimas de alegria que ele não estava chorando), lábios rachados e intumescidos.

Mas aquele não era o mesmo reconhecimento da manhã anterior, quando ele vira seu rosto nos olhos de vidro do Dial. Ele não estava envelhecendo como parte de um processo natural, mas envelhecendo como uma vítima de seu amor, que tinha apenas um dia de idade. Ainda era um menino, mas não mais um menino. Um homem, mas ainda não um homem. Ficara preso em algum lugar entre o último beijo de sua mãe e o primeiro beijo que daria a seu filho, entre a guerra que havia e haveria.

Na manhã seguinte à noite em que explodiram as bombas, foi realizada no teatro uma reunião do shtetl – a primeira desde o debate sobre a iluminação elétrica vários anos antes – para discutir as implicações de uma guerra cujos caminhos pareciam levar diretamente a Trachimbrod.

RAV D
(Segurando uma folha de papel sobre a cabeça.) Li numa carta do meu filho, que está lutando corajosamente na frente de batalha polonesa, que os nazistas estão cometendo atrocidades inomináveis e que Trachimbrod deve se preparar para o pior. Ele disse que deveríamos *(olha para o papel, faz gestos enquanto lê)* "fazer qualquer coisa e fazer tudo imediatamente".

ARI F
Do que você está falando! Devemos ir até os nazistas! *(Gritando, agitando um dedo sobre a cabeça.)* São os ucranianos que acabarão conosco! Vocês ouviram falar do que eles fizeram em Lvov! (Isso me faz lembrar do meu nascimento [eu nasci no chão do rabino, vocês sabem (meu nariz ainda recorda aquela mistura de placenta e elementos judaicos [ele tinha os candelabros mais bonitos (da Áustria [se não estou enganado (ou da Alemanha)])])])...

RAV D
(Perplexo, fazendo gestos de perplexidade.) Do que você está falando?

ARI F
(Sinceramente perplexo.) Não consigo me lembrar. Os ucranianos. Meu nascimento. Velas. Sei que há um sentido. Onde eu comecei?

E assim era quando qualquer um tentava falar: as mentes ficavam enredadas nas lembranças. As palavras transformavam-se em torrentes de pensamento sem princípio ou fim, e afogavam quem falava antes que a pessoa pudesse alcançar a balsa salvadora do sentido que estava tentando lograr. Era impossível lembrar o que se queria dizer, o que – depois de todo o palavrório – se pretendia comunicar.

A princípio eles ficaram aterrorizados. As reuniões do shtetl aconteciam diariamente; as notícias (NAZISTAS MATAM 8.200 NA FRONTEIRA UCRANIANA) eram examinadas com o cuidado de verdadeiros editores; planos de ação eram elaborados, e depois jogados fora; grandes mapas eram estendidos nas mesas, como pacientes à espera dos bisturis. Mas depois as reuniões passaram a ser em dias alternados, depois com intervalos de dois dias, e depois semanais, servindo mais como reuniões sociais para solteiros do que sessões de planejamento. Após dois meses, sem o ímpeto de bombardeios adicionais, a maioria dos habitantes de Trachimbrod já havia removido todas as farpas de terror que haviam penetrado neles naquela noite.

Não haviam esquecido, mas se acomodaram. A memória tomara o lugar do terror. No esforço de lembrar o que eles estavam tentando tanto se lembrar, eles finalmente conseguiram tirar do pensamento o medo da guerra. As lembranças de nascimento, infância e adolescência ressoavam com mais volume do que o estrondo das granadas que explodiam.

Portanto, nada foi feito. Nenhuma decisão foi tomada. Não se fizeram as malas, nem as casas foram esvaziadas. Não se cavaram trincheiras, nem as construções foram fortificadas. Nada. Eles ficaram esperando como idiotas, sentados sobre as próprias mãos como idiotas. Como idiotas, falavam da ocasião em que Simon D fizera aquela coisa hilariante com a ameixa, da qual todos podiam rir por horas a fio, mas da qual ninguém lembrava muito bem. Ficaram esperando a morte, e não podemos culpá-los, pois faríamos o mesmo, e realmente *fazemos* o mesmo. Eles riam e contavam piadas. Pensavam em velas de aniversário e esperavam a morte, e temos de perdoá-los. Embrulhavam as trutas tamanho jumbo de Menachem em jornais (NAZISTAS SE APROXIMAM DE LUTSK) e levavam espetinhos de carne em cestas de vime para piqueniques sob as altas copas das árvores, junto das pequenas quedas d'água.

Acamado desde seu orgasmo, meu avô não pôde comparecer à primeira reunião do shtetl. Já Zosha recebeu seu orgasmo com mais dignidade, talvez simplesmente por não ter tido orgasmo, ou talvez porque embora adorasse estar casada, e adorasse tocar naquele braço morto, ela ainda não se apaixonara. Trocou os lençóis manchados de sêmen, preparou torrada e café para seu novo marido, e como almoço trouxe-lhe um prato de galinha que sobrara do casamento.

O que está acontecendo?, perguntou, sentada na ponta da cama. *Eu fiz alguma coisa errada? Você está descontente comigo?* Meu avô lembrou que ela era apenas uma criança: quinze anos, e mais jovem do que a idade que tinha. Ela não vivenciara nada, em comparação com o que ele sentira. Não sentira coisa alguma.

Estou feliz, disse ele.

Posso fazer um rabo de cavalo no cabelo, se você acha que isso me torna mais bonita.

Você está bonita assim. De verdade.

E ontem à noite? Eu satisfiz você? Vou aprender. Tenho certeza que vou.

Você foi maravilhosa, disse ele. *Só não estou me sentindo muito bem. Não tem nada a ver com você. Tudo em você é maravilhoso.*

Ela beijou-lhe os lábios e disse: *Sou sua esposa*, como que reafirmando os votos matrimoniais, e para se lembrar, ou lembrá-lo, daquilo.

Naquela noite, quando já recobrara força bastante para se lavar e se vestir, ele voltou ao Dial pela segunda vez em dois dias. Era uma cena bem diferente. Nua. Vazia. Sem cantorias. A praça do shtetl ainda estava coalhada de farinha branca, embora uma chuva houvesse lavado os espaços entre as pedras do calçamento, substituindo a camada uniforme por uma elaborada textura. A maior parte das faixas das festividades do dia anterior já haviam sido retiradas, mas ainda restavam algumas, penduradas dos peitoris das janelas altas.

Pai do meu tataravô, disse ele, ajoelhando-se (com grande dificuldade), *eu sinto que peço tão pouco.*

No sentido de que você nunca vem conversar comigo, disse o Dial (com os lábios imóveis de um ventríloquo), *o que você diz é verdade. Você nunca escreve, você nunca...*
Eu *nunca quis ser um fardo para você.*
Eu *nunca quis ser um fardo para* você.
Mas você é, pai do meu tataravô. Você é. Veja o meu rosto, com essa flacidez, essa frouxidão. Eu pareço ser quatro vezes mais velho do que sou. Tenho esse braço morto, essa guerra, esse problema com a memória. E agora estou apaixonado.
O que faz você pensar que eu tenho alguma coisa a ver com isso? Sou um joguete do acaso.
A moça cigana. O que aconteceu com ela? Ela era simpática.
O quê?
A moça cigana? Aquela que você amava.
Não é ela que eu amo. Eu amo a minha menina. A minha menina.

Ah, disse o Dial, deixando esse *Ah* cair sobre as pedras do calçamento e se acomodar na farinha das brechas, antes de prosseguir. *Você ama o bebê na barriga de Zosha. As outras estão sendo puxadas para trás, e você está sendo puxado para a frente.*

Em ambas as direções!, disse ele, vendo o refugo da carroça, as palavras no corpo de Brod, os pogroms, os casamentos, os suicídios, os berços improvisados, os desfiles, e vendo também seus possíveis futuros: uma vida com a moça cigana, uma vida solitária, uma vida com Zosha e a criança que o deixaria realizado, e o final da vida. As imagens de seus passados infinitos e futuros infinitos derramavam-se sobre ele, que esperava, paralisado, no presente. Ele, Safran, assinalava a divisão entre o que fora e o que seria.

E o que você quer de mim?, perguntou o Dial.

Fazer com que ela seja saudável. Faça com que ela nasça sem doença, cegueira, coração fraco ou membros mortos. Faça com que ela seja perfeita.

Silêncio, e então: Safran vomitou a torrada da manhã e as sobras do meio da tarde sobre os rígidos pés do Dial, numa poça cheia de nacos amarelos e marrons.

Pelo menos eu não pisei nisso, disse o Dial.

Você vê!, implorou Safran, quase incapaz de sustentar o corpo ajoelhado. *É assim que é!*

O que é assim?

O amor.

O quê?

O amor, disse Safran. *É assim que é. Sabia que depois do meu acidente a mãe de sua tataravó entrava no meu quarto à noite?*

O quê?

Ela vinha para a cama comigo, que Deus abençoe sua alma, sabendo que seria atacada. Nós deveríamos dormir em quartos separados, mas toda noite ela vinha ficar comigo.

Não entendo.

Toda manhã ela limpava os meus excrementos, dava banho em mim e penteava o meu cabelo como o de um homem são, mesmo que isso lhe custasse uma cotovelada no nariz ou uma costela quebrada. Ela polia a lâmina. Exibia as marcas de meus dentes no seu corpo como outras esposas exibiriam joias. O buraco não importava. Nós não lhe dávamos atenção. Compartilhávamos um quarto. Ela ficava comigo. Fazia todas essas coisas e muito mais, coisas que eu nunca contaria a ninguém, e nunca me amou. Isso, sim, é amor.

Vou lhe contar uma história, continuou o Dial. *A casa para onde eu e a mãe da sua tataravó nos mudamos, assim que nos casamos, dava para as pequenas cachoeiras, no final da linha divisória judaico/humana. Tinha pisos de madeira, janelas altas e espaço suficiente para uma família grande. Era uma casa bonita. Uma boa casa.*

Mas com a água, dizia a mãe da sua tataravó, *não consigo ouvir meus próprios pensamentos.*

Tempo, argumentei com ela. *Dê um tempo.*

E digo a você: embora a casa fosse irracionalmente úmida e o gramado da frente vivesse lamacento por causa dos respingos, embora as paredes precisassem receber papel novo a cada seis meses e lascas de tinta caíssem do teto como neve em todas as estações, é verdade o que dizem por aí sobre as pessoas que moram junto a cascatas.

O que dizem por aí?, perguntou meu avô.

Dizem que as pessoas que moram junto a cascatas não ouvem a água.

Dizem isso?

Dizem. É claro, a mãe da sua tataravó tinha razão. Foi terrível no início. Não suportávamos ficar em casa por mais de algumas horas a cada vez. As duas primeiras semanas foram cheias de noites de sono intermitente, e discussões só para sermos ouvidos apesar do barulho da água. Brigávamos muito, só para nos lembrar que tínhamos amor um pelo outro, e não ódio.

Mas as semanas seguintes foram um pouco melhores. Já conseguíamos tirar umas boas horas de sono toda noite, e comer apenas com um ligeiro desconforto. A mãe da sua tataravó ainda amaldiçoava a água (cuja personificação tornara-se anatomicamente refinada), mas menos frequentemente, e com menor fúria. Seus ataques a minha pessoa também ficaram mais calmos. É culpa sua, dizia ela. Você quis morar aqui.

A vida continuou, como a vida costuma continuar, e o tempo passou, como o tempo costuma passar, e depois de pouco mais de dois meses: Está ouvindo isso?, perguntei a ela numa das raras manhãs em que nos sentamos juntos à mesa. Está ouvindo isso? Larguei a xícara de café e levantei da cadeira. Está ouvindo isso?

O quê?, perguntou ela.

Exatamente!, disse eu. Saí correndo e acenei com o punho fechado para a cascata. Exatamente!

Nós dançamos, lançando punhados de água para o ar, sem ouvir coisa alguma. Alternamos abraços de perdão e brados de triunfo humano sobre a água. Quem ganhou? Quem ganhou, cascata? Nós ganhamos! Nós ganhamos!

Morar junto a uma cascata é assim, Safran. Toda viúva acorda certa manhã, talvez após anos de pura e incansável lamentação, e percebe que teve uma boa noite de sono, que poderá tomar o café da manhã sem ouvir o fantasma do marido o tempo todo, mas apenas parte do tempo. Sua dor é substituída por uma tristeza útil. Todo pai que perde um filho encontra um meio de rir novamente. O timbre da voz começa a esmaecer. A aresta fica cega. A dor diminui. Todo amor é esculpido a partir de uma perda. O meu foi. O seu é. Os dos filhos dos seus tataranetos serão. Mas nós aprendemos a viver nesse amor.

Meu avô balançou a cabeça, como se entendesse.

Mas essa não é a história toda, continuou o Dial. *Percebi isso quando tentei, pela primeira vez, sussurrar um segredo e não consegui, ou assobiar uma música sem instilar medo no coração de quem se encontrava num raio de cem metros, ou quando meus colegas no moinho de trigo me pediram para baixar a voz, pois, Quem consegue pensar com você gritando desse jeito? Ao que eu perguntei: ESTOU REALMENTE GRITANDO?*

Silêncio, e depois: o céu escurecendo, as cortinas das nuvens se abrindo, as mãos do trovão batendo palmas. O universo despencou num bombardeio avassalador de vômito celestial.

Quem ainda estava acordado e fora de casa correu procurando abrigo. O jornalista itinerante Shakel R cobriu a cabeça com o *Diário de Lvov* (NAZISTAS DESLOCAM-SE PARA LESTE). O famoso dramaturgo Bunim W, cuja versão tragicômica da história de Trachim – *Trachim!* – fora recebida com entusiasmo popular e indiferença da crítica, pulou dentro do Brod para não ser atingido. O jorro divino caía do firmamento, a princípio em nacos do tamanho de recém-nascidos, e depois em lençóis, encharcando Trachimbrod até os alicerces, alaranjando as águas do Brod, enchendo a fonte seca da sereia prostrada até a borda, enchendo as rachaduras do pórtico arruinado da sinagoga, fazendo brilhar os álamos, afogando pequenos insetos, embebedando de prazer os ratos e urubus na margem do rio.

O COMEÇO DO MUNDO FREQUENTEMENTE CHEGA, 1942-1791

CANÓPIAS DE BARBANTE BRANCO cobriam as estreitas artérias calçadas de pedras de Trachimbrod naquela tarde, 18 de março de 1942, como vinham fazendo todo Dia de Trachim havia cento e cinquenta anos. Fora ideia de Bitzl Bitzl R, o bom peixeiro especializado em gefiltefish, comemorar assim o primeiro item da carga da carroça a vir à superfície. A ponta de um dos barbantes brancos atava-se ao botão de um rádio (NAZISTAS ENTRAM NA UCRÂNIA E DESLOCAM-SE PARA LESTE COM VELOCIDADE) na oscilante estante no casebre de Benjamin T; a outra, ao candelabro de prata vazio na mesa de jantar da casa de tijolos do Rabino Mais-ou-Menos-Respeitado do outro lado da lamacenta rua Shelister. Outro barbante branco, fino feito um varal de roupa, ia do refletor do primeiro e único fotógrafo de Trachimbrod ao dó-médio do melhor piano da loja de Zeinvel Z do outro lado da rua Malkner. Um terceiro barbante branco ligava um jornalista independente (ALEMÃES AVANÇAM PRESSENTINDO VITÓRIA IMINENTE) a um eletricista sobre o tranquilo e inocente delta do rio Brod. Havia barbantes brancos ligando o monumento de Pinchas T (esculpido em mármore, de forma perfeitamente realística) a um romance de Trachimbrod (sobre o amor) e à estante de vidro com as cobras ondulantes de barbante branco (mantida a 13° C no Museu do Folclore Verdadeiro), formando um triângulo escaleno refletido nos olhos de vidro do Dial no meio da praça do shtetl.

Meu avô e a esposa muito grávida estenderam um cobertor de piquenique no gramado da casa quando os carros alegóricos começaram a desfilar. Primeiro, como era tradicional, vinha o carro de Rovno; pobre, com borboletas amarelas murchas cobrindo imodestamente o pinho rachado da efígie de um lavrador, que já não parecera boa no ano anterior e estava pior ainda agora. (As carcaças podiam ser vistas nos espaços entre as asas.) Bandas de Klezmers precediam o carro de Kolki, que balançava sobre os ombros de homens já maduros, pois os jovens estavam servindo nas primeiras fileiras, e os cavalos estavam sendo usados numa mina de carvão próxima para apoiar o esforço de guerra.

AH!, disse Zosha entre risinhos altos, incapaz de controlar a voz. *ELE ACABOU DE ME DAR UM CHUTE!*

Meu avô pôs o ouvido junto à barriga dela e recebeu um poderoso soco na cabeça, que o ergueu do chão e lançou-o de costas a alguns metros de distância.

ESSA CRIANÇA É EXTRAORDINÁRIA!

Havia menos homens bonitos reunidos ao longo da margem do que em qualquer ano desde o primeiro em que tudo começara, quando Trachim ficara ou não ficara preso sob a carroça. Os homens bonitos estavam longe, lutando numa guerra cujas ramificações ninguém ainda conseguira compreender, e que ninguém compreenderia ou compreenderá. A maioria dos que haviam sido deixados para o festival eram os aleijados, e os covardes que se mutilavam – quebrando uma mão, queimando um olho, fingindo surdez ou cegueira – a fim de se esquivar do serviço militar. Era uma disputa de mutilados e covardes, que mergulhavam em busca de um saco de ouro que era um saco de ouro dos tolos. Eles estavam tentando acreditar que a vida seguia como de costume, sadia, que a tradição podia fechar os vazamentos, que a alegria ainda era possível.

Os carros alegóricos e os participantes do desfile seguiam da foz do rio até os quiosques de brinquedos e pastelaria, montados perto da placa enferrujada que marcava o lugar onde a carroça virara ou não virara antes de afundar:

ESTA PLACA MARCA O LOCAL
(OU UM LOCAL PERTO DO LOCAL)
ONDE A CARROÇA DE UM CERTO
TRACHIM B
(ACHAMOS NÓS)
AFUNDOU.
Proclamação do shtetl, 1791

Enquanto os primeiros carros alegóricos passavam pela janela do Rabino Mais-ou-Menos-Respeitado (para os quais ele fazia o necessário meneio de aprovação), homens em uniformes verde-acinzentados estavam sendo mortos em trincheiras rasas.

Lutsk, Sarny, Kovel. Os carros estavam adornados com milhares de borboletas, e aludiam a aspectos da história de Trachim: a carroça, as gêmeas, as varetas do guarda-chuva e as chaves-mestras, o manuscrito em gotejante tinta vermelha: *Eu vou... eu vou... eu vou...* Em outro lugar, os filhos deles morriam entre as farpas do arame de suas próprias cercas: mortos por bombas com defeito enquanto se contorciam no lamaçal como animais, mortos por fogo amigo, mortos às vezes sem saber que estavam prestes a morrer – uma bala na cabeça ao gracejarem com um camarada, rindo.

Lvov, Pinsk, Kivertsy. Os carros desfilavam ao longo da margem do Brod, adornados com borboletas vermelhas, marrons e roxas, mostrando suas carcaças como feias verdades. (E aqui fica cada vez mais difícil não gritar: *VÃO EMBORA! FUJAM ENQUANTO PODEM, IDIOTAS! FUJAM PARA SALVAR SUAS VIDAS!*) As bandas bramiam, cornetas e violinos, cornetins e violas, brinquedos musicais caseiros feitos de rolo de papel higiênico.

OUTRO PONTAPÉ!, riu Zosha. *MAIS UM!*

E novamente meu avô pôs o ouvido na barriga dela (precisando ajoelhar-se para se aproximar do cume), e novamente foi lançado para trás.

ESSE É O MEU BEBÊ!, berrou ele, com o olho direito absorvendo o machucado feito uma esponja.

O carro de Trachimbrod estava coberto de borboletas pretas e azuis. A filha do eletricista Berl G vinha sentada numa plataforma elevada no meio do carro; usava uma tiara azul de neon alimentada por um fio elétrico que se desenrolava centenas de metros para trás até uma tomada acima da sua cama. (Ela planejara recolhê-lo quando fizesse o trajeto de volta para casa, ao final da festa.) A Rainha do Desfile estava rodeada pelas jovens princesas do shtetl, vestidas de renda azul, agitando os braços como ondas. Um quarteto de violinistas tocava canções nacionais polonesas numa plataforma na frente do carro, e outro tocava canções tradicionais ucranianas atrás do carro.

Nas margens, os homens sentados em cadeiras de madeira recordavam velhos amores, moças nunca beijadas, livros nunca lidos e escritos, a vez em que Fulano fizera aquela coisa engraçada com aquele tal negócio, ferimentos, jantares, como eles teriam lavado o cabelo de mulheres que nunca conheceram, pedidos de desculpas, e se Trachim ficara ou não preso sob a carroça, afinal de contas.

A terra girava no céu.

Yankel girava na terra.

A formiga pré-histórica no polegar de Yankel, que estivera imóvel na pedra de cor mel desde o curioso nascimento de Brod, virou-se de costas para o céu e escondeu a cabeça entre suas muitas pernas, envergonhada.

Meu avô e sua esposa – jovem e tremendamente grávida – foram até a margem assistir ao mergulho.

(Aqui é quase impossível continuar, pois sabemos o que acontecerá, e ficamos imaginando por que eles não sabem. Ou então é impossível, porque tememos que eles saibam.)

Quando o carro de Trachimbrod chegou aos quiosques de brinquedos e pastelaria, a Rainha do Desfile recebeu o sinal dado pelo Rabino para lançar os sacos na água. As bocas se abriram. As mãos se separaram – as primeiras metades dos aplausos. O sangue fluía pelos corpos. Era quase como nos velhos tempos. Aquilo era uma comemoração, imaculada pela morte iminente. Aquilo era a morte iminente, imaculada pela comemoração. Ela lançou os sacos bem alto no ar............
....
....
........................Eles ficaram lá..
....
....
....
....
....
....
....
....
....
..................Ficaram lá como que pendurados em barbantes
....
....
....
....
....
....
....

O Dial avançou pé ante pé pelas pedras do calçamento como uma peça de xadrez e escondeu-se sob os seios da sereia prostrada............

....
....
....
....
....
....
....
....
....
....
.... Ainda há tempo............
....
....
....
....
....
....
....
....
....
....
....
....
....
....

Quando o bombardeio terminou, os nazistas invadiram o shtetl. Enfileiraram todos os que não haviam morrido afogados no rio e abriram uma Torá na frente deles.

– Cuspam – disseram. – Cuspam, senão...

Depois puseram todos os judeus na sinagoga. (Isso aconteceu em todos os *shtetls*. Aconteceu centenas de vezes. Acontecera em Kovel poucas horas antes, e aconteceria em Kolki dali a poucas horas.) Um jovem soldado lançou os nove volumes do *Livro dos Sonhos Recorrentes* na fogueira dos judeus. Na pressa de agarrar e destruir mais coisas, não percebeu que uma das páginas caíra de um dos livros e descera, pousando feito um véu sobre o rosto queimado de uma criança:

> 9:613 – *O sonho do fim do mundo.* bombas choveram do céu estourando por trachimbrod em explosões de luz e calor os que assistiam às festividades gritaram correram freneticamente saltaram dentro da dinâmica água borbulhante não atrás do saco de ouro mas para se salvar ficaram debaixo d'água o maior tempo possível vieram à tona para tomar fôlego e procurar seus entes queridos meu safran pegou a esposa e a levou como uma recém-casada para dentro da água que parecia entre as árvores caídas e crepitantes e dilacerantes explosões o lugar mais seguro centenas de corpos caíram no brod esse rio que tem o meu nome eu os recebi de braços abertos venham a mim venham eu queria salvar todos salvar todo mundo de todo mundo as bombas choviam do céu e não eram as explosões ou os estilhaços se espalhando que seriam a nossa morte nem as importunas brasas nem os destroços sorridentes mas todos os corpos corpos agitando-se e agarran-

do-se uns aos outros corpos que procuravam algo para agarrar meu safran perdeu de vista a esposa que foi levada mais para o fundo dentro de mim pela força dos corpos os gritos silenciosos eram carregados por bolhas para a superfície onde espocavam POR FAVOR POR FAVOR POR FAVOR POR FAVOR os chutes na barriga de zosha aumentaram e mais POR FAVOR POR FAVOR o bebê recusava-se a morrer assim POR FAVOR as bombas caíam estalando e ardendo em chamas e meu safran conseguiu libertar-se da massa humana e boiar corrente abaixo sobre as pequenas cachoeiras para águas mais claras zosha foi puxada para baixo POR FAVOR e o bebê recusando-se a morrer assim foi puxado para cima e para fora do corpo dela avermelhando as águas ela veio à tona como uma bolha para a luz para o oxigênio para a vida para a vida UAUAUAUAUAUÁ gritou ela estava em perfeita saúde e teria vivido não fosse o cordão umbilical que a puxou para baixo na direção da mãe que estava quase inconsciente mas consciente do cordão e tentou rompê-lo com as mãos e depois mordê-lo com os dentes mas não conseguiu ele não se rompeu e ela morreu com o bebê sem nome perfeitamente saudável nos braços ela o manteve junto ao peito a multidão continuou se agitando muito tempo depois do fim do bombardeio a confusa amedrontada desesperada massa de bebês crianças adolescentes adultos idosos todos se puxando mutuamente para sobreviver mas puxavam uns aos outros afogando uns aos outros dentro de mim matando uns aos outros os corpos começaram a subir um de cada vez até que eu não podia mais ser vista através de todos os corpos pele azul olhos brancos abertos eu era invisível embaixo deles eu era a carcaça eles eram as borboletas olhos brancos abertos pele azul é isso que fizemos matamos nossos próprios bebês para salvá-los

22 de janeiro de 1998

Prezado Jonathan,
    Se você estiver lendo isso, é porque Sasha encontrou e traduziu a carta para você. Significa que morri, e que Sasha está vivo.
    Não sei se Sasha contará para você o que aconteceu aqui hoje à noite, e o que está para acontecer. É importante que você saiba que tipo de homem ele é, de modo que vou contar para você.
    Aconteceu o seguinte: ele disse para o pai que podia cuidar da mãe e de Pequeno Igor. Foi preciso que ele dissesse isso para que a coisa se tornasse verdade. Finalmente, ele estava pronto. O pai não conseguiu acreditar naquilo. O quê?, perguntou. O quê? E Sasha disse-lhe novamente que cuidaria da família, que entenderia se o pai precisasse ir embora e nunca mais voltasse, e que isso não o diminuiria como pai. Disse ao pai que o perdoaria. Ah, o pai ficou tão zangado, tão cheio de ódio, e disse a Sasha que o mataria. Sasha disse ao pai que o mataria, e eles foram para cima um do outro com violência. O pai disse: Diga isso na minha cara, não para o chão. E Sasha disse: Você não é meu pai.
    O pai se levantou e tirou uma bolsa de um armário debaixo da pia. Encheu a bolsa com coisas da cozinha: pão, garrafas de vodca, queijo. Tome, disse Sasha, e tirou do pote de biscoitos dois punhados de dinheiro. O pai perguntou de onde vinha o dinheiro, e Sasha disse-lhe para pegar aquilo e nunca mais voltar. O pai disse: Não preciso do seu dinheiro. Sasha disse: Não é um presente. É um pagamento por tudo que você vai deixar para trás. Pegue isso e nunca mais volte.
    Diga isso nos meus olhos, e prometo que farei isso mesmo.
    Pegue isso, disse Sasha, e nunca mais volte.

A mãe e Iggy ficaram muito perturbados. Iggy disse a Sasha que ele era idiota e que estragara tudo. Chorou a noite toda, e você sabe o que é ouvir Iggy chorar toda a noite? Mas ele é tão jovem. Espero que um dia ele seja capaz de entender o que Sasha fez, e o perdoe, e também lhe agradeça.

Falei com Sasha hoje à noite, depois que o pai partiu, e disse que estava orgulhoso dele. Disse que nunca tinha ficado tão orgulhoso, ou tão certo de quem ele era.

Mas Papai é seu filho, disse ele. E é meu pai.

Eu disse: Você é um homem bom e fez a coisa certa.

Pus a mão no rosto dele e me lembrei de quando o meu rosto era como o dele. Disse o nome dele, Alex, que também é o meu nome há quarenta anos.

Vou trabalhar na Herança Turismo, disse ele. Vou preencher a ausência de Papai.

Não, eu lhe disse.

É um bom emprego, disse ele, e posso ganhar dinheiro bastante para cuidar de Mamãe, Pequeno Igor e você.

Não, disse eu. Vá cuidar da sua própria vida. É assim que você cuidará melhor de nós.

Eu o coloquei na cama, coisa que não fazia desde que ele era criança. Cobri-o com cobertores e penteei seu cabelo com a mão.

Tente viver de modo que sempre possa dizer a verdade, disse eu.

Farei isso, disse ele. Eu acreditei nele, e foi o bastante.

Depois fui até o quarto de Iggy, e ele já estava dormindo, mas eu o beijei na testa e o abençoei. Pedi em silêncio que ele fosse forte, conhecesse a bondade, nunca conhecesse o mal e nunca conhecesse a guerra.

Tudo é por Sasha e por Iggy, Jonathan. Você entende? Eu daria tudo para que eles vivessem sem violência. Paz. É só o que eu quero para eles. Não dinheiro, nem amor. Isso ainda é possível. Sei disso agora, e é a causa de tanta felicidade que trago em mim. Eles devem começar novamente. Devem cortar todas as amarras, sim? Com você (Sasha me disse que vocês não se escreverão mais), com o pai deles (que agora se foi para sempre), com tudo que já conheceram. Sasha já começou a fazer isso, e agora eu devo terminar.

Todos na casa foram para a cama, menos eu. Estou escrevendo isto na luminescência da televisão, e sinto muito que meu escrito seja agora tão difícil de ler, Sasha, mas minha mão está tremendo tanto, e não é por fraqueza que eu irei até o banheiro quando estiver certo de que você já dormiu, e não é porque não consigo mais suportar as coisas. Você entende? Estou cheio de felicidade. É isso que devo fazer, e é isso que farei. Você entende? Eu vou andar sem fazer barulho, eu vou abrir a porta para a escuridão, e eu vou

Impressão e Acabamento:
EDITORA JPA LTDA.